SARAH PEARSE

Das Retreat

AF179044

Sarah Pearse

Das Retreat

Thriller

Aus dem Englischen
von Ivana Marinović

GOLDMANN

Die Originalausgabe erschien 2022 unter dem Titel »The Retreat«
bei Bantam Press, an imprint of Transworld Publishers, London,
part of the Penguin Random House group of companies.

Penguin Random House Verlagsgruppe FSC® N001967

1. Auflage
Taschenbuchausgabe Juni 2025
Copyright © der Originalausgabe 2022 by Sarah Pearse Ltd 2022
Copyright © der deutschsprachigen Ausgabe 2024
by Wilhelm Goldmann Verlag, München,
in der Penguin Random House Verlagsgruppe GmbH,
Neumarkter Straße 28, 81673 München
produktsicherheit@penguinrandomhouse.de
(Vorstehende Angaben sind zugleich
Pflichtinformationen nach GPSR)

Umschlaggestaltung: UNO Werbeagentur GmbH, München,
nach einem Entwurf von Ervin Serrano
Umschlagmotive: shutterstock / schankz, vulcano;
gettyimages / Marco Bottigelli; FinePic
Redaktion: Regina Carstensen
KS · Herstellung: ik
Satz: GGP Media GmbH, Pößneck
Druck und Bindung: GGP Media GmbH, Pößneck
Printed in Germany
ISBN: 978-3-442-49455-2

www.goldmann-verlag.de

Für meine Mum

Du kannst König sein oder Straßenfeger,
aber mit dem Sensenmann tanzt jeder.

Die letzten Worte des Mörders Robert Alton Harris

PROLOG

Sommer 2003

Theas Schrei hallt über die Lichtung, schreckt die Vögel unter einem Gestöber flatternder Flügel aus den Baumkronen.

Es ist kein menschlicher Laut, so schrill und verzweifelt; es ist die Art von Schrei, bei dem sich einem der Magen umdreht, der einem in den Ohren brennt.

Sie hätte warten sollen, bis sie ins Lager zurückkehren. Er hatte ihr gesagt zu warten.

Aber Thea blieb dabei. Drei Biere in der halben Stunde, seit sie sich aus dem Zeltlager geschlichen hatten, um für sich zu sein, und sie konnte nicht länger an sich halten: »Schau mich nicht so an ... Ist doch deine Schuld, dass du so viele Dosen mitgenommen hast. Ruf, falls du jemanden kommen siehst ...«

Lachend war sie ein paar Schritte davongegangen und hatte sich sorgsam so positioniert, dass Ollie bloß die sandigen Spitzen ihrer weißen Pumps sehen konnte sowie das dünne Rinnsal aus Nass, das sich bereits durch den staubigen Boden schlängelte.

Der Schrei steigert sich.

Ollie erstarrt für eine Sekunde, dann übernehmen die Instinkte ... Er springt auf, wirbelt zu ihr herum. Doch beinahe genauso abrupt bleibt er stehen, wobei eine Wolke aus trockener Erde und Laub aufwirbelt.

Eine Bewegung ... jemand tritt aus dem Wirrwarr des Geästs heraus.

Der Felsen auf der Klippe über ihnen, Namensgeber der Insel, taucht sie in seinen Schatten, aber Ollie erkennt sofort, dass es niemand aus dem Zeltlager ist. Die Gestalt steckt nicht in Shorts und T-Shirt wie die Jugendlichen und auch nicht in dem fröhlichen Grün der Betreuer – sie ist in etwas Dunkles, Formloses gehüllt.

Ollies Augen suchen Thea. Er kann sie im dichten Unterholz um sich schlagen sehen.

Er will sich rühren, will etwas tun, aber sein Körper sperrt sich. Er kann bloß hinstarren, während das Herz in seiner Brust mit harten Schlägen gegen seine Rippen hämmert.

Ein wildes Durcheinander von Bewegungen, dann ein Geräusch – das scharfe Knacken von etwas, das splittert und bricht.

Ein Geräusch, das er noch nie zuvor gehört hat.

Ollie schließt die Augen. Er weiß, dass es Thea ist, aber in seinem Kopf hat er sie in etwas anderes verwandelt. Eine Marionette. Eine Schaufensterpuppe.

Alles, nur nicht Thea.

Flatternd öffnen sich seine Lider, und da sieht er es: Das Rinnsal hat sich zu etwas Dunklerem, etwas Dickflüssigerem verdichtet.

Blut.

Es spaltet sich zu einer Gabel … zu der Zungenspitze einer Schlange.

Ein weiterer Hieb, diesmal fester, schneller. Doch er dringt kaum zu ihm durch – genauso wenig wie Theas zweiter Schrei, blubbernd, erstickt, als würde er noch in ihrer Kehle gerinnen –, denn Ollie rennt schon los.

Er sprintet in den Wald, steuert die kleine Bucht an, die Thea und er gestern entdeckt haben, während die anderen sich um das Lagerfeuer kümmerten. Obwohl sie beide so getan hatten, als wären sie bloß stehen geblieben, um zu reden, zu trinken, war klar, dass etwas mehr daraus werden würde.

Seine Hand auf dem weichen Streifen Haut über ihren Shorts,
ihr Mund, der sich auf seinen presst …

Der Gedanke ist zu viel. Ollie beschleunigt. Es ist, als würde er blindlings laufen, während die untergehende Sonne durch die Baumkronen über ihm flackert. Er erkennt nichts, nur das schattig verwischte Grün und den graubraunen Teppich aus Laub. Seine Turnschuhe rutschen unter ihm weg, der trockene Boden ist so tückisch wie Schlamm.

Dornenranken zerren an seinem Shirt. Eine verhakt sich an seinem Arm, krallt sich in die Haut an der Innenseite seines Handgelenks. Blut blitzt auf – eine gezackte Linie winziger roter Tropfen, die hervorquellen.

Es ist, als hätte er das hier schon einmal getan – ein seltsames Déjà-vu wie in einem Traum. Einer dieser panischen Träume, aus denen man schwitzend und keuchend aufwacht und die später noch eine Weile an einem haften bleiben.

Noch ein paar Meter und die Bäume lichten sich; der Waldboden weicht dem Sand und dem Felsen darunter – geplättete Elefantenhautfalten aus staubigem Kalkstein. Er hat die Stufen erreicht, die Thea gestern entdeckt hat, eigentlich nur hölzerne, in die Erde geschlagene Trittbretter. Sein eigener Schwung reißt ihn mit, und er muss den Oberkörper zurücklehnen, um nicht der Länge nach hinzufallen.

Unten springt er auf den weichen Sand und rennt auf den kleinen Felsüberhang zu, unter dem er und Thea gestern Abend noch mit den geschmuggelten Flaschen lagen.

Ollie lässt sich auf alle viere fallen und kriecht in die Grotte. Sobald er in dem Versteck ist, kauert er sich mit angezogenen Beinen hin und konzentriert sich aufs Atmen. Ein und aus. Ein und aus. Ganz still. Ganz leise.

Aber sein Körper will nicht mitmachen; er wird von heftigen Krämpfen geschüttelt, die Ollie nicht kontrollieren kann.

Er presst die Hände gegen den Kopf, so als könnte der Druck den Schrei wegdrängen, der immer noch in seinen Ohren schrillt. Aber jetzt ist da nicht mehr nur der Laut, da ist der Anblick – Theas Körper, der einknickt und in sich zusammenfällt, als hätte ein Marionettenspieler brutal die Schnüre gekappt.

Er rammt die Faust gegen das Felsgestein über sich. Schlägt immer wieder dagegen, bis die Haut rissig wird und Blut zu sehen ist.

Seine Knöchel sind rot verschmiert, ein scharfer, sirrender Schmerz durchzieht Ollie, und er versucht, sich daran festzuhalten, um sich abzulenken, doch es funktioniert nicht.

Die Wahrheit schreit immer noch.

Er hat sie alleingelassen. Er hat sie alleingelassen. Er ist weggerannt.

Ollie schiebt seinen Kopf zwischen die Knie und nimmt einen langen, schauderhaften Atemzug.

Die Minuten vergehen, doch niemand kommt. Es wird spät, merkt er. Das letzte bisschen Sonne ist beinahe fort, der Sand vor ihm liegt im Schatten.

Er wird noch ein wenig warten, beschließt er, danach wird er versuchen, ins Zeltlager zurückzukehren. Während die Zeit verstreicht, redet sich Ollie ein, was ihm jedoch nur begrenzt gelingt, dass es bloß ein Scherz war, ein Streich, zu dem sich Thea durch die anderen Jungs hat überreden lassen. Er klammert sich an den Gedanken: Er wird ins Lager zurückkehren, und sie wird da sein und wird ihn auslachen, weil er wie ein Angsthase davongelaufen ist.

Einige Minuten später robbt er unter dem Vorsprung heraus. Während er sich aufrichtet, sieht er sich aufmerksam um, aber der Strand ist verlassen, kein Mensch ist weit und breit zu erkennen.

Als er durch den Wald zurückläuft, hält ihn weiterhin die

Überzeugung aufrecht: Das war ein Spaß; Thea geht es gut. Doch sobald er die Lichtung betritt, holt ihn die Erkenntnis ein. Das dunkle Rinnsal von vorhin ist mittlerweile zu einem Blutstrom geworden, der sich zäh einen Weg bergab sucht.

Ollie versucht Thea anzusehen, doch er kann sich nicht überwinden, weiter als bis zu ihren weißen Pumps zu schauen – jetzt mit roten Schlieren überzogen, völlig reglos.

Das ist nicht real. Nicht Thea. Sie kann nicht …

Er wendet sich ab, als die Galle in seine Kehle hochschießt.

Und da bemerkt er etwas auf dem Boden, auf dem staubigen Laub.

Ein heller Stein, um die dreißig Zentimeter lang. Die Oberfläche ist verwittert, mit winzigen Kerben und Dellen überzogen, wo ihm Wellen und Sand zugesetzt haben. An manchen Stellen ist er auch glatt, seine Umrisse sind weich konturiert.

Ollie geht in die Hocke und hebt ihn auf. Der Stein fühlt sich warm und sandig an. Irgendwas daran kommt ihm bekannt vor, überlegt er, während er ihn langsam zwischen den Fingern dreht.

In diesem Moment trifft es ihn, und der Stein in seiner Hand erstarrt.

Den Kopf in den Nacken gelegt, blickt er zu dem auf der Klippenwand thronenden Felsen empor, dann wieder auf seine Hand.

Ollie schaut hin und her, bis seine Augen nichts mehr klar ausmachen können.

Ihm wird klar, dass das, was er in der Hand hält, nicht bloß ein Stein ist.

Die fein geschwungenen Umrisse sind identisch mit denen des Felsens über ihm – es ist das Profil des Sensenmanns. Wahrzeichen der Insel.

Reaper's Rock.

»Und hier kommt, wie versprochen, mein Update für euch …
Wir stehen gerade im Hafen und warten auf das Boot, das uns
zum Retreat bringen soll. Mir selbst war nicht klar, wie abgelegen Cary Island tatsächlich liegt … Ich schätze mal, es sind vom
Festland mindestens zwanzig Minuten Fahrt.«

Jo dreht das Handy von ihrem Gesicht weg, um das Meer sowie die in der Ferne kaum sichtbare Insel zu zeigen.

»Mich haben schon einige Leute nach LUMEN gefragt, also
werde ich euch mal was zum Konzept erklären: LUMEN ist
ein Luxus-Retreat auf dieser wunderschönen Insel, die ihr gerade vor der Küste von South Devon seht. Der Architekt wurde
von der mexikanischen Koryphäe Luis Barragán inspiriert, was
heißt, dass wir es hier mit Eleganz pur zu tun haben – bonbon-
farbene schlichte Villen mit Meerblick, die sich nahtlos an die
Wälder schmiegen. Es gibt außerdem ziemlich exklusives Zeug:
einen Outdoor-Yoga-Pavillon, einen Pool mit Glasboden und
dann diese irre Seilschaukel, die über das Wasser ragt … man
kann sich direkt ins Meer fallen lassen. Eine der spektakulärs-
ten Besonderheiten ist jedoch eine unglaubliche Villa auf der
vorgelagerten Privatinsel – perfekt für alle von euch, die ihre
Flitterwochen planen. Ich komme leider nicht in den Genuss,
da sie schon ausgebucht war, aber sie sieht echt hammermä-
ßig aus. Dafür nehme ich euch später noch auf eine Kajaktour
mit, damit ihr einen Eindruck von den Wellness-Aktivitäten
bekommt, die sie da anbieten, unter anderem Paddle-Boarding,

Meditation, Kajak, Hydrofoil-Surfen und vieles mehr.« Sie hält inne. »Und jetzt zum schaurigen Teil: Ich liebe die Hintergrundgeschichte zu diesem Ort. Diesem seltsamen Felsen da seitlich an der Insel – ihr könnt ihn von hier gerade so erkennen – hat die Insel nämlich ihren Spitznamen zu verdanken: *Reaper's Rock.* Gruselig, oder? Laut den Bewohnern ist die Insel verflucht. Anscheinend« – sie dämpft die Stimme zu einem Flüstern – »soll der Fels eine Verkörperung des Sensenmanns sein. In Pestzeiten wurden die Leute dort in Quarantäne gebracht und ihrem Schicksal überlassen. Und so geht die Sage, dass ihre Seelen immer noch umherwandern und erst Frieden finden, wenn Gevatter Tod sich ein neues Opfer holt. Bleibst du zu lange, wirst du der Nächste sein …«

Jo dreht die Kamera wieder zu sich, um ihr pseudo-erschrockenes Gesicht zu zeigen. »Creepy, oder? Aber das ist noch längst nicht alles. Es gab eine alte Schule auf der Insel, die irgendwann abbrannte. Stand jahrelang leer, bis sie in den späten Neunzigern als Outward-Bound-Standort für Zeltlager genutzt wurde. Alles schön und gut, bis 2003 eine Gruppe Jugendlicher durch die Hand des dortigen Hausmeisters, Larson Creacher, ermordet wurde.« Erneut dämpft sie die Stimme. »Ist es falsch, zu sagen, dass der ganze Gruselkram es irgendwie nur noch reizvoller macht?«

1

Als Elin Warner zu ihrer Laufrunde aufbricht, fühlt die Luft sich an wie Kaugummi, sie klebt unangenehm in Augen und Haaren. Erst sechs Uhr früh, doch schon strahlt die Hitze dicht wie eine Mauer vom Asphalt ab und weit und breit kein Windhauch, um sie fortzufegen.

Die Strecke, die sie nimmt, ist Teil des südwestlichen Küstenpfads, mit Häusern zu beiden Seiten – opulente Villen im viktorianischen und italienisch beeinflussten Stil, die den bewaldeten Hang spicken. Gleißende Spitzen aus Sonnenlicht blitzen in den Fenstern auf, während ihr Spiegelbild sie in den Scheiben begleitet, samt dem kurzen blonden Haar, das bei jedem Schritt wie ein Pilz um ihren Kopf plötzlich sprießt, bevor es sich wieder um ihr Gesicht legt.

Die Fassaden der Häuser wirken durchscheinend in der Hitze, ihre Umrisse verschwommen. Die Vorgärten sind an den Rändern gelb verdorrt – Gras, das nicht nur in seinem Wachstum gehemmt wurde, sondern dahinwelkt und beim Sterben kahle Stellen hinterlässt wie Wunden.

Die Sommer waren zwar schon früher heiß, aber noch nie wie dieser: wochenlanger Sonnenschein, rekordbrechende Höchsttemperaturen. Die Zeitungen bringen endlose Fotostrecken von aufgeplatzten Autobahnbelägen bis hin zum klischeebehafteten Spiegeleierbraten auf überhitzten Motorhauben. Die Meteorologen haben vor Wochen eine Abkühlung prognostiziert, aber die kam nie. Nur noch mehr Sonne. Die Nerven liegen blank, die Menschen sind bis aufs Äußerste gereizt.

Elin reißt sich zwar noch ganz gut am Riemen, aber ihr Innenleben steht in harschem Widerspruch zur Außenwelt. Mit jedem glühend heißen Tag, der vergeht, steigt in ihr das genaue Gegenteil auf: ein eisiger Griff von Angst, der sich klammheimlich in ihr breitmacht.

Diese Angst hält sie auch nachts wach, immerzu dieselben Gedanken in Endlosschleife. Gefolgt von ihren Regulierungsstrategien, dem täglichen Laufen, dem unermüdlichen Training. In den letzten Wochen ist es geradezu eskaliert – früher laufen, länger laufen, heimlich laufen. *Selbstkasteiung.*

Und das alles nur, weil ihr Bruder sich gemeldet und ihren Vater erwähnt hat.

Nach einigen Metern weichen die Häuser zu ihrer Linken einer Grünfläche. Der Küstenweg verläuft dahinter, dort, wo er sich an den Rand der Klippe schmiegt.

Elin verlässt den Asphalt und prescht über die offene Fläche auf den Trampelpfad zu.

Ihr Magen macht einen Satz.

Kein Zaun – lediglich ein Meter Erde zwischen ihr und den steil abfallenden vierzig Metern zu den Felsen darunter –, doch sie liebt es. Ein richtiger Küstenpfad eben, keine Häuser zwischen ihr und dem Meer. Der Blick geht weit: Brixham zu ihrer Rechten, Exmouth zu ihrer Linken. Blau, wohin man schaut – das Wasser dunkler und tiefer getönt als das kreidige Pastell des morgendlichen Himmels.

Bei jedem Schritt spürt sie die Hitze des Bodens durch die Sohlen ihrer Turnschuhe aufsteigen. Einen Moment lang fragt sie sich, was wohl passieren würde, wenn sie nicht aufhören würde zu laufen. Ob sie irgendwann explodieren würde, wie ein überhitzter Motor, oder ob es immer weitergehen würde?

Es wäre verlockend, einfach weiterzulaufen, bis die Gedanken aufhören und sie sich nicht mehr am Riemen reißen muss – denn genauso kommt es Elin manchmal vor, als müsse sie sich zu krampfhaft an der Normalität festklammern. Ein kleiner Ausrutscher, und sie wird stürzen.

Auf der Anhöhe angelangt, verlangsamt Elin ihr Tempo. Die Muskeln in ihren Oberschenkeln brennen, zäh und schwer von Milchsäure. Als sie auf ihrer Fitbit auf Pause drückt, bemerkt sie ein graues Auto, das den Hügel erklimmt. Der Wagen ist eilig unterwegs; der heisere Motor lässt die Möwen auseinanderstieben, die gerade ein überfahrenes Aas auf der Straße zerpflücken.

Irgendwas in ihr merkt auf, als sie den Umriss und die Farbe sieht. Aber natürlich, es ist der Wagen von Steed, dem Detective Constable, der ihr bei ihrer Versetzung an die Seite gestellt wurde. Er rast an ihr vorbei, gefolgt von einer trüben Wolke aus Metall, Staub und prasselndem Schotter. Elin erhascht einen Blick auf Steeds Profil: leicht gekrümmte Nase, kräftiges Kinn, blondes, mit Gel gebändigtes Stachelhaar. Etwas an seiner Miene saugt ihr fast das letzte bisschen Luft aus dem Körper. Elin erkennt sie sofort: die ruhige Intensität eines adrenalingefluteten Menschen.

Er ist im Dienst. Ein Einsatz.

Der Wagen hält am Fuß des Hügels. Steed stößt die Tür auf, joggt Richtung Strand.

Elin zieht ihr Handy aus den Shorts und wirft einen Blick aufs Display. Die Einsatzleitung hat nicht angerufen. *Ein Vorfall nur ein Stück die Straße runter, doch sie haben statt ihrer Steed kontaktiert.*

Vertraute Sorgen flackern wieder auf, all die Befürchtungen, die an ihr zehren, seit die Personalleitung gemeinsam mit Anna, ihrer Vorgesetzten, beschlossen hat, dass Elin nach ihrer Auszeit noch nicht ganz für ihren Posten bereit sei.

Steed ist nur noch ein Fleck in der Ferne, der sich auf den Strand zubewegt. Elin verlagert das Gewicht von einem Fuß auf den anderen. Sie weiß, das Richtige wäre, bei ihrem Plan zu bleiben – nach Hause laufen, mit Will frühstücken –, doch ihr gekränkter Stolz gewinnt die Oberhand.

Entschlossen rennt sie den Hügel hinab, kommt an Steeds Wagen vorbei und überquert die Straße. Keine anderen Autos; nur eine Katze, die sich über den Asphalt davonschleicht, wobei ihr feurig gestreifter Bauch beinahe den Boden berührt. Sie überquert den buschigen Grasstreifen und eilt über den menschenleeren Strand dahinter. Kein Steed weit und breit.

Links dem Ufer folgend, gelangt sie zum Restaurant, das auf Metallpfeilern über den Strand hinausragt. Eine auf rustikal getrimmte Hütte, der Name über der Tür auf einem Stück Treibholz eingeritzt: *The Lobster Pot.* Sämtliche Fensterläden sind verriegelt. Gestern Abend noch wird die Terrasse sich unter dem Andrang gebogen haben, geschmückt mit Lichterketten, die auf den Weinflaschen und Sektkühlern funkeln, mit Körben voll glänzender Muscheln und Fritten.

Ein Stück weiter entdeckt sie Steed … dort, unter dem Überbau des Restaurants. Er kniet im Sand, wobei sich die Muskeln unter dem Stoff seines Hemdes anspannen. Die schiere Körperlichkeit ist immer das Erste, was Elin an Steed auffällt. Doch ihr Kollege ist ein Widerspruch in sich: der harte, geschliffene Körper, den die weichen Gesichtszüge verraten – schwere Lider, sinnliche Augen, ein breiter, voller Mund. Er gehört zu jenem seltenen Typus Mann, der bei Frauen gleichzeitig das Gefühl hervorruft, beschützt zu werden, wie beschützen zu wollen.

Elin und Steed haben inzwischen eine lockere Arbeitsbeziehung. Er ist jünger als sie, Ende zwanzig, aber er hat nichts von dem übersteigerten Draufgängertum, das man manchmal bei Männern dieses Alters vorfindet. Er ist clever, hat ein Händchen dafür, die richtigen Fragen zu stellen, und verfügt über jene emotionale Intelligenz, die nur allzu selten ist.

Eine Frau steht neben ihm. Sie sieht aus wie Ende vierzig, groß und muskulös. Die Badekappe auf ihrem Kopf, im gleichen Blauton wie ihr Badeanzug, betont ihre Schädelform. Trotz der Hitze zittert sie, hüpft in einem nervösen Rhythmus von einem Fuß auf den anderen.

Steed dreht sich um, und erst da bemerkt Elin es: ein auf dem Sand ausgestrecktes Bein, eine blasse Wade, salatartige Fetzen Seetang, die sich an der Haut festgesaugt haben.

Unwillkürlich tritt sie weiter vor, um besser zu sehen.

Ein Teenager. Hässliche Wunden … klaffende Schnitte an Gesicht, Brust und Beinen. Die Kleidung beinahe völlig zerfleddert, das Poloshirt quer über dem Oberkörper aufgeschlitzt.

Noch ein Stück näher, und ihre Sicht wird unscharf … der sirupartige Dunst in der Luft verleiht dem Anblick etwas Verwackeltes. Als sie einen weiteren Schritt macht, folgt auf die Reaktion die Erkenntnis.

Sie saugt die Luft ein.

Bei dem Geräusch wirbelt Steed zu ihr herum, die Augen vor Überraschung geweitet. »Elin?« Er zögert. »Bist du …?«

Doch der Rest seiner Worte zerfließt in der Luft. Elin rennt los.

Sie weiß jetzt, warum sie Steed an ihrer Stelle gerufen haben. *Aber natürlich.*

2

Hana Leger und ihre Schwester Jo warten auf das Boot, das sie zur Insel bringen soll; Koffer und Taschen stapeln sich um ihre Knöchel auf dem Landungssteg. Hana reibt sich den Nacken. Die Sonne fühlt sich an, als würde sie sich, gezielt wie ein Laserstrahl, dort auf der zarten Haut bündeln.

Im Wasser herrscht ein einziges Getümmel: Paddler, Schwimmer, hüpfende Schlauchboote, einsame Gestalten, die auf ihren Boards am Horizont entlangziehen. Kinder planschen am seichten Ufer und spritzen mit den Füßen Gischt auf; pummelige Ärmchen klatschen auf dem Meeresschaum herum.

Hanas Magen krampft sich zusammen, doch sie zwingt den Blick zurück zu dem im Wasser hockenden Knirps.

Nicht wegschauen. Sie kann nicht für immer blind bleiben.

»Alles gut?« Jo betrachtet sie durch ihre Pilotensonnenbrille, wobei sie tief ausatmet. Der Lufthauch hebt die dünnen weißblonden Haarsträhnen an, die sich aus ihrem Pferdeschwanz gelöst haben.

»Mir ist bloß heiß. Hab nicht gedacht, dass es hier unten so schlimm wird. Von wegen kühle Meeresbrise und so.« Hanas dunkles, zu einem zotteligen Bob geschnittenes Haar klebt ihr feucht im Genick. Sie wuschelt es durch.

Jo kramt in ihrem Rucksack; eines dieser praktischen leichten Modelle mit lauter Reißverschlüssen und Seitentaschen. Sie zieht eine Wasserflasche heraus, nimmt einen Schluck und reicht sie ihr. Hana trinkt – das Wasser ist warm und schmeckt nach Plastik.

Ihre Schwester gibt eine fabelhafte Figur ab. Groß und gebräunt schafft sie es, dem weißen Baumwollkleid und den leicht ausgelatschten Birkenstocks in einem Leopardenmuster etwas lässig Hippes zu verleihen. Jeder Teil von Jos Körper ist dezent definiert durch ein beständiges Programm aus Yoga, Joggen und Skifahren.

Hana folgt ihr zum Ende des Stegs und blinzelt hinaus. Die Insel liegt schemenhaft da und wird von dem grellen Sonnenkreis dahinter in Schatten gehüllt. Nur eine einzige Sache sticht klar hervor: die berühmt-berüchtigte Steinformation an ihrem linken Ausläufer – ihre Silhouette erinnert an eine vermummte Gestalt, die geschwungene Felsnase ragt wie ein Sensenblatt auf.

Erneut zieht sich Hanas Magen zusammen. »Ich hab nicht gedacht, dass das Ding ernsthaft ausschaut wie …«

»… der Sensenmann?« Jo wirbelt herum, wobei ihr der Pferdeschwanz übers Gesicht fegt.

»Ja.« Trotz der Sonnenbrille erscheint bei jedem Blinzeln der trübe Schatten des Felsens vor ihren Augen. Er steht in einem schroffen Kontrast zu der Broschüre des Retreats mit den weißen Sandstränden und dem üppigen Grün.

»Aber du freust dich doch drauf, oder? Die kleine Auszeit, meine ich.« Jo muss ihre Stimme über das Röhren eines Jetski erheben.

»Natürlich.« Hana ringt sich ein Lächeln ab, auch wenn sie sich vor diesem Ausflug gefürchtet hat.

Tatsächlich hatte sie Nein gesagt, als Jo sie das erste Mal anrief. Allein die Vorstellung eines Urlaubs gemeinsam mit Bea, ihrer älteren Schwester, Maya, ihrer Cousine, sowie deren Freund erschien ihr schräg. Sie hatten einander seit Monaten nicht gesehen, nachdem sie sich bereits jahrelang auseinandergelebt hatten. Obwohl Jo meinte, dass es darum ginge, »sie alle wieder zusammenzubringen«, hatte Hana Mühe, es nachzuvollziehen. Warum jetzt? Nach all der Zeit?

Sie schob eine Entschuldigung vor, die ihr plausibel erschien: Ohne Liam fühle es sich nicht richtig an. Aber Jo blieb hartnäckig: Anrufe, SMS; sie tauchte sogar mit einer Ausgabe der Broschüre bei ihr zu Hause auf – was an sich schon eine Seltenheit war.

Jo machte sie mürbe, indem sie Hana das Gefühl gab, alt und zimperlich zu sein, weil sie sich querstellte. So funktionierte Jo eben. Sie war eine Anführerin – nicht auf die herrische Art, sondern durch die schiere Kraft ihrer Persönlichkeit. Irgendwie geriet man in ihren Sog, ohne überhaupt zu ahnen, dass man ihr folgte.

Hana störte das nie so sehr wie Bea, die sich darüber ärgerte. Als stark introvertierte Leseratte empfand Bea Jos Energie und Extrovertiertheit als Überforderung. An Hana rauschte das vielleicht eher vorbei, weil sie immer irgendwo dazwischen war: Akademikerin, ja, aber nicht auf Beas Niveau. Sportlich, schon, aber keine Athletin wie Jo.

»Ich werde mal den Ausblick auf die Insel von hier posten ...« Jo schießt ein Foto.

Hana wendet sich ab. Es nervt sie, diese ständige Dokumentation jedes ihrer Schritte, aber sie kann sich nicht beschweren. Dieser Trip ist das Ergebnis von Jos regen Social-Media-Aktivitäten; als Reise-Influencerin wird sie gern mit Gratisurlauben bezahlt. Sie hat knapp vierhunderttausend Follower, die ihre »Natürlichkeit« mögen – etwas zu breiter Mund, der kleine Streisand-Knick ihrer Nase – und regelmäßig kommentieren, wie gut man sich doch mit ihr »identifizieren« könne.

»Das ist bestimmt nicht unseres.« Jo schiebt ihr Handy in die Tasche zurück. »Nicht so früh.« Ein großes Schlauchboot pflügt auf sie zu, wobei es eine weiß schäumende Spur in seinem Kielwasser hinterlässt.

Hana liest den weißen blockigen Schriftzug auf seiner Seite: *LUMEN.*

Jo checkt ihre Fitbit. »Oder nein, tatsächlich ist es schon fünf vor. Wo sind die anderen?« Sie dreht sich zum Strand um. »Obwohl, ich glaub, das da drüben ist Seth …«

Hana folgt ihrem Blick. »Ach ja?«

»Ach ja?«, äfft Jo sie nach. »Bring mal einen Hauch von Begeisterung auf, Han.« Sie schüttelt den Kopf. »Ich weiß, dass du kein Fan von ihm bist. Er ist nämlich zu ›riskant‹« – sie macht Gänsefüßchen in der Luft – »für dich, stimmt's?« Jo verzieht das Gesicht. »Ich wünschte, ich hätt's dir nie erzählt. Dabei war es keine wirklich ernste Sache.«

Ein Schweißtropfen rinnt zwischen Hanas Schulterblättern hinab. Hierin ist Jo Großmeisterin: die plötzlichen Kehrtwenden. »Eine Vorstrafe *ist* was Ernstes. Wir wollten nur auf dich aufpassen.«

»Er hatte mit den falschen Leuten angebandelt. Damit hat sich's.« Ihre Augen blitzen auf. »Nicht jeder ist perfekt, weißt du? Nicht alle können den lieben langen Tag fröhliche Lieder klatschen und Kindern das Einmaleins beibringen.«

Hana sieht ihre Schwester an. *Da ist er – der große Haken an der Sache.* Genau das ist der Grund, warum dieser Urlaub eine schlechte Idee ist. Weil Jo es nämlich, wie üblich, schafft, sie mit ein paar Worten niederzumachen. Das Schlimme daran ist, dass es sich nicht um bloßes Gestichel handelt, sondern um das, was auch der Rest der Familie über Hana und ihren Beruf denkt: platte Klischees – bis zu den Ellbogen in bunter Knete steckend, im Singsang das Alphabet aufsagend.

Sie haben ja keine Ahnung von der Realität. Von den klebrig-klammernden Kinderfingern in ihren und den simpel gestrickten Erzeugnissen ihrer kleinen Hirne, die ihnen, ganz ohne Filter, direkt aus dem Mund purzeln; davon, wie Hana nach einem Halbjahr mit ihnen genau weiß, was für Menschen aus ihnen werden.

Als Seth ihre Richtung einschlägt, hebt Jo, wieder ganz die Strahlende, winkend die Hand. *Schalter umgelegt.*

»Yay!«, schreit sie. »Da bist du ja!«

Hana muss zweimal hinschauen. Ein gut gebauter Mann in Shorts und T-Shirt schlendert auf sie zu. Seine Größe, der lässige Gang, die tief in die Stirn gezogene Baseball-Cap – das alles ist so schmerzhaft vertraut. Aufgrund der blendenden Sonne ist sein Gesicht nur schwer auszumachen, die Ähnlichkeit umso frappierender. Trotz dem, was ihr Verstand ihr sagt, vollführt ihr Herz einen Satz, bevor die Realität wieder einsetzt.

Natürlich ist er das nicht. Liam ist fort. Tot, tot, tot.

Mit einem schweren Schlucken sammelt sie sich wieder. Erst dann bemerkt sie eine andere, schmächtigere Gestalt hinter Seth. Es ist Caleb, Beas Freund. Aber keine Bea. Hana wendet sich an Jo: »Wo ist Bea?«

»Sie hat abgesagt.« Ihre Stimme rutscht höher. »Hab ich dir doch gesagt, oder nicht?«

»Nein«, erwidert Hana angespannt. »Wann war das?«

»Letzte Woche. Ist wohl was bei der Arbeit dazwischengekommen. Geschäftsreise in die USA.«

Bea hat abgesagt. Es sollte sie nicht weiter wundern. Ihre große Schwester war schon immer ein Workaholic, aber die letzten Jahre hat sie es weit übertrieben.

»Also hat sie Caleb geschickt? Als Platzhalter?«

Jo zuckt mit den Achseln. »Wird bestimmt nett, ihn mal richtig kennenzulernen.«

»Und du wolltest die Sache nicht verlegen auf einen Termin, wenn Bea kann?«

»Nein. War zu spät. Und überhaupt: Wir brauchen das hier, Han.« Da ist ein Ausdruck ruhiger Entschlossenheit in ihrem Gesicht. »Um wieder anzuknüpfen.« Bevor Hana etwas darauf erwidern kann, setzt Jo sich in Bewegung. »Ich gehe ihnen mal entgegen.« Doch als sie mit langen Schritten an Hana vorbeizieht, wirft Jo ihren auf einem Koffer balancierenden Rucksack um. Er ist nicht verschlossen, und der Inhalt verstreut sich auf dem Boden: Haarbürste, Tagebuch, ein Geldbeutel. Die halb leere Wasserflasche rollt über den Steg. »Scheiße …« Jo schnappt sie sich und stopft achtlos alles wieder zurück, bevor sie sich aufrichtet und abermals Richtung Seth trabt.

Hana will ihr gerade folgen, als sie bemerkt, dass Jo etwas übersehen hat: einen zerknüllten Zettel. Sie bückt sich und hebt ihn auf. Ihre Augen überfliegen das Papier.

Ganz oben steht *Hana*, gefolgt von drei kurzen Sätzen; alle gleichlautend, doch die ersten beiden durchgestrichen, um von Neuem anzusetzen.

~~*Es tut mir leid.*~~ ~~*Es tut mir leid.*~~ *Es tut mir leid.*

3

Als Elin ihre Wohnung erreicht, ist sie schweißüberströmt; ein feuchter Ring markiert den Halsausschnitt ihres Tops in einem dunkleren Blau. Ihre gesamte Haut brennt – nicht wegen der Verausgabung, sondern wegen ihres Telefonats mit Anna, als sie den Hügel wieder hochlief. Sie hatten zwar nur Belanglosigkeiten getauscht, doch Elin kannte den wahren Grund für den Anruf: *Steed hat sich bei ihr gemeldet. Hat Anna gesagt, dass Elin aufgetaucht sei.*

Im Kopf geht sie ihr Gespräch noch mal durch: »Steed hat dir geschrieben, stimmt's?«

»Ja, er hat sich Sorgen gemacht ...«

»Es ist Hayler, nicht wahr? Er ist zurück.«

Der Name hämmert wie ein unerbittlicher Puls in ihrem Kopf. *Hayler. Hayler.* Es war der erste Fall, der sich wie ein Parasit in sie hineinfraß, sie von innen aushöhlte. Hayler hatte zwei Mädchen umgebracht, ihre Leichen an ein Boot gebunden und den Propeller den Rest erledigen lassen. Und Elin hatte ihn entkommen lassen. Es hat sie gebrochen. Der Fall hatte zudem ihren brutalen Karriereknick zur Folge, den umgehenden Ausschluss aus dem MCIT, dem Major Crime Investigation Team. Dem Job, den sie liebte. Es war der Anfang ihrer Panikattacken, ihrer Angststörung.

Erst als sie letzten Winter den Mord an der Verlobten ihres Bruders in der Schweiz aufklärte, lockerte die Dunkelheit, die sie heimsuchte, ihren Griff. Obwohl es ein schwerer Schlag war, bekräftigte die Erfahrung sie bei der Entscheidung, mit der sie monatelang gerungen hatte: *Ja*, sie wollte weiterhin Ermittlerin sein. Sie beschloss zurückzukehren – doch Hayler offenbar auch. Und das zum schlimmsten denkbaren Zeitpunkt. Ihr langsamer Wiedereinstieg ins MCIT würde so zu einer Kriechpartie werden, denn man würde sie auf keinen Fall in der Nähe haben wollen …

Ihre Zunge war schwer, ihre Worte unbeholfen: »Ich kann damit umgehen, Anna. Falls ich ins Team wiederaufgenommen werde, muss ich ja nichts mit der Sache zu tun haben … Ich kann eine Runde aussitzen.«

Gewichtiges Schweigen. *Anna ist es unangenehm.* »Nein, es ist nicht Hayler. Der Junge, den du am Strand gesehen hast, wurde vor ein paar Tagen vermisst gemeldet. Selbstmord. Er war bereits tot, als das Boot ihn erwischte.«

Es war nicht Hayler.

Elin war sofort darauf angesprungen, hatte den falschen Schluss gezogen. Sie war in Panik verfallen, wie sie es immer tat. Der Gedanke setzt ihr zu, doch Elin schiebt ihn beiseite, als sie die Tür aufsperrt.

Sie durchquert den Flur ihrer Wohnung. Noch immer schafft sie es nicht, von »zu Hause« zu sprechen, hat weiterhin das Gefühl, sie müsse vorsichtig damit umgehen – ein kostbares Objekt, das einem anderen gehört –, und sie weiß, dass das nicht richtig ist. Es ist jetzt zwei Monate her, und es *sollte* sich wie ihr Zuhause anfühlen.

Es ist nicht die Schuld der Wohnung. Sie ist geräumig und wunderschön, Teil eines sichelförmig angelegten Häuserzugs im Regency-Stil mit Blick aufs Meer. Die großen Entscheidungen haben sie beide gemeinsam getroffen: schlichtes Design, neutrale Farbpalette, sorgsam ausgewählte Polstermöbel – ein großzügiges Ecksofa, ein dottergelber Zweisitzer –, Juteteppich auf dem Boden.

Elin hatte sich richtig reingekniet, wollte ihre Anpassungsfähigkeit beweisen, Will zeigen, dass sie über den Berg war, dass sie nicht mehr zurückblickte. Aber das *tut* sie, sie kann einfach nicht anders. Sie vermisst ihre alte Bude: ihre durchgesessene Couch, den Blick auf den prasselnden Regen vor der Nachbarwohnung, das ungestörte Schmökern beim Essen.

Will hockt mit aufgeklapptem Laptop auf dem Sofa. Elin fängt Gesprächsfetzen auf: *»Die Vorbereitungen für die Prämierung haben Priorität …«* Das Handy ans Ohr gedrückt, spricht er leise, drängend.

Will ist Architekt, seine Arbeit Beruf und Leidenschaft gleichermaßen. Seine Begeisterung gehört zu den Dingen, die sie am meisten an ihm liebt – seine Art, die Welt auf eine ganz andere Art wahrzunehmen, eingestimmt auf eine Schönheit, die sich Elin immer entziehen wird. Sie geht in die offene Wohnküche und gießt sich ein Glas Wasser ein.

Kurz darauf dreht Will sich um. »Du bist aber früh zurück.«

»Hab die Runde doch abgekürzt.« Sie nippt an ihrem Glas. »Wer war das?«

»Jack. Die Planung für das Projekt in Stoke Gabriel ist durch.« Er legt den Kopf schief und mustert sie. »Ist was los?«

Er kennt sie zu gut. »Kann man so sagen.« Ihre Stimme gerät ins Wanken. »Hab mich zum Trottel gemacht.« Sie erklärt, was passiert ist – wie sie Steed gefolgt war, das peinliche Telefonat mit Anna.

Wills Miene wird sanft. »Ich würde mir da keinen Kopf machen. Hayler war immerhin dein letzter Fall. Wäre doch seltsam, wenn du *nicht* dran denken würdest.«

»Es war nicht nur das. Ich habe Panik geschoben … ich musste sofort an Sam denken.«

»Elin, du hast die Antworten, die du wolltest. Du kannst die Vergangenheit hinter dir lassen.«

Will hat recht, aber obgleich sie die Antworten rund um den Tod ihres Bruders mittlerweile bekommen hat, sind es doch welche, die sie sich in ihren düstersten Fantasien nicht hätte vorstellen können: Ihr großer Bruder, Isaac, war nicht da gewesen, als Simon, der Jüngste, starb, wie Elin geglaubt hatte. *Sie selbst war da gewesen.* Als ihr kleiner Bruder ins Wasser fiel und sich den Kopf an einem Stein aufschlug, erstarrte Elin und tat nichts, um ihm zu helfen.

»Niemand gibt dir die Schuld daran«, fährt Will fort. »Du warst ein Kind.«

»Aber ich glaube, mein Dad … er gab mir die Schuld …« Sie stockt. »Isaac meinte neulich, dass er ihn besuchen wolle, und da fiel mir eine Sache ein, der ich damals keine Bedeutung beigemessen hatte, aber heute …«

»Was denn?«, hakt Will nach.

»An dem Tag, als Dad uns verließ, da hatte er einen Kletterausflug zu den Felsen geplant, von denen aus man ins Meer hüpfen kann. Ich schaffte es nicht, brach oben in Tränen aus, ruinierte die ganze Unternehmung. Danach sagte Dad: ›Du bist ein Feigling, Elin. Ein Feigling.‹ Es waren die letzten Worte, die er zu mir sagte. Danach hatten meine Eltern einen Streit. Dad ging noch in jener Nacht fort.«

»Aber damit meinte er doch nicht das mit Sam …«

»*Doch*, das meinte er. Es ist der wahre Grund, warum mein Vater fortgegangen ist, und er hatte recht. Ich bin ein Feigling. Ich bin auch heute weggerannt.«

»Das bist du nicht. Du machst Fortschritte. Kleine, beständige Schritte.«

Elin nickt, aber ihr altes Ich musste keine kleinen Schritte machen. Sie war zielgerichtet gewesen, ambitioniert. Hatte es weit gebracht. Die alte Elin wäre nicht nach Torhun versetzt worden. Die Arbeit dort ist monoton, zermürbend: Tür-zu-Tür-

Befragungen koordinieren, Überwachungskameras auswerten, Zeugenaussagen protokollieren. Nichts zum richtig Anpacken.

»Ich weiß, es ist nicht das Gleiche«, sagt er sanft.

Sie zuckt mit den Achseln. »Nichts ist das Gleiche.« Es ist schwierig, den hohen Anforderungen des MCIT gerecht zu werden, dem hektischen Tempo in der Einsatzzentrale, der intellektuellen Sorgfalt beim Aufdröseln der Feinheiten eines Falls, dem Festlegen von Strategien und Zugriffsplänen. Nichts kommt an diese Arbeit heran – aber was, wenn sie ihr heute nicht mehr gewachsen ist?

Will checkt sein Handy. »Mein letztes Meeting ist um sechzehn Uhr. Lust auf schick essen gehen? Mal richtig reden?«

»Klingt gut. Ach, übrigens, ich hab dich was von einer Auszeichnung reden hören. Gute Neuigkeiten also?«

Röte steigt ihm in die Wangen. »Oh, ja, ein Projekt wurde für die Shortlist nominiert.«

»Das ist doch super.« Elin ist selbst überrascht, dass sie sich zu einem Lächeln zwingen muss – ein kleiner, gemeiner Teil von ihr ist neidisch. In ihrer Vorstellung sollte es mit ihrer Karriere steil bergauf gehen, so wie mit seiner, aber das tut es nicht. Will ist derjenige, der wie mit einem Motor im Rücken voranprescht, während sie auf der Stelle tritt.

Er streckt sich betont locker, wobei sein T-Shirt-Saum hochrutscht, winkt ab, und da wird es ihr deprimierend klar: *Er versucht, seinen Erfolg herunterzuspielen.* Schlimmer noch, als wenn er es gar nicht mitbekommen hätte.

»Welches Projekt?«, erkundigt sie sich.

»Das Retreat. LUMEN.« Jetzt lächelt er mit unverhohlenem Stolz. »Kam echt unerwartet.«

LUMEN. Wills Baby. Luxuriöse Ferienunterkünfte auf einer Insel ein paar Kilometer vor der Küste, die er eigenhändig entworfen hat. Die Anlage verlieh der Insel ein neues Gesicht, indem Wills Büro mit einem kühnen Mix aus klotziger, modernistisch inspirierter Architektur und mexikanischer Farbgebung über die Vergangenheit walzte. Ein Herzensprojekt, eines der ersten Dinge, die er bei ihrem Kennenlernen erwähnte: »Wir erfinden im Grunde alles neu, haben aber auch die Landschaft miteinbezogen, indem wir Steine aus dem Mauerwerk der alten Schule benutzten, die mal auf der Insel stand ...«

»Es ist eine nationale Prämierung«, schiebt er hinterher, »das wird unser Büro bekannt machen.«

Nicht nur das, denkt Elin. Es ist eine kreative Anerkennung – eine Bestätigung seiner Vision, die öffentliche Wahrnehmung der Insel völlig umzukrempeln. »Glückwunsch ... und du musst es meinetwegen nicht kleinreden. Mein Kram soll kein Dämpfer für dich sein. Ich muss lernen, damit klarzukommen.«

»Ich weiß. Leichter gesagt als getan.« Er lächelt. »Lust auf einen Kaffee? Ich habe bis zum nächsten Anruf noch Zeit.«

»Ja, lass mich nur meine Zeiten aufschreiben – bin zwar nur die erste Hälfte gelaufen, aber ...« Sie greift nach ihrem Notizbuch auf dem Beistelltisch. Ihre Fitbit dokumentiert zwar ihre Werte, aber Eli notiert sie gerne auf Papier. Immerhin ist das ein Gebiet in ihrem Leben, wo sie merkliche Fortschritte macht.

Elin spürt Wills Blick auf sich und sieht auf. In seinen Augen erkennt sie Mitleid.

Er senkt den Blick – ertappt, peinlich berührt.

4

Hana betrachtet das Boot, das sich langsam der Anlegestelle nähert und dabei einen Strahl weißen Schaums hinter sich hochjagt. Die Worte, die sie soeben gelesen hat, laufen in Dauerschleife durch ihren Kopf.

~~Es tut mir leid.~~ ~~Es tut mir leid.~~ Es tut mir leid.

Sie hatte also recht. Dieser Ausflug war nicht nur ein Versuch, die Familie wieder zusammenzubringen. Jo hat die Reise aus einem bestimmten Grund organisiert, und Hana ist sich ziemlich sicher, dass der mit der Notiz zu tun hat, die aus ihrem Rucksack gefallen ist.

»Jo Leger?« Der Skipper schwingt sich aus dem Boot, sodass es wippend gegen den Steg schlägt.

Während er es festmacht, grüßt er sie mit einem gekonnten Lächeln hinter den polarisierenden Gläsern seiner Sonnenbrille. Er ist jung, Ende zwanzig vielleicht, gekleidet mit einem tadellosen weißen Poloshirt und Shorts.

»Das bin ich.« Jo tritt mit einem Lächeln vor.

Hana sieht ihr die Erleichterung an, dass die gestelzte Begrüßungsrunde durch ist – Jos übermäßig ungestüme Umarmung mit Caleb ein deutlicher Kontrast zu Hanas reserviertem Schulterklopfen.

»Ich bin Edd«, stellt sich der Skipper vor.

Seth tritt lächelnd vor. Es folgt ein kräftiges Händeschütteln, die breite Brust vorgestreckt. Typisch Seth. Ein richtiger Macker, aber ein schöner Macker, denkt sie, den Muskelstrang seines Arms betrachtend.

Hana erinnert sich an ihre erste Begegnung in einem Café. Seth hatte sich vorgestellt – vorgeschützte Bescheidenheit –, um dann sogleich abwechselnd mit ihrer Mutter und ihren Schwestern zu flirten, indem er ihren Blick eine Spur zu lange hielt und mit Komplimenten um sich warf. Er hatte ganz klar erwartet, dass man ihn attraktiv fand, und obgleich er es ist – groß, mit Vollbart, muskulös – und seine Attraktivität auch auf Hana wirkte, war diese Erwartungshaltung abstoßend. Diese *Anmaßung*.

Als das Händeschütteln endlich vorbei ist, kreuzen sich Calebs Blick und ihrer, und sie wechseln ein Lächeln.

Es ist das erste Mal heute, dass sie ihn richtig ansieht. Seine Safari-Shorts zu dem verblassten Pac-Man-T-Shirt verraten die bewusste Scheiß-drauf-Lässigkeit eines Silicon-Valley-Computer-Nerds. Irgendwie passt es. Caleb ist Akademiker, älter als der Rest, hängt aber immer noch dem Studentenleben nach.

Rein körperlich ist er das genaue Gegenteil von Seth: dünn, hagere Gesichtszüge, unscheinbares mausbraunes Haar. Hana erinnert sich noch, wie überrascht ihre Mutter war, als Bea ihn letztes Jahr vorstellte. Ihre vorangegangenen Freunde waren, um es mit den peinlichen Worten ihrer Mutter zu sagen, »kernige Mannsbilder« gewesen.

Die Analyse ihrer Mutter ein paar Tage später fiel unentschieden aus: Er hatte etwas Selbstgerechtes an sich. Beim Abendessen hatten sie einen Einblick davon bekommen: diverse Kommentare zu Politik und Bildung, die ihm aufgrund des Alkohols herausrutschten. Hana störte sich nicht daran. Sie bewunderte sein Selbstbewusstsein, die Dinge zu sagen, die sie genauso empfand, aber nie ausgesprochen hätte. Sie hatte sich schon immer zu sehr darum gekümmert, was die Leute von ihr dachten.

Als sie sich erneut trafen – diesmal nur die Schwestern und Caleb –, fand sie ihn noch sympathischer. Er verfügte über eine aufgeweckte Intelligenz, einen trockenen Humor und diese in sich ruhende Selbstsicherheit, die neben der Großkotzigkeit eines Typen wie Seth gerne übersehen wird. Caleb konnte sich mit Beas Intellekt messen und hatte keine Angst davor, sie herauszufordern, so wie die meisten anderen Menschen. Beas scharfsinniges Hirn schüchterte fast jeden ein, ließ sie entweder verstummen oder trieb sie in die Defensive.

»Also gut, auf wie viele Personen warten wir noch?«, fragt der Skipper.

»Nur eine.« Jo lacht. »Tatsächlich ist sie schon da.«

Maya kommt, halb rennend, halb schlendernd, über den Steg auf sie zu, den Schnürsenkel eines ihrer abgewetzten Segeltuchschuhe lose hinter sich herziehend. Sie steckt in typischen Maya-Klamotten: ein dünnes graues Kleidchen, das nachlässig an ihrer gebräunten, sehnigen Gestalt hängt. Dazu ein um den Kopf geknotetes pinkfarbenes Tuch mit aufgedruckten weißen Ananasfrüchten, das ihre schwarze Lockenmähne gerade so bändigt.

»Wir wären beinahe ohne dich losgefahren.« Jos Gesicht verzieht sich zu einem breiten Grinsen. »Ich …«

Bevor sie ihren Satz beenden kann, flitzt Maya auch schon auf sie zu und drückt sowohl Jo als auch Hana. Doch sie stoßen zusammen, ihre Ellbogen sind im Weg. Die Umarmung hat etwas Unbeholfenes, die Geste wirkt eingerostet, zu selten genutzt. Als Maya nach hinten tritt, rutscht ihr die Tasche von der Schulter – eine abgewetzte schwarze Sporttasche, die verdächtig klein und leicht aussieht.

Jo kneift die Augen zusammen. »Sicher, dass du alles dabeihast?«

Hana muss sich ein Schmunzeln verkneifen. Jo hatte ihnen eine ausführliche Liste von Utensilien für den Ausflug geschickt.

Rashguard. Mütze. Aquaschuhe. Sonnencreme. Und so weiter und so fort.

»Klar, ich habe mich *genau* an deine Liste gehalten.« Maya fängt Hanas Blick auf und zwinkert.

»Also gut, dann geht's los.« Der Skipper steuert bereits das Boot an.

Als Hana an Bord klettert, ertönt ein lautes Geräusch. Sie schreckt zusammen. Ein paar Meter entfernt springen Teenager von der Restaurantmauer ins Meer, wobei ihre Shorts sich im Fall aufbauschen. Der harte Knall, als sie das Wasser durchbrechen, geht ihr durch und durch.

»Alles okay bei dir?« Jo hockt sich neben sie. Da ist Mitgefühl in ihrem Tonfall, unterlegt jedoch mit etwas anderem. Genervtheit? Frust?

»Klar. Die Kids da drüben haben mich nur erschreckt.«

»Bist du sicher, dass du nicht immer noch …?«

»Immer noch was?«, erwidert Hana scharf.

Jo zuckt mit den Achseln, aber Hana weiß, was sie denkt. *Du hast doch nicht immer noch Schiss?*

Ihr Verhalten in diesem Jahr, ihre Unfähigkeit, alles abzuschütteln und zur Normalität zurückzukehren, hat sie in Jos Augen mit einem Makel behaftet. Denn Jo glaubt, das sei auf gewisse Art eine *Entscheidung*, so als hätte Hana sich längst davon lösen müssen.

Es ist das, was ihr nach Liams Tod von den letzten Monaten am meisten in Erinnerung geblieben ist: Jo, die sie ansieht – nicht mitfühlend, sondern musternd, als würde sie versuchen, einen Riss in Hanas Trauer zu finden, irgendeinen Hinweis darauf, dass sie nur temporär sein würde.

Selbst jetzt noch hat Jo Mühe, die Sache zu benennen. Stattdessen bedient sie sich leerer Worthülsen: Nach Liams »Unfall« wolle sie doch nur, dass es Hana schnell »besser« ginge. Es lassen sich zig vage Worte um das Geschehene spinnen, doch alle laufen sie aufs Gleiche hinaus: »Komm endlich darüber hinweg.«

Das Boot legt mit einem abrupten Satz vom Steg ab und beschleunigt; Jo lacht, als sie dabei gegen Hana geschleudert wird, ihr Gesicht ein einziges Strahlen.

Und wieder den Schalter umgelegt.

Hana betrachtet ihre Schwester, ein Gefühl abgrundtiefen Hasses in sich.

Sie hätte nicht mitkommen sollen. Das hier ist eine schlechte Idee.

5

Ist nicht mehr lang.« Edds Stimme erhebt sich über das Röhren des Motors. »Maximal zwei Minuten.«

Hana blickt auf ihre Armbanduhr, ihr Gesicht von feiner Gischt gesprenkelt. Sie sind seit über zwanzig Minuten unterwegs. Sie schaut zum Strand zurück; das hölzerne Gerippe des Landungsstegs ist kaum zu sehen. Das hektische Treiben auf dem Festland scheint sehr weit weg.

Mit dem Handy bedeutet Jo ihr und Maya zusammenzurücken. »He, ihr beide, dreht mal das Gesicht zum Meer.« Sie gehorchen, wobei ihre Köpfe sanft aneinanderstoßen, als das Motorschlauchboot über die Wellen hüpft.

»Wir erreichen jetzt die Rückseite der Insel«, ruft der Skipper. »Diese Seite wurde nie bebaut. Der Wald ist zu dicht.«

Caleb stößt einen leisen Pfiff aus. Hana kneift die Augen zusammen und verspürt einen Anflug von Beklommenheit, als sie die dichte Mauer aus Grün betrachtet. Sie kann sich vorstellen, wie dunkel es dadrin sein muss, wie das Sonnenlicht dort, wo die Äste der Bäume sich überkreuzen wie verschränkte Finger und den Himmel verdunkeln, beinahe zu einem Nichts ausgelöscht wird.

»Es ist viel zu lange her.« Maya dreht sich zu Hana. »Wir sind echt mies darin, Kontakt zu halten, stimmt's?«

»Ich weiß.« Hana betrachtet ihre Cousine. Das Gesicht, so ganz nah, erscheint ihr plötzlich fremd. Sie hatte völlig vergessen, wie schön Maya ist, mit dem wild gelockten Haar und der gebräunten Haut, die sie von ihrer italienischen Mutter geerbt hat. Maya sieht nach wie vor sehr jung aus, aber vielleicht ist das auch nur Hanas Wahrnehmung – sie wird wahrscheinlich immer Mühe haben, Maya als Erwachsene zu betrachten. Sechs Jahre jünger, war Maya *ewig* das Baby von ihnen gewesen, die kleine Cousine, auf die Hana aufpasste. Es lag aber nicht nur am Alter, sie hatte etwas Unentschiedenes an sich, so als wäre sie sich ihres Platzes in der Welt nicht sicher. Sie schien förmlich dahinzutreiben, mit leichtem Gepäck zu reisen, von Ort zu Ort, von Menschen zu Menschen.

»Dabei sollte ich eigentlich nicht *wir* sagen«, schiebt Maya hinterher. »*Ich* war diejenige, die Mist gebaut hat, wenn es ums Antworten ging.«

»Ist schon gut«, sagt Hana, aber die Worte klingen hart, und sie mildert rasch ihren Tonfall. »Ich hab nicht erwartet, dass man mir ununterbrochen die Hand hält.«

Denn genau das hat Maya nach Liams Tod monatelang getan. Der Unfall hatte die beiden wieder zusammengeführt, wenn auch nur zeitweise. Maya war ihr Fels – ruhig, unverrückbar und verlässlich –, als alle anderen sich wieder ihrem Leben zuwandten. Selbst jetzt kann Hana nicht sagen, ob es dem Rest der Familie langweilig wurde oder sie es schlicht vergaßen, während das Leben mit seinem kleinlichen Alltag wieder Einzug hielt. Das war neben dem Tod selbst mit das Schwierigste gewesen – dieses Gefühl, allein zu sein, in der Zeit, in der sie die Menschen am meisten gebraucht hätte.

»Wie geht es dir mittlerweile ohne ihn?« Maya schaut ihr in die Augen. »Ohne Liam …«

»Ich vermisse ihn. Ich wusste nicht, dass ich es so … so körperlich spüren würde.« Sie kann die Empfindungen nicht in Worte fassen: dieses schreckliche Zusammenziehen ihrer Kehle, wenn sie seine Bettseite sieht; das Loch in ihrer Brust, wenn sie an die Zukunft denkt, die sie nie zusammen haben werden. An alles, was sie verloren haben.

Denn das ist es, was Trauer ist: Verlust.

So viel ist für Hana verloren. Liams ständiger Bartschatten; seine Fähigkeit, alles um sich herum zum Leben zu erwecken und so inbrünstig von der Welt zu erzählen, als würde er eine Landkarte in ihrem Kopf ausbreiten. Für Liam war das Leben ein einziges Abenteuer: Flüsse, die es mit dem Kajak zu befahren galt, Hügel, um mit dem Rad hinabzuschießen. Er füllte die Welt mit Farben, und ohne ihn ist sie nun dunkel. *Hana* befindet sich im Dunkel, und sie weiß nicht, wie sie da wieder rauskommen soll.

Der Skipper unterbricht ihre Gedanken. »Zu Ihrer Linken sehen Sie gleich die Villen.«

Er hat recht. Tief zwischen den Bäumen erhascht sie einen Blick auf ein erstes Gebäude – ein Rechteck in Puderrosa vor dem Himmelsblau, ein riesiges quadratisches Fenster, auf dem Glas spiegelt sich das Sonnenlicht.

Das Retreat selbst thront hoch über dem Strand. Ein gewundener Pfad aus Steinstufen zieht sich von der kleinen Bucht die Klippe empor zu mehreren großzügigen Flachbauten in lebhaften Farbtönen von Indigo bis Apricot. Ein Stückchen tiefer, leicht abgesetzt, ragt ein Pool mit Glasboden über die Felsen hinaus.

»Na, was meinst du?« Seth knufft Caleb in die Seite. »Bea verpasst hier was, oder?«

»Bestimmt.« Caleb zuckt die Schultern. »Wir werden ein andermal herkommen müssen.«

Hana bemerkt Seths Reaktion auf die verhaltene Antwort: wie er unauffällig Caleb mustert. Calebs Körpersprache, besser gesagt, dessen Mangel, ist ihm sichtlich unangenehm; die Tatsache, dass er gar nicht erst versucht, sich kumpelhaft zu geben.

Maya beugt sich zu ihr und dämpft die Stimme. »Was hältst

du davon? Als Bea abgesagt hat, dachte ich, er würde ebenfalls einen Rückzieher machen.«

»Du wusstest, dass sie nicht mitkommt?«

»Ja. Jo hat mir das vor paar Wochen geschrieben.«

Hana nickt, während ihr dämmert, dass es kein Versehen war, dass Jo es ihr nicht gesagt hat; sie hat ihr die Information bewusst vorenthalten, damit Hana nicht auch abspringt. Sie ist sich nicht sicher, ob sie Jo begleitet hätte, hätte sie gewusst, dass Bea nicht dabei sein wird – sie haben schon immer alle drei Schwestern gebraucht, um einander auszubalancieren.

Bea und Jo waren zwei Extreme – leise versus laut. Introvertiert versus extrovertiert. Verkopft versus sportlich. Hana, in der Mitte, fand wiederum, dass es sich falsch anfühlte, wenn sie ohne die eine mit der anderen zusammen war, als würde sie zu sehr zum jeweiligen Extrem gezogen.

»Ich bin froh, dass du es geschafft hast«, sagt Maya kaum hörbar. »Ich denke oft, dass wir die ganze Sache mit dem Versprechen haben schleifen lassen, oder?«

Das Versprechen: *Immer zusammenhalten. Nie vergessen.* Hana zuckt innerlich ob der Naivität des Spruchs zusammen. Das Versprechen hatten sie sich als Kinder gegeben, als nach einer Pyjamaparty bei Maya ein Feuer ausgebrochen war; ein Feuer, das nicht nur ihr Haus, sondern auch ihre Familie zerstörte. Sie alle hatten es geschafft, zu entkommen, alle bis auf Sofia, Mayas kleine Schwester. Ihr Zimmer war leer, als sie nach ihr sahen, daher gingen ihre Eltern davon aus, dass sie schon vor ihnen aus dem Haus geflüchtet sei. Als sie begriffen, dass dem nicht so war, versuchten sie, wieder hineinzugelangen, aber die Feuerwehrleute hielten sie auf. Sie waren es auch, die Sofia schließlich fanden – verängstigt unter ihrem Bett versteckt –, aber da waren ihre Verbrennungen schon so schwer, dass sie in der Folge einen schlimmen Schlaganfall erlitt. Die resultierenden Hirnschäden und die notwendige

Pflege erwiesen sich als zu viel für Mayas Eltern, daher lebte Sofia inzwischen in einem Pflegeheim außerhalb von Bristol.

Das Versprechen besagte, zusammenzuhalten – die drei Schwestern und Maya –, aber ihr einst unerschütterlicher Bund überlebte die späten Teenagerjahre nicht.

»Wir sind da!« Jo sammelt bereits ihre Sachen zusammen, während das Boot den Steg ansteuert. Ein Angestellter steht mit einem Tablett hoher Saftgläser bereit; die Flüssigkeit darin hat das dramatische Orange-Rot eines Sonnenuntergangs. »Das sieht ja unglaublich aus – genau das Richtige vor der Kajaktour.«

Maya sieht sie fragend an. »Kajaktour? Wir sind doch gerade erst angekommen.«

»Ich habe uns das Zeitfenster in« – Jo blickt auf ihre Fitbit – »einer halben Stunde gebucht.«

»Was ist mit Auspacken?«

»Ich dachte, ihr könnt es kaum erwarten, auf dem Wasser zu sein.«

Maya nickt mit ungerührter Miene.

Als das Boot kurz darauf anlegt, ist Jo die Erste, die herausklettert. Sie dreht sich um und streckt Hana die Hand hin. »Tut mir leid, was ich vorhin gesagt habe, als ich fragte, ob du okay bist«, murmelt sie, während sie ihr aus dem Boot hilft. »Ich wollte nur, dass das hier gut läuft …«

Sie blickt verletzlich drein, während sie Hanas Gesicht beobachtet. Jo tut das normalerweise nicht – ihre Gefühle zeigen, geschweige denn sich entschuldigen –, woraufhin Hana ihre Mutmaßungen über den Zettel, den sie vorhin gefunden hat, wieder infrage stellt. Vielleicht war es ja nur das – eine Entschuldigung dafür, nicht für sie dagewesen zu sein. Nichts weiter.

Dennoch, als Jo sich bei ihr unterhakt, versteift Hana sich unwillkürlich.

Sie sollte klug genug sein, auf der Hut zu bleiben.

6

Elin stochert lustlos an dem letzten Stück ihres gegrillten Hähnchens herum, bevor sie den Teller wegschiebt. Obwohl die Türen zur Restaurantterrasse geöffnet sind, geht kein Lüftchen, und der Raum ist gerammelt voll, was die Hitze nur noch verstärkt. Drei, vier größere Gruppen haben sich an der Bar versammelt, und die Menge schwappt in den Sitzbereich über.

Will drückt ihre Hand, und Elin lächelt. Mit der süß-säuerlichen Weinnote auf der Zunge fühlt es sich an wie eines ihrer ersten Dates – das Ritual des Auswärtsessens, das Auswählen von Getränken und Speisen, Leute beobachten.

»Hey, Speedo-Alarm.« Will nickt zur hinteren Tür.

Elin folgt seinem Blick. Ein Mann um die sechzig marschiert in einem knappen grünen Badehöschen den Strand entlang. Es ist ihr Insiderwitz diesen Sommer. Will und Elin sind richtige Kenner geworden, bewerten die Badehosen nach Sitz, Taillenhöhe, Farbe, Durchsichtigkeit.

»Was meinst du? Eine Neun?«

»Nee … sieben«, erwidert sie trocken. »Zu viel Stoff an den Schlüsselbereichen.«

Will lacht, doch als es verebbt, meint sie eine Spannung in seinem Gesicht auszumachen. »Aber jetzt mal im Ernst, es gibt da etwas, das ich dich fragen wollte.«

Sie greift nach ihrem Weinglas. »Klingt ja mysteriös.«

»Nicht wirklich. Ich wollte dir das hier zeigen.« Er zieht sein

Handy hervor und dreht ihr das Display hin. »Nachricht von Farrah. Meint, sie kann sich am Wochenende nicht mit uns treffen. Stress bei der Arbeit.«

Farrah, Wills große Schwester, leitet als Managerin LUMEN, das Retreat, das er entworfen hat. Die geschäftliche Verquickung der Geschwister fand Elin immer etwas seltsam, zu eng, um noch angenehm zu sein, aber andrerseits ist das Wills Familie, wie sie sie kennt – ständige Telefonate und Nachrichten.

»Und? Du hast doch schon vor einiger Zeit gesagt, dass es diese Saison hektisch zugehen wird.«

»Ich weiß, aber in letzter Zeit verhält sie sich merkwürdig. Gar nicht wie sie selbst. Mum und Dad meinten, sie sei völlig neben sich gewesen, als sie letzte Woche bei ihnen vorbeischaute. Ich habe Farrah danach gefragt, aber du weißt ja, wie sie ist. Zeigt nie Schwäche.«

Wie ihr alle, korrigiert Elin still. Obwohl sie als Familie ein Riesentamtam um ihre Offenheit machen – regelmäßige Clantreffen, vertrauliche Gespräche bei Mittagessen –, hat sie nach einer Weile kapiert, dass diese Offenheit sehr selektiv ist. Alle haben sie Probleme damit, irgendwas bloßzulegen, was ihnen zum Nachteil gereichen könnte.

»Vielleicht Probleme mit einem Typen?«

»Ich glaube nicht.« Seine Finger nesteln an seinem abgewetzten Silberring herum. »Seit Tobias gab es niemanden.« Er hält inne. »Manchmal frage ich mich, ob sie sich vielleicht irgendwem außerhalb der Familie anvertrauen würde.« Er zögert erneut, und sie weiß schon, was jetzt kommt. »Ihr seid nicht zusammen was trinken gegangen, oder?«

Langsam zieht sie ihren Teller wieder zu sich heran, eine Verzögerungstaktik. »Trinken?«

»Hat Farrah beim letzten Treffen nicht so was angedeutet? Von wegen du und sie?«

Elin nickt. Sie weiß, dass sie sich mehr Mühe mit Wills Schwester geben sollte, aber sie hat sich nie so recht überwinden können. Es war keine einfache Beziehung; von Anfang an herrschte Befangenheit zwischen ihnen, schon bei ihrem ersten gemeinsamen Essen ein paar Wochen bevor sie seine Eltern kennenlernte.

»Du wirst Farrah mögen«, hatte Will sie aufgemuntert, als sie in dem Café auf sie warteten. »Sie ist sportlich und lustig, so wie du.« Doch alles, woran Elin sich erinnert, war Farrahs musternder Blick und dieses unmittelbare Gefühl, dass sie einen Mangel an ihr entdeckt hatte. Elin wusste, was er zu bedeuten hatte: *Du bist nicht die Richtige für meinen Bruder.*

Seither umkreisen Farrah und sie sich argwöhnisch. Sie schwingen zwar große Reden – haufenweise leere Versprechungen, sich mal zu treffen –, aber es kommt nie dazu, da vermutlich keine von beiden wirklich will.

»Ich schreibe ihr«, sagt Elin schließlich. »Und mache was aus.«

Er beugt sich vor und küsst sie leicht auf die Lippen. »Du musst nicht so tun als ob. Ich weiß, dass du nicht scharf darauf bist, aber sie ist wahrscheinlich mehr eingeschüchtert von dir als andersherum. Du musst den Leuten eine Chance geben. Es ist das Gleiche wie mit deiner Versetzung. Lass dich auf sie ein. Schau einfach, wie es läuft.«

Elin nickt, wobei sie seinen Anblick in sich aufnimmt – die Sommersprossen, das aschblonde Haar, die markante schwarz gerahmte Brille, die seine Augen leicht vergrößert –, und verspürt eine Woge von Zuneigung.

Er hat recht. Es wird Hindernisse geben auf ihrem Weg zurück, aber sie muss tun, was er ihr geraten hat. *Sich darauf einlassen. Einfach schauen, wie es läuft.*

7

Und, gefällt es dir?« Jo deutet zu der Lodge, dem Hauptgebäude des Retreats.

Den Saft immer noch in der Hand, bleibt Hana neben ihr stehen und saugt Urlaubsdüfte in sich auf: Kiefern und Blumen, sonnenverbrannte Erde. »Es ist wunderschön.« Sie betrachtet die Mauern in dem ausgefallenen Bonbonrosa, die Flachdächer und das viele Glas. Alles an der Anlage ist hinreißend, doch ihre Blicke gleiten immer wieder übers Meer.

Die Aussicht ist atemberaubend: glitzernde Streifen unwirklich leuchtender Blau- und Grüntöne, eingerahmt von hohen, schlanken Zypressen. Der Horizont dahinter sieht aus, als würde er in der Hitze simmern – ein riesiger Topf kurz vor dem Überkochen.

»Das Restaurant liegt zu deiner Rechten … Yoga-Pavillon und Fitnessstudio zu deiner Linken.«

Hana nickt. Ganz, wie sie es sich auf dem Boot gedacht hat: Die Gemeinschaftsbereiche des Retreats wurden verteilt auf dem Plateau erbaut, sodass alle vom selben Ausblick profitieren. Eigentlich clever – es vermittelt die Illusion völliger Abgeschiedenheit. Kein Land weit und breit, nur Wasser, eine endlose blaue Weite.

»Ich liebe es.« Seth legt grinsend einen Arm um Jos Schultern. »Hast du gut ausgesucht.«

Caleb hingegen verzieht keine Miene. Unmöglich zu sagen, was er davon hält. Entweder ist er unschlüssig oder aber nicht gerade begeisterungsfähig.

»Ich schätze mal, wir werden die meiste Zeit hier verbringen.«
Seth steuert direkt das Restaurant an, wobei seine Flip-Flops
beim Gehen auf den Steinen an den Fußsohlen schnalzen. »Genauer gesagt, an der Bar.«

Hana folgt ihm, wobei sie alles auf sich wirken lässt. Das Restaurant wird von einem großen Außenbereich flankiert – mit
einer Terrasse und einer Bar, sodass man einen unverstellten
Blick auf die Klippen und das Meer hat.

Obwohl bald Mittag ist, servieren die Angestellten in weißen
Uniformen noch Frühstück. Herabhängende Blätter- und Blütenpflanzen umranken eine Pergola; ein großes dreieckiges Sonnensegel spendet Schatten. Dezente Lichtgirlanden spannen sich
zwischen den Pfeilern. Neonfarbene Pflanztöpfe mit imposanten
Kakteen säumen die Terrasse.

Von hier aus kann Hana auch die Schaukel sehen: der Instagram-würdigste Ort der Anlage. Ein Gast schwingt an einem der
Seile und lässt seine Füße durchs Wasser pflügen.

Als sie sich in die andere Richtung aufmachen, um eine Runde
um den offenen Yoga-Pavillon zu drehen, erblicken Hanas Augen
die versprengten Villen, die weiter unten stehen und mit der üppigen Vegetation der Insel verschmelzen.

»Ist ein Stück zu Fuß bis zu unserer Unterkunft«, sagt Jo, die
ihrem Blick gefolgt ist.

»Wie weit? Ich …« Doch sie verstummt, als sie vom Anblick
des vor ihr aufragenden Felsens überwältigt wird.

Hana hatte erwartet, dass seine Form aus der Nähe weniger
dramatisch wäre, aber wenn überhaupt, tritt sie nur noch klarer
hervor – die gebeugte Silhouette des Sensenmanns. Ihr Blick folgt
dem Grat, der sich als Umriss der Kapuze interpretieren lässt, weiterhin als ausgestreckter Arm, gefolgt von der Sense selbst.

Dies ist auch die Stelle, an der ihre Augen verweilen, an der
subtilen Krümmung der steinernen Klinge.

Als sie sich endlich abwendet, begegnet sie Seths Blick. Er schaut zum Felsen hoch, dann zu ihr; ein Lächeln umspielt seine Lippen.

Trotz der wärmenden Sonne auf ihren nackten Schultern erschauert Hana.

8

Der Typ vom Retreat meinte, dass es etwa zehn Minuten bis zur Höhle ist.« Jos Stimme wird vom Wasser zurückgeworfen, als sie sich vom vorderen Sitz des Zweierkajaks umdreht. »Anscheinend kann man direkt hindurchpaddeln und kommt hundert Meter weiter oder so wieder raus.« Als sie das Paddel ins Wasser versenkt, tritt jeder Muskel an ihrem oberen Rücken und den Armen perfekt unter der glänzenden Schicht Sonnencreme hervor.

Maya, in einem Einerkajak etwa einen Meter entfernt, verzieht gespielt entsetzt das Gesicht. »Na, hast du Spaß?« Stumm formen ihre Lippen diese Worte.

Hana lächelt, wenn auch gezwungen. Obwohl es nicht anstrengend ist – das Kajak pflügt mühelos durch das ruhige Wasser –, ist ihr flau, und sie hat immer noch den säuerlichen Geschmack des Fruchtsafts im Mund. Sie hätte ihn nicht trinken sollen, nicht vor dem Sport. Und die Hitze ist auch nicht gerade hilfreich, denkt sie, währen ihr der Schweiß unter dem Rashguard den Rücken hinabbrinnt.

In Wahrheit wäre Hana lieber in der Villa geblieben, um mit einem Glas Eiswasser neben sich die Füße im türkisgrünen Viereck ihres Pools baumeln zu lassen. Die Unterkunft ist genauso schön wie auf den Fotos – weiß getünchte Wände, honigfarbene Kalksteinfliesen auf dem Boden, überall großblättrige tropische Pflanzen. Eine ferienreife Hacienda-Atmosphäre einschließlich Rattanmöbeln, überdimensionierten Terrakotta-Vasen, gemusterten Webteppichen. Kunstwerke in einem kräftigen Rostrot, in Pink und Blau.

Warum mussten sie sofort losziehen? Warum kann Jo nicht den Moment genießen?

Bea hätte das nicht getan, denkt sie gereizt. Sie hätte, wie Hana, ausgiebig in der Villa verweilt, um gemeinsam die kleinen Details zu analysieren – die winzigen abstrakten Objekte aus hellem, ausgeblichenem Treibholz an den Wänden, die surreal anmutenden Grüppchen von Kakteen.

Hana hatte versucht, sich abzusetzen, eine Entschuldigung vorzuschieben, aber ihre Einwände wurden ignoriert. Da wäre Bea nützlich gewesen. Sie ist einer der wenigen Menschen, der Jo in die Schranken weisen kann.

»Hey, ihr drei! Genug gequasselt. Wir müssen einen Zahn zulegen, wenn wir es zum Mittagessen zurückschaffen wollen«, ruft Seth.

Er und Caleb, ebenfalls in einem Zweierkajak, sind ihnen voraus. Die beiden geben ein ungleiches Paar ab – Seths breiter, gebräunter Rücken bildet einen auffälligen Gegensatz zu Calebs schmaler, in ein blau glänzendes Rashguard gehüllte Gestalt. Es sieht aus, als würde Seth die meiste Arbeit tun; Calebs Züge sind unkoordiniert, sein Paddel schrammt eher über die Oberfläche, statt durchs Wasser zu schneiden.

Auf Höhe der Villen wird eine Biegung der Insel deutlich, und mit ihr nimmt das Wasser einen dunkleren, tintenblauen Farbton an. Große Stränge aus Seegras ragen aufrecht vom Meeresgrund empor, und Hana schaudert, als sie deren Widerstand um das Ruderblatt spürt.

Als sie an den letzten Villen vorbeiziehen, weicht die sanfte Landschaft etwas Wilderem, der gewaltigen Mauer aus Bäumen, die sie bei ihrer Ankunft gesehen haben. Kiefern gemischt mit anderem Nadelgehölz und Brombeergestrüpp. Ein Stück weiter fallen die Klippen scharf ab und bilden eine kleine, überwölbte Bucht. Sie ist leer – keine anderen Menschen sind zu sehen.

Jo steuert näher in Richtung der Bucht. Sie hebt ihr Blatt und deutet nach vorne. »Bin ziemlich sicher, dass es das ist. Ich erkenne die Fotos vom Eingang. Wenn man drin ist, vollführt die Höhle eine Schleife.«

Hana betrachtet unbehaglich den kleinen Torbogen aus Sandstein, kaum breit genug, um ein Kajak durchzulassen.

»Das ist ziemlich eng.« Caleb legt das Paddel quer über seinen Schoß. »Bist du sicher, dass das die richtige Stelle ist?«

»Drinnen wird es breiter sein. Andere Leute haben es auch geschafft … Han, wir gehen als Erste hinein, oder? Zeigen den Kerlen, wo es langgeht.«

Hana hört die Herausforderung in Jos Stimme. Immer noch den säuerlichen Geschmack in der Kehle, schluckt sie ihn hinunter und nickt. »Na klar.«

Langsam paddeln sie auf den Felsbogen zu. Caleb hatte recht: Als sie die Öffnung erreichen, ist sie so schmal, dass sie nicht paddeln können, sondern innehalten müssen, um sich von ihrem Schwung in die Höhle ziehen zu lassen. Hana verspannt sich, als die Seiten des Kajaks mit einem leisen, schürfenden Geräusch an den Wänden entlangschrammen, doch Sekunden darauf sind sie im Inneren.

Sofort hüllt sie die Höhle in eine trübe Dunkelheit. Die Decke ist niedrig und feucht gefleckt, der Sandstein mit Seepocken und Napfschnecken gespickt. Dafür ist der Raum nun etwas weiter, es gibt ausreichend Platz, beidseitig zu paddeln.

»Alles in Ordnung?« Jo dreht sich um.

»Alles gut.« Hanas Stimme hallt von den Wänden wider. Als sie ihren Weg fortsetzen, wird es noch düsterer, das Wasser ist beinahe schwarz. Ein modriger Geruch, fischig und schal, hängt in der Luft.

Ein Stück weiter vorne verengt sich der Durchgang abermals. »Bist du sicher, dass es da rumgeht?«

»Klar.« Hana kann den Anflug von Ungeduld in der Stimme ihrer Schwester hören. »Warte kurz.« Jo greift nach der Taschenlampe, die sie an einer Gummischnur um den Hals hängen hat, und knipst sie an. Der Strahl leuchtet eine Biegung etwa zwanzig Meter vor ihnen aus. »Siehst du?«

Hanas Angst weicht einer plötzlichen Euphorie, etwas, was sie schon eine Ewigkeit nicht mehr verspürt hat. Abenteuer wie diese standen seit Liams Tod nicht mehr auf dem Programm. Er war der Aktive gewesen – ihr Modus ohne ihn ist eher der eines Couchsurfers.

Die Höhle breitet sich schließlich so weit, dass sogar zwei Kajaks nebeneinander paddeln könnten. Jo richtet die Taschenlampe erneut nach vorne, ein schmaler Lichtstreifen, der über das Wasser gleitet. Man kann denken, Rauchschwaden steigen auf, in einem unheimlichen Blaugrün, sie werfen lange Schatten über die Höhlenwände. Kaum fassbare Formen tauchen im Gestein auf, ein Rausch aus Farben und Strukturen.

Hana saugt alles in sich auf. »Es ist unglaublich«, sagt sie. Jo dreht sich um und grinst. Hana wird klar, dass es das hier ist, was ihnen die letzten Jahre gefehlt hat – eine gemeinsame Erfahrung wie diese. Tatsächliche Abenteuer erleben. Neue Erinnerungen schaffen.

Sie will das gerade sagen, als sie das leise Murmeln von Jos Stimme vernimmt. Hana sieht bestürzt zu, wie Jo die Handykamera herumschwenkt, und ihr wird bewusst, dass das Lächeln, von dem sie dachte, es würde ihr gelten, an Jos Smartphone gerichtet war. So viel zum Thema gemeinsame Familienzeit. Ging es bei diesem Trip bloß um Instagram und TikTok? Eine weitere Übung in Selbstvermarktung?

»Können wir nicht ein paar Minuten ohne dieses verdammte

Handy auskommen? Ohne dass du jede Einzelheit dokumentierst ... Willst du denn nie im Moment sein, statt ihn bloß aufzunehmen?«

Jo dreht sich um. »Herrgott noch mal, Han, mach dich locker, das ist mit der Grund, warum wir überhaupt hier sind. Ich muss Content produzieren, um unseren Gratis-Aufenthalt zu rechtfertigen.« Sie schüttelt den Kopf. »Es ist immer das Gleiche mit dir. So verdammt wertend.«

Als sie die Kränkung in der Miene ihrer Schwester sieht, zögert Hana, bereut es, überhaupt etwas gesagt zu haben. Vielleicht ist sie ja wirklich zu schnell mit einem Urteil zur Hand.

Doch bevor sie etwas sagen kann, wird Jos Miene sanfter. »Aber du hast recht. Ich werde es weglegen.« Die Härte in ihrer Stimme ist verschwunden. »Ich vergesse manchmal, wie sehr das andere schlaucht ... Seth sagt dasselbe. Ich kapier es ja, aber manchmal ist das alles ...« Sie nickt zu ihrem Handy. »Es ist einfacher als die echte Welt.«

Hana sieht sie neugierig an. »Wie meinst du das?«

»Diese zurechtgeschnittene Version des Lebens, die ich da zeige. Manchmal ist sie mir lieber. Nichts von dem chaotischen Zeug im wahren Leben, von der schrägen zwischenmenschlichen Dynamik.«

Hana lächelt. »Du willst damit sagen, *wir* sind schräg ...?«

»Ein bisschen.« Jo grinst. »Es ist nur nach wie vor ein bisschen komisch zwischen uns, nicht wahr? Ich frage mich immer wieder, ob es eine gute Idee ist, etwas zu erzwingen, was nicht mehr da ist. Du, ich, Maya ...« Sie zögert. »Wie war Maya dir gegenüber?«

»Nett. Ich meine, wir telefonieren immer noch, aber ansonsten ...«

»Sicher? Und sie hat nichts gesagt?«

»Was soll sie denn gesagt haben?«

Da ist ein Flackern in Jos Augen, bevor sie lächelt. »Ach, nichts Besonderes.« Aber als sie weiterpaddeln, bleibt das Lächeln in ihrem Gesicht stehen. Einen Moment zu lang, um echt zu sein.

9

Hana schließt die Toilettentür und durchquert das Restaurant, wobei sie sich zwischen den voll besetzten Tischen hindurchschlängeln muss. Sie atmet die köstlichen Düfte ein, die rauchige Holzkohle vom Grill, die harzige Note der Kiefernkronen darüber. Die kreuz und quer gespannten Lichterketten glitzern auf halb leeren Weinflaschen, auf Focaccia so dick wie Kissen, auf denen das Olivenöl glänzt.

Die Aussicht ist nicht von dieser Welt ... das harte Tagesblau von Meer und Himmel wurde fortgezogen, um etwas Weicheres, Zarteres zu enthüllen. Vor lauter Ablenkung bleibt Hanas Sandale am unebenen Steinboden hängen, ihr Knöchel knickt ein, und beinahe stolpert sie.

Zu viel getrunken, denkt Hana und spürt den perlenden Strudel des Alkohols in ihrem Kopf. Sie befindet sich in dieser herrlichen Phase von Trunkenheit ... ihre Sinne gesteigert, sodass die Luft sich auf ihrer Haut warm und flüssig anfühlt. Nein, sie *ist* flüssig, berichtigt sie sich und begreift erst in diesem Augenblick, dass die aufsteigende Hitze vom Grill die Luft vor ihr flirren und wabern lässt.

Trotzdem erscheint die Gestalt, die links neben dem Grill steht, völlig klar: Seth. Er unterhält sich mit einer der Kellnerinnen, den Kopf lachend in den Nacken geworfen. Typisch Seth, sein Flirtbedürfnis sogar auf die Servicekräfte auszuweiten ... eigentlich auf jeden um ihn herum.

Ob es je zu etwas führt, kann Hana nicht sagen – aber es *sollte* zu nichts führen, denkt sie mit einem Blick zu Jo, die sich, das Smartphone in der Hand, angeregt unterhält.

Sie sieht blendend aus heute Abend. Ein paar Gläser intus, und ihre Miene ist entspannt, offen. Das Kleid aus schwarzer Lochspitze betont das sonnengebleichte Haar und die Bräune. Ihre Mutter ist Halbschwedin, und Jo hat sich die meisten klischeehaften skandinavischen Gene unter den Nagel gerissen: blaue Augen, blondes Haar und zudem das eklektizistische Gespür ihrer Mutter für Kleidung. Das knallbunte Schultertuch, das sie sich umgeworfen hat – mit grünen und pinkfarbenen Klecksen –, wäre an Hana zu viel des Guten, doch an Jo funktioniert es.

»Du warst ja ewig weg«, sagt Maya. »Ich wollte schon einen Suchtrupp losschicken.«

»Ich …« Doch Hana kommt nicht dazu, ihren Satz zu beenden.

Jo hält ihr Smartphone hoch und spult etwas zurück. Das ist ja *sie*, wird Hana klar – gerade eben, als sie gestolpert ist. Jo lässt das Video ganz langsam abspielen: Hanas Ausdruck von Panik, die Augen aufgerissen, der Mund sperrangelweit geöffnet, eine hässliche Momentaufnahme nach der nächsten.

Ein breites Grinsen erscheint auf Jos Gesicht. Seth, der zurück am Tisch ist, schmunzelt ebenfalls.

»Sorry.« Jo lacht, wobei die grünen Sicheln ihrer hölzernen Ohrringe sanft gegen ihre Wangen schlagen. »Ich habe nur herumgeschwenkt, um Bildmaterial vom Restaurant aufzunehmen, und da …« Sie prustet erneut los.

Hana sieht sie an, ihre Sinne mit einem Mal schmerzlich geschärft. »Du hast aber nicht vor, das hochzuladen, oder?« Sie spürt die Röte in ihre Wangen kriechen.

»Nein, natürlich nicht.« Jo greift über den Tisch hinweg nach ihrer Hand. »Gott, du bist aber schnell eingeschnappt. Ich hab nur Spaß gemacht.«

Unwillkürlich weicht Hana vor ihrer Berührung zurück.

»Spaß …« Doch sie hält inne, als Mayas und ihre Blicke sich kreuzen – eine kurze Warnung: *keine Reaktion zeigen*. Sie nickt beipflichtend. Maya hat recht – Hana wird doch nur als Verliererin dastehen, wenn sie darauf einsteigt.

Es sind Momente wie diese, in denen sie sich wünscht, Liam wäre hier. Er hätte unter dem Tisch ihre Hand gedrückt und das Thema gewechselt. Darin war er gut: sich in Menschen hineinfühlen, sie aufbauen. Es war mit das Erste, was Hana an ihm bemerkte, als sie sich auf einer Geburtstagsparty kennenlernten.

Groß, dunkelhaarig, mit dezenten Muskeln, so war er ihr aufgefallen. Doch als sie sich dann unterhielten, war sie überrascht, wie schüchtern er war – liebenswert ahnungslos ob seiner eigenen Attraktivität.

Später an jenem Abend saßen sie zusammen im Garten am Lagerfeuer. Bewundernd sah sie zu, als Liam einschritt, um eine Kollegin in Schutz zu nehmen, die öffentlich ausgequetscht wurde, warum sie keine Kinder habe. Hana war gerührt von seinem Verhalten und unterhielt sich eine Weile mit ihm. Es war eines dieser ungehemmten Gespräche, die man nur mit Fremden und leicht angetrunken führen kann, weil man glaubt, denjenigen nie mehr wiederzusehen.

Sie verließ die Party in jener Nacht mit zwei Gewissheiten: dass sie ihn wiedersehen wollte und dass sie, sollte es dazu kommen, auf einem Mountainbike landen würde. Liams Besessenheit vom Radfahren hatte mindestens die Hälfte ihres Gesprächs eingenommen. Hana erwischt sich dabei, wie sie bei der Erinnerung daran lächelt, doch dann fällt es ihr wieder ein … Sie muss den Gedanken wegschieben wie einen ungebetenen Besucher.

»Bin ganz bei dir«, sagt Caleb mit einem Blick zu Hana. »Manchmal wünschte ich, wir könnten die Zeit um zwanzig Jahre zurückdrehen und ein Abendessen auf altmodische Art haben.«

»Was meintest du gerade?« Jo rückt mit ihrem Stuhl näher.

»Na, dieser ganze Videokram, das ist manchmal einfach zu viel.« Caleb zuckt mit den Achseln.

Jo schüttelt matt den Kopf. »Den Blick habe ich schon mal gesehen. Du denkst, es ist unter deiner Würde, stimmt's? Bea hat so was angedeutet.«

Er runzelt die Stirn. »Wie meinst du das?«

»Ich habe doch Beas Social-Media-Posts gesehen. All der ätzende pseudo-intellektuelle Mist über Fernsehserien und Bücher. Bea war nie so. Sie sagte immer, dass, wenn man wirklich was im Kopf hat, man nicht das Bedürfnis hat, jemandem reinzudrücken, was man liest und schaut, wie so ein beschissenes Abzeichen, um zu beweisen, wie gebildet man ist.«

Caleb presst die Lippen zusammen, sodass sie nur noch einen Strich bilden. *Jo hat einen Nerv getroffen.* Er wechselt das Thema. »Wisst ihr, ich habe was über die Insel gelesen, bevor wir herkamen, dachte, das wäre wahrscheinlich nur viel Lärm um nichts. Aber wenn man auf der Insel ist, den Felsen aus der Nähe sieht …« Er verrenkt den Hals, um hinter sich zu blicken. »Er hat schon eine gewisse Aura, findet ihr nicht?«

Seth nickt. »Es bringt mich auf den Gedanken, dass doch mehr an dem dran ist, was die Leute sagen.«

»Und was sagen die Leute?«, äfft Caleb seinen dramatischen Tonfall nach.

»Unter anderem, dass er verflucht ist. Wundert einen nicht, nach allem, was über die Jahre hier passiert ist.«

»Was da wäre?«

»Die Sache mit der Pest, die abgebrannte Schule … Creacher … Denke nicht, dass ich mehr sagen muss …«

»Nein, musst du nicht«, unterbricht Maya. »Es mag ja eine gute Story abgeben, aber der Urlaubsatmosphäre ist es nicht gerade zuträglich.«

»Apropos Urlaubsatmosphäre, ich hätte Lust auf noch einen

Cocktail.« Jo greift nach der Getränkekarte und liest laut vor: »Sunset Sailor – Bacardi Oro, Diplomático, Angostura Bitter, Ananas-, Orangensaft.«

»Der würde Bea gefallen«, sagt Caleb und winkt einem der Kellner. »Sie ist momentan in einer Cocktailphase. Hat sich sogar einen Shaker für daheim gekauft.«

»Ich wünschte, Bea hätte mitkommen können«, murmelt Hana, als ihre Getränke serviert werden. Sie nippt an ihrem. Er ist stark, sehr Rum-lastig. »Ohne sie ist es nicht dasselbe.«

»Tja, dann stoßen wir auf sie an.« Jo hält ihren Cocktail hoch, wobei das Licht sich in der kräftigen Farbe fängt. »Auf Bea!«

Maya ist die Einzige, die ihr Glas nicht hebt.

Hana schaut sie an und stellt erschrocken fest, dass sie versucht, Tränen wegzublinzeln. »Was ist denn los?«

»Es ist nicht nur Bea, die fehlt«, platzt Maya heraus. »Sofia hätte bei solchen Sachen auch dabei sein sollen.«

»Oje, ja, natürlich.« Hana drückt die Hand ihrer Cousine, wobei sie sich innerlich schilt, dass alle Sofia vergessen haben.

»Manchmal überkommt es mich einfach – was ihr alles im Leben entgeht.« Maya wischt sich über die Augen.

Jo hebt erneut ihren Drink. »Auf alle abwesenden Freunde …« Trotz der mitfühlenden Miene ist da etwas Abschätziges in ihrem Tonfall. Schweigend trinken sie, bevor sie wieder das Wort ergreift. »Sollen wir ein bisschen an den Strand runter?«, schlägt sie vor und schiebt die Frage hinterher, ob sie wohl zu alt zum Nacktbaden seien.

Rasch kehrt das Gespräch zum scherzhaften, heiteren Ton von vorhin zurück, aber Mayas Ausbruch hat Jo verärgert – Hana sieht es ihr an.

Es ist, als hätte Maya einen Stein in den von Jo geplanten Abend geworfen und kräuselnde Wellen in dem sonst so perfekten, glatten See hinterlassen.

10

Michael Zimmerman durchquert, Lappen und Putzmittel in der Hand, das Restaurant.

Er lässt den Blick über den Außenbereich schweifen: die leeren Stühle, das pastellige Grau der Steinfliesen, die Glühbirnen der Lichtergirlanden, jede von ihnen spiegelt eine winzige funkelnde Sonne wider. Er mag diese Zeit des Tages, bevor die Gäste aufwachen. So früh wirkt die Sonne träge, als wolle sie kaum die schweren Lider über dem Horizont öffnen, als wolle sie unwillig den Blick heben.

Außerdem ist es einfache Arbeit. Die gesamte Anlage wurde schon am Vorabend geputzt. Er muss lediglich die Reste aufspüren, die den Kollegen entgangen sind: eine in einer Ecke verkeilte Flasche, aus deren offenem Hals Bier getropft ist; fettige Fingerabdrücke auf dem Terrassengeländer.

Zu mehr ist er ohnehin nicht zu gebrauchen, denkt er, als er ein scharfes Ziehen in seinem Kreuz verspürt. Seine Tage körperlicher Verausgabung sind vorbei, sein Körper ausgelaugt vom jahrelangen Sportunterricht und den Rugbyspielen an den Wochenenden. Es war durchaus an der Zeit, vom Gas zu gehen, aber ganz wollte er sich noch nicht in den Ruhestand zurückziehen, was diesen Job zur perfekten Zwischenlösung macht.

Genug Gesellschaft, um ihn von Ärger fernzuhalten, hätte wohl seine Frau gesagt, und das stimmt. Es tut einem nicht gut, allein zu sein. Zu viel Zeit zum Nachdenken.

Michael wischt ein letztes Mal mit dem Lappen übers Geländer, die Fingerspitzen in den Stoff gepresst, um das letzte bisschen Fettfilm einzufangen, bevor er sich zum Yoga-Pavillon aufmacht.

Er hat den Eingang noch nicht erreicht, als er ein Kleidungsstück auf dem Gras hinter der gläsernen Brüstung bemerkt, die die Vorderseite des Pavillons umgibt.

Der bunt gemusterte Stoff irritiert ihn – so etwas dürfte von der abendlichen Putzkolonne nicht übersehen werden.

Langsam geht er hinüber und beugt sich über die Scheibe, um ihn aufzuheben. Kaum dass seine Hand sich um den seidigen Stoff schließt, zieht ihn etwas auf den Felsen unten in seinen Bann.

Er zuckt zusammen. *Das bildest du dir nur ein.*

Doch als er genauer hinschaut, ist klar, dass dem nicht so ist.

Michael fängt an zu zittern. Seine Hand öffnet sich, und das Tuch gleitet wieder zu Boden.

Er reißt seinen Blick von den Felsen los, wendet sich ab und würgt. Mit jedem Würgereiz kommen Klumpen von dem allmorgendlich für die Bediensteten bereitgestellten Müsli hoch und verteilen sich über die hellen Steinfliesen.

11

Elin setzt sich an ihren Schreibtisch, ihre Schenkel immer noch ganz kribbelig vom Laufen. Sie liebt es, frühmorgens im Büro zu sein, genießt die Stille und den frischen Zitrusduft von Reinigungsmittel, das dunstige Licht, das sich über die staubigen Computerbildschirme legt. Winzige Details, die sie nur zu dieser Zeit bemerkt, wenn ihre Gedanken Raum zum Herumschweifen haben, ihr Hirn noch unbelastet ist vom angesammelten Müll des Tages.

Bei diesem Fall braucht sie jede Hilfe, die sie bekommen kann, einen zündenden Funken, der bisher auf sich warten lässt. Erst gestern gab es wieder einen Einbruch, der letzte in einer ganzen Serie ähnlicher Verbrechen, bei der die Diebe sich mit Juwelen und Elektrogeräten im Wert von mehreren Tausend Pfund sowie geringfügigen Mengen Bargeld davonmachten. In den letzten Wochen hat Elin das Netz weiter ausgeworfen. Sie hatten sich mit Zeugenaufrufen und Bitten um Dashcam-Aufnahmen an die Presse gewandt, aber es haben sich keine verwertbaren Hinweise ergeben. Die Spurensicherung hat ebenfalls nichts Entscheidendes herausgefunden.

Der Druck lastet schwer auf ihr: *Wenn sie nicht mal bei so einer Sache vorankommt, wie sollen ihre Vorgesetzten dann davon ausgehen, dass sie bereit für die Rückkehr zum MCIT wäre?*

Elin blättert die Zeugenaussagen durch. Bei der Gang – und angesichts des Ausmaßes der Verbrechen ist sie sich sicher, dass es eine solche ist – handelt es sich um Profis, die bewusst Objekte ohne jegliche Sicherheitsvorkehrungen oder Kameras am Haus oder in der Nachbarschaft ins Visier nehmen.

»Morgen.«

Sie schaut auf. Steed. Er schenkt ihr ein lässiges Grinsen und lässt seinen Rucksack zu Boden gleiten. Er strahlt Hitze aus; Schweißflecken haben sich unter seinen Achseln gebildet.

»Himmel, ist es heiß. Ich wollte mit dem Rad kommen, hab's mir aber anders überlegt.« Er zieht einen Proteinshake aus dem Seitenfach und entfernt den Deckel.

»Gegen Mittag wird es über dreißig Grad haben.« Elin ist froh über den Small Talk. Das lässt darauf schließen, dass er ihr Auftauchen am Strand nicht erwähnen wird. Dafür ist er zu diskret. Eine Eigenschaft, die sie seit ihrer Zusammenarbeit an ihm bemerkt hat – er weiß, wann man einer Sache nicht weiter nachgehen soll.

»Was steht heute an?« Steed nimmt einen kräftigen Schluck von seinem Shake.

»Gestern Nacht gab es einen erneuten Einbruch. Wir müssen noch mal alle Kameras im Umkreis von einer halben Meile checken. Es gibt dort ein paar Restaurants in der Nähe sowie den Jachtklub auf der anderen Seite. Mal schauen, ob wir da was rauskriegen. Kleinen Moment …«, unterbricht sie sich, als Annas Name auf ihrem Handy aufleuchtet.

Sie verspürt einen Anflug von Nervosität, als sie an ihr letztes Gespräch zurückdenkt. Doch der Vortag findet keine Erwähnung. Stattdessen ist aus Annas Stimme Dringlichkeit zu hören. »Wir haben eine Meldung über einen Leichenfund auf Cary Island erhalten, auf den Felsen direkt unterhalb des Retreats.«

»LUMEN?« Sie schluckt, als ihr Wills anstehende Preisverleihung einfällt.

»Ja. Wäre es in Ordnung für dich, dir den Fundort anzusehen, um die Lage einzuschätzen? Du bist am nächsten. Notarzt und Spurensicherung erwarten dich am Landungssteg in Babba-combe. Das Polizeiboot fährt euch von da hinüber.«

Du bist am nächsten. Das klingt logisch, aber ihr ist klar, dass Annas Vorschlag, sie loszuschicken, nicht nur an der räumlichen Nähe liegt. Es ist ein Vertrauensvorschuss an sie und ihre Fähig-keiten nach ihrem gestrigen Gespräch.

Doch die Zweifel der letzten Wochen drängen sofort nach vorne und fluten ihren Kopf: Was, wenn sie nicht damit zu-rechtkommt? Rasch erstickt Elin den Gedanken wieder – sie ist absolut in der Lage, mit einer solchen Situation umzugehen. Sie ist bereit. »Natürlich. Ich packe nur meinen Kram zusammen und breche auf.«

Als sie sich verabschiedet, bemerkt sie, dass Steed zugehört hat. »Ist was passiert?«

»Eine Leiche auf Cary Island. Hast du Lust mitzukommen?«

»Klar.« Er richtet sich auf – ein sichtbares Zeichen von Auf-regung, die er rasch zu dämpfen versucht, indem er betont ge-schäftig sein Handy checkt.

Doch als sie anfängt, methodisch ihre Notfalltasche zu pa-cken – alles, von Beweisbeuteln bis hin zu Schutzkleidung –, überfällt sie ein Gefühl von Beklemmung.

Trotz Wills Beteiligung an LUMEN hat sie die Insel nie be-sucht. Wollte es nie – kein Einheimischer will das. Dazu wiegt die Vergangenheit der Insel viel zu schwer.

12

Das Polizeiboot verlangsamt sich, und der Motor verpufft zu einem kehligen Schnurren, während sie sich der Anlegestelle nähern.

Die Kollegen von der Spurensicherung, Leon und Rachel, sowie die zwei Sanitäter blicken sichtlich beeindruckt zu dem Retreat hoch. Als das Boot jedoch stoppt, ist alles, was Elin fühlt, bodenlose Furcht.

Sie kennt Cary Island von Fotos, aber das hier ist etwas anderes. Die Insel hat eine Wildheit an sich, etwas Rohes und Unbeugsames. Obwohl sie versucht, sich auf das zu konzentrieren, was Will erschaffen hat, ist es die Natur, die dominiert und ihren Blick auf sich zieht: das Dickicht der Bäume, die steil aufragenden Klippenwände, die hoch oben in den Schatten hockenden Vögel – und der Fels.

Reaper's Rock.

Erinnerungen flackern auf.

Ein Strom von Pressefotos: Polizeiboote; Leute, die den Wald absuchen; das Fahndungsfoto von Larson Creacher in sämtlichen Nachrichten, mit dem strähnigen Rattenschwanzhaar, das sich um seine Schultern lockt, dem aufgedunsenen Gesicht.

»Bereit?«, unterbricht einer der Sanis ihre Gedankengänge.

Elin nickt geistesabwesend und macht sich daran, mit der Tasche in der Hand aus dem Boot zu klettern, als jemand winkt und auf sie zukommt. *Farrah.*

»Du kennst die Frau?« Leon sieht Elin neugierig an.

»Es ist Wills Schwester. Sie leitet das Retreat.«

»Wird das nicht etwas schräg?« Rachel streicht sich den dunklen, feinen Pony aus der Stirn.

»Nein.« Elin ist nicht angefressen wegen ihrer Direktheit. Es ist eine der Eigenschaften, die Rachel so gut in ihrem Job machen. Das und die Bereitschaft, immer noch einen Schritt weiterzugehen.

Farrah bleibt stehen, um den Sanis den Weg zur Leiche zu weisen. Als sie den Landungssteg erreicht, begrüßt sie Elin. »Mir war nicht klar, dass du hierfür zuständig bist.«

Elin nickt und umgeht eine Antwort, indem sie alle vorstellt. »Das hier ist Detective Constable Steed und das meine Kollegen von der Spurensicherung.«

Farrah deutet zu den Sanitätern, die bereits über die Felsen kraxeln. »Ich habe ihnen gesagt, wo die Frau liegt, aber ich weiß nicht, ob noch eine Chance …« Sie verstummt. »Unsere Erste-Hilfe-Kraft meinte, dass es keine Zweifel gäbe, nachdem sie sich die Person angesehen hat.«

»Die Sanis müssen es dennoch überprüfen.«

»Natürlich.« Ein flüchtiges Kräuseln erscheint auf ihrer Stirn, als würde Elin sie infrage stellen. Schon früher hatte sie das bei Wills Schwester wahrgenommen. Jedes Mal hatte sie das Gefühl gehabt, Farrah würde sie nicht ernst nehmen. Auch jetzt ist es so. »Ich begleite euch dorthin.«

»Weißt du, um wen es sich handelt?«, fragt Elin, als die Gruppe sich neben Farrah in Bewegung setzt.

»Nein, es ist niemand von den Angestellten, und bisher wurde auch keiner der Gäste als vermisst gemeldet, aber es ist sehr früh. Die Leute sind womöglich noch nicht alle wach.«

»Von wo genau ist sie gestürzt?«

»Vom Yoga-Pavillon.« Farrah deutet zu einer Holzkonstruktion, die oberhalb der schwindelerregend über ihnen aufragenden Felswand thront. Elin kann eine geschwungene gläserne Brüstung ausmachen, die den Bereich vor dem Pavillon umfasst – die einzige Barriere vor dem felsigen Ufer darunter.

»Sie ist *über* die Brüstung gestürzt?«

»Ja.«

»Wie hoch ist die?«, erkundigt sich Steed.

»Mir geht sie vielleicht bis zur Taille.« Farrah schüttelt den Kopf. »Ich kapiere immer noch nicht, wie das passiert sein soll.«

Doch es ist möglich, über Geländer jedweder Höhe zu fallen. Elin hat bei ihrer Arbeit schon zwei verhängnisvolle Stürze von Balkonen gesehen – einer von einem Wohnhaus, ein anderer von einem Hotel. Bei beiden Gelegenheiten war Alkohol im Spiel gewesen, aber davon kann sie hier nicht ausgehen. Noch nicht.

Farrah scheint sich sichtlich unwohl zu fühlen, als sie zu den Felsen aufblickt. »Michael, der zu den Reinigungskräften gehört und sie entdeckt hat, meinte, er habe ein Tuch auf der anderen Seite des Glasgeländers gesehen. Vielleicht hat sie sich ja über die Brüstung gebeugt, um es aufzuheben, und dabei das Gleichgewicht verloren.«

»Vielleicht … aber solange wir nicht mehr wissen, müssen wir sämtliche Eventualitäten in Betracht ziehen.« Die goldene Regel bei einem ungeklärten Todesfall: alles und alle als verdächtig betrachten, bis das Gegenteil bewiesen wurde.

»Wo ist dieser Michael jetzt?«

»Beim Yoga-Pavillon. Der Polizist am Telefon gab zu verstehen, er solle dortbleiben, damit niemand sich dem Absturzort nähert. Wir haben zudem mit einem Seil eine provisorische Absperrung angebracht und einen Angestellten davor postiert, um den Bereich zu schützen, wie angewiesen.«

»Gut.« Elin ist in Gedanken schon weiter: Teile und befehle, so lautet ihr nächster Schritt. Sie trennt Rachel und Leon, damit sie das Gelände vor und hinter der Brüstung gleichzeitig absuchen können. »Leon, würdest du mit Sarah nach oben zum Pavillon gehen und dort anfangen? Steed und ich begleiten Rachel.«

»Klar.« Steed wendet sich an Farrah. »Gehen Sie voran.«

13

Elin und Steed folgen Rachel, wobei sie umständlich über das Geröll am Fuß der Klippe klettern müssen. Kleine, flachere Steine wechseln sich ab mit vereinzelten Felsbrocken, die sich übereinander türmen – ein lange zurückliegender Klippenbruch.

Elin, die schwitzt, wischt sich mit dem Handrücken über die Stirn. Als sie um die Klippe biegen, kann sie die beiden über die Leiche gebeugten Sanitäter sehen, die sich leise unterhalten.

Sie nimmt den Anblick als Ganzes auf: schlanke blonde Frau Anfang dreißig, die mit von sich gestreckten Gliedmaßen auf den Felsen liegt. Die Tote trägt ein schwarzes Kleid, ein Arm ist in einem unnatürlichen Winkel nach hinten verdreht. Die auf dem Stein aufgekommene Kopfseite ist eingedrückt, ein großer Abschnitt des Schädels unter dem heftigen Aufprall zerschmettert. Gehirnmasse und weiße Knochenstücke zeichnen sich vor dem hellen Grau des Gesteins und der dunklen Blutlache unter ihrem Schädel ab.

Elin muss schwer schlucken. Manch ein Schauplatz, so wie dieser hier, ist derart entsetzlich, dass man nie darauf vorbereitet sein kann. Sie weiß, dass das Bild sie noch lange begleiten wird, lange nachdem der Fall abgeschlossen wurde.

»Aus der Höhe keine Chance«, kommentiert Steed mit belegter Stimme.

Der ältere Sanitäter, Jon, ein großer, stämmiger Kerl, setzt zu seinem Bericht an: »Sie ist tot.« Er dreht ihr Handgelenk herum. »Todeszeitpunkt … exakt 7:33 Uhr.« Er wendet sich an Elin und

69

zieht einen Handschuh ab. »Die Leichenstarre hat bereits eingesetzt. Offensichtlich gravierende Schädelfrakturen, mehrere Brüche an Wirbelsäule und Hüften. Die äußeren Verletzungen passen zu einem Sturz aus solcher Höhe.«

Elin legt den Kopf in den Nacken und wird von einem schrecklichen Schwindelgefühl erfasst, als sie zu dem zerklüfteten Klippenrand hochblickt. Unwillkürlich sieht sie den Sturz vor sich: der Körper der Frau, wie er in der Luft hin und her wirbelt, der Schädel, der mit einem lauten Krachen auf dem Felsbrocken aufschlägt.

Dann wendet sie sich wieder der Toten zu, richtet die Augen auf ihr Gesicht. Beide Lider sind geschlossen, das rechte ist jedoch von einer blutigen Schürfwunde verdunkelt. Der volle Mund ist erschlafft, die Lippen hängen herab.

Sie lässt den Blick hinabwandern … über das schwarze Kleid der Frau bis hin zu den Schuhen. Eine Riemchensandale ist ihr halb vom Fuß gerutscht und entblößt die makellos dunkelblau lackierten Zehennägel. Elin möchte dieses Bruchstück in sich bewahren – der eine Teil dieser Frau, der unversehrt geblieben ist.

»Ausweispapiere?«

»Nein, nichts. Und ich sehe auch keine Tasche oder ein Handy. Entweder hatte sie nichts bei sich, oder derartige Dinge sind beim Sturz abhandengekommen.« Jon räuspert sich. »Ich denke, wir nehmen jetzt das Boot zurück und überlassen das Weitere Ihnen.«

Seine Worte setzen sie in Bewegung. Sie greift in ihre Tasche, um Schutzanzug, Überschuhe und Einweghandschuhe hervorzuholen, und reicht Steed ebenfalls ein Set.

»Ist es okay, wenn ich mich an die Arbeit mache?« Rachel zieht die Kapuze ihres Overalls hoch.

Elin nickt. Umständlich schlüpfen sie in ihre Anzüge, wobei

das papierartige Rascheln des Stoffs durch die umliegende Stille verstärkt wird. Sie warten, während Rachel Fotos von der Leiche und der Blutlache um deren Kopf macht.

Ein paar Minuten später legt Rachel die Kamera beiseite und geht dazu über, den leblosen Körper abzutasten und die kleinen Täschchen seitlich am Kleid der Frau zu durchsuchen. Sie bestätigt, dass sie leer sind.

»Und die Totenstarre?«

Rachel überlegt. »Ich würde sagen, dass sie noch nicht vollständig eingesetzt hat. Sie liegt hier schon ein paar Stunden, aber nicht länger als zwölf.«

Das gibt Elin einen Anhaltspunkt – die Frau ist wahrscheinlich in den frühen Morgenstunden ums Leben gekommen. »Können wir sie jetzt umdrehen?« Elin möchte vor allem nach Spuren eines Angriffs suchen, nach einer Schuss- oder Stichwunde.

Steed geht vorsichtig um die Leiche herum, bis er Rachel gegenübersteht. Sie zählen, und bei drei wenden sie die Frau. Rachel untersucht Rücken und Beine. »Nichts. Keine Verletzungen bis auf die Wunden durch den Sturz selbst, will sagen, Abschürfungen an Händen und Armen. Auch keine Spuren, die auf einen Kampf hindeuten … keine Hämatome oder Fesselabdrücke an den Handgelenken. Die Fingernägel scheinen auf den ersten Blick ebenfalls sauber.«

Elin nickt. So wie Rachel das schildert, könnte es sich lediglich um einen unglücklichen Sturz handeln. Aber sie kann die Möglichkeit, dass die Frau durch Fremdeinwirkung starb, nicht ausschließen. Ein gezielter, kräftiger Stoß in den Rücken hätte das gleiche Ergebnis zur Folge gehabt, ganz ohne offensichtliche Spuren einer Auseinandersetzung.

Als Rachel erneut zu ihrer Kamera greift, wendet sich Elin zu Steed. »Lass uns den Bereich mit Flatterband absperren.

Dann legen wir einen Zugangspfad fest und beginnen mit der Beschreibung des Auffindeorts. Ich kann mir zwar nicht vorstellen, dass irgendwer hier herumspazieren will, aber nur für den Fall. Wenn du sicherst, bringe ich Anna auf den neuesten Stand und schaue oben bei Leon vorbei.«

»So machen wir es.« Steeds Gesicht ist gerötet.

Elin zögert. »Alles okay bei dir?«

»Sicher.« Er räuspert sich. »Es ist bloß … Wir hatten einen ähnlichen Vorfall in der Familie … Da kommt so einiges wieder hoch.«

Elin bemerkt, dass es ihm emotional zusetzt. Sie will Trost spenden, ist sich jedoch bewusst, dass ihre Konzentration darunter leiden wird, wenn sie Gefühle zulässt. Und unbedingt will sie fokussiert sein.

»Na dann«, sagt Elin schließlich mit einem Nicken. »Wir sehen uns gleich.« Sie schält sich aus ihrem Schutzanzug und macht sich auf den Rückweg über die Felsen, doch nach nur wenigen Metern stoppt sie, geblendet von einem gleißenden Funkeln über ihr. Als sie es sich genauer betrachten will, ist das Blitzen plötzlich weg. Als sie dann weitergeht, taucht es als unscharfes halbkreisförmiges Leuchten in der Mitte ihres Gesichtsfelds auf.

Es braucht eine Weile, bis das Flackern nachlässt, aber bei Elin bleibt ein mulmiges Gefühl zurück.

Sie spürt, dass mit dieser Insel nicht alles stimmt, sie nimmt etwas Schwelendes wahr, eine Stille, die befremdlich und unnatürlich erscheint, fast ein wenig heimtückisch.

14

Hana wacht verschwitzt auf, die Laken verknotet um sie gewickelt. Ihr Schädel wummert, und als sie sich aufrichtet, verschieben sich der Raum und die Sachen in ihm; der Rattansessel in der Ecke und die Blattpflanze im Fenster dehnen sich aus, verziehen sich vor ihren Augen.

Diese Wahrnehmungsverzerrung lässt sie desorientiert und ängstlich zurück, und für einen Moment ist sie wieder dort, mitten in den von Panik erfüllten Tagen nach Liams Tod. Eine doppelte Trauer hat sie auszuhalten: den Verlust von Liam, aber auch den ihres Traums, eine eigene Familie zu gründen. Alles ausgelöscht, bevor sie überhaupt in den Startlöchern waren. Nur wenige Monate vor seinem Unfall hatten sie zögerliche Schritte in Richtung einer künstlichen Befruchtung unternommen.

Hana wird von Reue gepackt.

Warum hatten sie nicht eher damit begonnen? Hatten sich früher dafür entschieden, statt nur darüber zu reden? So wäre ihr wenigstens etwas von Liam geblieben. Etwas, an dem sie sich hätte festhalten können, als alles andere wegbrach.

Ein erneuter Schwall von Übelkeit.

Sie steigt aus dem Bett, stolpert zum Waschbecken im Bad und füllt ihr Wasserglas nach. In ihrem Kulturbeutel voller Arzneimittel greift sie zu einer Packung Paracetamol und drückt zwei Tabletten aus dem Blister. Langsam wird sie wie ihre Mutter, denkt sie. *Immer vorbereitet.*

Sie schiebt die Tabletten in den Mund und spült sie mit Wasser herunter. Danach nimmt sie große, gierige Schlucke, als wenn sie am Vorabend zu viel Alkohol getrunken hätte.

Ihr Handy liegt auf dem Nachttisch. Sie nimmt es an sich und geht damit zum Fenster.

Ein perfektes Sommer-Viereck: blauer Himmel, Bäume, die kanariengelbe Sichel der Hängematte, die sich über die Terrasse spannt.

Hana macht ein Foto, wischt durch die von gestern Abend. Beim ersten Bild muss sie schmunzeln: eine breit grinsende Gruppe, im Hintergrund das Meer. Es ist unscharf, der Fotograf – Caleb – war offenbar in Bewegung, als er es aufnahm.

Nach dem Essen waren sie, wie Jo vorgeschlagen hatte, zum Strand gegangen. Keiner von ihnen schwamm im Meer, aber sie gingen mit den Füßen ins Wasser, redeten über Gott und die Welt. Hana verstrickte sich auf den Felsen am Ufer in eine hitzige Diskussion mit Caleb – irgendetwas wegen seiner Arbeit und einer strittigen Umweltpolitik. Irgendwann hatten Jo und Seth einen Streit, der genauso schnell verpuffte, wie er begonnen hatte.

Das Zwischenspiel am Strand endete mit einem Anruf bei Bea, der jedoch auf die Mailbox umgeleitet wurde, woraufhin sie ihr das Gruppenfoto schickten. Hana muss lächeln, als sie sich Beas Grinsen beim Anblick ihrer sonnenverbrannten, einfältig lächelnden Gesichter vorstellt. Was stand eigentlich in dem Text darunter? Bestimmt etwas furchtbar Sentimentales. *Wünschten, du wärst hier. Caleb schickt Küsschen durchs Handy.*

Ihre Antwort: *Leute, hab euch lieb, bin aber gerade bei einem Arbeitsessen. Melde mich bald.*

Hana kann Bea vor sich sehen – geschäftig, aufmerksam, eine Frau, die die richtigen Dinge im richtigen Tonfall sagt. Bea 2.0 sieht sicher elegant aus, gekleidet in teure Klamotten, der Schmuck diskret, das blonde Haar aus dem Gesicht frisiert. Kein bisschen die unsichere Büchernärrin, mit der sie aufgewachsen ist und die es hasste, sich schick anzuziehen.

Sie wischt weiter. Caleb hat mehrere Gruppenfotos gemacht, doch als sie das letzte Bild erreicht, breitet sich ein Gefühl von Unbehagen in ihr aus. Das Foto hat er offenbar aufgenommen, als die Gruppe dabei war auseinanderzugehen, erkennbar die Anstrengung im Gesicht, ein aufgesetztes Lächeln zu lange zu halten. *Ich kann das nicht.* Sie erinnert sich an den noch lachenden Seth.

Hana grinst ebenfalls, und Jo sieht Hana an, offenbar ohne zu merken, dass sie fotografiert werden. Ihre Miene lässt Hana stocken … die Züge ihrer Schwester sind zu einer seltsam düsteren Maske erstarrt.

Hana kann nicht richtig erkennen, was es ist. *Angst? Hass?*

Ihre Gedanken schweifen abermals zu der Notiz, die aus Jos Rucksack gefallen war. Vielleicht ist da mehr dran, als sie dachte.

Sie greift nach ihrer Reisetasche und kramt im Seitenfach, wo sie den Zettel auf dem Steg hineingestopft hat. Sorgsam glättet sie das Papier zwischen ihren Fingern und betrachtet erneut die Worte darauf.

Hana.
~~Es tut mir leid.~~ ~~Es tut mir leid.~~ Es tut mir leid.

Ihr Magen zieht sich zusammen. Ein Teil von ihr ist versucht, sofort an Jos Tür zu klopfen und sie zu fragen, was das zu bedeuten hat. Doch ein anderer Teil schreckt vor dem Gedanken zurück, wohl wissend, was für ein Drama das unweigerlich nach sich ziehen würde.

Keep calm and carry on.

Einfach ruhig bleiben, mehr muss sie nicht tun. Eine gemeinsame Woche, danach können sie den Kontakt wieder aufs

Minimum zurückschrauben. Immerhin kann sie selbst entscheiden, wie oft sie ihre Schwester sieht und was für eine Beziehung sie führen.

Es ist eine der wenigen guten Sachen, die sich aus den Geschehnissen der letzten Monate entwickelt haben. In dieser Zeit nämlich wurde Hana – nachdem alle sich verzogen und sie in ihrer Trauer alleingelassen hatten – bewusst: Wenn sie Liams Tod überleben konnte, kann sie alles überleben.

Sie ist stärker, als sie angenommen hat.

15

Als Elin das Ende der Stufen erreicht, die vom Strand hoch-
führen, ist es kurz vor acht.

Das Retreat erwacht allmählich zum Leben – Servicekräfte
eilen in weißen Hemden im Restaurant umher, eine Gruppe
Frühschwimmer ist unterwegs zum Meer. Abgesehen davon ist
offensichtlich, dass einige der Gäste mitbekommen haben, dass
etwas vorgefallen ist. Sie drücken sich betont gleichgültig um
den Yoga-Pavillon herum. Zwar wollen sie nicht den Anschein
erwecken, als würden sie gaffen, sie tun es aber trotzdem.

Elin will gerade wieder in den Schutzanzug und in die Überschuhe steigen, hält jedoch inne, als sie sieht, wie sich Farrah
nähert.

»Dann nehme ich mal an, dass die Frau definitiv ...«, sagt
sie, als sie bei ihr ist.

Elin nickt. »Schon eine ganze Weile, wie es aussieht.«

Farrahs Mund verzieht sich zu einem schmalen Strich, bevor
sie sich wieder fasst und zum Restaurant deutet. »Michael, der
Mann, der sie entdeckt hat, wartet da drüben. Du wolltest mit
ihm reden ...«

»Das stimmt. Gib mir zwei Minuten. Ich muss noch ...« Sie
wirft einen Blick in Leons Richtung.

»Natürlich. Komm rüber, wenn du so weit bist.«

Nachdem sie Overall und Überschuhe angezogen hat, schlüpft
sie unter dem Absperrband hindurch. Leon hockt vor der Brüstung und sichert mit einem Pinsel Abdrücke auf der Glasscheibe.

»Wie läuft es bei dir?«

»Problemlos.« Er nickt zu einer Kotzlache ein Stück neben ihm. »Bis auf die üblichen Berufsrisiken.«

»Von dem Mann, der sie entdeckt hat?«

»Jepp.«

Als sie sich über das Geländer beugt, weicht Elin rasch zurück. Ganz gleich, wie beängstigend der Blick nach oben ist, runterzuschauen ist viel schlimmer – ein visueller Sturzflug zu den schartigen Spitzen der unteren Felsen. Der Anblick der zerschmetterten, gespreizten Gliedmaßen der Frau trifft sie aus dieser Perspektive erneut mit voller Wucht.

»Was hältst du von der Höhe der Brüstung?«

Leon bepudert weiter das Glas. »Definitiv niedrig genug, um versehentlich darüberzufallen. Wenn man die Lage des Pavillons bedenkt, hätte ich persönlich was Höheres hinstellen lassen.«

»Ist irgendwas auf dem Glas zu finden?«

»Ja. Ein ungewöhnliches Muster von Abdrücken an der Außenseite – Finger und Handflächen. Laut Aussage des Mannes, der sie entdeckt hat, gehe ich stark davon aus, dass es die der Toten sind. Anscheinend wird die Scheibe jeden Abend geputzt, er wischt morgens nur noch mal drüber, falls was übersehen wurde. Alles deutet darauf hin, dass sie vornüber gestürzt ist und dabei eine Drehung vollführt hat – so als habe sie versucht, sich festzuhalten, aber nichts zu greifen bekommen.«

Elin beugt sich näher zur Brüstung. Silbriger Puder lässt die diversen Spuren auf dem Glas sichtbar werden – den verwischten Abschnitt einer Hand, mehrere verschmierte Fingerabdrücke –, doch sie weiß, dass das nichts beweist. Diese Spuren können sowohl von einem unglücklichen Sturz als auch einem Stoß herrühren. »Hat sie denn was fallen gelassen?«

Leon schüttelt den Kopf. »Ich habe schon geschaut, aber bis

auf das Schultertuch« – ein Nicken zu dem eingetüteten Stück Stoff auf dem Boden – »nichts.«

»Wo genau lag es?«

»Auf dem Gras hinter der Brüstung … Aber ich denke nicht, dass das zwingend darauf hindeutet, dass sie sich über sie gelehnt hat, um es aufzuheben. Sie könnte es genauso gut *beim* Sturz verloren haben.«

Elin betrachtet das Tuch im Plastikbeutel. Bunt gemustert, mit kräftigen pinken und grünen Farbtupfen. »Sonst hast du nichts gefunden?«

»Nur das hier …« Er deutet mit dem Finger durch die gläserne Barriere. »Platt gedrücktes Gras an der Stelle, bevor die Klippe abfällt. Als wäre etwas recht Schweres dort abgestellt worden.«

»Du meinst, schwerer als ein Tuch?«

»Ja. Abgesehen davon befindet sich die Spur ein Stück vom Fundort der Textilie entfernt. Weil es in der Nacht keinen Wind und keinen Regen gab, ist der Abdruck noch zu erkennen. Ich kann zwar nicht mit Sicherheit sagen, dass er von gestern Nacht stammt, aber ich schätze, wenn er mehrere Tage alt wäre, hätte das Gras sich wieder erholt.«

»Irgendwelche Ideen?«

»Nicht wirklich. Der Gegenstand war klein und viereckig. Vielleicht etwas, das beim Sturz über die Brüstung mitgerissen wurde.«

»Ich bitte Rachel, unten nachzusehen.« Sie zögert. »Gut, ich lass dich mal weitermachen. Ich unterhalte mich mit dem Typen, der sie gefunden hat.« Als sie sich der Schutzkleidung entledigt, bemerkt Elin, dass die Traube neugieriger Gäste angewachsen ist; groß genug jedenfalls, um einen Angestellten auf den Plan zu rufen, der die Schaulustigen vom Pavillon fort und zum Restaurant treibt. Sie schließt sich ihnen an, setzt sich dann aber ab, um zu Farrah zu gehen, die neben einem älteren Herrn sitzt und leise auf ihn einredet.

Farrah blickt auf. »Elin, das ist Michael Zimmerman. Ich habe ihm schon gesagt, dass du dich mit ihm unterhalten möchtest.«

Der Mann schenkt ihr ein zögerndes Lächeln. Elin registriert die auffälligen Augen: träge Lider, darunter ein Blassblau. Sie schätzt ihn auf Mitte, Ende sechzig. Mit den tiefen Falten und dem struppigen Bart definitiv ein Mann, den Will für einen älteren Surfer gehalten hätte, an der Küste geboren und aufgewachsen.

Während sie ihm gegenüber Platz nimmt, zieht sie ihr Notizheft heraus. »Mr Zimmerman, mir ist bewusst, dass das nicht einfach für Sie ist, aber vielleicht können Sie mir schildern, was sich heute früh zugetragen hat. Angefangen damit, wo Sie waren, bevor Sie die Leiche entdeckten.«

Er greift nach der Mütze, die neben ihm auf den Tisch liegt, wie um sie sich aufzusetzen, bevor er sie wieder ablegt. »Sie können mich gerne Michael nennen.« Er blickt auf. »Ich bin gegen fünf aufgestanden, wie üblich, Frühschicht eben. Ich mache den letzten Durchgang, also putztechnisch, in sämtlichen öffentlichen Bereichen. Die Abendschicht kann etwas übersehen haben, oder einige Gäste waren nachts draußen und haben Unordnung hinterlassen …« Er sieht zu Farrah, um von ihr einen solidarischen Blick ob der Unberechenbarkeit der Gäste zu erhalten, doch sie schaut auf ihr Handy.

»Um wie viel Uhr war das?«

»Kurz nach sechs. Als ich auf der Restaurantterrasse alles überprüft hatte, ging ich zum Yoga-Pavillon. Gerade hatte ich die Stufen geschafft, als ich ein Stück Stoff auf der anderen Seite der Brüstung entdeckte. Knallbunt, nicht zu übersehen.« Michael greift abermals nach seiner Mütze, dreht sie zwischen den Händen. Die Geste ist seltsam vertraut, und Elin hat das

Gefühl, als habe sie diese bei ihm oder jemand anderem schon mal gesehen.

»Fahren Sie fort«, fordert sie ihn auf.

»Ich ging hin, um das Tuch aufzuheben, und da ... da sah ich die Frau, unten auf den Felsen. Ich konnte sofort erkennen, dass ...« Eine Pause. »Mir wurde speiübel – haben Sie wahrscheinlich gesehen –, aber als ich mich wieder gefasst hatte, rief ich den Notarzt und dann Farrah.«

»Und während Ihrer Schicht ist Ihnen nichts aufgefallen? Nichts Verdächtiges oder Ungewöhnliches? Niemand, der sich herumtrieb und an diesem Ort nichts zu suchen hatte?«

»Während der Schicht nicht, aber ...«

Farrah hebt den Kopf – ein scharfer Blick in seine Richtung.

Michael verlagert sein Gewicht auf dem Stuhl. »Hören Sie, es hat wahrscheinlich nichts mit dem hier zu tun, aber letzte Woche habe ich etwas Merkwürdiges beobachtet ... mitten in der Nacht. Ich stand auf – die Natur ruft in meinem Alter –, und als ich wieder ins Bett ging, sah ich jemanden unten am Felsen herumlaufen. Mir kam es seltsam vor, dass jemand so spät draußen unterwegs ist.«

»Und das konnten Sie von den Personalunterkünften aus sehen?«

Er nickt.

»Um wie viel Uhr genau war das?«

»Vier, ein bisschen später vielleicht. Wer auch immer es war, derjenige hatte eine Taschenlampe bei sich und leuchtete damit am Felsen hoch, als würde er was suchen.«

»Wahrscheinlich ein Gast«, sagt Farrah. »Manche von ihnen machen nachts Fotos von dem Felsen. Keine Ahnung, warum, man kann ja kaum was sehen.«

Michael stößt ein freudloses Lachen aus. »An diesem Ort würde mich gar nichts wundern.«

»Wie meinen Sie das?«, hakt Elin nach.

»Diese Insel hat ja kaum so was wie eine leuchtende Vergangenheit vorzuweisen, oder? Verstehen Sie mich nicht falsch, man hat sie verändert, womöglich sogar versucht, sie zu verwandeln, aber manchmal kann man es immer noch spüren … frühmorgens, wenn niemand unterwegs ist.«

»Was spüren?« Elin beugt sich unbehaglich vor.

»Etwas … Übles.« Er schluckt schwer. »Ein Gast hat vor ein paar Wochen erst das Gleiche gesagt.«

»Wirklich?« Es kostet sie Mühe, ihrer Stimme nichts anmerken zu lassen.

»Ja. Der Künstler, der dieses Objekt an der Rezeption gemacht hat, erzählte, er sei gekommen, um sein Kunstwerk zu sehen und sich die Anlage anzuschauen. Er war begeistert, aber er sagte …« Er stockt, seine Züge für eine Sekunde erstarrt. »Er sagte, er könne es immer noch wahrnehmen«, endet er schließlich. »Das Böse hier.«

Farrah schüttelt bei seinen dramatischen Worten den Kopf, aber Elin bedankt sich. Als sie das Notizbuch schließt, kann sie das, was er geäußert hat, nicht einfach so abtun. Auch sie kann es fühlen, je länger sie hier ist – eine Präsenz, eine Energie, die nichts mit Gerüchten zu tun hat.

Es ist etwas, das der Insel selbst innewohnt.

»Wir werden später noch Ihre Aussage aufnehmen, aber für den Moment ist das alles. Danke noch mal.« Als Elin nach ihrer Tasche greift, sieht sie einen Mann auf ihren Tisch zugehen. Als er bei Farrah angelangt ist, murmelt er ihr etwas ins Ohr.

»Das ist Justin Matthews«, sagt sie, als der Mann zu reden aufgehört hat. »Er ist zuständig für die Sicherheit und hat die Videoaufzeichnungen vom Pavillon gefunden. Ich war mir nicht sicher, ob es dort eine Kamera gibt, aber wie es scheint, schon.«

Ein Anflug von Erleichterung breitet sich bei Elin aus. »Können wir sie uns gleich ansehen?«

»Natürlich.«

Doch sie hat gerade mal ein paar Schritte gemacht, als sie ein Geräusch hört. Das Schlittern von Kies. Jemand zieht an ihrem Arm. Elin dreht sich um und sieht Michael Zimmerman vor sich stehen. Unangenehm nah.

»Was ich vorhin sagte …«, murmelt er. »Ich meine es ernst. Was der Mann mir erzählte, er hat recht. Etwas ist durch und durch verdorben hier. Sie müssen vorsichtig sein.«

16

Hana, geduscht und angezogen, bindet ihr Haar zu einem Pferdeschwanz; einem, der nie richtig hält, da ihre Frisur eigentlich zu kurz dafür ist. *Stummelchen*, hatte Liam sie geneckt. *Ein Versuch, Han, aber voll daneben.*

Sie schlüpft in ihre Sandalen und tritt in den Flur hinaus. Der Geruch nach Kaffee, bitter und aromatisch, umfängt sie.

Jo. Sie ist die Frühaufsteherin von ihnen. Das wird sie sein, die Kaffee gekocht hat und ihn auf der Terrasse trinkt. *Verhalte dich normal*, ermahnt sie sich und setzt ein Lächeln auf. *Keine Reaktion zeigen.*

Doch sie findet nicht Jo vor, sondern Maya, die, ein grünes Tuch um ihren Lockenkopf geknotet, auf einem Rattansessel im Sonnenschein sitzt.

Sie blickt lächelnd auf. »Du hast gerade den Kaffee verpasst ...«

»Macht nichts, ich setze noch einen auf.« Hana blickt auf das Buch, das aufgeschlagen auf dem Schoß ihrer Cousine liegt. »Was machst du da?«

»Zeichnen.« Maya deutet auf die Seite, und Hana erkennt nun, dass es ein Skizzenbuch ist. »Ich konnte nicht schlafen. Immer das Gleiche, wenn ich getrunken habe. Ich wach nachts auf und komme nicht mehr zur Ruhe.«

»Ich weiß, was du meinst. Meine Nacht war auch alles andere als ruhig. Ich glaube, der Abstecher an den Strand war zu viel gewesen.« Sie zögert. »Hast du den Streit zwischen Jo und Seth mitbekommen?«

»Teilweise«, Maya schüttelt den Kopf. »Keine Ahnung, warum Jo sich jedes Mal wundert – er war doch schon immer so. Reihenweise ›gute Freundinnen‹.« Sie macht Gänsefüßchen mit den Fingern.

Hana bleibt an Mayas Worten hängen. »Wenn du sagst, dass er immer schon so war – kennst du Seth etwa, ich meine, abseits von Jo?«

Maya läuft rot an. Sie dämpft die Stimme. »Na ja, kennen würde ich nicht sagen. Ich war ein paarmal mit ihm klettern. Jo traf ihn durch mich. Wir sind zusammen ausgegangen.«

»Das hast du nie erwähnt«, erwidert Hana ein wenig gekränkt.

»Schien wohl nicht so wichtig. Und für Jo war es wahrscheinlich nicht die romantische Story, die sie für ihre Follower hätte posten wollen – irgendein betrunkener Kneipenaufriss.«

»Wie fandst du ihn? Ich meine, bevor er mit Jo zusammenkam?«

»In meinen Augen war er ein wenig ein Arsch. Warst du in seiner Nähe, lächelte er nur und war äußerst charmant, aber hinter deinem Rücken … Oberflächlich wäre wohl das passende Wort für ihn.« Mit einem Achselzucken späht Maya zum Flur, bevor sie ihre Stimme dämpft. »Es gab Gerüchte, dass er vor Boulder-Wettkämpfen ausfällig wurde. Dass er versuchte, seine Gegner fertigzumachen.« Ihre Finger zupfen an dem kleinen Stecker in ihrem Ohr.

»Und was noch?« Hanas Stimme ist kaum mehr als ein Flüstern.

»Seine Aggressivität, ich schätze mal, Jo hat sie gestern Abend zu spüren bekommen. Er hat sie angeschnauzt, dass sie zu viel trinken würde, dass sie es nicht immer so krass übertreiben solle.«

»Vielleicht macht er sich nur Sorgen. Sie war schon ziemlich hinüber …«

Mayas Gesicht verdüstert sich, daher wechselt Hana das Thema und nickt zu dem Skizzenbuch. »Ich wusste nicht, dass du noch zeichnest.« Kunst war immer schon Mayas Ding. Es begann nach dem Brand – komplexe traumartige Bilder.

»Hier und da ein bisschen. Auch wenn Ruhm und Reichtum definitiv einen Bogen um mich machen.« Sie blickt auf. »Ist schon verrückt, oder? Wenn du jung bist, denkst du, dass du es schaffen wirst, dass du alle Zeit der Welt hast. Nach dem College habe ich ernsthaft geglaubt, dass ich auf dem besten Weg bin. Erfolg und Anerkennung würden sich wie magisch einstellen.«

»Kann doch immer noch passieren. Du bist erst achtundzwanzig.«

Maya lacht. »Träum weiter. Man braucht Zeit, Han. Konzentration. Genug Kohle. Die Realität ist, dass ich gut bin, aber ich werde nie überragend sein.«

Betreten macht Hana sich daran, die Tasse unter die Kaffeemaschine zu stellen. Zum ersten Mal bemerkt sie, wie dünn ihre Cousine ist. Das harte Morgenlicht unterstreicht die hohlen Wangen, und auch ihre Verbrennung ist zu sehen: runzlige, geschmolzene Haut, die sich an ihrer Wade hochzieht. Jo hat ebenfalls eine Narbe, ihre ist ausgefranst und blasenförmig und befindet sich auf dem Arm. Beas ist kaum sichtbar, ein fleckiges Muster an der Innenseite ihres rechten Fußes.

Beständige Erinnerungen an das Feuer, das Sofias Leben für immer veränderte.

Hana war die Einzige, die unversehrt blieb. Als sie noch jünger waren, fühlte sie sich deswegen schuldig, aber als sie Maya heute anschaut, fragt sie sich, ob sie sich nicht alle zu sehr auf die äußeren Narben konzentriert und dafür das, was innen vorging, vernachlässigt hatten. Zu jener Zeit gingen alle davon aus, dass Maya es gut gepackt hatte. Kinder sind anpassungsfähig, sagte ihre Mutter immer, aber vielleicht hatte Maya es nur verdrängt – und erst heute holt es sie wieder ein.

»Genug von mir. Wir waren mit unserem Gespräch von gestern noch nicht fertig. Wie geht es dir?«

Hana ist gerührt. Schon lange hat niemand sie mehr gefragt, wie es ihr geht, und das ernst gemeint. Sie zuckt mit den Schultern. »Gibt schlechte Tage und nicht so schlechte. Ich glaube …« Hana überlegt, wie sie es sagen soll. »Ich glaube, die Tatsache, *wie* es passiert ist, dass ich nicht alle Einzelheiten habe, ist nicht gerade hilfreich. Wenn ich es wüsste, ließe es sich womöglich leichter verarbeiten.« So hat sie lediglich die schrecklichen Projektionen ihres eigenen Hirns.

Die blanken Fakten sind: Liam fuhr eines sonnigen Aprilmorgens allein mit seinem Fahrrad zum Haldon-Forest-Bikepark.

Er wählte die härteste Strecke und versuchte sich an einem Hindernis namens Free Fall – eine Holzbrettkonstruktion mit einem Wendepunkt hoch über dem Boden. Bei der Obduktion stellte man fest, dass er es nie über diesen Punkt hinausschaffte, dass er sich überschlug und direkt auf dem Kopf landete. Er brach sich das Genick, eine Fraktur des C6-Halswirbels.

Augenblicklich tot.

»Guten Morgen.«

Seth steht in mit kleinen Palmen bedruckten Shorts in der Tür, sein dunkler Haarschopf wild abstehend. »Ist Jo noch nicht zurück?«

»Was meinst du?«, fragt Hana.

»Sie wollte joggen, hat mir aber nicht geschrieben, wann sie zurückkommen wird. Normalerweise tut sie das.«

»Laufen? Bei der Hitze?«

»Ist so ihr Ding nach einer heftigen Nacht. Normalerweise posten wir ständig Fotos von der ›kaputten Jo‹, die sich über verkaterte Joggingrunden beschwert.« Er schaut auf sein Handy. »Heute nichts …«

»Sie muss schon ziemlich früh los sein«, murmelt Maya. »Ich bin seit sechs wach.«

»Wahrscheinlich«, meint er achselzuckend. »Aber ich dachte, sie wäre mittlerweile zurück. Das Frühstück ruft.«

Maya steht auf. »Ich muss dringend duschen, bin aber in einer Viertelstunde fertig, wenn ihr so lange warten wollt?«

Seth nickt. »Ich klopfe bei Caleb und schreib dann Jo, damit sie weiß, wo wir sind.«

Hana bleibt mit ihrem Kaffee allein zurück. Ihr Blick fällt auf Mayas Skizzenbuch, und weil die Neugier überwiegt, nimmt Hana es an sich. Sie stellt den Kaffee auf dem Tisch ab, klappt es auf und blättert darin. Skizzen von der Klippenwand … jede ein wenig kleiner als die vorherige. Eine Matrjoschka aus Bildern.

Sie schlägt weitere Seiten um, doch sie sind leer. Als sie das Buch gerade zuklappen will, stockt sie, da sie ganz hinten doch noch eine Skizze erblickt. *Eine Zeichnung von Jo.*

Obwohl Maya ihre Schwester genau getroffen hat – die leichte Hakennase, der volle Mund, das angedeutete Grübchen an ihrem Kinn –, ist es die Art, *wie* ihre Cousine sie gezeichnet hat, die befremdlich ist. Jeder Strich ist dick und schwer, als hätte sie den Bleistift zu fest auf die Seite gedrückt.

Der Effekt ist seltsam: Als würde sie versuchen, sie mit ihrem Stift zu überwältigen, sie mit jedem Strich, mit jeder Linie in die Knie zu zwingen.

17

Entschuldige, ich wusste nicht, dass Michael gleich so kommt«, sagt Farrah, als sie Justin über den Hauptpfad folgen.

»Das passiert häufig. Die Leute müssen Dampf ablassen, um mit dem Gesehenen fertigzuwerden.« Elin ist um einen lockeren Tonfall bemüht, doch es fröstelt sie, als sie an seine Worte denkt.
»Was hältst du denn von seiner Geschichte – dass sich jemand hier nachts herumtreibt?«

»Da steckt sicher nichts dahinter, warum auch? Oder …« Sie verstummt, als Justin am Eingang der Lodge stehen bleibt, die das Zentrum des Retreats bildet, und die gläsernen Schiebetüren aufgleiten.

Die Lobby ist wunderschön – weit und offen, mit hellen Holzdielen. In die Decke ist eine Glasscheibe eingelassen, und auch zur Linken flutet eine gläserne Wand den Raum mit Licht.

Reliefartig angebrachte Paneele im selben kreidigen Rosaton wie die Fassade außen heben sich scharf von den sonst weiß getünchten Wänden ab. Die Täfelung unterteilt den Raum in zwei Zonen: einen Sitzbereich mit Blick auf den markanten Felsen durch eine Glaswand sowie eine Glasdecke und die Rezeption auf der gegenüberliegenden Seite mit einer Ansammlung gewaltiger Kakteen.

Elins Augen bleiben an dem textilen Kunstwerk an der Wand hinter dem Empfangstresen hängen. Ein abstraktes Muster aus Linien, Farben und Zeichen.

Erst als sie näher tritt, erkennt sie, worum es sich bei diesen Symbolen handelt.

Ihr Puls beschleunigt sich. Es sind Sensenmänner.

Der Wandteppich ist über und über mit Miniaturversionen des Felsens bedeckt.

Unbehaglich betrachtet Elin das Kunstwerk, wobei sie immer mehr von den Figuren entdeckt – manche gut getarnt und im gleichen Farbton wie der Hintergrund in den Stoff gewebt.

Farrah folgt ihrem Blick. »Wunderschön, nicht wahr? Ein Künstler, der mit Textilien arbeitet und früher mal hier die Schule besuchte. Ist schon etwas Besonderes, das Werk an diesem Ort zu sehen, oder?« Sie schaut zu der Glaswand. »Direkt unter dem Felsen.«

Erst da nimmt Elin die gewaltige Felsmasse, die hinter dem gläsernen Dach und der durchsichtigen Wand über ihr aufragt, wirklich wahr. Unwillkürlich weicht sie zurück. Die schieren Dimensionen aus dieser Perspektive sind überwältigend – noch ein Meter, so scheint es, und der Fels würde in das Gebäude eindringen.

»Elin? Alles in Ordnung? Justin wäre so weit.«

»Natürlich.«

Justin führt sie zu einem Raum am Ende eines Flurs. »Ich habe alles vorbereitet.«

Elin sieht sich kurz um. Mehrere Monitore an der hinteren Wand, jeder zeigt eine andere Ansicht der Ferienanlage. Das Zimmer verströmt einen vertrauten Bürogeruch: Kaffee vermengt mit dem Plastikmief von Computern.

»Die fragliche Kamera befindet sich vor der Lodge mit Blick auf den Pavillon. Sie schwenkt von links nach rechts.« Seine Finger fliegen rasch über die Tastatur eines Bildschirms. »Das ist die aktuelle Liveaufzeichnung.«

Elin erkennt sofort Leon, der vor dem Pavillon kniet und etwas inspiziert.

Justins Finger verharren über der Tastatur. »Auf wie viel Uhr soll ich zurückgehen?«

»Lassen Sie uns mal bei 23:00 Uhr anfangen.«

Er beginnt zu scrollen. Die Aufnahmen sind durch die Außenbeleuchtung relativ hell, sind jedoch durch die Nacht schattenhaft und körnig. »Sagen Sie ›Stopp‹, wenn Sie was sehen.« Bilder laufen im Schnelldurchgang über den Monitor. Allesamt ähnlich, das gleiche graue Rauschen.

23:00, 00:00, 00:30, 1:00 …

»Moment … ich hab jemanden gesehen. Da …«

Justin spult zurück und verlangsamt die Aufzeichnung auf Echtzeit. Unten links im Bildausschnitt wankt eine Frau unsicher an der Kamera vorbei; etwas baumelt an ihrer Hand. Trotz der trüben Beleuchtung ist Elin sich sicher, dass es sich um die Tote handelt – dieselbe Frisur und Kleidung.

Die Frau bleibt kurz vor dem Pavillon stehen und geht dann auf die Brüstung zu. Sie legt ihr Tuch über das Geländer. Es rutscht hinunter, fällt auf der anderen Seite zu Boden.

Ein paar Sekunden später gleitet die Kamera nach rechts, sodass sie nicht länger zu sehen ist. Elin beugt sich entnervt vor, während das Bild kurz leicht ruckelt, um dann gemächlich wieder zurückzufahren. Als die Frau wiederauftaucht, beugt sie sich über das Geländer, als versuche sie, sich das Tuch zu holen.

Auf einmal rutscht ihr Fuß nach hinten weg, sodass sie über die Brüstung kippt … weit genug, um die Bodenhaftung zu verlieren. Einmal in dieser Position, ist die Vorwärtsbewegung nicht mehr aufzuhalten. Das Gewicht ihres Oberkörpers befördert sie mit dem Kopf voran über das Geländer, die Beine sind gen Himmel gestreckt, Gesicht und Körper an die Außenseite der Glasscheibe gepresst.

Ihre Hände umklammern immer noch die Brüstung. Es gibt einen kurzen Moment, in dem Elin denkt, dass die Frau es schaffen könnte, sich wieder aufzurichten … aber das passiert nicht. Plötzlich verliert ihre rechte Hand den Halt, ihre linke verdreht sich im Gelenk, während der gesamte Körper durch die Umkehrung ihrer Position ihre Beine mitreißt.

Elin sieht ihr zu, es ist klar, dass die Frau sich nicht mehr lange halten kann.

Elin spürt ihre Panik, die wachsende Verzweiflung.

Schließlich fällt sie.

Niemand sagt etwas. Immer noch starren sie die verlassene Stelle an, wo die Frau gerade noch stand. Eine Leere hat sich aufgetan, und keine Worte sind in der Lage, sie zu füllen.

18

Die Morgenluft, schwer vom Duft der Blüten, regt sich nicht. Sie spazieren den gewundenen Steinpfad zur Lodge hoch, wobei sie die Lichtstreifen durchqueren, die durch die Kiefernzweige fallen.

Die Geselligkeit der letzten Nacht hat sich verflüchtigt; das Unbehagen wird noch verstärkt durch das Fehlen von Jo. Erst jetzt, durch ihre Abwesenheit, erkennt Hana, wie sehr ihre Schwester die Lücken zwischen ihnen füllt.

Seth quasselt unentwegt, wobei er von einem Thema zum nächsten springt: digitale Epizentren, eine Reise nach San Francisco, Biowaffen. Er spricht schnell, so als könne das die Gruppe wieder in Schwung bringen, aber das geschieht nicht. Sie verfallen wieder in Schweigen, das nur von Vogelgezwitscher oder Stimmen aus einer der Villen durchbrochen wird.

Maya hakt sich bei Hana unter; ihre Haut überraschend kühl. »Seth fühlt sich ohne Jo überhaupt nicht wohl, oder?«, flüstert sie. »Diese Seite sieht man sonst nie an ihm.«

Hana nickt. Das ist interessant. Sie war davon ausgegangen, dass es Seth ist, der Jo den Rücken stärkt, aber vielleicht ist es tatsächlich andersherum. Ohne sie scheint er haltlos.

Maya dreht sich zu ihm um. »Immer noch keine Nachricht von Jo?«

Seth tastet seine Shorts ab, linke Tasche, danach die rechte. »Scheiße. Hab mein Handy in der Villa vergessen.«

Alle bleiben wie angewurzelt stehen.

»Wir warten«, sagt Caleb, als Seth kehrtmacht. »Keine Eile.«

»Ich muss sowieso noch ein paar Mails schreiben«, murmelt Maya und beginnt auf ihrem Handy zu tippen. Hana, die ihr zusieht, bemerkt, dass sie gereizt ist – ein frustriertes Kopfschütteln.

»Was ist los?« Hana stellt sich neben sie.

Maya winkt ab. »Nur das Übliche. Die Arbeit. Wenn ich nicht bald was finde, muss ich mir eine noch kleinere Bude suchen.«

»Was war mit dem Job, für den Jo dich vorgeschlagen hat?«

Maya verzieht das Gesicht. »War nur vorübergehend. Vor ein paar Monaten wurde ich geschasst. Seither habe ich nichts gefunden.«

Hana versteht Mayas Dauerproblem mit der Arbeit nicht. In jedem anderen Bereich ihres Lebens ist sie so stark, erklimmt Felswände und ist schlagkräftig in ihren Ansichten, doch für ihre Karriere fehlt es ihr seit jeher an Antrieb. Nach ihrem Abschluss an der Kunstakademie probierte sie diverse Jobs aus – Praktikum in einer Galerie, Bibliotheksassistentin, virtuelle Sekretärin –, doch nie schien sie mit dem Herzen bei der Sache zu sein.

Maya hebt den Kopf. »Han, geh doch schon mal vor und kümmere dich um einen Tisch. Ich warte hier mit Caleb, damit Seth nicht denkt, wir hätten ihn verlassen.«

»Okay, dann gehe ich vor«, erwidert sie, da sie die Botschaft versteht. »Wir sehen uns dort.«

Hana steigt langsam den Pfad hoch. Obwohl es in der Hitze anstrengend ist, wird ihr leichter um die Brust, als würde eine Last von ihr genommen. Schlimm, so was über die eigene Familie zu denken, aber allein kann sie einfach freier atmen.

Als sie oben angelangt ist, erblickt sie eine Traube von Gästen, die sich vor dem Pavillon versammelt haben. Weitere schließen sich ihnen an, und Hana reckt den Hals, um mehr zu sehen.

Ihre Augen registrieren das blau-weiße Flatterband, das

um den Pavillon gespannt wurde, die ernst dreinblickenden LUMEN-Angestellten davor. Aber was sie am meisten trifft, ist ein Aufblitzen von Farbe.

Das einzige Bunt vor dem neutral gehaltenen Boden des Pavillons in einer Plastiktüte. Sie spürt, wie ihr heiß wird – nicht nur von der Sonne, sondern der Erkenntnis, die brennend in ihr aufsteigt.

Es ist das Schultertuch, das Jo gestern Abend getragen hat, das, welches ihre Mutter ihnen aus ihrem Ligurien-Urlaub mitgebracht hatte. Kräftiges Rosa und Grün, die Farben sehen wie Kleckse aus.

Aber warum sollte es da liegen?

Ihr Blick richtet sich auf den Mann daneben, der einen dieser weißen Ganzkörperanzüge trägt.

Erst in diesem Moment fügt sich alles in ihrem Kopf zusammen: der Mann und das Flatterband und der in die Tüte gestopfte Stoff. Ihr wird speiübel, schwindlig, als würde der Boden unter ihr sich bewegen.

Hana atmet tief ein; sie spürt, wie sie schwankt, und streckt einen Arm aus, um sich abzustützen. Sie registriert, dass der Mund des Mannes sich öffnet, er etwas sagt, aber sie kann es nicht hören. Nur die Möwen, die kreischend über ihren Köpfen kreisen, und das Rauschen des Bluts in ihren Ohren.

Hana stürzt nach vorne, auf den Pavillon zu.

Zwei Schritte, dann rutscht sie aus. Die Sohlen ihrer Riemchensandalen, die sie ausgesucht hat, weil sie so cool und hip aussahen, sind viel zu glatt. Die feine Sandschicht auf dem Pfad wirkt wie eine schmierige Flüssigkeit. Hana legt einen Spagat hin, bei dem sich ihr linkes Bein unter ihr wegstreckt.

Als sie sich aufgerappelt hat, setzt sie sich wieder in Bewegung, schiebt sich durch die gaffende Menge vor dem Absperrband. Der Angestellte, der den Pavillon bewacht, streckt einen

Arm aus, um sie aufzuhalten, doch Hana wirft sich mit ihrem gesamten Gewicht nach vorne, und sein Arm gibt nach. Sie stürmt durch den Pavillon und auf den weiß gekleideten Mann vor der Brüstung zu.

Er hebt eine Hand. »Nein«, sagt er, und das Wort hallt dröhnend in ihrem Kopf wider.

Erst als ihre Augen die kleinen mit Filzstift markierten Pfeile auf der gläsernen Barriere erblicken, wird es zur Gewissheit.

Sie tritt zum Geländer, lehnt sich vor, die Taille gegen die Scheibe gepresst, und sieht hinunter. Ihr Blick streift einen Mann, eine Frau in einem weißen Overall, schließlich den Körper auf dem Boden vor ihnen.

Ein schwarzes Kleid, blondes, über die Steine gebreitetes Haar.

Hana bekommt kaum Luft.

Innerlich kreischt sie, heisere Schreie, die ihr die Lunge zerreißen.

Als sie endlich wieder atmen kann, dringt nichts als ein Keuchen aus ihr.

Sie ist tot. Ihre Schwester ist tot.

19

Elin bricht das Schweigen. »Ich brauche eine Kopie der Videoaufzeichnungen.« Nicht nur für die Akten, denkt sie, sondern auch, um den Moment des Sturzes genauer zu analysieren. Irgendwas an dem Gesehenen nagt an ihr, aber sie kriegt es nicht richtig zu fassen. Vielleicht …

Sie kommt nicht dazu, ihren Gedankengang zu beenden. Ein lautes Klicken.

Die Tür geht auf, und ein Angestellter betritt sichtlich bestürzt das Zimmer. »Farrah, entschuldige die Störung, aber am Yoga-Pavillon ist eine Frau, die nicht mehr zu schreien aufhört.«

Die dunkelhaarige Frau auf dem Boden neben Leon hat die Arme um sich geschlungen. Ihr Bob fällt ihr übers Gesicht, verbirgt ihre Züge.

Elin verspürt ein schreckliches Unbehagen, als sie in die Überschuhe schlüpft und sich unter dem Flatterband hindurchduckt. Aus der Nähe kann sie erkennen, dass die Knie der Frau aufgeschürft sind und bluten; Splitt und Sand haben sich in der rissigen Haut eingenistet. Sie umklammert den Beweisbeutel, die Finger fest zusammengekrampft. Elin muss an ein Kind denken, das sich weigert, seine Lieblingsdecke loszulassen.

Leon befindet sich neben ihr in der Hocke und spricht leise auf sie ein, versucht wahrscheinlich, sie dazu zu bringen, den Beweisbeutel herzugeben. Aber die Frau reagiert nicht. Als sie den Kopf schließlich hebt, wird ihr Gesicht erkennbar; ihre Augen sind getrübt von einer Leere, die Elin zusetzt.

Leons Blick hingegen ist zerknirscht. »Entschuldige, ich konnte sie nicht aufhalten. Sie ist einfach an dem Angestellten vorbeigerannt.«

»Schon gut. Ich übernehme das.« Elin geht neben der Frau in die Hocke. »Hallo«, sagt sie sanft. »Ich bin Detective Sergeant Warner. Wissen Sie, was in dieser Tüte ist oder wem es gehört?«

Die Frau hebt schwer ihren Blick. »Es ist ein Schultertuch. Von meiner Schwester.« Ihre Stimme ist so leise, dass Elin sich anstrengen muss, sie zu verstehen. »Meine Mutter hat es ihr mitgebracht. Aus Italien.« Ihre Stimme bricht. »Ich habe gerade da runtergeschaut. Es ist meine Schwester.«

Elin nickt. »Hören Sie, lassen Sie uns aufstehen, damit wir darüber reden können. Aber bevor wir das tun, geben Sie mir den Beutel? Es ist wichtig, dass der Inhalt unangetastet bleibt, damit wir herausfinden können, was passiert ist.«

Die Frau reicht ihn ihr. Nachdem sie ihn bei Leon abgegeben hat, hilft Elin der Frau auf die Füße, um sie durch den Pavillon zu führen. Sie bücken sich gerade unter dem Flatterband hindurch und betreten den Pfad dahinter, als eine Stimme ertönt.

»Hana? Was ist hier los?«

Elin schaut auf. Eine blonde Frau steuert mit dem Smartphone in der Hand auf sie zu. Sie steckt in Fitnessklamotten, neonblaue Laufshorts zu einem schwarzen ärmellosen Top. Ein dunkelblauer BUFF-Schal hält ihr das Haar aus dem Gesicht.

»Han?«, wiederholt die Frau. »Was geht hier vor?« Sie macht einen Schritt, hält dann aber vor dem Band inne.

»Ich fürchte, es gab einen Unfall«, erwidert Elin. »Jemand ist über die Brüstung des Pavillons gestürzt. Hana denkt, es ist ihre Schwester.«

»Sie ist es, ich weiß es.« Hana wirft einen Blick zurück zu der Brüstung, bevor sie sich wieder zu der Frau umdreht. »Jo, es ist Bea.«

»Bea?« Die Frau namens Jo tippelt nervös auf dem Boden. »Das ist unmöglich.«

Hanas Stimme bebt. »Es ist Bea.«

Jo fährt mit der Hand über Hanas Arm. »Aber Bea ist in Amerika. Das weißt du doch.« Sie dreht sich zu Elin und dämpft die Stimme. »Entschuldigen Sie, meine Schwester hat eine schwere Zeit hinter sich. Wahrscheinlich steht sie unter Schock und ist durcheinander, nachdem sie wen auch immer gesehen …«

»Ich *weiß*, dass sie es ist.« Sie zittert, als sie zu dem Beweisbeutel deutet. »Das ist ihr Tuch, es ist das, welches Mum euch beiden mitgebracht hat. Ich hab sie unten auf den Felsen gesehen. Es ist Bea. Sie ist tot.« Ein leises Weinen setzt ein.

Elin wartet auf Jos Reaktion, doch es ist, als wären Hanas letzte Worte nicht bis zu ihr durchgedrungen.

»Hör mal, wir fragen einfach Caleb.« Sie wendet sich an Elin. »Das ist Beas Lebensgefährte. Wahrscheinlich hat er erst heute früh mit ihr telefoniert. – Hey, Caleb?«, ruft sie.

Elin beobachtet das Grüppchen, das zu ihnen kommt. Eine kleine, schlanke Brünette, flankiert von zwei Männern. Der größere von den beiden ist dunkelhaarig und hat einen dichten Vollbart, der andere ist schmächtiger und trägt eine Mütze. Alle drei wirken betreten, während sie das Flatterband, Leon und seine Ausrüstung betrachten.

»Was ist denn hier los?« Die zierliche Frau ist dennoch muskulös. Eine Kletterin, tippt Elin, als sie weiterhin die schwieligen Hände und die ausgebeulte Patagonia-Hose bemerkt.

»Jemand ist von der Klippe gestürzt. Schlimmer Unfall.« Jo hält inne, versucht, die Worte mit angemessenem Ernst vorzutragen, was aber eher herablassend wirkt, als würde sie sagen: *Seid so gut, mir zuzuhören, ich muss hier gerade etwas völlig Lächerliches erklären.* »Hana glaubt, es ist Bea.« Sie wendet sich an Elin und deutet auf Caleb. »Das ist Caleb, Beas Lebensgefährte. Du hast doch heute schon was von Bea gehört, oder?«

Caleb öffnet den Mund, schließt ihn aber wieder. »Na ja, eigentlich nicht. Nein«, sagt er. »Sie hat mir gestern Nacht geschrieben, als wir vom Strand zurückkamen.« Er zieht sein Handy aus der Tasche und tippt auf das Display. »Sie hatte gerade zu Abend gegessen und wollte ins Hotel zurück.« Seine Stimme wird sanft. »Es geht ihr also gut, Han. Wer auch immer da gestürzt ist, es ist nicht Bea.« Nach einem kurzen Augenblick fügt er hinzu: »Hör mal, ich rufe sie an. Das wird alles klären.« Er tippt erneut auf das Display und hält es an sein Ohr, lauscht dem schwachen Tuten. Die Anspannung ist spürbar, als es mehrmals klingelt, doch Sekunden später schaltet sich die Mailbox ein.

»Caleb, Kumpel, die Zeitverschiebung«, meldet sich der größere Mann. »Sie ist noch nicht wach.«

»Tja, wenn sie nicht wach ist, dann Della, ihre Assistentin. Sie ist in England.« Caleb tritt beiseite, tippt erneut fahrig auf dem Display herum. Während er auf und ab schreitet, hört Elin ihn leise reden. Sein Sprachduktus ist bedächtig. Sie ist sich nicht sicher, ob er versucht, den Moment hinauszuzögern, oder ob das nur seine normale Art zu sprechen ist.

Als er kurz darauf zurückkehrt, bemerkt Elin, wie seine Augen zu der Brüstung huschen. »Sie …« Er hält inne, sammelt sich. »Bea war nie in den Staaten. Sie hat gestern ihren Flug storniert.«

Seine Worte haben eine eruptive Wirkung.

Auf den Gesichtern der anderen zeichnet sich erst Unglaube, dann Entsetzen ab.

Jo schüttelt den Kopf. »Ich schaue selbst nach.« Sie taucht unter dem Flatterband hindurch.

»Nein«, protestiert Elin, doch die Frau ist zu schnell. Drei, vier Schritte, und sie steht an der gläsernen Brüstung.

Als Jo ein paar Sekunden später zu ihnen zurückkehrt, ist alles Blut aus ihrem Gesicht gewichen. »Du hattest recht, Han. Es ...« Sie stockt, Tränen schießen ihr in die Augen. »Es ist Bea.«

20

Elin hat sich den hintersten Tisch auf der Restaurantterrasse ausgesucht, um sich mit der Gruppe über Bea Leger zu unterhalten. Ihr Blick geht auf den beinahe leeren Pool. Als sie durch das unbewegte Wasser den Glasboden betrachtet, die zerklüfteten Felsen darunter, krampft ihr Magen zusammen. *Sie würde diesem Glas nie trauen.*

Während sie wartet, dass alle Platz nehmen, zieht sie ihr Notizbuch aus der Tasche. Eine Servicekraft stellt einen Krug Wasser und ein paar Gläser neben ihr ab.

Jo stürzt sich darauf. »Han, nimm das.« Sie schiebt eines der Kristallgläser über den Tisch, aber Hana reagiert nicht. Sie ist damit beschäftigt, ein Papiertaschentuch zwischen ihren Fingern zu zerreißen – kleine weiße Fetzen segeln auf den Tisch.

Elin räuspert sich. »Danke, dass Sie sich die Zeit nehmen. Mir ist klar, dass es zu einem Zeitpunkt wie diesem sehr schwer ist, aber es ist wichtig, dass ich mehr über Bea erfahre – insbesondere, warum sie Ihrer Meinung nach hier war.«

»Natürlich.« Caleb begegnet ihrem Blick, seine Augen verquollen vom Weinen. »Bea sollte diese Woche in den Staaten sein, geschäftlich. Sie ist Firmenanwältin in London, aber ihre Kanzlei unterhält zudem ein Büro in New York.«

Elin nickt, etwas verwirrt von seiner präzisen Ausdrucksweise, die irgendwie in Widerspruch zu den Emotionen in seinem Gesicht steht. »Hatte sie denn anfangs vorgehabt, hierherzukommen?«

»Ja.« Jo dreht ihr Handy auf dem Tisch. »Das sollte eine Art Familienurlaub werden, mit Partnern. Wir hatten uns schon eine ganze Weile nicht gesehen.«

»Und wessen Idee war diese Reise?«

»Meine«, antwortet Jo. »Also, ich habe sie initiiert, nachdem sie mir ursprünglich vorgeschlagen worden war, und ich dachte, das könnte eine gute Sache sein. Ich bin Influencerin, daher habe ich das Marketingteam von LUMEN kontaktiert, und die boten mir einen Aufenthalt im Retreat an. Ich habe die anderen eingeladen.«

»Wann sagte Bea ab?«

Jo überlegt. »Vor ein paar Wochen – sie meinte, sie hätte eine Geschäftsreise, die sie nicht absagen könne, aber Caleb würde mitkommen, damit wir mal Zeit hätten, ihn besser kennenzulernen.«

Elin nickt. »Und es gab keinen Hinweis darauf, dass Bea es sich anders überlegt hatte? Keine Nachrichten, die Ihnen vielleicht entgangen sind?«

»Nein. Sie erzählte mir sogar, dass ihr Flieger pünktlich gelandet sei«, berichtet Caleb. »Wir haben uns die ganze Zeit geschrieben, seit sie drüben war.« Er berichtigt sich. »Seit ich dachte, dass sie drüben war. Wie ich schon sagte, sie hat mir sogar gestern Nacht noch geschrieben. Wir waren am Strand und haben ihr ein Gruppenfoto geschickt. Sie ging nicht an ihr Handy, aber sie schrieb zurück.« Er tippt auf seinem Display herum und hält es ihr hin. »Sehen Sie. Das war …« Er sieht noch mal nach, bevor er es wieder zu ihr dreht. »23:03 Uhr. Wir waren gerade wieder zurück in der Villa.«

Elin liest sich die Nachricht durch. »Und niemand hat die Villa noch mal verlassen?«

»Nein.« Die anderen schütteln die Köpfe.

Sie wendet sich erneut an Caleb. »Und wann haben Sie das letzte Mal persönlich mit Bea gesprochen?«

Eine Pause. »Seit ihrem Abflug am Donnerstag nicht mehr«, antwortet er. »Das ist normal, wenn sie geschäftlich unterwegs ist. Wir haben nicht das Bedürfnis, uns ständig zu melden.«

Elin nickt, wobei ihr Unbehagen weiter zunimmt. Beas Sturz war ein Unfall, das haben die Kameraaufzeichnungen gezeigt, aber die Tatsache, dass sie überhaupt nicht auf der Insel hätte sein *sollen*, lässt ihr keine Ruhe.

Warum unangekündigt kommen? Zu welchem Zweck?

Es gibt nur eine Sache, die ihr einfällt, aber die erscheint ihr fadenscheinig, zweifelhaft – sie hätte doch zumindest beim Retreat Bescheid geben müssen? Sie beschließt dennoch, es anzusprechen, um die Reaktionen auszuloten. »Ist es möglich, dass es eine Art Überraschung werden sollte?«

»Nein«, erwidert Hana unumwunden; es ist das Erste, was sie gesagt hat, seit sie sich gesetzt haben. »Das ist nicht Beas Art. Sie ist durch und durch eine Planerin.«

»Sie hat recht.« Caleb nickt. »Und warum all die Mühe auf sich nehmen?«

Ein bedrückendes Schweigen legt sich über die Gruppe, und Elin beobachtet jeden einzeln. Sie bemerkt eine Röte, die Jos Hals hochkriecht.

»Tatsächlich glaube ich, dass sie es als Überraschung gemacht haben könnte«, sagt Jo schließlich leise. »Als eine Art Geste vielleicht.«

»Geste? Ich verstehe nicht …« Caleb dreht sich auf dem Stuhl zu ihr.

Es folgt eine weitere bedeutungsschwangere Pause, und Elin ist klug genug, sie nicht zu füllen.

»Als sie mir sagte, dass sie nicht mitkommt …« Jos Stimme klingt gepresst, angespannt. »Na ja, wir haben uns ziemlich gezofft. Ich hatte ewig mit der Planung verbracht, alles organisiert – das ist nicht einfach –, und dann macht sie einfach einen

Rückzieher. Ich war sauer, hatte das Gefühl, es wäre ihr scheiß-egal, was für Mühe ich mir gemacht habe, um …«

Seth legt eine Hand auf ihren Arm. »Jo, nicht jetzt …«

»Aber so habe ich mich nun mal gefühlt. Am Ende unseres Gesprächs habe ich ihr noch ein paar bittere Wahrheiten einge-schenkt.«

»Die da wären?« Hanas Stimme klingt etwas schrill.

»Nur, dass sie ihre Prioritäten überdenken sollte. Zur Ab-wechslung mal die Familie an erste Stelle setzen sollte.« Sie zö-gert. »Schau mich nicht so an, Han. Stimmt doch. Für sie kom-men wir immer ganz hinten, vor allem Mum und Dad. Wie viele Familientreffen hat sie schon gecancelt? Sogar Dads Geburtstag letztes Jahr …«

Da sie spürt, wie die Emotionen hochkochen, unterbricht Elin das Gespräch zwischen den beiden Schwestern. »Also glau-ben Sie, dass Beas Ankunft so eine Art Wiedergutmachung hätte sein können?«

Jo nickt knapp.

Elin will gerade eine weitere Frage stellen, hält jedoch inne. Farrah kommt auf sie zu.

Als sie den Tisch erreicht, beugt Farrah sich zu ihr. »Ich störe nur ungern«, murmelt sie in Elins Ohr. »Aber ich glaube, wir haben vielleicht eine Antwort darauf, wie Bea Leger auf die Insel kam.«

21

M it einer Entschuldigung folgt Elin Farrah zu einem Tisch, wo ein Angestellter wartet.

»Das ist Tom, er kümmert sich hier um den Wassersport.« Farrah lächelt ihm aufmunternd zu. Er nickt zum Gruß, wobei er sich durchs Haar streicht.

»Tut mir leid, ich hätte mich eher melden sollen, aber ich habe heute Spätschicht.« Es ist offensichtlich, dass er sich in aller Eile angezogen hat. Sein blaues Hemd ist falsch geknöpft, die Khaki-Shorts hängen gürtellos auf den Hüften.

»Kein Problem. Können Sie mir schildern, was Sie wissen?«

Tom schiebt seine Sonnenbrille auf den Kopf und nickt. Elin korrigiert mit Blick auf die feinen Fältchen um die Augen sein Alter nach oben – Mitte dreißig vielleicht. »Bea und ich kennen uns von der Uni. Gleiches Wohnheim. Sie erzählte mir vor ein paar Monaten, dass sie käme. Ich fand es einen netten Zufall. Freute mich, mal wieder mit ihr zu quatschen.«

»Und Sie wussten, dass sie abgesagt hatte?«

»Ja. Sie erklärte, als sie sich erneut meldete, dass sie den Urlaub wegen der Arbeit canceln müsse. Dann schrieb sie mir gestern früh, dass sie es sich anders überlegt habe. Sie fragte, ob ich ihr helfen könne, meinte, sie wolle unangekündigt auftauchen, um ihre Familie zu überraschen.«

Sie hat ihm gestern geschrieben. Lag dem eine Last-Minute-Entscheidung zugrunde, oder hatte sie Tom nur nicht früher Bescheid gegeben? »Worum genau bat sie Sie?«

»Sie abzuholen und heimlich herzubringen.« Er schaut verlegen zu Farrah. »Nicht die feine Art, ich weiß, aber da sie ursprünglich mit eingeplant war, wusste ich, dass Platz in der Unterkunft war ...«

»Um wie viel Uhr haben Sie Bea hergebracht? Vormittags? Oder später?«

Er legt die Stirn in Falten. »Am Abend, gegen acht. Ich habe in einer der kleineren Buchten angelegt, damit niemand uns bemerkt. Danach gingen wir in einen Besprechungsraum in der Lodge.«

»Sagte sie, warum sie nicht gleich zu ihrer Familie wollte?«

»Nach dieser langen Reise wollte sie erst einmal was trinken, um runterzukommen, und mit mir plaudern.«

»Wie viel hat sie getrunken?«

»Nicht viel. Zwei, drei kleine Gläser Wein. Ich glaube, sie hat gar nicht gemerkt, wie spät es geworden war.« Tom blickt aufs Meer hinaus, wobei sein geübtes Auge geradezu automatisch die Gruppe Paddleboarder ins Visier nimmt. »Aber sie war nicht betrunken, falls Sie das meinen.«

»Und nichts an ihrem Verhalten schien merkwürdig?«

Ein Achselzucken. »Es fällt mir ziemlich schwer, das einzuschätzen. Wir kennen uns nicht gut, nicht mehr. Die Uni ist eine ganze Weile her. Wir sind nur sporadisch in Kontakt geblieben, über die sozialen Medien.«

Elin nickt. »Um wie viel Uhr etwa trennten Sie sich?«

»Gegen halb elf. Sie meinte, sie wolle nun zur Villa aufbrechen, um die anderen zu überraschen. Ich zeigte ihr die Richtung und ließ sie allein.«

Halb elf. Die Überwachungskameras hatten sie erst um ein Uhr morgens an der Brüstung aufgenommen. Was hat sie in der Zeit zwischen ihrem Treffen mit Tom und ihrem Sturz getan? So wie die Familie das darstellte, ist sie nie in der Villa eingetroffen.

»Hatte sie ihr Gepäck mitgenommen?«

»Ich denke schon.« Er runzelt die Stirn. »Sie haben es nicht gefunden?«

»Nein.«

»Dann könnte es noch im Besprechungsraum sein.« Er neigt den Kopf zum Hauptgebäude. »Ich kann es Ihnen zeigen.«

»Ja, das wäre gut.«

»Warten Sie«, sagt Tom. »Bevor wir gehen … da ist doch etwas. Es ist mir jetzt erst eingefallen: Unmittelbar bevor ich aufbrach, bekam sie eine Nachricht auf ihrem Handy. Sie sagte, sie müsse jemanden anrufen. Ich wartete solange, aber sie klang ziemlich aufgebracht, dann ließ ich sie allein.«

Wieder stellt sich bei Elin ein Gefühl von Unbehagen ein.

Sie wird den Eindruck nicht los, dass ihr etwas entgeht, ein wesentlicher Teil dessen, was sich hier ereignet hat.

22

Hana sieht Jo nach, die zu Seth und Caleb geht, um sich wie sie am Frühstücksbüfett anzustellen. Keiner von ihnen will etwas essen, doch Seth hat darauf bestanden, etwas zu holen. *Um bei Kräften zu bleiben.* Aber darum geht es gar nicht; es ist eine Ablenkung. Eine Vermeidungsstrategie, um sich nicht mit dem befassen zu müssen, was passiert ist.

Hana kann es ihm nicht verübeln. Auch sie kann es nicht fassen. *Bea ist tot. Bea war hier, auf der Insel, und jetzt ist sie tot.* Nichts davon scheint real.

»Ich muss ständig daran denken, Han.« Maya dreht den Silberring an ihrem Finger. »Wie es sich angefühlt haben muss, über diesen Abgrund zu stürzen. Beim Klettern, da habe ich manchmal dieses Gefühl, als würde ich gleich fallen. Alles Teil des Kicks. Aber wenn ich mir das vorstelle … sie muss so eine höllische Angst gehabt haben.« Ihre Stimme bricht.

Hana nimmt ihre Hand. »Ich weiß, kaum auszuhalten, sich das auszumalen.« Und doch tut sie es: grauenvolle Bilder – der Moment, in dem Bea fällt, begreift, dass sie ins Nichts stürzt. Ein Schluchzen steigt in ihr auf.

»Es ist nicht nur der Sturz.« Auch Maya kann ihre Tränen nicht zurückhalten. »Es will mir einfach nicht in den Kopf, dass sie hier war und dass wir es nicht wussten. Es sieht ihr nicht ähnlich, so etwas abzuziehen.«

Das stimmt. Bea hält nichts von Spontaneität, hat sie noch nie. Schon als Kind war sie ordentlich, fast schon pedantisch:

die Stifte immer penibel sortiert, der Schulranzen am Vorabend gepackt und neben die Tür gestellt.

Hana zieht ein frisches Taschentuch hervor und holt tief Luft. »Aber du hast ja gehört, was Jo ihr vorgeworfen hat. Vielleicht hatte Bea ein schlechtes Gewissen und wollte uns aus diesem Grund überraschen.«

»Möglich.« Maya wirkt nicht überzeugt. »Ich glaube …« Sie hält mitten im Satz inne.

»Was?«

»Ich glaube nur«, sagt sie schließlich, wobei sie sich über die Augen wischt, »dass jemand gelogen hat, über das, was letzte Nacht passiert ist.«

»Inwiefern gelogen?«, fragt Hana.

»Dass niemand die Villa verlassen hat. Jemand war draußen. Ich hab's gehört.«

»Aber alle haben doch gesagt …«, entgegnet Hana, wobei sie sich die verneinenden Antworten auf die Frage der Polizistin in Erinnerung ruft.

»Ich weiß, aber jemand ist fortgegangen.«

»Wann war das?«

»Etwa eine Stunde, nachdem wir zurückkamen … gegen Viertel nach zwölf. Ich war noch am Handy, als ich die Tür auf- und zugehen hörte. Ich schaute durchs Fenster und sah eine Person den Pfad entlanggehen. Ich konnte nicht erkennen, wer es war, es war zu dunkel.« Mayas Stimme kippt. »Aber es war auf jeden Fall unsere Eingangstür. Jemand hat die Villa verlassen, Han, da bin ich mir sicher.«

23

Bea Legers silberner Koffer ist ein elegantes, teuer aussehendes Modell, kompakt genug, um im Flieger als Handgepäck mitgenommen zu werden.

Unter dem langen hölzernen Konferenztisch verstaut, ist es das einzige störende Objekt im Raum. Das Besprechungszimmer strahlt, trotz seines offiziellen Anstrichs, die gleiche entspannte Atmosphäre aus wie der Rest der Lodge. Nachdem sie die Tote gesehen hat, fällt es Elin schwer, Bea hier zu verorten, sich vorzustellen, wie sie, sprühend vor Leben, diesen Koffer hier hereinrollt, voller Vorfreude, ihre Familie zu überraschen.

Elin zieht ein Paar Einweghandschuhe über und hebt den Koffer auf den Tisch. Als sie den Inhalt durchgeht, findet sie typische Urlaubskleidung, darunter mehrere Tuniken aus Seide, tief ausgeschnitten, an den Seiten geschlitzt. Elin erkennt das Muster sofort – Missoni. Nicht gerade günstig. Der Rest ist ein geschmackvoll abgestimmter Boho-Mix aus Feinstrick-Tops sowie ausgefallenen Baumwollröcken und -shorts.

All das gibt ihr einen weiteren Hinweis darauf, was für eine Person Bea Leger war. Eine nicht nur erfolgreiche, sondern auch ordentliche Frau. Alles schien sie unter Kontrolle haben zu müssen.

Dennoch will irgendetwas nicht passen. Elin durchsucht den Koffer noch einmal. Dieses Mal dämmert es ihr – keine Badebekleidung. Warum an einen Ort wie diesen kommen und keine Schwimmsachen mitnehmen? Es könnte ein Versehen gewesen sein, aber es könnte auch darauf hindeuten, dass Bea in aller Hast gepackt hatte, zerstreut gewesen war.

Sie denkt darüber nach, dass Bea ihrem Bekannten, Tom, erst gestern Bescheid gesagt hat, dass sie es sich anders überlegt hat, dann an das Telefonat, das er mitbekommen hatte. Sie wird das Gefühl nicht los, dass es bei dieser Geschichte einen weiteren Erzählstrang gibt, einen, der parallel zu dem verläuft, was sie bisher in Erfahrung gebracht hat.

Zu diesem Zeitpunkt ist es unmöglich zu sagen, ob es für den Fall von Bedeutung ist, aber es nagt an ihr.

Stück für Stück legt sie die Sachen in den Koffer zurück.

Sie ist fast fertig, als sie eine Nachricht von Rachel erhält.

Hier ist alles erledigt. Kannst du kommen, wenn du so weit bist?

Elin tippt eine Antwort. Sie will den Reißverschluss gerade zuziehen, als sie einen Terminplaner in einem Kofferfach bemerkt. Der Einband ist so abgegriffen, er muss regelmäßig benutzt worden sein. Bea zog, so wie auch Elin, Papier vor, um sich Dinge zu notieren.

Sie blättert das Büchlein durch, schaut sich dann aber genauer die Kalendereinträge der letzten Wochen an. An jedem Tag hat sie detailliert ihre Termine eingetragen, in einer sehr präzisen Handschrift, nur die letzten Tage sind leer geblieben. Sie entdeckt im hinteren Teil noch Aufzeichnungen über diverse Meetings, aber erst als Elin die letzte Seite erreicht, stößt sie auf etwas, das ihr Interesse erregt: zwei Internetadressen.

Es sind nicht die Webseiten selbst, die ihre Aufmerksamkeit auf sich ziehen, sondern wie sie notiert sind. Die krakeligen Buchstaben haben nichts mit der ansonsten akkuraten Handschrift gemein; außerdem sind die Adressen diagonal über die Seite hingeschmiert und mehrfach unterstrichen.

Trotzdem, zweifellos Beas Handschrift, denkt sie, als sie die Form der Buchstaben vergleicht.

www.fcfl.com

www.localhistory.org

Nachdem sie ein Foto mit ihrem Handy gemacht hat, schiebt Elin den Terminplaner in das Fach zurück.

Die Adressen und die fehlenden Badesachen haben womöglich nichts zu sagen, dennoch spürt Elin, wie sich etwas in ihr regt. Es ist wie ein Impuls, der angestoßen wird. Die Fragen fangen an, sich zu häufen, während sich zugleich überall lose Fäden auftun.

24

Nun denn.« Rachel verstaut ihre Kamera in der Tasche. »Ich glaube, an der forensischen Front bin ich so weit gekommen, wie es geht.« Ihre Stimme ist matt von der Abgespanntheit, die extremer Konzentration folgt.

Elins Blick wandert erneut über Bea Legers Leiche. Vielleicht bildet sie es sich bloß ein, aber sie meint, das Blut riechen zu können, wie es sich allmählich verändert – ein metallischer, nahezu tierischer Geruch. Ihr wird flau im Magen.

»Und keine Spur von einem Handy?«, fragt sie Steed, wobei sie an das Telefonat denkt, das Bea führte, als Tom den Besprechungsraum verließ.

Rachel zieht die Kapuze zurück, entblößt ihr feuchtes Haar; ein ringförmiger Abdruck markiert ihre Stirn, wo sich der Gummizug in die Haut gegraben hat. »Sieht nicht so aus, als hätte sie beim Sturz eins bei sich gehabt – außer es ist im Meer gelandet. Angesichts der Lage der Leiche jedoch unwahrscheinlich. Bei Leon nichts?«

»Nein. Ich habe in der Zwischenzeit ihren Koffer gefunden, aber in dem ist kein Handy drin.«

»Das hätte sie doch bei sich gehabt, oder?« Steed tritt vor. Sein Gesicht ist gerötet; verdächtige Vorboten eines Sonnenbrands zeichnen seine Wangen. Er streckt sich. Sein T-Shirt ist voller Schweißflecken – einzelne Kontinente, die sich über seinen Muskeln zusammenschieben.

»Würde ich auch annehmen. Und sonst keine Spuren? Leon

hat oben einen Abdruck im Gras am Klippenrand gefunden. Wir dachten, sie hat vielleicht etwas fallen gelassen, es mit sich gerissen.«

»Nichts, was ich gesehen hätte. Tut mir leid.« Rachel steigt aus ihrem Anzug. »Ist Leon fertig?«

»Ja. Er packt schon zusammen.«

»Bist du einigermaßen zufrieden?«, erkundigt sich Steed leise.

»Mehr oder weniger. Die Kameraaufzeichnung war recht aufschlussreich – schien eher ein Unfall als Vorsatz –, aber ein paar Dinge stören mich trotzdem. Vor allem, warum sie auf dieser Insel war. Ich brauche noch etwas Zeit, um das zu durchdenken.«

»Klingt vernünftig. Was machen wir mit dem Auffindeort?«

»Freigeben. Und die Tote in die Gerichtsmedizin bringen. Ich setze die Chefin ins Bild, und wenn sie einverstanden ist, lasse ich ein Polizeiboot kommen.« Es ist eine große Entscheidung, den Auffindeort freizugeben, aber sie haben die Beweise, die sie benötigen, unabhängig von den Ungereimtheiten um Beas Auftauchen hier.

Elin macht sich auf den Rückweg über die Felsen, doch als sie diesmal über den unebenen Untergrund hinwegsteigt, kommt sie nur langsam voran. Es fühlt sich an, als würde sie durch Schlamm waten. Ihr Magen knurrt. Sie schaut auf ihre Armbanduhr. Mittag ist durch. Sie sollte etwas essen und trinken.

Sie springt von den Felsen auf den Sandstrand und steuert einen schattigen Platz unter einer Klippe an. Gerade will sie ihr Handy aus der Tasche ziehen, hält jedoch inne. Eine Frau eilt mit großen Schritten auf sie zu, wobei ihr der weiche Sand sichtlich Mühe bereitet. *Hana Leger, die Schwester.*

Sie bleibt vor Elin stehen und zupft nervös an ihrem Kleid. »Ich wollte mich allein mit Ihnen unterhalten.« Ihr dunkler Bob klebt strähnig an ihren Wangen und umrahmt das Oval ihres

Gesichts. »Was Bea zugestoßen ist, war ein Unfall, und das, was ich noch sagen möchte, ist wahrscheinlich nicht von Belang. Trotzdem könnte ich mir nie verzeihen, wenn ich es für mich behalte. Es ist doch wichtig, in einer Situation wie dieser alles zu äußern, auch wenn es albern klingt?«

»Selbstverständlich. Sollen wir uns dazu setzen?« Elin deutet auf die großen runden Felsen am Rand des Strands. »Etwas Schatten wäre gut.«

Aber sie hat noch nicht einmal ihr Notizbuch ausgepackt, als Hana schon zu reden anfängt. »Meine Cousine, Maya, sie glaubt, dass jemand gestern Nacht die Villa verlassen hat. Als Sie uns danach fragten, hat jemand …« Sie hält inne, zögert, die Worte hervorzubringen.

»… gelogen«, beendet Elin für sie.

Hana nickt. Es entsteht eine Pause, bevor sie mit aufgewühlter Miene aufschaut. »Wissen Sie, ich dachte von Anfang an, dass dieser Ausflug keine gute Idee ist. Alles, was ich über die Insel gehört habe, diese Morde, die Gerüchte um die Schule …«

Elins Puls beschleunigt sich. »Was meinen Sie?«

»Ein Freund von Mayas Vater arbeitete früher eine Weile an der damaligen Schule. Blieb nicht lange. Er erzählte ihr auch, dass dieser Ort nichts Gutes birgt.« Ihre Züge verdüstern sich, während sie sich umschaut. »Nun, da wir hier sind, verstehe ich genau, was er meinte.«

25

Überwachungskameras gesichtet?« Das durchdringende Kreischen einer Möwe übertönt beinahe Annas Worte.

»Ja. Sie hat sich über das Geländer gebeugt, um ihr Tuch aufzuheben, und dabei das Gleichgewicht verloren.« Elin betrachtet das schimmernde Wasser. »Ein Fremdeinwirken können wir wohl ausschließen. Leon meint, die Spuren auf dem Glas würden ebenfalls dafürsprechen, aber das können wir erst bestätigen, wenn sicher ist, dass es sich um ihre Abdrücke handelt.«

»Alkohol?«

»Möglich, aber dazu müssen wir die toxikologische Untersuchung abwarten. Fällt dir noch was ein, bevor ich den Auffindeort freigebe?«

»Nein, klingt, als hättest du alles bedacht.« Eine Pause. »Elin, ist irgendwas?«

Sie vergisst immer, wie gut Anna sie kennt. »Etwas will nicht ganz passen – ich meine nicht den Sturz. Aber warum war sie überhaupt da draußen? Deshalb würde ich noch gern übers Wochenende bleiben.«

»Willst du Steed dabeihaben?«

»Als moralische Stütze?«

»Wenn du es so ausdrücken willst. Ich weiß, dass ich dich ins kalte Wasser geworfen habe …«

Elin muss lächeln. Und wieder hat Anna für sie vorgesorgt. Sie hatte nicht daran gedacht, bis ihre Chefin es erwähnte. Aber es ist vernünftig, nicht allein zu sein.

»Und sonst ist alles okay gelaufen?«, fragt Anna beiläufig.

Elin weiß, es ist ihre Art, nachzuhaken, ob sie klarkommt, ob Anna die richtige Entscheidung getroffen hat, indem sie sie herschickte. Kurz verspürt sie den Drang, mit allem herauszuplatzen: den Zweifeln, ihrem Unbehagen bezüglich der Insel, aber sie antwortet, ohne weiteres Zögern. »Alles perfekt bisher, wirklich.«

Das Dröhnen eines Motors lässt sie aufblicken. Sie kann den Umriss des Polizeiboots ausmachen, das auf die Insel zurast.

»Anna, ich lege besser auf. Das Boot ist gleich hier.« Das Boot wird langsamer, als es sich den Felsen nähert, und die einzelnen Gestalten lösen sich aus dem verschwommenen Bild.

Elin macht sich auf den Weg zur Anlegestelle.

Bea Legers kurzer Aufenthalt auf der Insel neigt sich dem Ende zu.

Das Schließen des Reißverschlusses verursacht in der Stille ein schauderhaftes Geräusch; ein knirschendes Ziehen, als Zahn auf Zahn trifft. Auf halber Strecke klemmt er. Rachels Hand zittert, als sie daran herumzerrt, den Zipper vor und zurück ruckelt. Ein Schweißfilm bricht auf ihrer Stirn aus.

Steed verlagert unbehaglich sein Gewicht. Elin sieht ihm an, dass er eingreifen, die Sache hinter sich bringen möchte.

Sie wendet sich ab. Sie hasst diesen Teil: das Schließen des Leichensacks, die nüchterne Aushändigung der Toten, die dann in die Pathologie überstellt werden.

Schweigend schauen sie zu, wie zwei Kollegen Bea Leger über die Felsen zum Boot tragen. Sobald diese Prozedur vorbei ist, folgt Rachel ihnen an Bord. »Also gut!«, ruft sie. »Wir sind hier fertig. Ich begleite die Leiche noch in die Gerichtsmedizin, damit alles seine Ordnung hat. Ruft an, falls ihr was braucht.«

Elin meint, Erleichterung in Rachels Stimme zu hören. Ihre

Annahme erweist sich als richtig. Als das Boot Minuten später davonrast, dreht Rachel sich nicht einmal nach ihnen um.

»Du musst es nicht verstecken, weißt du«, sagt Steed, als sie zum Strand gehen. »Zumindest vor mir nicht.«

»Was denn verstecken?« Elin beobachtet eine Gruppe Yoga-Paddleboarder, die sich zu einem Dreieck formiert haben. Die Person auf dem Brett an der Spitze begibt sich mühelos in die Position des »Herabschauenden Hunds«. Es ist unglaublich, dass Beas Tod kaum eine Spur auf dieser Welt hinterlassen hat. *Sie gehörte nicht zu ihnen* – das Leben geht ohne sie weiter.

»Na, wie du dich fühlst. Die Leute reden immer davon, dass man sich daran gewöhnt, aber ich glaube, sie sind nur besser darin, es zu kaschieren.«

Elin ist kurz überrumpelt von seiner Offenheit; sie haben sich noch nie so miteinander unterhalten. Geplaudert, ja, oberflächliches Zeug, aber nichts darüber hinaus. »Du meinst, die meisten überspielen es?«

»Na klar, wir haben alle unser Pokerface – ein Abwehrmechanismus, um uns durch den beschissenen Part unseres Daseins zu bringen.« Er deutet auf sich selbst. »Das hier ist meiner. Ich war ein magerer Junge und ging viel und oft mit meiner Mum laufen. Für Psychologen wäre es ein gefundenes Fressen; sie würden sagen, dass meine Muskeln ein Schutzpanzer sind, ein Abwehrmechanismus eben …«

Elin hat Mühe, sich die magere Version hinter diesem athletisch gebauten Mann vorzustellen. »Gegen was?«

»Mobbing an der Schule. Verbal wie körperlich. Die Rugby-Typen waren nicht gerade begeistert vom Laufen, außerdem war ich ein ziemlicher Nerd. Geschichte, Archäologie und so. Die Leute haben sich lustig gemacht.«

Elin beäugt ihn von der Seite. »Ist mutig von dir, das zu erzählen. Nicht viele Menschen geben so was zu, vor allem nicht in unserem Job.« Sie kraxeln über die letzten Felsen zum Strand. »Ich hatte nie das Gefühl, mich mitteilen zu können, nicht wirklich.«

»Hat das was mit der beruflichen Auszeit zu tun?«, fragt Steed.

»In gewisser Weise ja. Ich denke immer wieder, dass ich den Job nicht schaffe. Es gab da einen Zwischenfall, und ich hatte einen Aussetzer, konnte mich nicht rühren. Ein Teil von mir fürchtet, dass ich wieder nicht reagieren werde.«

Er grinst. »Ah, deswegen bin ich hier draußen. Quasi als Absicherung.«

»Wie kommst du darauf?« Elin spürt, wie sich etwas zwischen ihnen verschiebt, das zaghafte Band, das sich zwischen ihnen entwickelt hat, hat sich weiter verfestigt.

Sie erreichen die Steinstufen zum Retreat. »Also dann, ich muss noch Will anrufen. Geh du ruhig schon auf dein Zimmer.« Sie möchte, dass Will von ihr hört, was passiert ist, bevor er es auf anderem Wege erfährt. »Danach lasse ich mir von Farrah zeigen, wo meine Villa ist.«

»Villa?« Steed zieht eine Grimasse. »Logierst du also nicht mit mir im Dienstbotentrakt?«

»Ich lasse eben meinen höheren Rang spielen«, scherzt Elin, als sie die Stufen hochsteigen. »Tatsächlich war es die letzte Unterkunft, die sie hatten. Eine Stornierung.« Sie zögert. »Aber an eine Sache habe ich nicht gedacht – Klamotten. Sonst habe ich immer was in meiner Tasche, aber …«

»Kein Problem. Ich hab was eingepackt. Der Pfadfinder in mir. Allzeit bereit.« Als sie die letzten Stufen erklimmen, fragt er: »Gibt es etwas, das ich noch erledigen kann?«

»Vielleicht könntest du mit ein paar Angestellten reden. Erkundige dich, ob sie was Ungewöhnliches mitbekommen haben, aber mache es diskret.«

Steed nickt und dämpft die Stimme. »Schau nicht hin, aber du hast einen Fan. Zu deiner Rechten.«

Sie lässt ein paar Sekunden verstreichen, bevor sie den Blick hebt. Michael Zimmerman steht in der Nähe des Restaurants, den Besen in der Hand, und starrt Elin unverwandt an. Als er begreift, dass sie ihn bemerkt haben, fängt er rasch zu fegen an.

Elin mustert seine gebeugte Gestalt, und abermals kommt er ihr bekannt vor. Es ist verwirrend, aber jetzt ist sie sich sicher, dass er sie nicht bloß an jemanden erinnert – sie kennt ihn, hat ihn irgendwo schon einmal gesehen. »Das ist der Mann, der die Leiche gefunden hat.«

»Ah. Konnte er weiterhelfen?«

»Weiß nicht. Er war … durch den Wind. Redete in einem fort von der Insel. Dem Fluch. Meinte, jemanden bei Nacht um den Felsen herumstreichen gesehen zu haben.«

»Einen Gast?«

»Davon gehe ich aus.« Elin räuspert sich, den Blick weiter auf Zimmerman gerichtet. »Gut, ich rufe jetzt Will an. Kann es nicht mehr hinausschieben.«

»Viel Glück.«

»Danke.« Elin spaziert um die Lodge, um für sich zu sein.

Obwohl sie sicher ist, dass Michael Zimmerman sie aus diesem Winkel nicht sehen kann, ist sie davon überzeugt, seine Augen auf sich zu spüren, seinen Blick, der jede ihrer Bewegungen verfolgt.

26

Du bist im Retreat?« Beim letzten Wort ruckelt das Face-Time-Bild und verpixelt; Wills nächster Satz gerät zu einem unverständlichen Stakkato.

Elin hält ihr Handy in verschiedene Richtungen, ob es an einer bestimmten Stelle einen besseren Empfang gibt, doch sie sieht nur ihr eigenes verschwitztes Spiegelbild, das sich im oberen rechten Eck des Displays aufgehängt hat. Es dauert ein paar Sekunden, bis Will wieder in seinem Büro zu erkennen ist und die gerahmten Architekturzeichnungen an der Wand.

»Ja. Eine Frau ist verunglückt. Sie ist vom Yoga-Pavillon auf Felsen gestürzt.«

Will saugt scharf die Luft ein. »Ein Unfall, nehme ich an?« Die Anspannung in seiner Stimme lässt Sorge erkennen, aber wahrscheinlich schwingt auch eine Überlegung mit, die er niemals einräumen würde. *Die Preisverleihung.*

Ihr wird schwer ums Herz. »Davon ist erst einmal auszugehen. Ich habe die Kameraaufzeichnungen gesehen. Ich weiß, dass es dich interessiert, du aber nicht fragen magst: Soweit ich das mitbekomme, haben die Gäste es gut weggesteckt, nachdem Farrah ihnen von dem Sturz erzählte. Das Leben geht weiter. Sie sind mehr auf ihren Urlaub fokussiert.«

Seine Züge entspannen sich; die Erleichterung ist ihm ins Gesicht geschrieben. »Es fühlt sich mies an, sich überhaupt darum Gedanken zu machen, nachdem so etwas Schlimmes passiert ist …«

»Kann ich nachvollziehen. Ihre Familie ist hier. Sie alle stehen unter Schock.«

»Das glaube ich.« Er reibt sich mit der Hand über die Stirn. »Was ist mit Farrah? Hast du schon mit ihr gesprochen?«

»Tatsächlich hatte ich vor allem mit ihr zu tun. Der Geschäftsführer ist für ein paar Tage weg. Farrah hält die Stellung.«

»Wie geht es ihr?«

»In Anbetracht der Umstände ganz passabel.« Sie wendet das Display ein Stück von der Sonne weg; dabei bleibt ihr Blick an etwas farbig Aufblitzendem in einiger Entfernung hängen. Eine Gestalt in blauem T-Shirt und Mütze, die am Felsen vorbeieilt.

»Das beruhigt mich ein wenig.« Will schiebt sich die Brille hoch. »Wann bist du zurück?«

»Ich bleibe noch hier, gemeinsam mit Steed. Zumindest diese Nacht. Da sind ein paar Ungereimtheiten, die ich mir vorknöpfen will.«

Seine Miene ist nicht zu deuten. »Fühlst du dich auch gut damit? Nachdem wir doch darüber gesprochen haben, dass du es langsam angehen sollst. War das Annas Vorschlag?«

»Nein, aber sie hätte mich gar nicht erst geschickt, würde sie nicht glauben, dass ich bereit bin.« Elin schaut zu der Stelle, wo sie die Gestalt gesehen hat. Die Person geht immer noch zügigen Schritts, in Richtung des Waldstücks, und als hätte sie gespürt, dass Elin zusieht, folgt ein kurzer Blick in ihre Richtung. Die Person wendet sich ab, bevor Elin irgendwelche Gesichtszüge ausmachen kann.

»Ich verstehe, aber mir ist nicht ganz wohl dabei …« Ein schweres Seufzen. »Da ist etwas auf Twitter aufgetaucht. Du weißt doch, dass ich der Torhuner Polizei followe?«

»Das hast du mir erzählt.«

»Na ja … Jemand hat ein Tweet samt Foto gepostet. Ich bin ziemlich sicher, dass es von dir ist.«

»Was für ein Foto?« Ihre Stimme gerät ins Schwanken.

Er schafft es nicht, ihr in die Augen zu sehen. »Ist wahrscheinlich besser, du schaust es dir selbst an. Ich schick's rüber. Ich schätze mal, es wurde offline aufgetrieben.«

Sie öffnet die Nachricht, und ihr Puls beschleunigt sich.

Auf dem Bild ist sie bei einer Trainingseinheit in Exeter vor ein paar Jahren zu erkennen. Sie steht neben einem höherrangigen Kollegen, der auf dieser Aufnahme jedoch ausgeschnitten wurde. Das an sich macht das Foto befremdlich, doch es ist nichts im Vergleich zu dem, was mit ihrem Gesicht angestellt wurde.

Jemand hat den Aufwand betrieben, ihr digital die Augen zu entfernen.

Zwei präzise ausradierte Höhlen.

Der Effekt ist … grauenvoll. Sie wirkt seelenlos … innerlich leer.

Ihre Handflächen werden schwitzig, das Blut rauscht in den Ohren.

Sie schließt das Bild.

»Nun …« Will zögert. »Ziemlich seltsam, oder nicht?«

»Ja, sehr schräg, aber so etwas hatte ich schon mal, weißt du noch?« Verzweifelt versucht sie locker zu klingen, was ihr kaum gelingt. »Während des Hayler-Falls.« Sie hatte damals mehrere Nachrichten von verschiedenen Accounts bekommen, allesamt bedrohlich.

Da die Ermittlungen äußerst turbulent waren, hatte sie dem höchstens einen flüchtigen Gedanken gewidmet. Sie hatte darauf getippt, dass es sich um Bekannte oder Familienmitglieder von Hayler handelte, vielleicht sogar jemand gänzlich Unbeteiligtes. Irgendein Spinner, der die Gelegenheit nutzte, dass ihr Name in der Presse genannt wurde.

»Aber keiner von denen hatte ein Foto gepostet, oder?«, beharrt Will.

»Na ja, nein …« Sie zögert, da ihr bewusst ist, dass das hier eskalieren könnte. »Ich sage es Anna, und hör mal …« Die Worte sind draußen, bevor Elin sie aufhalten kann. Das ist ihre Standardeinstellung: ein emotional schwieriges Gespräch in seinen Anfängen unterbinden. »Wenn du besorgt bist, warum kommst du nicht übers Wochenende her? Farrah meinte, eine der Villen ist frei. Eine Stornierung.«

Die Anspannung in seiner Miene verfliegt. Wills Gesicht fängt zu strahlen an, ein Lächeln erscheint, das sie so liebt.

»Das würde ich sehr gerne.« Das ist ganz sein Ding – ein spontaner Wochenendtrip. »Soll ich was mitbringen?«

»Nur ein paar Sommersachen. Nicht viel, maximal für ein paar Tage.«

Er nickt. »Also gut, es ist gleich drei. Ich kann mir ein Wassertaxi nehmen gegen … sagen wir, sechs?«

»Perfekt.« Elin tritt unter dem Vordach hervor und blickt zu dem Felsen hoch. Sie kann nur noch den Rücken der Gestalt sehen, da sie von der Dunkelheit des Waldes verschluckt wird.

Als sie sich aufmacht, um Farrah zu finden, sind es zwei Bilder, die ihr abwechselnd durch den Kopf gehen: die Gestalt, die vorbeigeeilt war, und die unheimlichen Löcher anstelle ihrer Augen.

27

Das Glas Wasser schlittert über den Holztresen wie ein Eishockey-Puck und bleibt vom eigenen Kondenswasser gebremst stehen. Der Barkeeper schiebt es ihr zu.

»Danke.« Hana zwingt sich zu einem Lächeln, doch ihre Unterlippe zittert, als sie sich im Spiegel über der Bar erblickt.

Das harsche Tageslicht ist brutal. Ihr Haar ist ein einziges Durcheinander, die Haut blass und teigig.

Hitze steigt in ihr auf, als sie daran denkt, wie sie für die Ermittlerin ausgeschaut haben muss, während sie davon faselte, dass jemand die Villa verlassen hätte …

Voller Unbehagen stürzt sie unter dem prüfenden Blick ihres eigenen Spiegelbilds das Wasser hinunter und stellt das Glas auf den Tresen zurück. Sie kann es nicht weiter hinauszögern; Zeit, zur Villa zurückzukehren.

Als sie sich dem Yoga-Pavillon nähert, sieht sie, dass ein Seil das Polizeiabsperrband ersetzt hat. Das und ein diskretes Schild mit der Aufschrift: MOMENTAN KEIN ZUTRITT.

Ihr Blick geht zu dem Teil der Brüstung, wo sie sich hinübergebeugt hat, wo sie Beas Leiche vorgefunden hat. Das silbrige Pulver für die Fingerabdrücke und die aufgemalten Pfeile auf der Glasscheibe sind noch sichtbar. Es ist schwer, die Augen davon zu lösen.

Plötzlich merkt sie, dass sie nicht die Einzige an diesem Ort ist.

Jo steht etwa einen Meter entfernt vor der Absperrung. Sie hat sich umgezogen, nur die Silhouette der langen Beine ist unter dem lockeren Maxikleid sichtbar.

Sie hat den Nacken gebeugt, so als würde sie auf etwas hinunterschauen.

Ein Schwall von Wut. *Doch nicht etwa ihr Handy? Sie hat sich nicht ernsthaft weggeschlichen, um etwas aufzunehmen? Irgendein dämliches Selfie für ihre Follower?*

»Was tust du da?«

Jo dreht sich um, ihre Bewegungen ungewöhnlich träge. Ihre Augen sind rot gerändert. Sie hat zum Glück kein Handy bei sich.

Hana verspürt ein schlechtes Gewissen. Sie hat es schon wieder getan, hat sie automatisch vorverurteilt.

»Ich schaue nur, um das alles zu verstehen.« Jo deutet zum Pavillon. »Aber es funktioniert nicht wirklich …« Sie stockt. »Wo warst du?«

»Hab mit der Polizistin über das gesprochen, was Maya mir erzählt hat.« Hana hält inne. »Ich wollte es dir sowieso noch sagen – sie meint, sie hätte gestern Abend, nach unserer Rückkehr, jemanden aus der Villa gehen sehen.«

»Aus der Villa? Wann?« Jo legt die Stirn in Falten.

»So um Viertel nach zwölf, als Bea, wie wir nun wissen, schon auf der Insel war. Scheint mir ein ziemlich seltsamer Zufall.«

Kopfschüttelnd entspannen sich Jos Züge. Sie lässt ihre Aussage nicht gelten. Denkt wahrscheinlich, dass sie nach Strohhalmen greift. »Han, manchmal gibt es keine Antworten, niemanden, dem man die Schuld geben kann. Sie ist gestürzt, und das ist furchtbar, aber das war es. Keine Verschwörungstheorien. Nur eine beschissene Wendung des Schicksals.«

Hana nimmt einen tiefen Atemzug. Sinnlos, ihren Standpunkt zu verteidigen – sie wird nur etwas sagen, was sie im Nachhinein bereuen wird. Sie wechselt das Thema. »Wo sind die anderen?«

»Zurück in der Villa. Ich glaube, Seth wollte eine Runde schwimmen.«

»*Schwimmen?*«

»Ja.« Eine Spur von Abwehr in Jos Tonfall. »Die Stimmung im Haus ist nicht gerade toll. Caleb ist völlig fertig, und Maya … nun, sie ist wohl kaum Seths größter Fan, wie du wahrscheinlich schon bemerkt hast.«

»Schwer zu übersehen.« Hana zögert. »Ach, übrigens, ich hatte keine Ahnung, dass die beiden sich kannten, also vor der Sache mit euch beiden. Du hast es nie erwähnt.«

»Schien nicht so wichtig.« Jo zuckt die Achseln. »Sie waren früher zusammen klettern. Sie hat es zwar nie gesagt, aber Maya ist überzeugt, dass Seth irgendwann mal scharf auf sie war.«

»Und war er?«

»Er war ehrlich, als ich ihn fragte. Er erinnert sich nicht. Wahrscheinlich im Suff, als sie mal aus waren. Offenbar für Maya viel bedeutender als für ihn.«

Jo kann grausam sein, denkt Hana, als sie sieht, wie das Lächeln ihrer Schwester sich zu einem spöttischen Grinsen verzieht. Sie muss an Mayas Zeichnung von Jo denken – die so fest aufgetragenen Linien, dass sie Kerben im Papier hinterlassen haben.

»Trotzdem, Seth lässt dich allein, um im Wasser zu planschen …« Ein Seitenhieb, aber sie kann nicht anders.

»Nein«, erwidert Jo ruhig, wobei das Lächeln auf ihrem Gesicht verblasst. »Er drückt sich nicht. Es ist seine Art, mit bestimmten Dingen umzugehen. Nicht jeder kann so offen mit seinen Gefühlen umgehen wie du, Han. Seth macht das zwar auch, aber nur, wenn er nicht darauf achtet.« Sie zögert. »Genau wie ich. Das ist wahrscheinlich auch der Grund, warum wir so gut zusammenpassen.«

Ein unangenehmes Schweigen macht sich zwischen ihnen

breit. Derart private Dinge haben sie lange nicht mehr ausgetauscht, und es fühlt sich seltsam an, diese ungewohnte Vertraulichkeit zwischen ihnen.

»Na ja, ich gehe dann mal zurück.«

Jo nickt. »Wir sehen uns später.«

Als sie die Stufen hinabgeht, schaut Hana kurz zurück. Irgendetwas an Jos Haltung lässt sie abrupt innehalten. Sie hat erneut den Nacken gebeugt, doch ihre Augen sind auf etwas unmittelbar vor dem Pavillon fixiert.

Das Seil? Das Pflanzgefäß?

In Hana taucht flüchtig eine Erinnerung auf, doch sie ist fort, bevor sie dahinterkommen kann, was es sein könnte.

28

Das ist es.« Farrah bleibt vor einer der kleineren Villen, direkt am Hauptweg gelegen, stehen. Auf Zehenspitzen späht sie durch ein Fenster. »Sobald das Reinigungspersonal fertig ist, kannst du rein.«

Es ist das erste Mal, dass Elin eine der Villen aus der Nähe sieht. Eine kleinere Version der Lodge, tief in das üppige Grün geschmiegt, sodass das Gebäude selbst Teil davon zu sein scheint. Es ist ein kantiges Gebilde, das da aus der Erde emporwächst, überall harte Winkel und Glas, im selben kräftigen Rosaton gestrichen wie die Blüten, die in den Keramiktöpfen davor üppig gedeihen. Sie verspürt einen Anflug von Stolz auf Will.

»Unglaublich, nicht wahr?«, sagt Farrah mit Blick zu ihr.

»Wunderschön. Will ist ein Genie.« Elin lächelt. »Ich wünschte, ich könnte mich eloquenter ausdrücken.« Aber sie wird besser, denkt sie. Obwohl sie nach wie vor keine Expertin ist, was Architektur betrifft, so sieht sie heute eine Poesie in den Gebäuden, die ihr früher verschlossen war. »Will muss kommen, um es zu beschreiben. Bei ihm klingen diese Dinge besser als bei mir. Es ist seine Begeisterung.«

Farrah öffnet den Mund, wie um etwas zu sagen, zögert dann jedoch, als würde sie innerlich damit ringen, ob sie es ihr anvertrauen soll. Schließlich, nach einem kurzen Moment, entspannen sich ihre Züge. »Wir Rileys mögen es eben hell und fröhlich. Bloß keine Patina. Das erzeugt auch eine seltsame Form von Druck. Wir bekommen unsere Ration Kummer zugewiesen,

130

danach wird aber weitergemacht wie gehabt. Zu sehen, dass es nicht immer alles positiv ist, tut ihm nur gut.«

»Aber manchmal macht es ihm auch zu schaffen.«

»Das liegt daran, dass Will nie der Starke sein musste. Er hat sich immer auf mich verlassen. Aber das kommt dir zugute. Er stützt sich auf mich, damit er sich nicht auf dich stützen muss.«

Elin lächelt. »Er hat Glück, dass er dich hat.« Ihr kommt der Gedanke, dass sie Farrah vielleicht falsch beurteilt hat, ihren Beschützerinstinkt als etwas Persönliches fehlinterpretiert hat. »Ich hatte nie eine Familie, auf die ich mich verlassen konnte. Seit Mum gestorben ist, jedenfalls nicht mehr.« Eine Pause. »Will hat dir wahrscheinlich von Isaac erzählt.«

»Hat er … Wie geht es deinem Bruder?«

»Ich dachte, wir hätten die Kurve gekriegt, aber es hat wohl nicht so richtig geklappt. Er hätte nach England kommen sollen, vertröstet mich aber ständig.« Elin stockt. »Entschuldige, ich bin nicht so gut darin, mich zu öffnen.«

»Schon okay. Ich zeige mich auch nicht gern verletzlich.« Farrah blickt zu Boden. »Mir kommt es immer vor, als würde man einen Teil von sich aufgeben. Vor allem, wenn es einen Unterschied gibt zwischen dem, was die Leute sehen und sehen wollen, und dem, was du innerlich fühlst.«

Elin spürt, wie ihre Augen zu brennen anfangen. Bis auf Will hat niemand sie wirklich so gesehen oder sich darum gekümmert, nicht seit dem Tod ihrer Mutter. Röte steigt in Farrahs Wangen, und Elin wird bewusst, dass Farrah damit auch etwas über sich preisgegeben hat. »Und ist bei dir sonst alles okay? Will meinte, dass du in letzter Zeit ein bisschen Stress hattest.«

Farrah zögert. »Ich will dich nicht damit belasten, nicht jetzt, wo …«

»Ist es die Arbeit?«

»Nein, mein Ex. Nicht gerade eine freundschaftliche Trennung, und er bedrängt mich weiterhin. Tatsächlich kam er vor ein paar Wochen mit einem Freund auf die Insel. Tat so, als wolle er nichts mit mir zu tun haben, aber ich merkte ihm an, dass er mich beobachtete. Seither habe ich einige schräge Nachrichten bekommen.« Sie deutet auf ihr Handy. »Ist zwar nicht seine Nummer, aber ich bin mir sicher, dass er es ist.«

Sie tippt auf das Display und dreht es zu Elin: *Ich beobachte dich. Ich warte.* Farrah wischt weiter. *Ich werde nicht aufgeben.*

»Wie unangenehm. Wenn er damit weitermacht, können wir uns das mal vorknöpfen. Ihn warnen.«

Erleichterung flutet Farrahs Gesicht. »Ich wünschte, ich hätte schon eher darüber gesprochen, aber ich habe gehofft, dass es aufhört.« Sie holt tief Luft. »Und da ist noch etwas anderes, ich …« Sie verstummt, als Elins Handy eine Nachricht ankündigt, und winkt ab. »Mach dir keinen Kopf, du musst hier weitermachen. Ich erzähle es dir später.«

»Aber …«

»Ist schon gut, wirklich. Ich warte.« Farrah drückt ihr einen Schlüsselanhänger in die Hand. »Gib Bescheid, wenn Will eingetroffen ist.«

Sobald sie fort ist, checkt Elin ihr Handy.

Eine Nachricht von Steed. *Ich weiß, dass du nicht danach gefragt hast, aber ich habe diesen Zimmerman überprüft. Fing erst vor ein paar Monaten hier zu arbeiten an. Er ist lupenrein.*

Danke, tippt sie. *Würdest du dir auch noch Beas Familie anschauen?*

Schon dabei.

Gute Arbeit.

Elin lächelt. Steed hat diesen Eifer, den sie von sich selbst kennt. Verbunden mit einer Unsicherheit – es ist, als sei die eigene Meinung nicht ausreichend, man muss es noch einmal aus dem Mund eines anderen hören.

Da sie weiterhin darauf wartet, dass die Reinigungskräfte fertig werden, beschließt sie derweil, selbst ein wenig nachzuforschen. Sie ruft auf ihrem Handy den Screenshot mit den Webadressen aus Beas Terminplaner auf und gibt die erste ein: www.fcfl.com. Die Seite lädt schnell. Das Kürzel steht offenbar für »Financial Crime Fighters«. Detaillierte Enthüllungsberichte diverser finanzieller Betrugsmaschen und Verbrechen. Der Artikel ganz oben bezieht sich auf ein System, das Investoren um ihre Ersparnisse gebracht hat.

Elin schließt enttäuscht den Tab. Höchstwahrscheinlich eine Sache, in die Beas Kanzlei verwickelt war. Die nächste Adresse. Eine Seite über die Geschichte von Cary Island. Sie überfliegt den Text. Er handelt von der düsteren Vergangenheit der Insel, dem Fluch, dem Brand in der Schule, den Creacher-Morden. Der Tonfall ist makaber, der Autor genießt die grausigen Details merklich.

»Wir sind jetzt fertig, wenn Sie hineinmöchten«, sagt eine der Reinigungskräfte, als sie die Tür öffnet.

Elin bedankt sich, macht jedoch keine Anstalten, einzutreten, da sie sich auf den nächsten Textabschnitt konzentriert.

Es existiert das Gerücht, dass es auf der Insel zu massenhaften Leichenverbrennungen kam – Pestopfer, die den Flammen übergeben wurden, um die Verbreitung der Krankheit aufzuhalten. Es heißt, dass selbst heute noch die Erde dieser Insel zu 40 Prozent aus der Asche der Toten besteht.

Als die Reinigungskraft ihren Rollwagen aus der Villa schiebt, schließt Elin auch diesen Tab. Vielleicht liegt sie nicht falsch damit, dass die Düsternis dieses Orts nicht ausschließlich von dem Felsen herrührt. Vielleicht liegt sie in der Erde selbst, auf der sie gehen.

29

D as ist köstlich.« Will legt einen Arm um Farrahs Schultern, drückt sie.

Der von Farrah reservierte Tisch liegt am Rand der Terrasse mit Blick über das Meer. Das Essen wurde wie bei einem Festmahl aufgetischt – Platten mit hauchdünn geschnittener Roter Bete, beträufelt mit Kräutersauce, saftige Rindfleischstreifen, knackige Brokkoliröschen. Auf der nächsten Platte häuft sich in Teig ausgebackenes Gemüse, daneben eingelegte Paprika und Fladenbrot aus dem Holzofen.

»Kleine Boni.« Farrah lächelt, doch Elin entgeht nicht die Sorgenfalte, die ihre Stirn furcht. Sie muss an ihr Gespräch vorhin über Farrahs Ex denken.

»Und, habe ich gut ausgesucht?« Während Will sich Gemüse auf seinen Teller schiebt, deutet er auf Elins Kleid.

»Ooh«, sagt Farrah. »Du hast Will für dich packen lasen. Ganz schön riskant.«

Als Will ein Gesicht zieht, als wäre er beleidigt, müssen beide losprusten. Elins Lächeln ist zaghaft – sie ist plötzlich wie ausgebremst, wie immer, wenn die Geschwister zusammen sind. Die äußere Ähnlichkeit ist verblüffend.

Will nimmt Elins Hand. »Wie auch immer, es ist schön, hier zu sein, mit euch beiden, trotz dieser Umstände.« Er zögert. »Was ist mit Steed? Hatte er keine Lust, sich zu uns zu gesellen?«

»Ich habe gefragt, aber er hatte schon gegessen. Meinte, er wolle sich noch mal ein paar Sachen anschauen.« Elin glaubt, dass die Arbeit vorgeschoben war, um etwas allein zu sein. Trotz Steeds kameradschaftlicher Art ahnt sie, dass er im Innersten introvertiert ist.

Farrah nickt. »Hast du morgen noch viel zu tun? Wäre doch toll, wenn du neben der Arbeit auch ein wenig Spaß haben könntest.«

»Nicht viel, nur Zeugenaussagen.« Da sie sich in keine Details verstricken will, beendet Elin das Gespräch, indem sie sich eine Gabel vom ebenfalls aufgefüllten frittierten Gemüse in den Mund schiebt. Der Backteig zerfällt unfassbar dünn auf ihrer Zunge. Die Füllung besteht neben verschiedenen klein geschnittenen Gemüsesorten aus Ricotta und Kräutern. Es schmeckt wunderbar, doch sie spürt, wie sich beim Essen ihr Magen zusammenzieht. Die Hitze, denkt sie. Selbst jetzt ist sie noch unerträglich.

Farrah erhält auf ihrem Handy eine Nachricht, und sie tippt rasch eine Antwort.

Will legt seine Hand auf Elins. »Ich fühle mich jetzt wohler, seitdem ich bei dir bin. Diese Twitter-Sache hat mir zugesetzt. Mir gefiel die Vorstellung gar nicht, dass du hier draußen bist, ohne mich, mit dieser Sache im Hintergrund …«

Elin kommt nicht dazu, Will zu antworten. Farrahs Handy klingelt laut und übertönt das Ende seines Satzes. Kopfschüttelnd schaut Farrah aufs Display.

»Geh ruhig ran«, sagt Will, und Elin nickt beipflichtend. Farrah blickt lächelnd auf.

»Sieht aus, als würde es zwischen euch beiden gut laufen, oder?«, bemerkt Will gut gelaunt, als Farrah ihren Stuhl zurückgeschoben hat und sich vom Tisch entfernt.

»Ja, wir haben uns vorhin ausgesprochen gut unterhalten. Was du über ihren Ex sagtest, da hattest du absolut recht, ich …« Sie verstummt. Farrah kommt bereits zurück.

»Hab ihn abgewimmelt.« Farrah schiebt das Handy in ihre Tasche. »Ein Lieferant. Ich darf das Telefon einfach nicht ausschalten.«

»Vielleicht hilft ja noch ein Gläschen.« Als Elin nach der Weinflasche greift und nachschenkt, bemerkt sie Hana, die Schwester von Bea Leger, die das Restaurant durchquert. Ihr Haar ist feucht, das weiße Kleid eine Nuance dunkler, so als hätte es den Schmutz des Tages in sich aufgesogen.

Elin fällt sofort Hanas Unbeholfenheit auf. Dass sie sich nicht ganz wohl in ihrem eigenen Körper zu fühlen scheint. Sie reckt den Kopf, um zu sehen, ob der Rest der Gruppe da ist.

»Wer ist das?« Will nimmt ihr die Weinflasche ab und gießt sich selbst ein Glas ein.

»Die Schwester der Verunglückten. Sie hat sie gesehen, wie sie unten auf den Felsen lag.«

Er runzelt die Stirn. »Sie wirkt durcheinander.«

»Ja.« Elin hält inne, um abzuschätzen, wie offen sie sein soll. »Wir haben uns vorhin unterhalten. Sie war sichtlich aufgewühlt … wegen ihrer Schwester. Aber sie hat auch von der Insel gesprochen, dem Fluch, der alten Schule …«

Will schüttelt den Kopf. »Jesus, ich kapier es einfach nicht, dieses ständige Gequatsche über die Vergangenheit.«

»Ich weiß.« Farrah nickt. »Es ist Zeit, nach vorne zu blicken.«

Elin versteift sich, nicht nur wegen der abschätzigen Antwort, sondern der Art, wie Will und Farrah sich zusammengeschlossen haben. »Ich finde es nur natürlich, wenn die Leute sich auf die Vergangenheit der Insel beziehen. Für manche ist es sicher ein zusätzlicher Grund, warum sie herkommen. Blanke Neugier. Schon gruselig, die Creacher-Morde, der angebliche Fluch. Man kann nicht so tun, als ob es das alles nicht gäbe.«

»Der Sinn dieser ganzen Anlage war es, etwas Neues zu erschaffen«, entgegnet Will schroff. »Den Ort neu zu denken.« Er macht eine ausholende Bewegung zu den anderen Gästen. »Für die meisten Leute scheint das auch zu funktionieren.«

»Trotzdem, man kann es nicht einfach unter den Teppich kehren.«

Das Lächeln rutscht ihm aus dem Gesicht. Er und Farrah sitzen schweigend da. Reglos. Elin errötet. Sie hat das schon früher in Gegenwart von Wills Familie getan – die gesellige Stimmung ruiniert, mittendrin den Schwung aus einem fröhlichen Abend genommen, indem sie etwas Strittiges sagte. Sie schilt sich innerlich. Sie und Farrah haben vorhin erst Fortschritte gemacht. Nun hat sie es zunichtegemacht.

Farrah wechselt das Thema. Das Gespräch geht eine Weile weiter, aber die Dynamik ist gestört, es ist viel schwerfälliger geworden. Alle atmen erleichtert auf, als Elins Handy ein paar Minuten später vibriert. Eine Nachricht von Steed.

Könnte von Interesse sein: Seth Delaney ist vorbestraft. Hat gedealt. Harte Drogen.

Sie schreibt zurück: *Danke. Ich werde mich morgen darum kümmern.*

Augenblicklich ist zwar kein Handeln erforderlich, aber es ist die perfekte Ausrede. Sie trinkt ihren Wein aus, schiebt ihren Stuhl zurück und steht auf. »Steed hat gerade was geschickt, das ich mir besser anschaue. Ich lasse euch mal allein.«

Will nickt. »Wir sehen uns später in der Villa.«

Trotz der Eile entgeht ihr nicht der vielsagende Blick zwischen ihm und Farrah.

30

Hana tritt auf die Terrasse hinaus, dabei nippt sie an ihrem lauwarmen Tee. Die Sonne streift beinahe den Horizont, aber es ist genauso schwülwarm wie die Stunden davor.

»Hey«, sagt Caleb. Er sitzt am Rand des Pools, die Füße baumeln im Wasser. Sonnencreme von seinen Beinen treibt als ein dünner Ölfilm auf der Wasseroberfläche. Bierflaschen stehen um ihn herum, eine hält er in seiner Hand. Er hebt den Kopf, seine Augen sind blutunterlaufen. »Entschuldige, ich weiß nicht, was ich sonst tun soll.«

»Verständlich.« Sie stellt ihren Tee auf einem kleinen Tisch ab und setzt sich ebenfalls hin. »Du stehst unter Schock. Wir alle.«

»Es gibt einfach so viele Fragen … warum sie gekommen ist, es mir aber nicht gesagt hat? Ich krieg es einfach nicht in den Kopf.« Er nimmt einen großen Schluck Bier. »Eine Überraschung, ja klar, aber doch nicht mir zuliebe. Ich gehe die ganze Zeit all die Lügen durch, die sie mir erzählt haben muss, um das Theater durchzuziehen.«

Hana nickt. »Es ist normal, Fragen zu haben, wenn so etwas passiert. Ich hatte die auch, bei Liam, unentwegt. Aber es wird irgendwann besser.«

»Wirklich?« Caleb schaut sie an. »Es ist über ein Jahr her, dass mein Vater gestorben ist, doch an manchen Tagen ist es so schlimm wie eh und je.« Er lehnt sich zurück, wobei seine Hand gegen eine noch volle Flasche stößt. Bernsteinfarbene Flüssigkeit schwappt über die Fliesen.

»Tut mir leid, das wusste ich nicht.«

»War ziemlich beschissen die ganze Geschichte. Unerwartet. Er fing gerade an, sein Leben wieder auf die Reihe zu kriegen, und da wird ihm auf einmal der Teppich unter den Füßen weggezogen ...« Caleb verstummt, und sie beide blicken auf, als sie Schritte hören.

Seth steht in der Terrassentür.

Nach dem Schwimmen hat er sich umgezogen. Ein adretter Seth: weißes Leinenhemd, gebügelte blaue Shorts, das Haar nach hinten gegelt. »Ich gehe hoch zum Restaurant. Wollt ihr auch was?«

»Für mich nichts«, erwidert Caleb. »Hana?«

»Nein, danke.«

Seth zögert, nickt dann aber stumm und kehrt ins Haus zurück.

Als er außer Hörweite ist, schüttelt Caleb den Kopf. »Er kann nicht mal so tun als ob, oder? Herausgeputzt, als wäre nichts passiert, blendend gelaunt.«

»Ich weiß nicht ... die Leute gehen unterschiedlich mit solchen Dingen um. Jo meinte vorhin, dass es ihm schwerfällt, sich zu öffnen.«

Caleb stößt ein kurzes Lachen aus. »Ich habe eher das Gefühl, das ist bloß eine verdammte Ausrede, um zu tun, was auch immer einem beliebt. Typen wie er lassen sich durch gar nichts stören.«

»Typen wie er?«, hakt Hana nach, obwohl sie aufgrund der schnippischen Kommentare, die Caleb hat fallen lassen, seit sie hier sind, bereits ahnt, was er erwidern wird. Seine Meinung ist eindeutig.

»Verwöhnt, anmaßend, gewohnt, rücksichtslos über alles und jeden hinwegzugehen. Bea war auch der Ansicht, und sie lag richtig.«

Bea war auch der Ansicht. »Wie meinst du das?«

Er zuckt mit den Achseln. »Bea war nicht unbedingt ein Fan von ihm, um es mal so auszudrücken, aber ich glaube nicht, dass sie überrascht war, dass sie einander gefunden haben. In ihren Augen passten die beiden gut, Seth und Jo.«

Han zögert, ist etwas irritiert. »Da bin ich mir nicht so sicher, ich weiß, dass Bea besorgt war, als sie zusammenkamen. Die ganze Drogensache.«

»Das war vor dem Streit. Ich glaube, da hat sie endgültig Jos wahres Gesicht gesehen.« Caleb paddelt mit den Füßen im Wasser. Die Bewegung erzeugt kleine kräuselnde Kreise.

»Der Streit, weil Bea abgesagt hat?«

»Nein, davor.« Caleb hebt eine Augenbraue. »Du weißt nichts davon?«

»Nein. Wann war das?«

»Erst vor ein paar Wochen. Jo hatte uns besucht, und Bea und sie bekamen sich in die Haare. Ziemlich heftig, so wie es klang. Am Ende stürmte Bea aus dem Haus.« Er zuckt die Achseln. »Ich war sicher, dass Bea deswegen abgesagt hatte. Keine Lust auf die nächste Runde Zoff. Ein Teil von mir dachte, dass die USA-Reise eine elegante Lösung war, um sich zu drücken.«

»Und Bea hat dir nicht erzählt, worum es bei dem Streit ging?«

»Nein, aber ich hatte den Eindruck, dass Jo auf sie einhackte, schon seit Längerem, sie Argument um Argument niedermachte, und das einzig und allein deshalb, weil sie eifersüchtig war.«

»Auf *Bea*?«

»Ja. Bea hat es nicht thematisiert, aber ich glaube, dass sie sich aus diesem Grund nicht mehr die Mühe machte, Kontakt zu halten. Sie war beruflich eingespannt, ja, aber für sie war es mehr ein Vorwand, um es nicht mehr tun zu müssen.«

»Was tun?«, erwidert Hana schwach. Sie fragt sich, ob sie das auch von ihr gedacht haben, dass sie eifersüchtig war, denn sie war es. Auch sie hatte sich zuweilen dabei erwischt, neidisch auf Bea zu sein.

»Sich kleinzumachen, damit alle anderen sich besser fühlen. Rücksicht auf ihre fragilen Egos zu nehmen. Ganz besonders bei Frauen. Sie hatte das Empfinden, nie sie selbst sein zu können, es konnte ja sein, dass sie die Leute einschüchterte.«

Er hat recht, denkt sie, wobei ihr eigener Arbeitsplatz ihr in den Sinn kommt – die abfälligen Bemerkungen über die Schuldirektorin im Flüsterton. Hana hat sich schon oft gefragt, ob manche Frauen so veranlagt sind, anderen ihren Erfolg zu missgönnen – eine Art evolutionärer Mechanismus. Auch sie hat sich dessen schuldig gemacht.

Caleb nimmt noch einen Schluck Bier. »Ich denke, Bea war glücklicher, wenn sie nicht bei ihrer Familie war. Ich weiß, es ist nicht schön, das zu sagen, aber es ist die Wahrheit.«

31

Elin nimmt den Pfad zum Hauptgebäude, wobei sie einen Bogen um eine laut lachende Gruppe Restaurantbesucher in sommerlich dünnen Kleidern machen muss. Sie geht schneller und schneller, als könne jeder Schritt sie weiter von dem Gespräch wegbringen, aber es passiert nicht; ihre Wangen brennen, während sie es in Gedanken noch einmal durchgeht.

Warum macht sie das? Aber sie kennt die Antwort: Tief in ihrem Inneren fühlt sie sich von Wills und Farrahs Vertrautheit bedroht. Das zuzugeben ist schrecklich, aber so ist es.

Nachdem sie um die Lodge gegangen ist, bleibt sie ein, zwei Meter vor der Hintertür stehen, setzt sich auf die niedrige Mauer am Rand der Terrasse. Die Kühle der Steine, die durch ihr Kleid dringt, fühlt sich herrlich an.

Ihre Augen wandern über die Wiese vor der Mauer zu dem dunklen Waldstück dahinter. Während der Himmel zu zarten Pastelltönen verblasst, findet die Sonne nicht mehr genug Kraft, die Äste der Bäume zu durchdringen, die ein dichtes Blätterdach bilden.

Absolute Stille.

Sie kann hier nicht einmal mehr die Geräusche des Restaurants hören. Kein Klappern von Geschirr, kein Gelächter, keine Gespräche. Als sie sich umdreht, drängt sich ihr das Gefühl auf, da sei eine klare Linie gezogen worden zwischen der Vorderansicht des Retreats und seiner Rückseite.

Bis zu diesem Moment hat sie gar nicht darauf geachtet, wie

wenig das Retreat von der Insel einnimmt. Als sie den Blick über die Bäume schweifen lässt, hat sie das Gefühl, dass die Natur trotz der Anlage die dominante Kraft an diesem Ort ist und alles fest im Griff hat.

Unbehaglich steht sie auf und geht herum zur Vorderseite der Lodge.

Sekunden später bleibt sie wie angewurzelt stehen.

Ein plötzliches Aufflackern von Licht zwischen den Bäumen.

Der Strahl trifft kurz die Stämme und lässt die Farben aufleben, das matte Braun der Rinde, umfasst von grellgrünem Moos.

Das satte Knacken von Ästen.

Elins Puls beschleunigt sich.

Wie albern, tadelt sie sich selbst. Wahrscheinlich nur ein Angestellter oder ein Gast. Dennoch kehren ihre Gedanken zu dem zurück, was Michael Zimmerman ihr über die um den Felsen herumstreifende Person erzählt hat. Dann zu jener, die sie vorhin gesehen hat.

Wieder ein Aufflammen.

Dieses Mal bewegt sich der Strahl hektischer, springt zuckend von Stamm zu Stamm, zwischendurch vom Unterholz verschluckt. Elin zwingt sich, Ruhe zu bewahren: Es wird eine Erklärung dafür geben.

Aber welche? Warum sollte jemand sich zu dieser späten Zeit in das undurchdringliche Dickicht begeben?

Beunruhigt geht sie seitlich am Gebäude weiter, bevor sie erneut stehen bleibt. Ein paar Sekunden wartet sie ab, dann späht sie ums Eck in die Finsternis.

Eine Silhouette zeichnet sich deutlich vor der Waldgrenze ab.

Die Gestalt trägt ein Oberteil mit tief über das Gesicht gezogener Kapuze, sodass es unmöglich ist, irgendwelche Züge auszumachen. Die Taschenlampe wird abermals angeschaltet; ihr Strahl hüpft über den Boden bis zur Rückseite der Lodge.

Als würde die Person jemanden suchen. *Sie* suchen?

Elin hält sich mit klopfendem Herzen an die Wand gepresst, doch die Taschenlampe erlischt. Sie wartet noch einen Moment, doch das Licht geht nicht mehr an.

Wer auch immer ihr gefolgt ist, ist in die Dunkelheit abgetaucht.

Fast bei ihrer Villa angelangt, will Elin gerade nach links abbiegen, als jemand aus den Schatten tritt.

Ein leises Rascheln von Schritten. Die Gestalt im Wald?

»Elin?«

Farrah.

»Ich dachte, du wärst schon in der Villa.«

»Ich hab einen Spaziergang gemacht und über das Geschehene nachgedacht.« Sie atmet schwer aus und hebt die Hand an ihr Haar, da ihr bewusst wird, wie sie aussehen muss – das wirre Haar, das sich aus ihrem Pferdeschwanz gelöst hat, die vor Angst schwitzige Haut. Sie setzt ein Lächeln auf. »Was ist mit dir? Hast du Will begleitet?«

»Nein, ich wollte, aber …« Sie stockt, und Elin bemerkt etwas, das ihr angesichts ihrer eigenen Verlegenheit zuerst entgangen ist – Farrahs Gesicht ist gerötet, ihre Augen schimmern feucht.

Ihr kommt der Gedanke, dass Farrah geweint hat, sie verwirft ihn jedoch wieder.

»Tut mir leid wegen vorhin«, unterbricht Farrah das Schweigen. »Will ist wegen der Preisverleihung gestresst, und wie ich sagte, ich schalte sofort in den Große-Schwester-Modus, um ihn zu beschützen.«

»Schon okay.« Farrahs Worte haben die unangenehme Stimmung sofort beendet, und Elin dämmert, wie *sie* gewirkt haben muss, als sie den Tisch überstürzt verließ. »*Mir* tut es leid. Ich hätte nicht mitten beim Essen damit anfangen sollen …«

»Vergiss es. Es war ein harter Tag für alle.« Farrah lächelt. Sie reden noch eine Weile, bevor sie auf ihre Armbanduhr schaut. »Es ist schon spät, ich lasse dich mal lieber gehen. Mein Bruder wird sonst einen Suchtrupp losschicken, wenn wir hier noch länger reden.«

Sie verabschieden sich, und Elin setzt ihren Weg fort. Sie ist nur wenige Meter gegangen, als sie eine Gestalt auf den Stufen vom Yoga-Pavillon stehen sieht. Sie dreht sich verwirrt um. *Ausgeschlossen, dass es Farrah sein kann …* Stimmt. Wills Schwester befindet sich noch auf dem Pfad.

Elin bleibt verunsichert stehen, als etwas Seltsames geschieht: Anstatt weiterzugehen, verharrt die Gestalt reglos, wartet.

Auf Farrah?

Ihre Vermutung ist richtig. Als Farrah ein paar Minuten später die Stufen erreicht, unterhalten sich die beiden kurz, bevor sie gemeinsam die Stufen emporsteigen.

Es braucht ein paar Sekunden, bis es ihr dämmert. Ihr fällt Farrahs Zögern ein, als Elin sie fragte, ob sie Will zurückbegleitet habe.

War die Entschuldigung gerade eben nur ein Ablenkungsmanöver? Hat Elin sie beinahe mit jemandem erwischt, mit dem sie nicht gesehen werden wollte?

Sie spürt Enttäuschung in sich aufsteigen. Immer dasselbe mit Farrah. Zwei Schritte vor, einer zurück.

Als sie die Tür zu ihrer Villa öffnet, kommt Elin sich schrecklich naiv vor, so als hätte Farrah sie gründlich hinters Licht geführt.

32

Tag 3

Am nächsten Morgen schreckt Elin aus einem unruhigen Schlaf. Trotz der grellen Sonne, die das Zimmer flutet, sind die Fetzen eines Traums noch sehr präsent: wie sie in der Dunkelheit durch den Wald rennt, Brombeerranken, die sich um ihre Füße schlingen, sich in ihrem Gesicht verhaken …

»Hey«, sagt Will und legt seinen Arm über ihren Bauch. »Alles gut. Nur ein Traum.«

»Es war mal wieder einer dieser furchtbaren hyperrealen Träume.« Sie wartet, bis sich ihre Atmung beruhigt. »Ich bin wahrscheinlich nur etwas aufgekratzt – der erste richtige Fall nach Langem, die Twitter-Sache, das Gerede von der Insel …« Sie sieht ihn an. »Tut mir leid, dass ich mich gestern Abend so darin verbissen habe.«

Er hebt eine Hand und streicht ihr das Haar aus dem Gesicht. »Ist schon gut. Ich hätte nicht so empfindlich reagieren müssen. Die Vergangenheit der Insel … das ist ein wunder Punkt.«

»Warum?«

Er zuckt mit den Achseln. »Hauptsächlich wegen der Presse. Vor der Eröffnung haben einige der Journalisten, obwohl wir ihre Zusicherung hatten, dass es in ihren Beiträgen nur um das Retreat gehen würde, Verweise auf die Creacher-Morde und die alte Schule eingeflochten.«

»Trotzdem, ich hätte nicht darauf beharren sollen. Manchmal

denke ich …« Elin verstummt; es fällt ihr schwer, die Worte auszusprechen. »Manchmal habe ich Probleme mit deiner Beziehung zu Farrah. Es zeigt mir einfach, was mir im Leben abgeht.«

»Isaac?«

»Ja. Es schmerzt, dass wir uns einander immer noch nicht an-
genähert haben. Und dann muss ich erfahren, dass Dad sich bei
ihm gemeldet hat und nicht bei mir.« Ihre Stimme ist belegt.
»Die ganze Sache mit der Feigheit ist offenbar bei ihm hängen
geblieben.«

Will zieht sie an sich. »Lass das nicht an dich heran. Das
zeigt doch nur seinen Mangel an elterlicher Kompetenz. Welcher Vater würde seiner kleinen Tochter vorwerfen, in einer trau-
matischen Situation in Schockstarre zu verfallen?«

»Ich weiß, aber ein Teil von mir glaubt, dass sein Vorwurf
mich eines Tages einholen wird, dass irgendwas hier passieren
wird … und ich erneut in diese Starre verfalle.«

»Elin, wenn du solche Gedanken hast, bist du vielleicht nicht
bereit …« Er verstummt. Ein Klopfen an der Tür. Keiner von
beiden macht Anstalten, sich zu rühren.

Will stöhnt. »Schon kapiert, ich gehe.« Sanft löst er sich von
Elin, schwingt sich aus dem Bett und zieht ein T-Shirt über, bevor er zur Tür geht.

Leises Stimmengemurmel.

Als er kurz darauf ins Zimmer zurückkehrt, ist seine Miene
finster. »Das ist Farrah. Ein Gast wurde vermisst gemeldet, von
der Villa auf der vorgelagerten Insel. Ein Mann namens Rob
Tooley.«

»Die Reinigungskraft hat sein Zimmer durchwühlt vorgefunden?«, hakt Elin ein, um das Wirrwarr von Farrahs Worten zu
unterbrechen.

»Ja. Ein Freund von Rob bat die Frau, früher vorbeizuschauen;

seit gestern Abend hat er versucht, ihn zu erreichen. Auf der Insel ist er nirgends zu finden, und sie sagt, das Zimmer sei ein einziges Chaos. Es sieht wohl auch so aus, als ob niemand in dem Bett geschlafen habe. Der Freund war äußerst besorgt wegen der Umstände des Urlaubs.« Farrah schiebt die Eingangstür mit einem Fuß zu. »Dies sollten eigentlich Robs Flitterwochen sein, aber die Hochzeit wurde ein paar Wochen zuvor abgesagt. Er beschloss, den Urlaub hier allein zu verbringen.«

»Also hatte der Freund Bedenken wegen seiner geistigen Verfassung.«

»Scheint so.«

Elin nickt. Ein unerklärtes Verschwinden nach einem emotionalen Trauma lässt nichts Gutes ahnen – und so kurz nach dem, was mit Bea Leger passiert ist, verstärkt es ihr Unbehagen nur noch …

Die Sache gefällt ihr ganz und gar nicht. »Ich komme gleich mit.« Sie zieht ihr Handy hervor und schreibt Steed eine Nachricht. *Einer der Gäste wurde gerade vermisst gemeldet. Ich halte dich auf dem Laufenden.* Anschließend dreht sie sich zu Will. »Ich rufe dich an.«

Obwohl Will mit ruhiger Miene nickt, kann sie die unterschwellige Spannung spüren. Sie weiß, woran er gerade denkt, wenn auch mit schlechtem Gewissen: das Retreat, sein Baby. Die Auszeichnung.

33

Der Zugang zur vorgelagerten Insel führt über eine Holzbrücke, die ins Schwingen gerät, als Farrah und sie diese betreten; die dünnen Holzplanken biegen sich unter ihren Füßen.

Elin verspannt sich. Jeder Schritt lässt die Spalten zwischen den Planken deutlicher hervortreten, das Aufblitzen des schimmernden Wassers sowie der unter der Oberfläche lauernden Felsen.

»Alles gut?«, erkundigt sich Farrah einen Meter vor ihr. »Nicht der einfachste Zugang, aber es unterstreicht die Atmosphäre von Abgeschiedenheit.«

»Abgeschieden trifft es ganz gut. Ich kann von hier noch nicht einmal die Villa sehen.« Als Farrah beherzt von der Brücke auf die Insel tritt, umklammert Elin rasch das seilartige Geländer, um sich zu stabilisieren. Lediglich einen schmalen Pfad kann sie in dem Dickicht aus hohen Kiefern, Nadelgehölz sowie ausgewachsenen Eichen erkennen.

»So hat Will den Ort angelegt – absolute Privatsphäre, abseits der Hauptinsel.«

Elin verlässt ebenfalls die Brücke und folgt Farrah über den gewundenen Weg. Nach etwa hundert Metern bricht die Mauer aus Grün auf, um eine größere Version ihrer Villa zu enthüllen. Das Blau der Außenfassade ist nur eine Nuance heller als der Himmel, sodass sie sich, entgrenzt, im Himmel und im Meer aufzulösen scheint.

»Ist wahrscheinlich besser, wenn wir uns Überschuhe anziehen, nur für den Fall.« Elin holt zwei Paar aus ihrer Tasche und reicht eines Farrah. Nachdem sie hineingeschlüpft sind, hält Farrah eine kleine Plastikkarte an die Tür. Sie öffnet sich geräuschlos. Ein weitläufiger offener Raum wird sichtbar, der nur vage unterteilt ist – ein breites, niedriges Bett auf der rechten Seite, links eine Sofalandschaft.

Elins Blick wird von gläsernen Türen angezogen, die sich zu einer hölzernen Terrasse und dem Meer öffnen lassen. Eine Leiter führt direkt ins Meer. Es ist der perfekte Ort für Flitterwochen, aber ein viel zu großer Raum für einen einzelnen Menschen, denkt sie mit Bedauern, als sie sich vorstellt, wie Rob Tooley ihn ohne seine Braut betritt.

Als sie weiter hineingeht, wird sofort klar, warum die Reinigungskraft beunruhigt war. Das Bett ist unangetastet, aber die Kleiderschranktür ist aufgerissen, der spärliche Inhalt achtlos verteilt. Eine Reisetasche liegt kopfüber auf dem Boden neben dem Bett, um sie verstreut Bücher.

Elin bemerkt ein aufgeklapptes kleines Fotoalbum. Sie zieht sich ein Paar Handschuhe über und blättert es durch.

Polaroids.

Schnappschüsse, hauptsächlich Selfies von zwei Personen, bei denen es sich vermutlich um Rob und seine ehemalige Verlobte handeln muss – die Augen strahlen, sie sind ineinander verschlungen.

Elin durchsucht gründlich die gesamte Unterkunft – Badezimmer, Küchenbereich – und tritt schließlich durch die Glastüren auf die Terrasse. Die Liege, der Tisch und die Stühle in der Mitte sind unangetastet, das Meer enthüllt nichts als blaue Schatten.

»Und? Was denkst du?«, fragt Farrah, als Elin ins Innere zurückkehrt.

»Schwer zu sagen. Unmöglich auszumachen, ob das Durcheinander von ihm oder von einem anderen stammt.«

Doch als sie sich noch einmal umschaut, bleibt ihr Blick an ein paar Kabeln in einem Mehrfachstecker hängen. Diverse Anschlüsse, aber weder ein Handy, ein Laptop oder eine Kamera sind an ihnen angeschlossen.

Ein missglückter Einbruch? War Rob in seine Unterkunft zurückgekehrt und hatte jemanden entdeckt?

»Irgendwelche Probleme mit Diebstählen hier?«

Farrah schüttelt den Kopf. »Nicht, dass ich wüsste. Denkst du, hier ist jemand eingestiegen?«

»Durchaus möglich. Jemand hätte die Insel problemlos betreten können. Insbesondere angesichts der Abgeschiedenheit. Und dann auch noch nachts.« Elin blickt an Farrah vorbei aufs Wasser, unfähig, das zunehmende Gefühl von Unbehagen abzuschütteln. Die einsame Lage ist zwar wunderschön, aber die Zurückgezogenheit hat ihren Preis. Sollte hier etwas vorfallen, würde niemand etwas sehen oder hören.

»Gibt es Überwachungskameras?«

»Nein, aber ich denke allmählich, dass wir das in Betracht ziehen sollten angesichts …« Farrah verstummt. »Warte mal, da ruft jemand an.«

Elin wendet sich der endlosen Weite des Wassers zu. Man könnte hier per Boot praktisch überallhin fahren, direkt hinaus aufs Meer, unbemerkt vom Treiben auf der Hauptinsel.

Farrah hat das Telefonat beendet, eine Sorgenfalte furcht ihre Stirn. »Das war jemand vom Wassersportteam. Teile der Tauchausrüstung fehlen.«

»Seit wann?«, fragt Elin.

»Angeblich waren sie gestern Abend beim Abschließen noch vorhanden.« Farrah zögert. »Es wurde auch eine auf dem Wasser treibende Tasche gesichtet.«

»Das werde ich mir anschauen müssen.« Als Elin ihr Handy hervorzieht, um Steed zu informieren, schrillen die Alarmglocken.

Michael Zimmermans Worte hallen in ihrem Kopf wider: *Etwas ist durch und durch verdorben hier.*

Je länger sie an diesem Ort verweilt, desto mehr drängt sich ihr das Gefühl auf, dass er recht hat.

34

Als Elin näher kommt, herrscht rege Betriebsamkeit rund um die Wassersporthütte; Angestellte und Gäste drängen sich um einen halb leeren Ständer mit Paddleboards.

Steed bleibt neben Farrah stehen; Schweiß glänzt auf seiner Stirn.

Farrah zeigt auf Tom. »Ihr habt ihn ja bereits kennengelernt, wahrscheinlich ist er der beste Ansprechpartner. Er macht nur gerade ein paar Gäste fertig.«

»Du hast also schon mit der Zentrale telefoniert?«, fragt Steed leise.

»Jepp«, antwortet Elin. »Sie haben den Vorfall aufgenommen.«

»Irgendwelche Ideen?« Seine Füße versinken in den Schuhen in dem weichen Sand.

»Interessantes Timing, aber keine weiteren Anhaltspunkte. Klingt, als sei der Mann komplett durch den Wind gewesen, nachdem die Hochzeit gecancelt wurde.«

Steed wirft ihr einen düsteren Blick zu. Stumm beobachten sie Tom, der ein paar Boards auf den Ständer wuchtet. Nachdem er die Gäste verabschiedet hat, kommt er auf sie zu. »Farrah meinte, Sie wollen sich die Tasche anschauen, die draußen auf dem Meer gesichtet wurde?«

Elin nickt. »Wie weit ist das?«

Tom verzieht das Gesicht. Feine Fältchen erscheinen über seinem Nasenhöcker. »Mit dem Boot ein paar Minuten, schwimmen dauert natürlich länger. Viertelstunde oder so.« Er hält inne. »Wollen Sie sofort hin?«

»Wenn es möglich ist, ja. Wir brauchen wahrscheinlich auch Tauchequipment, für alle Fälle.«

»Ziehe mir gleich einen Anzug an.«

Die Bedeutung ihrer Bitte entgeht ihm nicht. Tom muss sichtlich schlucken, als er einem Kollegen eine Reihe von Anweisungen gibt.

Das Motorschlauchboot schneidet glatt durchs Wasser. Die Oberfläche ist klar wie Glas, ein makelloser Spiegel für die Klippen über ihnen.

Erst nach ein paar Metern fällt der Meeresgrund abrupt unter ihnen ab. Elin kann den Blick nicht von den Muscheln im Sand lösen, der selbst bei dieser Tiefe noch deutlich zu erkennen ist.

Die Unterwasserlandschaft wandelt sich, als sie an den Klippen entlangfahren. Riesige Gesteinsbrocken liegen unmittelbar unter der Oberfläche, massige Gebilde, von schwebenden Strängen Seegras umkränzt, die in der Strömung hin und her schwingen.

Elin entgeht nicht Toms gerunzelte Stirn, als er leicht mit dem Schlauchboot abschwenkt, um ein Stück weiter aufs Meer auszuweichen. »Dauert es noch lang?«

»Nein, wir sind gleich da.« Kurz darauf drosselt er den Motor und atmet hörbar aus. »Hier ist es.« Er zeigt mit dem Finger. »Die Jungs haben eine gute Wegbeschreibung geliefert.«

Elin schiebt sich zum Rand des Boots. Sie erspäht eine Tasche, ein wasserdichtes Modell, ähnlich wie das, welches sie beim Kajakfahren benutzt.

»Sie hat sich an irgendwas verfangen.« Steed reckt den Hals. »So wie es aussieht, an einem Felsen.«

Elin will sich weiter vorbeugen, als ihr ein paar Meter weiter etwas ins Auge fällt.

Ein dunkler Umriss, der über der Spitze eines Felsen hinausragt. Sie registriert die Krümmung, das Material. Teil einer Schwimmflosse?

»Was ist das?«, entfährt es ihr, doch Tom starrt ins Wasser.

»Himmel«, stammelt er. »Ich …« Doch es kommen keine weiteren Worte.

Voller Beklemmung schaut Elin genauer hin.

Die Flosse, die sie entdeckt hat, befindet sich an einem menschlichen Körper in voller Tauchmontur.

»Schau dir den Winkel an«, murmelt Steed. »Das sieht nicht gut aus.«

Es stimmt: Der Körper schwebt und scheint dennoch irgendwie zwischen den Felsen verkeilt zu sein, Unterarm und ein Bein sind in einen Spalt geklemmt.

»Ist das eine LUMEN-Ausrüstung?«, fragt Elin.

»Ja«, erwidert Tom.

Obwohl kaum noch eine Chance besteht, dass der Taucher lebt, haben sie keine Zeit, um auf den Rettungsdienst zu warten.

»Tom, kannst du seinen Zustand überprüfen?«

»Natürlich.« Mit zitternden Händen greift er nach dem Sauerstoffgerät und einem Seil und schnallt es sich um. Routiniert lässt er sich rückwärts vom Boot kippen; das Wasser spritzt kaum auf, als er die Oberfläche durchbricht.

Elin hält unwillkürlich den Atem an, klammert sich an die Hoffnung, dass der Taucher – vielleicht bloß hängen geblieben – durch irgendein Wunder genug Sauerstoff hat, um auszuharren.

Kurz darauf kommt Tom wieder an die Oberfläche und klettert ins Boot. Elin wartet gespannt, während er seine Maske hochzieht und den Atemregler entfernt.

»Er ist tot«, verkündet Tom mit düsterer Miene. »Ich konnte zwei Finger unter die Kappe schieben, um den Puls zu tasten. Ich konnte keinen fühlen. Und man sieht auch, dass es schon eine Weile her ist. Ich glaube …« Er erstickt beinahe an den Worten.

»Was denn?«, drängt Steed.

Toms Hände zittern, als er seine Ausrüstung abschnallt. »Der Typ da unten … ich bin nicht sicher, ob es der Mann ist, nach dem Sie suchen. Ich habe ein Foto gemacht.« Seine Hand, die das Smartphone umschlossen hält, zittert immer noch, als er es Elin reicht. Ihre Hände stoßen zusammen, und das Gerät entgleitet seinen Fingern und prallt auf dem Boden des Boots auf. Er geht in die Hocke, hebt es auf und reicht es ihr erneut.

Das Display ist mit Wasser verschmiert, sodass Elin es erst mit dem Saum ihres T-Shirts abwischen muss. Als das Bild klarer zutage tritt, fängt ihr Herz zu rasen an.

Tom hat recht.

35

Als Hana die dampfende Dusche verlässt, ist ihr wieder nach Heulen zumute, doch die Tränen wollen nicht kommen. Das anfängliche Aufwallen von Emotionen hat sich zu etwas Härterem verfestigt. Nicht Schock – es ist viel mehr als das. Wie abgetötet, sämtliche Nerven taub.

Rasch zieht sie sich an, bevor sie sich über den Flur begibt. Sie hört das Gemurmel von Stimmen, ihren Namen, der sich durch Worte bahnt. *Hana hat gesagt ...*

Jo und Maya.

Sie sind nicht im Wohnbereich, wie sie vermutet hat, sondern draußen auf der Terrasse und trinken Kaffee. Mayas grüner Jumpsuit und Jos lockeres T-Shirt-Kleid sehen nach Urlaubsstimmung aus, doch die verquollenen Augen und ungewaschenen Haare strafen diesen Eindruck Lügen.

»Hey«, sagt Hana, als sie auf die Terrasse tritt, die Steinfliesen unter ihren nackten Füßen fühlen sich warm an. »Wovon redet ihr gerade?«

»Ach, nichts.« Maya stellt laut ihre Kaffeetasse auf dem Tisch ab.

»Aber ich habe meinen Namen gehört ...«

»Wir haben uns nur gefragt, wie es dir geht«, erwidert Jo rasch. »Bea so zu sehen, da haben wir uns Sorgen gemacht, nichts weiter. Du bist gestern sehr früh ins Bett gegangen.«

Hana betrachtet Jos bekümmerten Ausdruck – die Stirn ist gefurcht, kleine Fältchen sind rund um die blauen Augen zu sehen – und gleicht ihn mit dem ab, was Caleb ihr über den Streit zwischen Bea und Jo erzählt hat.

Ein ungewohntes Gefühl von Wut flammt in ihr auf. »Sorgen? Ich hätte gedacht, dich würde vor allem das schlechte Gewissen plagen.«

Die Worte sind raus, bevor sie sie zurückhalten kann. Hana ist jedoch froh darüber, froh, dass sie nicht das tut, was sie sonst tut – sich auf die Zunge beißen. *Nett* sein.

»Wie meinst du das?«

»Ich habe darüber nachgedacht, Jo. Was du getan hast – Bea solche Schuldgefühle einzureden, weil sie nicht mitkommen wollte, dass sie sich gedrängt fühlte, unangekündigt hier anzureisen, nur um dann zu verunglücken … Ich an deiner Stelle hätte ein schlechtes Gewissen.«

Jo beugt sich auf ihrem Stuhl vor. »Du weißt doch gar nicht, ob Bea deswegen gekommen ist, keiner von uns.«

»Das hast du aber der Polizistin gesagt.«

»Na schön, vielleicht war das ein Auslöser, aber weißt du was? Ich würde es wieder tun. Ganz gleich, wie du die Sache drehen, ihr einen Heiligenschein aufsetzen willst, aber Bea war in letzter Zeit egoistisch. Einfach abzusagen, war scheiße von ihr.«

Maya legt eine Hand auf Hanas Arm, die Silberringe an ihren Fingern blitzen im Licht auf. »Komm schon, alle sind gerade durch den Wind. Jo hat gerade mit eurer Mum telefoniert … Sie ist völlig fertig. Es ist ein Schock, keiner kann klar denken. Es ist nur natürlich, um sich zu schlagen.«

»Nein.« Die letzten Reste von Hanas Zurückhaltung bröckeln. Ihre Stimme ist spröde. »Ich schlage hier nicht um mich. Einmal in meinem Leben sage ich, so wie es ist: Jo hat dafür gesorgt, dass Bea sich mies fühlte. Das tut sie gern, denn tief in ihrem Inneren ist sie eifersüchtig. Das ist ein Muster …«

Jo blinzelt, als hätte man sie geohrfeigt. »Eifersüchtig?«

»Ja. Und das verstehe ich sogar, denn zuweilen ging es mir nicht anders, aber bei dir ist es schlimmer, war es schon immer. Die Aufmerksamkeit, die Bea von Mum und Dad erhielt, das, was sie im Leben erreicht hat … Du glaubst doch nicht, sie hätte das nicht mitbekommen? Caleb hat es zumindest gestern Abend angedeutet.«

»Was willst du damit sagen?«, fragt Jo

»Bea wusste, wie du ihr gegenüber empfandst.«

»Schwachsinn. Ich habe das alles hier organisiert. Warum sollte ich das tun, wenn ich eifersüchtig …«

Hana fällt ihr ins Wort. »Weil du wolltest, dass sie dich in deinem Element sieht. Damit sie das, was du machst, ernst nimmt. Ihr beiden hattet vor ein paar Wochen einen Riesenstreit, weil sie dir das erste Mal die Stirn geboten hat, und das hat dir nicht gefallen.« Caleb hat ihr das nicht erzählt, aber es erscheint ihr plausibel.

»Ein Streit?« Jo zögert. Ihre Hand, die noch die Kaffeetasse hält, fängt an zu zittern.

»Ja. Eine heftige Auseinandersetzung, bei der Bea schließlich aus dem Haus gestürmt ist.« Hana fixiert sie. »Hab ich recht? Hatte sie dich durchschaut? Ging es darum?«

Jo öffnet den Mund, aber sie sagt nichts. »Nein«, sagt sie schließlich. »Bea hatte auf ein paar meiner Anrufe nicht reagiert, nichts weiter. Es ist eskaliert.«

»Und das war's?«

»Ja. Tut mir leid, dich enttäuschen zu müssen.« Jos Zittern nimmt zu, Kaffee schwappt über den Tassenrand auf den Boden.

Hana fängt Jos Blick auf, bevor sie wieder wegschaut.

Es ist nicht das, was sie in ihren Augen sieht, das ihr zusetzt, sondern das, was sie nicht sieht.

Ihr wird bewusst, dass sie in den vergangenen Jahren die Fähigkeit verloren hat, ihre Schwester zu durchschauen, exakt zu wissen, wozu Jo in der Lage ist.

36

Lediglich das Oval eines Gesichts – wächsern, an manchen Stellen gräulich gefleckt – ist sichtbar; der Atemregler hängt halb aus dem Mund.

Elins Herz hämmert heftig, als sie die verschwommene Maske heranzoomt, die geöffneten Augen des Mannes mit ihrem toten Blick.

Die Kappe des Taucheranzugs ist leicht verrutscht und drückt seine Physiognomie zusammen, doch letzte Zweifel an der Identität des Mannes werden durch den markanten dunklen Vollbart beseitigt.

Seth.

Ihr Magen krampft sich zusammen, währen ihr Hirn die wenigen Worte aufruft, die sie gewechselt haben. Sie haben nicht viel gesprochen – der emotionale Aufruhr rund um Beas Tod schien ihm unangenehm –, doch der generelle Eindruck, den sie von ihm hatte, war der von Vitalität, von Stärke. Ein junger Mann voller Energie. Es ist beinahe unmöglich, jenes Bild mit diesem Anblick in Einklang zu bringen.

Zwei Personen aus ein und derselben Gruppe in ebenso vielen Tagen sind tot. *Wie wahrscheinlich ist das?*

»Sie erkennen ihn also auch?«

»Ja, er … gehört zu der Gruppe um Bea Leger, der verunglückten Frau. Er heißt Seth und ist der Lebensgefährte ihrer Schwester.« Elin ist Toms verzögertes »auch« nicht entgangen. »Sie erinnern sich von gestern an ihn?«

»Nicht wirklich. Um ehrlich zu sein, als Sie und ich uns unterhalten haben, wusste ich, dass Sie mit ihm gesprochen hatten; aber es war nicht das erste Mal, das ich ihn gesehen habe. Wir waren uns bereits begegnet. Tatsächlich war er schon recht oft hier im Retreat.«

»Ein Stammgast?«

»So würde ich es vielleicht nicht beschreiben. Keine Ahnung, ob Sie das wissen, aber Seths Vater gehört Cary Island.« Eine Pause. »Ronan Delaney. Nicht vielen Leuten ist das bekannt. Die Insel ist an eine Hotelkette verpachtet, daher hat er nichts mit dem Alltagsgeschäft hier zu tun.«

»Das war mir nicht klar.« *Warum hatte niemand das erwähnt? Das muss doch bei einem ihrer Gespräche Thema gewesen sein?* »Wenn Seth die Insel besuchte, ging er normalerweise tauchen?«

»Ja, und das ist das Schräge, dass er allein hier raus ist und sich in diese Lage gebracht hat«, erwidert Tom, wobei ein Wassertropfen von seinem Haar die Wange herunterrinnt. »Erfahrene Taucher haben die Vorschrift verinnerlicht – man geht nie allein tauchen. Seth hat das gewusst und nahm normalerweise einen der Ausbilder oder einen Kumpel mit.« Er schluckt schwer. »Mir gefällt auch nicht, wie er da unten positioniert ist – auf der Seite. Nach einem Unfall legt sich die Körperseite mit der Taucherflasche normalerweise nach oben.«

Er zögert, als würde er mit sich hadern, ob er etwas sagen soll.

»Ist da noch was?«, hakt Elin behutsam nach.

Tom nickt. »Das Ventil an seiner Pressluftflasche war verschraubt.«

»Was die Sauerstoffzufuhr drosseln würde?«

»Ja.« Er verzieht das Gesicht. »Er muss erstickt sein.«

»Ist es möglich, das selbst zu verursachen, versehentlich?«, erkundigt sich Steed, der weiter das Foto betrachtet.

»Nein, ich denke nicht, und selbst wenn, hätte er das korrigieren können.«

Elin analysiert seine Worte, seinen Tonfall, und ein kalter Stich der Erkenntnis macht sich in ihrer Brust breit. Er sagt es nicht explizit, doch sie versteht den Kern der Botschaft.

»Und die Kappe …« Tom greift nach dem Handy, scrollt, reicht es ihr wieder. »Es sieht aus, als wäre sie zurückgezogen worden.«

Elin betrachtet die Aufnahme. Die Falten und Kniffe im Neopren liegen nicht natürlich. Jemand oder etwas hat daran gezogen.

37

Ich muss ein paar Anrufe tätigen, um das zuständige Team zu informieren, aber können wir in der Zwischenzeit ein Boot herschicken und sicherstellen, dass niemand sich in die Nähe begibt?« Auch unter Wasser ist das Sichern eines Tatorts unerlässlich. Wenn das hier *kein* Unfall war und irgendwelche Beweise oder Spuren zerstört werden, könnte das die gesamte Ermittlung gefährden.

»Natürlich.« Tom nickt, sein Gesicht bleich. »Wir tun alles, um zu helfen.«

Steed schaut zur Hauptinsel. »Gibt es irgendwo an diesem Strand einen Ort, an dem wir arbeiten können?«

Tom überlegt, nickt dann erneut. »Direkt unterhalb der Klippe befindet sich ein Schuppen. Ich bin nicht sicher, wie aufgeräumt er ist, aber immerhin seid ihr da ungestört.«

»Danke.« Elin gibt Tom sein Handy zurück und will nach ihrem eigenen greifen, als es klingelt.

Farrah.

Keine Begrüßung. »Ich habe Neuigkeiten«, beginnt sie. »Der verschollene Gast ist nicht ganz so verschollen, wie es den Anschein gehabt hat. Er war auf der anderen Seite der Anlage schnorcheln. Er hatte sein Handy zwar bei sich, aber ausgeschaltet. Erst vor etwa zwanzig Minuten hat er es eingeschaltet und haufenweise Nachrichten vorgefunden. Ist ein bisschen eingeschnappt, dass sein Kumpel vom Schlimmsten ausgegangen ist. Sagte so was in der Art wie: ›Ich habe sie zwar geliebt, aber so sehr nun auch wieder nicht …‹«

»Und das Chaos in seinem Zimmer?«

»Er hat wohl seine wasserdichte Handyhülle gesucht.«

»Gute Neuigkeit.« Elin zögert, da es ihr widerstrebt, Farrahs gute Laune zu zerstören. »Aber ich fürchte, ich muss ihr eine schlechte folgen lassen: Die Tasche, die gesichtet wurde … Wir haben in der Nähe eine Leiche gefunden.«

»Er entspricht nicht gerade den Standards des Resorts, und ich habe keine Ahnung, wann der Schuppen das letzte Mal benutzt wurde.« Tom dreht sich um, wobei seine Füße eine Staubwolke aufwirbeln.

Steed bekommt einen Hustenanfall und presst sich die Hand vor den Mund. »Vor Jahren, würde ich tippen«, bringt er gerade noch hervor.

Elin schaut sich um; der Kontrast mit der schicken Wassersporthütte am Hauptstrand ist augenfällig. Ein modrig-salziger Muff liegt in der Luft, der schale Geruch eines ungenutzten Gebäudes am Wasser, verstärkt durch den herumliegenden Müll. Sie erkennt ramponierte Rettungsbojen und -westen, ein altes Radio auf einer schmutzigen Kühltruhe. Die Fensterscheiben verbergen sich unter einer dicken Schicht Schmutz, nur in der Mitte ist ein kleiner freier Kreis, sodass hier das fahle Sonnenlicht durchs Glas sickert.

»Es ist abgelegen, was die Hauptsache ist.« Unterhalb der Klippe, jedoch oberhalb der Flutlinie gelegen, bietet es den perfekten Arbeitsplatz abseits neugieriger Blicke. »Wofür wird der Schuppen heute genutzt?«

»Früher diente er als Abstellkammer der alten Schule, dann für die Outward-Bound-Kurse …« Tom hält inne, da sein Funkgerät rauscht. »Sorry, da muss ich ran.«

»Nur zu.«

Als Tom den Schuppen verlässt, vibriert Elins Handy. Eine Nachricht von Will.

Wie läuft es?

Sie tippt eine Antwort: *Kompliziert. Kann nicht allzu viel sagen, aber sei vorsichtig.*

Er erwidert: *Ok. Ich bin in der Lodge. Ich bleibe da, bis ich was von dir höre.*

»Und? Was sagt dein Bauchgefühl bei dieser Sache?«, murmelt Steed, als sie ihr Handy wegsteckt.

»Nicht viel. Erst muss die Leiche geborgen sein, aber angesichts dessen, was Tom sagte, gefällt mir das alles ganz und gar nicht. Dazu die Tatsache, dass er allein unterwegs war …«

»Und die Tasche?« Steed stellt sich auf die Zehenspitzen und beäugt ein besonders vollgestopftes Regalbrett. »So nah bei der Stelle, wo wir ihn gefunden haben, könnte sie doch erklären, warum er da draußen war.« Er bricht ab und reckt den Hals. »Hier sieht es aus, als hätte vor langer Zeit mal jemand in diesem Schuppen gehaust. Ich sehe einen Gaskocher, eine Wolldecke, unzählige uralte Zeitungen …« Steed greift mit der Hand nach oben, und ein Stück Papier segelt zu Boden. Er hebt es auf, überfliegt es. »Ein Dokument … irgendein Antrag, die Insel in ein Naturschutzgebiet zu verwandeln.«

Elin späht über seine Schulter. »Davon habe ich gehört. Vor LUMEN haben Umweltaktivisten sich dafür eingesetzt, sie unberührt zu lassen.« Es wäre die richtige Entscheidung gewesen. Wie es scheint, schickt die Insel jeder Generation, die sie besiedelt, eine klare Botschaft: *Wir wollen euch nicht.*

Steed hält noch etwas hoch. »Ein Foto. Von der alten Schule, wie es scheint.«

Elin weicht unwillkürlich zurück. Das Foto zeigt eine Gruppe aufgereihter Jungen vor dem Schulgebäude, die Lehrer sind in langen Roben hinter ihnen postiert. Etwas an den Gesichtern der Kinder ist merkwürdig: eine geradezu schmerzhafte Abwesenheit von Gefühlen. Sie denkt an die Gerüchte, die sie gehört hat, an Zimmermans Bemerkung über den Künstler, der hier Schüler gewesen war. »Wenn man sich die Jungen anschaut, war es wahrscheinlich das Beste, was passieren konnte, dass das Gebäude abgebrannt ist.«

»Diese Art von Schulen sind damals mit so einigem durchgekommen.« Steed kramt immer noch herum. »Heilige Scheiße, hier ist sogar noch eine alte Tasse ... Ein seltsamer Ort, sich zu verkriechen.« Er grinst. »Selbst für einen Öko.«

Elin nickt. Sie findet die Vorstellung unheimlich, dass jemand sich abseits von allem in diesem Schuppen verstecken könnte. Sie wechselt das Thema. »Irgendwas Neues zur Ankunft der D-Section?« Bei der FSG D-Section handelt es sich um die Einheit der Wasserschutzpolizei, die auf die Unterwasserbergung von Leichen spezialisiert ist – unerlässlich, um sie so zu beseitigen, dass keine Beweise vernichtet werden.

»Ja, tatsächlich hat die Einsatzzentrale vor ein paar Minuten zurückgerufen.« Steed hält inne. Sie ahnt, dass er nichts Gutes zu sagen hat. »Ich äußere ja nur ungern eine schlechte Nachricht nach der anderen, aber sie werden uns noch eine ganze Weile niemanden schicken können. Wie es aussieht, ist die Einheit die Küste weiter oben bei einem Einsatz zusammen mit dem Grenzschutz eingespannt.«

Elin überlegt, was das für sie zu bedeuten hat. In Situationen wie diesen heißt es, die Leiche nicht zu bewegen, aber gleichzeitig sicherzustellen, dass keine Beweise verloren gehen, indem sie zu lange unter Wasser bleiben – eine schwierige Balance. Trifft die Spezialeinheit nicht schnell genug ein, besteht die Gefahr, dass wichtige Spuren verschwinden. »Ich werde mich mit Anna absprechen, aber ich denke, wir werden die Leiche und die Tasche sofort bergen müssen.«

Als sie die Hütte verlässt, wappnet Elin sich innerlich. Mit einem unerfahrenen Team wird das nicht einfach werden, doch während ihr Hirn in einen anderen Modus schaltet, verspürt sie eine seltsame Mischung von Emotionen. Angst und Nervosität, aber noch etwas Unerwartetes.

Aufregung. Ein berauschendes, aufputschendes Gefühl.

Elin ist zurück, sie ist Leiterin einer Ermittlung. Was als Nächstes passiert, liegt bei ihr.

38

Mit einem tiefen Atemzug zieht Elin den Schnorchel aus ihrem Mund und taucht ab. Das Wasser ist kühler als erwartet, ein enormer Kontrast zu der schwülen Luft. Sie schwimmt vorwärts, bis sie sich direkt über der Tasche befindet. Tatsächlich hatte sich die Tasche um einen scharfen Felsvorsprung verhakt.

Elin packt die Tasche und zieht. Gerade hat sie sie angehoben, als ihre Finger abrutschen, während der Fels, an dem sie festhängt, sich nach wie vor weigert, sie herauszurücken.

Den steigenden Druck in ihrer Lunge ignorierend, verlagert sie die Position, greift wieder zu, doch dieses Mal spürt sie einen Widerstand.

Nicht von der Tasche, sondern an ihrem Fuß.

Irgendwas schlingt sich um ihren Knöchel.

Nur Seetang, beruhigt sie sich. Seths Leiche, immer noch unter Wasser, ist wenige Meter entfernt, doch ganz kurz fühlt es sich an wie eine verzweifelte Hand, die sich vom Grund erhebt, um an ihrem Bein zu zerren.

Während sie sich windet, spürt sie, wie der Strang sich fester um sie schlingt.

Panik steigt in ihr auf, ihre Brust wird eng. Plötzlich ist sie sich des Wassers bewusst, das in ihre Nase dringt, das Blut in ihren Ohren rauscht.

Ihre Lungen brennen, schmerzen.

Sie muss auftauchen.

Panisch wedelt sie in Steeds Richtung, der am Rand des Boots kauert, doch seine Umrisse sind durch die Taucherbrille verschwommen, die Wasseroberfläche …

Winzige Sterne tauchen wie Nadelstiche in ihren Augen auf. *Rühr dich. Mach etwas.*

Schließlich übernimmt ihr Körper. Ihre Beine treten aufwärts, und der ledrige Strang aus Seegras löst seinen Griff. Elin schießt durchs Wasser und durchbricht die Oberfläche.

Sie reißt die Maske weg; das Wasser, das sich darin angesammelt hat, strömt über ihr Gesicht. Hektisch saugt sie Sauerstoff in ihre Lungen.

»Hey, was ist passiert?« Steed streckt bereits den Arm nach ihr aus, um ihr an Bord zu helfen.

»Bin ein bisschen in Panik geraten. Hab die Tasche einfach nicht zu fassen bekommen«, sagt sie, während sie weiter nach Luft schnappt und zurück ins Boot kraxelt. Es ist eine Untertreibung. Schiere Angst hatte sie gepackt – das Böse, das sie auf der Insel gespürt hatte, befand sich auch hier draußen, im Wasser. *Was macht dieser Ort mit ihr?* Sie war nie abergläubisch, aber irgendwie lässt diese Insel die Grenzen zwischen Realem und Irrealem verschwinden, kehrt Ängste hervor, von denen sie nicht einmal ahnte, dass sie sie hat.

Es überkommt sie dasselbe Gefühl wie vorhin in der Hütte, so als würde die Insel an jeder Ecke eine Botschaft schicken: *Wir wollen euch hier nicht.*

Langsam sammelt sie sich. »Die Tasche hängt fest. Hat sich definitiv am Felsen verhakt. Ich glaube, wir müssen brachial werden. Es ist wahrscheinlich besser, wenn ihr beide runtergeht, du und Tom. Mit der Ausrüstung kann einer von euch etwas tiefer tauchen und sie von unten anheben. Ich habe genug Beweisfotos gemacht, also könnt ihr loslegen.«

Steed nickt, wobei er sie nicht aus den Augen lässt, offenbar nicht ganz überzeugt von ihrer Antwort. Dennoch zieht er die

Tauchermaske über sein Gesicht und gleitet mit Tom vom Boot. Es sieht bei ihnen so einfach aus.

Steed und Tom sinken langsam tiefer, bis sie sich unterhalb der Tasche befinden. Ihre Bewegungen wühlen das Wasser auf; sie kann nur noch verschwommene Schatten ausmachen.

Ihr Herz rast, während sie darauf wartet, dass sie wiederauftauchen. Als sie es endlich tun, hat Steed die Tasche in der Hand.

»Hat etwas Kraft gebraucht, wie du vermutet hast«, verkündet er, als er sich an Bord hievt. »Aber wir haben sie.«

Sobald auch Tom im Boot ist, zieht Elin ein Paar Handschuhe über und schiebt die Tasche zu sich heran. Trotz des stabilen Ripstop-Materials sind Kratzer im Stoff zu sehen, wo sie sich am Felsen verhakt hatte.

Während er sich seiner Ausrüstung entledigt, nickt Steed Richtung Tasche. »Sieht nicht so aus, als wäre sie lange unten gewesen.«

»Das stimmt«, erwidert sie und macht ein paar weitere Fotos, bevor sie das Handy wegsteckt. »Dann lass uns mal sehen, was wir hier haben.«

Vorsichtig rollt sie die Klappe zurück, dann späht sie hinein.

Elin schnappt unwillkürlich nach Luft.

Sie hat mit vielem gerechnet, aber nicht damit.

Auf dem Boden der Tasche befindet sich eine Reihe von Plastikpäckchen – fünf, nein, sechs, präzise nebeneinander verstaut und mit dicker Klarsichtfolie mumienartig eingewickelt.

Elin muss sie nicht öffnen, um zu erraten, worum es sich bei dem Inhalt handelt.

Drogen.

39

Der Haufen ist trotz der bescheidenen Größe wahrscheinlich ein kleines Vermögen wert.

»Was für ein Zufall oder auch nicht, dass die Leiche in der Nähe der Tasche aufgefunden wurde.« Steed wirkt fassungslos. »Angesichts der Vorstrafe besteht also die Möglichkeit, dass er weiterhin gedealt hat?«

»Würde ich sagen«, erwidert Elin unbehaglich. Es gefällt ihr nicht, erst recht nicht nach Toms Mutmaßungen über die Todesumstände. »Ich denke, es ist an der Zeit, die Leiche hochzuholen.«

Auf der Plane, die sie auf dem Boden des Boots ausgelegt haben, sammelt sich das Wasser von Seths Neoprenanzug und seiner Ausrüstung.

Aufgrund der schweren Pressluftflasche auf seinem Rücken mussten sie Seth seitlich lagern, und auf den ersten Blick könnte man meinen, er würde schlafen – wären da nicht die Blässe seines Gesichts, die sich versteifenden Gliedmaßen.

Elin geht neben ihm in die Hocke, wobei das Boot leicht ins Schlingern gerät.

Tom streckt den Zeigefinger aus. »Da«, sagt er. »Das ist das Ventil, das ich meinte. Es wurde definitiv zugeschraubt. Wie ich schon sagte, er hätte es selbst wieder öffnen können, außer …« Er deutet auf die Kappe.

Aus der Nähe ist die Fältelung an der Haube, die sie schon

auf Toms Unterwasseraufnahme gesehen hat, deutlich erkennbar – leichte Vertiefungen im Material.

Sie blickt zwischen Ventil und Kappe hin und her, und sie muss schlucken.

Die beiden Dinge erzählen eine Geschichte, eine schreckliche Geschichte, und Elin muss blinzeln, als ihr unwillkürlich Bilder in den Sinn kommen: Seth, der sich unter Wasser abmüht; Luft, die nicht länger frei strömt; eine Hand, die ihn niederdrückt …

»Da ist noch etwas«, murmelt Steed und rückt näher. »In seinem Mundwinkel. Links vom Atemregler.«

Ein feiner, pudriger Rückstand.

Obwohl Seth unter Wasser war, ist er noch sichtbar. Eine Art Kreide? Unmöglich zu beantworten, bis die Substanz nicht analysiert wurde.

Steeds Blick wandert über den leblosen Körper. »Ich kann das Zeug nirgendwo sonst erkennen.«

Elin spürt bittere Galle in ihrer Kehle aufsteigen.

Alles hier sagt ihr, dass dies kein Unfall war.

Seth wurde ermordet. Sein Leben brutal unter Wasser ausgelöscht.

40

Elin schließt den Schuppen auf und schiebt das Handy in die Hosentasche. »Da es nun zwei Leichen gibt, werden sie laut unserer Chefin umgehend obduziert.«

Steed nickt. »Es ist ziemlich offensichtlich, dass Delaney nicht aus Jux da draußen war.« Er zieht an der Plane, sodass sie sich glatt über den Boden des Schuppens legt. »Möglicher Treffpunkt, um den Stoff abzuholen?«

Das Wasser von Seths Körper und der Plane rinnt über den staubigen Boden. »In Anbetracht seiner Vorstrafe ist das plausibel. Tom sagte ja, dass er ziemlich regelmäßig hier draußen war.« Sie öffnet die Tür und lässt Steed vor sich hinaus, bevor sie sie zuzieht.

»Wenn auch ein riskanter Zug, immerhin ist es die Insel seines Vaters ...« Er fährt sich durchs Haar, das immer noch feucht von seinem Tauchgang ist.

»Womöglich war der Profit zu hoch, um zu widerstehen. Vielleicht hat er sich da kopflos hineinbegeben.« Elin zögert. »Was meinst du zum Zeitpunkt?«

»So bald nach Bea Legers Tod?«

»Ja, und beide aus derselben Clique. In Verbindung mit diesem angeblichen Überraschungsbesuch, der offenen Frage, wer die Villa nachts verlassen hat ...« Sie schüttelt den Kopf. »Ich glaube, wir sollten uns jetzt mit der Freundin des Toten unterhalten.«

»Und was machen wir mit der Leiche im Schuppen?«

»Idealerweise sollte jemand hierbleiben, aber von meiner Seite ist es in Ordnung, wenn wir den Bretterverschlag nur absperren. Ich denke, es ist besser, wenn du mit mir kommst. Ein zweites Paar Augen wird hilfreich sein.«

»Willst du, dass ich auf dem Weg Delaneys Familie informiere?«

»Ja, bitte.« Doch als sie sich die Reaktion des Vaters vorstellt, kommen ihr Zweifel.

Würde Seth wirklich auf der Insel seines Vaters mit harten Drogen dealen?

Die Frage führt unweigerlich zur nächsten: Falls Seth bereit war, das Risiko einzugehen, was für ein Mensch ist dann sein Vater?

Ronan Delaney, erfolgreicher Immobilienunternehmer, ist eine der angesehensten Persönlichkeiten im internationalen Bau- und Entwicklungsgewerbe. Im Verlauf seiner Karriere hat er diverse preisgekrönte Gebäude im Vereinigten Königreich und Europa errichten lassen. Delaney ist zudem Schirmherr der Rainbow Foundation, die sich für Minderheiten in Politik und Zivilgesellschaft einsetzt.

Während sie dem Strand folgen, scrollt Elin weiter durch den Artikel. Unter den ersten Absätzen befindet sich ein Foto: Ronan Delaney in einem weißen, oben offenen Hemd.

»Sieht aus wie Seth, oder?«, bemerkt Steed, der einen Blick über ihre Schulter wirft.

»Stimmt.« Obgleich Ronan Delaneys Haar grau meliert ist, ist die Ähnlichkeit mit Seth nicht zu übersehen: die gleichen markanten Züge, die gleichen breiten Schultern. *Eine* Sache jedoch ist anders. Auch wenn Ronans Miene weitgehend ausdruckslos ist, lediglich der Ansatz eines Lächelns ist zu erkennen, verraten seine Augen etwas, das sie nach der Begegnung mit Seth nicht erwartet hätte: Verletzlichkeit.

Sie muss mehr über diesen Mann erfahren.

Als sie die Lodge erreichen, bleibt Elin stehen. »Eine Sekunde noch. Ich möchte etwas überprüfen.« Sie fügt in der Suchleiste den Namen des Retreats zu dem von Ronan hinzu.

Eine Flut von Artikeln zum Erwerb der Insel tauchen in den Ergebnissen auf. Die Inhalte bestätigen nur, was Tom ihr erzählt hat: Das Retreat wurde von einer Hotelgruppe gepachtet, die für ihre gehobenen Unterkünfte in exklusiven Strandlagen bekannt ist.

Elin klickt einen weiteren Beitrag an – eine typische Pressemitteilung – und will schon aufgeben, als ihr etwas auffällt.

»Was hast du da?«, will Steed wissen.

Sie dreht das Display so, dass er den Inhalt ebenfalls lesen kann.

DELANEYS NEUESTES BAUPROJEKT UNTER DAUERBESCHUSS

Torhun Express

Die Kontroversen rund um das Bauvorhaben auf Cary Island nehmen kein Ende.

Ronan Delaney, Eigentümer des berühmt-berüchtigten Reaper's Rock, plant die Errichtung einer Hotelanlage am Standort der ehemaligen Schule auf der Südseite der Insel. Zu dem Bauantrag gibt es bereits zweihundert Einsprüche.

Im Gespräch mit den Reportern sagte ein Anwohner, Mr Jackson: »Der Entwurf des Gebäudes fügt sich nicht in die raue Schönheit dieser Insel ein.«

Ein anderer Gegner, Christopher Walden, erklärte: »Ich denke, unsere ursprünglichen Pläne, die Insel als Reservat für Natur- und Landschaftsschutz zu bewahren, entsprechen eher diesem herrlichen Ort. Wenn alles so weitergeht, wird die ganze Angelegenheit zur Farce.«

Die Entscheidung für oder gegen den Bauantrag durch den Torhuner Gemeinderat ist für Ende des Monats angesetzt.

Die Kommentare dazu sind bissig:

Ja, eine Farce, aber wahrlich keine Überraschung, sieht man sich den Besitzer der Insel an. Ich habe Gerüchte über zwielichtige Firmen gehört, mit denen er zu tun hat. Ein Hai ist das.
Wäre lohnenswert, sich mal seine anderen Projekte anzuschauen.

Ein Hai. Elin lässt die Formulierung sacken. Interessant.

Steed deutet auf das Display. »Da haben wir es wieder, die Sache mit dem Naturschutzgebiet.«

»Ja, aber so wie ich das lese, haben die Naturschützer bislang keine Chance gehabt.«

»Vielleicht gilt das auch für seinen Sohn«, bemerkt Steed. »Womöglich war das Dealen eine Art Rebellion. Um seinem Vater ans Bein zu pinkeln.«

41

Die Villa, in der die Gruppe um Bea und Seth untergebracht ist, schmiegt sich an eine natürliche Anhöhe am Ende des Pfades. Die Nadeln einer der gewaltigen Kiefern bedecken wie Mikadostäbchen den Boden.

Nachdem sie an die Tür geklopft hat, betrachtet Elin die draußen aufgereihten Schuhpaare: Flip-Flops, Birkenstock-Sandalen, Sneakers. Ein Paar Reef-Flip-Flops sind deutlich größer als die anderen, der sandige Abdruck des Fußes ist noch auf den Innensohlen zu sehen.

Seths Abdrücke. Es stimmt sie traurig. *All die Dinge, die wir zurücklassen.*

Die Tür geht auf.

Elin hebt den Kopf und sieht Jo mit dem Smartphone in der Hand im Rahmen stehen. Ihr blaues kurzärmliges Kleid hebt sich von ihrer Sonnenbräune ab, überdeckt aber nicht die Müdigkeit in ihrem Gesicht; ihr Teint ist fahl, das Weiße in ihren Augen rot geädert. Die nassen Spitzen ihrer Haare tröpfeln auf den Stoff und haben feuchte Halbmonde auf ihren Schultern hinterlassen.

»Ah, die Aussagen.« Jo tritt zurück, um Elin und Steed hereinzulassen. Im Flur sind Taschen und Kleidung verstreut, als hätten sie bereits halbherzig mit Packen begonnen.

»Eigentlich nicht. Wir sind nicht hier, um die Aussagen aufzunehmen.« Elin räuspert sich. Das hier wird nie einfacher. »Ich fürchte, wir haben schlechte Nachrichten. Es geht um Seth.«

»Er hat doch keine Dummheiten gemacht, oder?« Jo seufzt.

»Seit wir das mit Bea erfahren haben, hat er sich praktisch ausgeklinkt. Gestern Wakeboarden, und heute früh wache ich auf und finde eine Nachricht vor, dass er mit dem Kajak rauspaddeln will.« Sie verzieht das Gesicht. »Er sitzt schon an der Bar, stimmt's? Zieht eine Show ab …«

»Tatsächlich …«, beginnt Steed, kommt aber nicht dazu, seinen Satz zu beenden.

Jo redet geradewegs weiter, lässt sich über Seths fragwürdigen Alkoholkonsum aus. Elin begreift, dass es eine Abwehrreaktion ist: Sie hat gewittert, dass etwas im Argen ist, zögert das Unvermeidbare hinaus. Ihre Stimme ist zu heiter, das Lächeln in ihrem Gesicht zu verkrampft.

Elin berührt sanft ihren Arm. »Ich fürchte, es gab einen Unfall. Es tut mir wirklich leid, Ihnen mitteilen zu müssen, dass Seth tot ist.« Die Klimaanlage rattert los, und kurz fragt sie sich, ob Jo das Ende ihres Satzes überhaupt mitbekommen hat – ihre Miene ist erstarrt, irgendwo zwischen dem gezwungenen Lächeln von eben und einem merkwürdigen Ausdruck von Verständnislosigkeit.

Aber dann legt sie sich die Hand vor den Mund. »Nein … er kann nicht … Nein …« Ein kehliges Schluchzen steigt auf.

»Es tut mir wirklich leid«, wiederholt Elin. »Ich weiß, dass es ein Schock ist.«

Es braucht einige Momente, bis Jo sich etwas gefasst hat. »Was … ist passiert?«, bringt sie schließlich hervor. Ihre Brust hebt und senkt sich schwer.

»Wir wissen es noch nicht. Wir fanden ihn in Tauchmontur im Wasser.«

Jo blickt sie hohläugig an. »Tauchen? Aber er war doch kajaken.«

»Er hatte eine Tauchausrüstung an. Ob er davor Kajak gefahren ist oder nicht, kann ich nicht sagen.«

»Wo war er?« Ein abgehackter Atemstoß.

»Ein Stück weit draußen, vor einer der kleinen Buchten«, erklärt Steed.

Jo blinzelt. »Aber woher wollen Sie wissen, dass er es ist? Sie müssen sich irren.«

»Wir werden jemanden brauchen, der ihn offiziell identifiziert, aber wir beide haben ihn wiedererkannt«, bemerkt Elin.

Jo klappt zusammen, eine Hand umklammert den Türrahmen. Elin wird bewusst, dass sie noch immer im Flur stehen. »Sollen wir Sie lieber ins Wohnzimmer bringen?«

Sie helfen Jo dabei, sich aufzurichten, und Elin führt sie ins Wohnzimmer. Im Raum herrscht, genau wie im Flur, Chaos. Über die Stuhllehne geworfene Klamotten, mehrere halb geleerte Kaffeetassen auf dem Sofatisch. Durch Glastüren, die zur Terrasse führen, kann sie Badesachen auf den Liegen erkennen.

Steed deutet zu einer Flügeltür. »Ich mache die mal zu, damit uns niemand stört.«

»Mit wem war er tauchen?«, stößt Jo hervor.

Elin setzt sich neben sie auf das Sofa und zieht ihr Notizbuch heraus. »Offenbar war er allein«, antwortet sie, während Steed sich auf der gegenüberstehenden Couch niederlässt.

»Aber das ergibt doch keinen Sinn.« Jo wippt mit dem Fuß. »Seth ist ein erfahrener Taucher. Er würde nie allein losziehen.«

»Wie es scheint, hat er genau das getan. Wir warten noch auf ein Team von Spezialisten, die alles genauer untersuchen, bevor wir zu einem Schluss kommen können. Aber es sieht aus, als wäre er unter Wasser in Schwierigkeiten geraten.« Elin hält an dieser Stelle inne, da sie keine Theorien ausbreiten will, solange sie nicht alle Fakten kennen. »Ich weiß, das ist hart, aber ich würde Ihnen gerne ein paar Fragen stellen, damit wir uns ein Gesamtbild machen können. Wann haben Sie Seth zum Beispiel das letzte Mal gesehen?«

»Das war, als wir zu Bett gegangen sind. Heute früh bin ich recht spät aufgewacht, gegen acht.« Tränen schießen Jo in die Augen. »Seth war schon fort. Er hatte mir geschrieben, dass er kajaken ist. Es hat mich nicht weiter überrascht; diese ganze Familientrauer hat ihm nicht sonderlich zugesagt.«

»Und Sie selbst haben die Villa heute noch nicht verlassen?«

»Nein, ich war in meinem Zimmer.«

»Und Sie wissen nicht, ob sonst jemand draußen war?« Steed zieht ein Kleenex-Tuch aus der Schachtel auf dem Beistelltisch und reicht es Jo.

»Danke.« Sie schenkt ihm ein schmales Lächeln. »Keine Ahnung, das werden Sie sie fragen müssen.«

Elin nickt. »Eine letzte Sache: Tom, einer der Wassersport-Ausbilder, hat mir erzählt, dass das Retreat Seths Vater gehört. Ronan Delaney.«

»Das ist richtig.« Jo zupft an dem sich schälenden Sonnenbrand auf ihrem Unterarm. »Aber er hat nicht wirklich damit zu tun. LUMEN wird von einer Hotelkette betrieben.«

»Ich nehme an, Sie wissen, dass Seth schon mal hier war?«

Jo hebt das Tuch ans Gesicht und wischt sich über die Augen. »Ja. Er fährt gerne aus London raus. Vor ein paar Jahren hat er eine digitale Marketingagentur gegründet. Es ist harte Arbeit, deswegen kommt er her, um auszuspannen.«

»Wissen Sie, ob er tauchen ging, wenn er auf der Insel war?«

Ein Nicken. »Er liebt tauchen. Jede Form von Abenteuer.«

»Und haben Sie ihn dabei schon einmal begleitet?«, erkundigt sich Steed. Trotz der zielgerichteten Frage ist sein Tonfall einfühlsam, nicht übergriffig. Eine hohe Kunst, und eine, die selten ist bei unerfahrenen Ermittlern.

»Nein, das war mein erstes Mal. Ich wünschte, ich wäre früher hier gewesen. Seth hatte mich öfter gefragt, aber ich hatte immer zu tun.« Ein erneutes Schluchzen.

Elin macht sich ihre Notizen. Sie wartet, bis Jo ruhiger wird, und fragt: »War es dieses Mal wieder Seths Vorschlag, hierherzukommen?«

»Nein. Jemand hat das Retreat beiläufig erwähnt, und ich erzählte Seth davon. Wir fanden es einen witzigen Zufall, und da ich bisher nie auf Cary Island war, kontaktierte ich das Retreat. Man bot mir einen kostenlosen Aufenthalt an. Hat nichts mit Seth zu tun. So ist es ihm lieber. Er ist gerne inkognito unterwegs.«

»Weiß irgendwer sonst aus Ihrer Gruppe von dieser Verbindung zur Insel?«

Jo schüttelt den Kopf. »Wir wollten es so belassen. Die Leute haben nicht gerade den besten Eindruck von Seth, meine Familie ganz besonders. Hätten sie gewusst, dass die Insel seinem Vater gehört, wären sie wahrscheinlich fortgeblieben.«

»Warum?«, will Steed wissen.

»Ich glaube, sie wären davon ausgegangen, dieser Trip sei seine Art, sich in den Vordergrund zu spielen, anzugeben …« Jo zuckt mit den Achseln. »Er hat, was das angeht, seinen Ruf weg. Außerdem pflegt er ein bisschen eine Laissez-faire-Einstellung.« Sie zögert. »Er spielte gern den Clown, und das kam bei den Leuten nicht immer gut an. Dabei war es bloß Fassade. Tief in seinem Inneren war er unsicher. Trotz des Geldes hatte er eine ziemlich beschissene Kindheit. Sein Vater war nicht oft da, und er empfand es immer als Riesendruck, Ronan Delaneys Sohn zu sein, mit all den Erwartungen, die damit einhergingen.«

»Inwiefern?«, hakt Elin nach, da das durchaus ihre Theorie untermauern könnte, dass die Drogensache eine Art Rebellion war.

»Die Leute gehen davon aus, dass er skrupellos ist, ehrgeizig, so wie Ronan. Oder ein reicher Studienabbrecher, der von der Kohle seines Vaters lebt. Seth ist« – sie korrigiert sich – »*war* aber um Längen besser als all das. Manchmal versuchte er zu sehr, die Leute dazu zu bringen, ihn zu mögen, aber tatsächlich stieß sie das eher ab.«

Steed nickt nachdenklich. »Ist Ihnen in letzter Zeit etwas Ungewöhnliches an seinem Verhalten aufgefallen? Bevor Sie herkamen? Oder seither?«

»Nein. Nichts.«

Aber Elin bemerkt etwas; ein flüchtiger Schatten, der über Jos Züge huscht. »Sind Sie sicher?«

»Ja.« Jo schaut Elin in die Augen, dann Steed, aber der Blick ist zu direkt, als würde sie überkompensieren.

Elin sieht zu Steed.

Sie verheimlicht etwas.

Es erscheint zwar merkwürdig, dass jemand in tiefer Trauer berechnend agiert, doch die Überlebensinstinkte können zuweilen stärker sein. Jo verbirgt etwas, aber sie kann jetzt nicht weiter nachbohren. *Zu früh.*

Elin schließt ihr Notizbuch. »Würde es Ihnen etwas ausmachen, wenn wir uns in Ihrem Zimmer umsehen? Es könnte uns eine bessere Vorstellung davon geben, warum er allein im Meer war.«

Jo bejaht das und steht auf. Elin bemerkt es jedoch erneut: den Anflug eines Schattens in ihrem Gesicht.

42

D as ist unser Zimmer.« Jo bleibt in der Tür stehen, als würde es ihr widerstreben, den Raum zu betreten.

Elin sieht auch warum. Seths Zeug liegt überall – Schuhe, Sportklamotten, Badeshorts über dem Stuhl. Sie bemerkt einen großen Koffer auf dem Bett, ein kleinerer liegt auf dem Boden.

Jo folgt ihrem Blick. »Ich habe angefangen zu packen. Wir hatten vor abzureisen, sobald Sie unsere Aussagen aufgenommen haben.« Sie schaut sich um. »Seth hatte noch nichts zusammengeräumt. Wartet immer bis zur letzten Minute.« Erneut steigt ein ersticktes Schluchzen auf.

»Wir machen so schnell wir können.« Betreten geht Elin zum Schreibtisch. Der Tisch ist das einzig ordentlich gebliebene Möbelstück im Raum, auf ihm stehen eine Wasserflasche und ein Glas, daneben liegt ein Notizblock auf einer weißen Mappe mit Informationen zum Retreat. Links von der Mappe befindet sich ein aufgeklappter Laptop, der Bildschirm ist schwarz.

»Der Laptop gehört mir.« Jo betritt nun doch das Zimmer. »Seth benutzt ihn nicht.«

»Hat er auch einen mitgebracht?«

Sie schüttelt den Kopf. »Er wollte sich eine Woche freinehmen.«

»Und sein Handy? Hat er das heute früh mitgenommen?«

»Ich denke schon. Das hat er immer bei sich. Was das angeht, sind wir gleich schlimm.« Sie deutet zu dem Kabel, das in der Steckdose hängt. »Wenn, würde es hier angeschlossen sein.«

Elin begibt sich zum Bad und streckt den Kopf durch die

183

Tür. Der frische Limonenduft der LUMEN-Toilettenartikel schwebt in der Luft; Schaumblasen kleben noch am Boden der Dusche. Auf dem Waschtisch liegt ein Kulturbeutel, und Elin schaut hinein. Nichts Verfängliches, nur Aftershave, Rasierer, Ersatzklingen.

Als sie ins Schlafzimmer zurückkehrt, durchstöbert Steed den Kleiderschrank. Elin schließt sich ihm an und bemerkt, dass offenbar nur noch Sachen von Seth an der Kleiderstange hängen – Hemden für den Abend, ein paar legere T-Shirts.

Steed deutet zum oberen Fach, in dem sich zwei schwarze Reisetaschen einer teuren finnischen Marke befinden, robuster rostfreier Reißverschluss, reißfester Stoff.

»Die gehören Seth«, bestätigt Jo, als Steed sie herunterzieht. Sie redet immer noch in der Gegenwart von ihm, was nicht zu dem Anblick passt, den sie zuletzt von ihm im Schuppen hatten: leblos auf der Abdeckplane ausgestreckt.

Steed legt die Taschen auf dem Bett ab und öffnet den Reißverschluss der kleineren. »Nur ein paar Quittungen.«

Elin greift nach der größeren Tasche und bemerkt, dass eine Seite schwerer ist als die andere.

Als sie das Innere sowie die Seitenfächer untersucht, findet sie nichts, bis sie außen die beiden aufgesetzten Taschen ins Visier nimmt: eine größere mit Reißverschluss, eine kleinere mit Klettverschluss. Beide sind leer. Ein alter Trick; kein doppelter Boden, aber ein doppeltes Seitenfach.

Jo sieht besorgt zu ihnen. »Haben Sie was gefunden?«

»Womöglich.« Elin fährt mit der Hand an der unteren Seitennaht entlang, wobei sie spürt, wie der Stofffalz leicht nachgibt. Sie hebt ihn an und findet einen verborgenen Reißverschluss. Sie öffnet ihn und schiebt eine Hand ins Seitenfach.

Ihre Fingerspitzen ertasten Plastik – eine dünne Tüte, der Inhalt darin kompakt.

Sie zieht das Päckchen durch die schmale Öffnung heraus. Die Tüte ist transparent, sodass ihr Inhalt sofort zu erkennen ist: drei Rollen Geldscheine, zusammengehalten von einem Gummiband.

Das Bild setzt sich langsam zusammen.

»Wissen Sie, warum Seth so viel Bargeld bei sich hatte?« Elin hält die Tüte hoch.

»Nein.« Jo umfasst eines der Freundschaftsbänder an ihrem Handgelenk. »Er hat zwar stets Bargeld bei sich, aber nicht so viel.« Ihre Stimme zittert.

Elin wendet sich an Steed. »Kannst du das eintüten und dann noch einmal checken, ob wir nichts übersehen haben?«

Mit einem Nicken schiebt er nun eine Hand in das Fach. Ein Kräuseln auf seiner Stirn. »Hier ist etwas, bündig mit dem Saum.«

Plötzlich blitzt Metall unter den Deckenstrahlern auf.

Elin weiß, was es ist, noch bevor er es gänzlich hervorgeholt hat.

Ein Karabinerhaken.

Warum betrieb Seth einen solchen Aufwand, um einen Karabinerhaken zu verstecken?

Steed reicht ihn ihr. Während sie mit den Fingern über das Metall streicht, taucht ein Gedanke auf.

»Hatte Seth vorgehabt, hier zu klettern?«

Jo schüttelt den Kopf. »Nicht, dass ich wüsste.«

Kurz schließt Elin die Augen und ist wieder dort, auf den Felsen unterhalb der Klippe, die sengende Sonne im Gesicht, als sie einen seitlichen Ausfallschritt macht …

Das ist es, denkt sie.

Aber die Vorstellung lässt sie verstummen.

Unmöglich. Bestimmt nur eine verrückte Vermutung, oder?

Dennoch beginnt sie, bisher lose Stränge zusammenzufügen: Hanas Aussage, dass jemand die Villa verlassen hat; ihre eigenen leisen Zweifel …

Sie spult Bilder vor ihrem inneren Auge ab – was sie gesehen hat und die Annahmen, die sie daraus abgeleitet hat. Womöglich die falschen Annahmen.

Elin lässt den Karabiner in einen Beweisbeutel gleiten, dann sieht sie Jo an: »Ich weiß, wie schwer es für Sie sein muss, sich unseren Fragen zu stellen, wo Sie noch nicht einmal Zeit hatten, die Nachricht zu verarbeiten.«

Jos Augen sind allein auf den Karabiner gerichtet. »Sind Sie fertig?«

»Ja, aber in Anbetracht der Geschehnisse muss ich Sie bitten, noch ein wenig länger zu bleiben. Sie alle.«

»Verständlich. Ich …« Jo hält inne.

»Ja?« Elin sieht den Ausdruck auf Jos Gesicht. Nicht nur Trauer kann sie darin erkennen, sondern auch Verwirrung.

»Da war *doch* etwas mit Seth. Als Sie vorhin fragten, ob er sich irgendwie anders verhalten hätte. Na ja, die letzten sechs Monate oder so hat er E-Mails erhalten. Hässliches Zeug.«

Steed hebt die Augenbrauen. »Inwiefern?«

»Er wollte sie mir nicht zeigen, aber den Kern habe ich mitbekommen. *Verwöhntes reiches Söhnchen. Kennt keine Skrupel.* Auch Dinge über seinen Vater. Dass er ein Tyrann sei, ganze Existenzen ruiniert und andere Leute daran gehindert habe, im Leben weiterzukommen … alles Mögliche. Seth spielte es herunter, er hatte selbst oft genug sein Fett wegbekommen. Aber trotzdem, ich konnte sehen, dass es ihm zusetzte.«

»Irgendwelche Ideen, wer die geschickt haben könnte?«

Ein Zögern, wie Elin es vermutet hatte. Es muss einen Grund geben, warum Jo es ihr nicht von Anfang an erzählt hat.

»Ich habe mich gefragt …«, beginnt Jo. »Ein Teil von mir hat sich gefragt, ob es nicht Maya war.« Eine Röte hat sich über ihren Hals ausgebreitet und steigt ihr in die Wangen.

»Maya?«

»Ja. Seth hat ihr vor ein paar Monaten einen Job abgesagt. Es wurde ziemlich unschön. Um ehrlich zu sein, war es eine schlechte Idee, es überhaupt vorzuschlagen. Ich hätte mich da nicht einmischen sollen.«

»Aber warum sollte Maya sich das so zu Herzen nehmen?«

»Aufgrund dessen, was passiert ist. Maya bekam die Stelle von einem der Junior-Manager angeboten. Wir sind befreundet, daher wandte ich mich direkt an ihn statt an Seth. Ich wusste, was er dazu sagen würden. Seth fand es heraus und ließ das Ganze platzen, meinte, es sei keine gute Idee, Arbeit und Familie zu vermischen. Maya verlor kurz darauf ihre Wohnung. Konnte die Miete nicht aufbringen.«

»Also glauben Sie, Maya könnte das aus Groll getan haben?«, fragt Steed.

»Ich weiß es nicht.« Jo zuckt mit den Achseln. »Jetzt, wo ich es gesagt habe, komme ich mir dämlich vor. Maya hat wahrscheinlich nichts damit zu tun. Ich meine, da standen auch Sachen über seinen Vater, und den kennt Maya nicht. Bitte sagen Sie ihr nichts davon.«

Elin blickt zu Steed. Ihr erster Gedanke: Warum dann überhaupt erwähnen? Warum die Möglichkeit in Betracht ziehen, wenn man nicht glaubt, dass da etwas dran sein könnte?

»Das werden wir nicht, aber wir werden uns noch mit Maya und Hana unterhalten müssen.«

»Okay«, erwidert Jo, doch Elin ist nicht sicher, ob sie es überhaupt gehört hat. Ihre Augen sind auf Steed gerichtet, als er das Geld und den Karabiner in seine Tasche steckt.

Als sie die Villa verlassen haben, fragt Steed: »Was hältst du von der ganzen Sache?«

»Das Bargeld, das wir gefunden haben, macht den Ansatz mit den Drogengeschäften mehr als plausibel.«

»Und der Karabiner?« Er wirft ihr einen Blick von der Seite zu. »Du hast eine Theorie, stimmt's?«

Elin zögert, sie auszusprechen, den Gedanken platzen zu lassen, bevor sie überhaupt die Gelegenheit hatte, sich zu vergewissern, ob es im Bereich des Möglichen liegt. »Es hat mit dem Fundort von Bea Legers Leiche zu tun. Wenn es für dich okay ist, überprüfe ich das, während du mit Hana, Maya und Caleb sprichst.«

Elin spürt Steeds Skepsis, bemerkt die ungestellten Fragen in seinen Augen.

43

Ein paar Schritte von der Stelle, an der Bea Legers Leiche lag, bleibt Elin stehen. Von den verbliebenen Blutspuren blickt sie zur Klippenwand. Sie ragt so schwindelerregend auf wie beim ersten Mal, mit gezackten, in den Kalkstein gefrästen Furchen, mit ausgehöhlten Mulden.

Wo hatte sie nur gestanden, als sie es sah?

Das zu lokalisieren ist praktisch unmöglich; das Einzige, was Elin mit Sicherheit weiß, ist, dass sie das Aufblitzen gesehen hat, nachdem Rachel angefangen hatte, die Leiche zu fotografieren.

Vielleicht befand sie sich ja etwas höher, überlegt sie, links von Rachel – jedenfalls hatte sie die Krümmung der Klippenwand hin zur Bucht sehen können.

Elin kraxelt nach links, probiert Verschiedenes aus, doch sie sieht nur Vegetation: Büschel von Gras, winzige Farne, die sich durch die Felsritzen kämpfen. Ein Kormoran hockt mit ausgestreckten Flügeln auf einer der Felsnasen.

Frustriert dreht sie den Kopf zur Seite, als sie plötzlich geblendet wird.

Noch ein gleißendes Blitzen, identisch wie das vorherige.

Dieses Mal weiß sie, wonach sie suchen muss. Sie macht keine großen Schritte, sie will nicht riskieren, den Blick auf das zu verlieren, was die Reflexion verursacht. Stattdessen neigt sie nur leicht den Kopf, gerade weit genug, um an dem Licht vorbeizuspähen.

Da. Ihr Puls beschleunigt. *Da ist es.* Dort ragt es aus dem Felsen.

Ein Metallstück, auf dem sich die Sonne spiegelt.

Ein Felshaken.

Elin holt ihr Handy hervor und macht ein Foto.

Erneut fügt sie alles zusammen: *Der Karabinerhaken in Seths Tasche. Mayas Aussage, jemand habe nachts die Villa verlassen. Und nun das – ein Felshaken direkt unterhalb der Stelle, an der Bea Leger abgestürzt ist.*

Ist es doch möglich, dass Beas Tod kein Unfall war?

Elin hatte dieses nagende Unbehagen bei der Sichtung der Videoaufnahmen gehabt.

Sie schließt die Augen und spielt die Aufzeichnung noch einmal in ihrem Kopf ab. Dabei wird ihr bewusst, dass das, was sie gesehen hat – das fallende Tuch, Bea, die sich vorbeugt, um es aufzuheben –, nicht zwingend eine Version zulässt. Elin hatte die beiden Vorfälle miteinander verknüpft, weil sie so Sinn ergaben.

Aber das musste nicht der Fall sein. Ja, das Tuch war ihr möglicherweise entglitten, aber Bea könnte sich aus einem *anderen* Grund vornübergebeugt haben. Einem Grund in Gestalt eines Menschen.

Sie überdenkt die Position des Kletterhakens. Ein Frösteln kriecht in ihr hoch. Die Vorstellung ist gewagt, aber dennoch plausibel. Seth könnte an der Klippenwand gehangen und bewusst Beas Aufmerksamkeit auf sich gezogen haben. Die Delle, die Leon im Gras festgestellt hat, würde so schlüssig sein.

Vielleicht war es nicht Bea, die etwas fallen ließ, sondern Seth, der es als Vorwand für einen vorgeblichen Sturz nutzte. Er hätte genauso gut nach Hilfe rufen können; Bea hätte gesehen, was auch immer er hat fallen lassen, ihm vertraut. Und dann, als sie den Arm ausstreckte …

Ihr Gehirn möchte den nächsten Gedanken nicht vollziehen, tut es aber dennoch: *Er könnte sie über das Geländer gezogen haben.* Die Kamera hat lediglich die obere Hälfte der Brüstung eingefangen, zudem wurde die Scheibe an der Stelle durch Beas Körper verdeckt – daher wäre seine Hand nicht zu sehen gewesen.

Doch während sie ein solches Szenario von allen Seiten beleuchtet, stolpert sie über einige logistische Probleme. Denn um Bea hereinlegen zu können, hätte Seth die Kletterausrüstung verbergen müssen. Was unter einem weiten Pulli, so überlegt sie weiter, gar nicht so schwer ist, zumal bei Nacht … Dennoch kann er nicht einfach dort gehangen haben. Er hätte sich für einen Sturz in eine glaubwürdige Position begeben müssen.

Sie tritt nach links, um eine bessere Seitenansicht der Klippe zu bekommen, und entdeckt dabei einen kleinen Felsvorsprung etwa einen Meter unterhalb des Hakens.

Das Frösteln breitet sich bis in ihre Brust aus.

Der Vorsprung ist definitiv breit genug, damit Seth sich hätte draufstellen und Bea um Hilfe bitten können – und um sie, als sie eine Hand entgegenstreckte, in den Tod zu ziehen.

Je länger Elin diese Theorie in ihrem Kopf wälzt, desto plausibler wird sie. Bea, vielleicht beschwipst, ihr Urteilsvermögen getrübt, wäre ihm zu Hilfe geeilt, ohne Böses zu ahnen.

Wenn dem so war, war das clever eingefädelt. Beileibe kein Unfall, sondern Heimtücke. Als Idee an sich raffiniert – der perfekte Mord ist schließlich der, der nicht als Mord daherkommt.

Aber was wäre das Motiv?

Bedenkt man den Zeitpunkt, muss Beas Tod mit dem von Seth verknüpft sein – aber was hatte Bea mit Seth zu tun?

Bislang ist das unmöglich zu sagen – jedenfalls noch nicht –, aber was auch immer es war, es lässt nach wie vor Fragen offen. Etwas wie das hier erfordert Planung. Falls Seth dahintersteckte, wie hatte er die Kletterausrüstung transportiert? Und wo ist sie jetzt? Ein Karabinerhaken, gut, aber der Rest – Gurte, Seile –, das ist sperrig und hätte um diese nächtliche Uhrzeit Aufmerksamkeit erregt.

Es erscheint eher unwahrscheinlich, dass er das Equipment ins Meer geworfen hat. Er hätte damit riskiert, dass es an den Strand gespült wird. Denkbar ist, dass er es irgendwo in der Nähe verstaut hat. Zwar nicht so nah, dass es entdeckt worden wäre, als der Tatort untersucht wurde, aber zugleich nicht zu weit weg. Er muss unter Zeitdruck gestanden haben, denn er hatte wieder in der Villa zu sein, bevor seine Abwesenheit auffiel.

Elin bezweifelt, dass er die Sachen in Richtung Retreat versteckt hätte, womit nur die Klippenwand zur nächsten Bucht übrig bleibt.

Während sie sich den Weg unterhalb der Klippe bahnt, sucht sie die steinerne Oberfläche nach geeigneten Verstecken ab.

Nichts Augenfälliges … bis sie eine Öffnung im Felsen entdeckt, etwa einen Meter breit, sie reicht ihr bis knapp zur Scheitelhöhe. Sie zieht den Kopf ein und schiebt sich hindurch. Der Raum dahinter ist nicht tief, kaum groß genug, um sich zu drehen.

Platzangst steigt in ihr hoch, aber sie ringt sie nieder. Dann sieht sie sich nach Verstecken um, doch sie entdeckt an den Wänden nichts als Seepocken und kleine Gesteinsausbuchtungen.

Nachdem sie noch einmal alles inspiziert hat, verlässt sie die Höhle, um die Suche fortzusetzen.

Sie folgt der Klippenwand, bis sie zu einer weiteren Höhle gelangt – von der Größe her ähnlich wie die vorherige, aber schmaler. Kaum, dass sie sich reingezwängt hat, bemerkt sie es: eine kleine Öffnung etwa fünfzehn Zentimeter über dem Boden.

Elin zieht sich ein Paar Einweghandschuhe über, geht in die Hocke und untersucht die Öffnung.

Ihre Fingerspitzen berühren etwas Knisterndes.

Sie greift tiefer, bis ihre Finger eine Plastiktüte zu fassen bekommen – darin etwas Festes, Schweres.

44

Ein beherzter Ruck, und dünne Rollen aus braunen und grünen Seilen rutschen aus der Tüte und fallen auf den Boden. Darunter auch metallenes Gurtzeug.

Elin starrt ihren Fund an – nicht unbedingt überrascht, dennoch fassungslos, wie sorgfältig alles geplant war.

Bea Legers Tod war kein Unfall.

Was es noch wahrscheinlicher macht, dass er mit dem von Seth zusammenhängt. Und das Deprimierendste daran ist, dass das Motiv vermutlich Drogen sind.

Sinnlose Tode wegen eines sinnlosen Gifts.

Nachdem sie mehrere Fotos gemacht hat, hievt sie die Tüte mit der Kletterausrüstung in die Öffnung zurück.

Die Sachen sind zu schwer, um es allein zu schleppen; sie wird später wiederkommen müssen.

Außerhalb der Höhle zieht Elin die Handschuhe ab, wischt sich die feuchten Finger an der Hose trocken und macht sich auf den Weg zurück zum Strand.

Sie ist gerade ein paar Meter gegangen, als sie etwas vernimmt. Ein schwaches Geräusch irgendwo von oben.

Sie legt den Kopf in den Nacken, sieht sich um, doch die Klippe über ihr ist menschenleer. Dennoch hat Elin das ungute Gefühl, dass sie nicht allein ist.

Mit jedem Schritt wächst ihre Beklommenheit.

Sie will gerade ihr Tempo beschleunigen, als sie eine Bewegung über sich wahrnimmt.

Sie scheint von der Felswand selbst zu kommen, oder vielmehr von einem kleinen Gesteinsbrocken, der auf sie zu poltert.

Fast distanziert schaut sie zu, wie er hinabrast, während der Brocken immer wieder gegen die Felswand knallt und sich winzige Steinsplitter mit einem prasselnden Geräusch lösen.

Sie steht reglos da, erwartet immer noch, dass er an einer Kante anschlägt und von seinem Kurs abgelenkt wird.

Aber das passiert nicht.

Der Brocken fällt weiter auf sie zu.

Die Zeit scheint stillzustehen, während der Brocken von dem Kalkstein abprallt und weiter fällt.

Doch ihre Beine wollen sich nicht bewegen, wollen nicht tun, was ihr Hirn ihnen befiehlt.

Los. Los. Weg.

45

W ir können nicht hierbleiben.« Jo steht vom Sofa auf. »Erst Bea, jetzt Seth.« Ihre Oberarmmuskeln treten vor Anspannung hervor, als sie im Zimmer auf und ab geht.

Bei der zweiten Runde streift sie eine Blattpflanze so heftig, dass der Blumentopf ins Schwanken gerät.

Maya, die Hanas Blick sucht, streicht sich panisch eine Locke aus dem Gesicht, wie um sie anzuflehen, etwas zu sagen. Doch Hana weiß nicht, was. Jo hat recht.

»Was passiert ist, ist schrecklich«, beginnt Maya. »Aber das waren lediglich grausame Zufälle. Unfälle.«

»Und das glaubst du wirklich?« Jo wirbelt herum. »Ich dachte ja, du wärst paranoid, Hana, mit deinem Gerede über Beas Sturz. Aber mittlerweile bin ich der Ansicht, dass du recht hast, nämlich dass da *mehr* dahintersteckt.«

»Aber von Bea wissen wir, dass sie gestürzt ist, und bei Seth meinte die Polizistin, dass seine Tauchausrüstung …«, bemerkt Caleb. Er reibt sich über die Augen. Hana sieht ihm an, wie erschöpft er ist.

Jos Augen funkeln. »Nein«, wirft sie ein. »Das hat sie nicht explizit gesagt. Anhand ihrer Fragen war klar, dass sie es nicht für einen Unfall hielt. Irgendetwas stimmt hier nicht … nicht nur das mit dem Geld, sondern auch, dass er allein tauchen war, ohne jemandem Bescheid zu sagen.«

»Ich weiß, was du meinst«, sagt Hana. »Es *ist* seltsam, vor allem, wenn man einen Ort nicht gut kennt. Ein echtes Risiko.«

Ein eigentümlicher Ausdruck huscht über Jos Gesicht. Verlegenheit?

»Was ist?«, will Hana wissen.

Jo hebt den Blick. »Ich wollte es euch sowieso sagen. Seth kennt die Insel durchaus. Er war nicht das erste Mal hier. Die Insel ... sie gehört seinem Vater.«

»Das wissen wir. Der Polizist hat es uns gesagt«, murmelt Caleb.

»Oh.« Jo nickt irritiert. Als sie sich mit dem Rücken gegen eine Wand sinken lässt, entblößt die Bewegung ihre Narbe von dem Brand. Das einzig Verletzliche an ihrem starken Körper.

»Warum hast du uns das nicht früher verraten? Eine große Enthüllungsstory für Instagram?«

»Nein, eigentlich nicht«, erwidert sie leise. »Wie ich schon sagte ...«

Hana unterbricht sie. »Hör auf zu lügen.« Ungläubig schüttelt sie den Kopf. »Selbst jetzt, da Seth tot ist, erzählst du Lügen, Jo. Und wenn ich ehrlich bin, fällt es mir langsam schwer, irgendwas von dem zu glauben, was aus deinem Mund kommt.« Als sie die Worte ausspricht, verspürt sie ein befreiendes Gefühl. Endlich kümmert sie sich nicht mehr darum, was die Leute von ihr denken, sie muss nicht mehr verbergen, was sie wirklich empfindet. Vielleicht hätte sie das schon früher tun sollen, denkt sie, beinahe berauscht von dieser Erfahrung.

Jo reißt die Augen auf, fasst sich jedoch schnell wieder. »Wenn ich eine Lügnerin bin, dann bin ich hier nicht die einzige.«

Ihre kühle Stimme lässt Hana erschauern. »Ich verstehe nicht«, erwidert sie zögernd. »Wer lügt denn noch?«

»Genau das möchte ich herausfinden. Seth hat in den letzten Monaten anonyme Mails bekommen. Richtig fiese Sachen. Drohungen. Anschuldigungen gegen ihn, gegen seinen Vater. Ist doch komisch, dass das jetzt passiert ist.« Jos Blick schweift zu Maya, und erst da kapiert Hana, was Jo sagen wollte, seit sie anfing, im Zimmer auf und ab zu gehen.

»Und? Was hat das mit uns zu tun?« Mayas Hand legt sich um die Kette, die sich um ihren Hals schmiegt.

»Nun, ich würde eher sagen, es hat mit *dir* zu tun, Maya.«

»Mit mir?« Sie weicht zurück, die dunklen Augen undurchdringlich.

»Ja.« In Jos Gesicht ist plötzlich eine Schärfe, ähnlich einem Raubtier, das zum tödlichen Sprung ansetzt. »Ich muss nämlich daran denken, wie stinkwütend du nach der Sache mit dem Job auf Seth warst.«

»Das stimmt«, erwidert Maya. »Aber das macht mich noch lange nicht zur Lügnerin. Du hast mir die Stelle mehr oder weniger zugesichert, und dann hat Seth sich dagegen ausgesprochen. Klar war ich sauer.«

»Aber es ist nicht nur das. Ich weiß, was du getan hast.«

»Du weißt was?« Mayas Stimme gerät ins Wanken.

Jo legt den Kopf etwas schräg. »Du warst es, Maya, das mit den Gerüchten über seine Firma, die in den sozialen Medien kursierten.«

Hana spürt Maya neben sich erstarren. Stille. Nur das leise Surren der Klimaanlage ist zu hören.

Auf einmal ein hörbares Schlucken. »Aber ...« Sie stammelt. »Wie hast du das herausgefunden?«

»Über deinen Ex. Sol ist eines Abends Seth begegnet, hat sich bei ihm ausgekotzt.«

»*Sol* hat es ihm erzählt?«

»Ja. All die kleinen, schmutzigen Details.« Jo stößt ein kurzes, bitteres Lachen aus. »Ich muss schon sagen, ich hätte nie gedacht, dass du zu solchen Verleumdungen fähig bist. Ich habe den Ermittlern nichts erzählt, aber ich frage mich: Wenn du schon so etwas abziehst, zu was bist du sonst noch in der Lage?«

Maya scheint zu schrumpfen; ihre Schultern ziehen sich zusammen, als würde ihr Körper sich in sich selbst verkriechen. Hana fällt auf, dass sie etwas beobachtet, was Jo ständig tut – anderen Leuten das Gefühl geben, klein zu sein, um sich selbst größer zu fühlen.

Jo ist in die Enge getrieben und lenkt mit ihren Anschuldigungen ab. Sie ist es, die gelogen hat, was Bea betrifft, Seths Verbindung zur Insel und so vieles mehr. Und doch verbeißt sie sich in etwas, das Maya getan hat, um nicht im Fokus zu stehen.

Hana steht auf. »Jo, bevor du anfängst, Maya ins Visier zu nehmen, hast du, wie ich finde, selbst ein paar Erklärungen abzugeben. Wo wir schon dabei sind: Am Tag unserer Ankunft ist dir auf dem Steg ein Zettel aus dem Rucksack gefallen. Darauf hattest du angefangen, dich für etwas bei mir zu entschuldigen … Ich habe immer noch nicht gehört, für was.«

Eine Sekunde Schweigen. »Oh, das …«, sagt Jo rasch. »Das habe ich vor ein paar Monaten geschrieben. Ich fühlte mich schlecht, weil ich nach dem Tod von Liam nicht für dich da war. Ich überlegte mir, dir zu schreiben, aber dann haben wir den Urlaub ausgemacht. Ich wollte hier mit dir darüber reden, ein Gespräch von Angesicht zu Angesicht.«

Hana lauscht, während Jo mit zerknirschter Miene fortfährt. Und obgleich sie all die richtigen Worte sagt, unterlegt mit der passenden Emotion, trifft sie irgendwie nicht ganz den richtigen Ton.

Sie lügt schon wieder. Sie hat gerade erst erfahren, dass ihr Freund tot ist, und sie lügt.

46

Erst als der Brocken nur noch ein, zwei Meter über ihr ist, ergreift ihr Körper endlich die Initiative – ein ungelenkes Wedeln mit den Armen, während sie sich einen Ruck gibt. Sie vollführt eine Drehung, landet halb auf der Handfläche, halb auf dem Brustbein, und der Aufprall presst ihr alle Luft aus den Lungen.

Elin schützt ihren Kopf mit den Armen, wappnet sich, doch es kommt nichts. Der Stein trifft nicht sie, sie hört nur einen dumpfen Aufprall.

Sie schaut nach oben, doch es folgt kein weiterer Felsbrocken. Das Einzige, was sie sieht, sind die gewaltig aufragende Klippe und ein Streifen gleißend blauen Himmels.

Ihr Herz hämmert, jeder Atemzug ist ein Keuchen.

Wenn sie es nicht geschafft hätte, sich zu rühren, als …

Als ihre Atmung sich beruhigt hat, rappelt sie sich langsam auf.

Ihre Augen richten sich auf das Gestein etwa einen Meter entfernt. Er ist größer, als sie dachte, und durch den Aufprall in zwei grobe Stücke gespalten, die das dunklere, glattere Gestein im Inneren entblößen. Ihre erste Reaktion ist es, zurückzutreten, um zu sehen, wo der Stein herkam. Aber sie kann keine sichtbaren Spuren eines kürzlichen Klippenbruchs erkennen.

Ein natürlicher Prozess, sagt sie sich. Bloß ein Stück Gestein, das sich gelöst hat, nachdem es sich in der Hitze geweitet und wieder zusammengezogen hat. Doch als sie davongeht, muss

Elin unweigerlich zum Reaper's Rock hochblicken. Trotz ihrer Erklärung drängt sich der Gedanke auf, dass irgendwie der Fels dahintersteckte; als hätte er aus Wut ein Stück von sich hinabgeschleudert.

Wieder einmal lässt die Insel es sie laut und deutlich wissen.

Wir wollen dich hier nicht.

47

Wieder auf dem Sandstrand, schrillt Elins Handy los. Halb erwartet sie, dass es Will ist, um zu fragen, warum sie sich nicht bei ihm gemeldet hat, doch es ist eine Nummer, die sie zuletzt vor ihrer beruflichen Auszeit auf ihrem Display gesehen hat.

Mieke, einer der Gerichtsmediziner. »Ich bin gerade dabei, die Obduktion an Bea Leger zu beenden. Die Wunden passen zu einem Sturz aus solcher Höhe, und die Todesursache ist die Kopfverletzung, wie du wahrscheinlich schon vermutet hast. Aber es gibt da einige Dinge, die von Interesse sein könnten. Ich habe etwas Merkwürdiges gefunden: Spuren einer pudrigen Substanz in ihrem Mund. Sie hat sich um den Zahnfleischrand abgesetzt, kleinere Mengen davon auch auf ihren Zähnen.«

Ein Puder.

Elin stutzt. Sie kann zwar nicht sagen, ob es sich um dieselbe Substanz handelt, die sie bei Seth bemerkt haben, aber wenn ja, bringt das seinen Tod definitiv mit Beas in Verbindung. »Weißt du schon, was das sein könnte?«

»Nicht hundertprozentig, wir brauchen die Analyse vom Labor. Doch für mich sieht das aus wie Kalksteinmehl. Hatte ich schon mal bei einem Steinbrucharbeiter. Seine Maschine kippte um und riss ihn mit sich. Da hatten wir eine ähnliche Substanz gefunden.«

»Könnte sie die beim Sturz aufgenommen haben?«

Es folgt eine Pause. »Nein. Das Mehl entsteht beim Abbauprozess, direkt im Steinbruch. Das bedeutet auch, dass der Kreidestein nicht verarbeitet wurde, daher wird das Gesteinsmehl nicht aus einer Fabrik stammen, wo es schon verwertet wurde.«

»Interessant«, sagt Elin, und während Mieke weiterspricht, fällt ihr etwas ein – etwas, an das sie bisher nicht gedacht hatte.

Der Steinbruch auf der Insel.

Will hat ihn mehrmals erwähnt, ihr erklärt, dass die ehemalige Schule aus dem auf der Insel abgebauten Kalkstein erbaut worden war. Einiges davon hat er für den LUMEN-Neubau wiederverwendet – in den Innenräumen, der Lobby und den Gemeinschaftsbereichen.

Mieke fährt fort: »Ich vermute, dass sie sich das Puder woanders oder über jemanden zugezogen hat. Irgendeine Form von Übertragung.«

Elin überlegt, wie Seths potenzielle Verstrickung mit Beas Tod aussehen könnte.

Durchaus möglich erscheint es ihr, dass das Puder durch ihn übertragen wurde. Aber falls dem so war – warum sollte er sich im Steinbruch herumtreiben? Um dort die Drogen zwischenzulagern?

»Sonst noch was?«, fragt sie.

»Ja. War aufgrund der Totenflecken nicht auf Anhieb zu erkennen, aber ich bin mir ziemlich sicher, dass sie Blutergüsse an ihren Armen hatte. Das Muster ist zwar schwach, aber meiner Meinung nach handelt es sich um Fingerabdrücke. Ich werde es mir noch mal genauer ansehen müssen, doch …«

Elin atmet tief ein – Fingerabdrücke, die womöglich daher rühren, dass Bea Leger über die Brüstung gezerrt wurde.

»Ich entnehme deinem Schweigen, dass das die Dinge komplizierter gestaltet«, bemerkt Mieke.

»Ein wenig. Lass mich wissen, falls du noch etwas feststellst.«

Nachdem sie sich verabschiedet haben, geht Elin in Gedanken noch einmal alles durch. Die Beweislage deutet stark in eine Richtung: Bea Leger ist nicht einfach nur gestürzt. Auch sie wurde ermordet.

Wenn dem so ist, gehören Miekes Beobachtungen zu den wenigen Anhaltspunkten, die Elin hat, um herauszufinden, wer und was hinter den beiden Todesfällen steckt. Sobald sie mit Will gesprochen hat, müssen Steed und sie zum Steinbruch.

Trotz des Vorfalls mit dem Brocken nur wenige Minuten zuvor, trotz des Unbehagens, das diese Insel in ihr auslöst, erregt sie diese Aussicht.

Jede Faser ihres Körpers sirrt vor Energie. Sie fühlt sich lebendig. Sprühend vor Leben.

48

Die Vagabundin kehrt zurück … Ich hatte dich schon aufgegeben.« Will zieht einen Stuhl für sie hervor.

Elin blickt sich um. Im Restaurant ist es ruhig – leere Tische, nur ein paar Servicekräfte, die sich an der Bar herumdrücken. »Entschuldige, ich wollte dich anrufen, aber die ganze Angelegenheit gestaltet sich etwas komplizierter als gedacht.«

Schweißperlen stehen ihm auf der Stirn, und er wischt sie mit dem Handrücken fort. »Wegen des vermissten Gastes?«

»Nein. Fehlalarm. Er war nur schnorcheln.«

»Gute Neuigkeit.«

»Nicht wirklich.« Elin hört die Anspannung in ihrer eigenen Stimme. Sie will es ihm nicht erzählen. Weiß, dass in der Sekunde jegliche Hoffnung seinerseits, die Sache würde die Preisverleihung nicht beeinträchtigen und nicht auf LUMEN abfärben, zunichte ist. »Wir haben eine Leiche im Meer gefunden. Ein anderer Gast.«

Will erblasst und lehnt sich auf seinem Stuhl vor. »Noch ein Unfall?«

»Kann ich nicht sagen, noch nicht.« Sie bleibt vage, doch sie sieht ihm an, dass er sich nicht täuschen lässt.

»Tja, ich glaube nicht, dass der ›Wir halten uns bedeckt‹-Ansatz funktioniert. Farrah hat mir erzählt, dass uns die Gäste fortlaufen. Die Leute haben durchaus Wind bekommen, dass etwas im Argen ist.« Er gibt einen undefinierbaren Laut von sich.

»Die Leute reisen ab?«

»Tja, wer hätte das gedacht, hm? Sie haben keine Lust, dass irgendwelche Toten ihnen ihren Urlaub vermiesen.« Will deutet mit einer ausladenden Armbewegung um sich. »Siehst du es nicht? Nicht gerade viel los, oder?«

Elin dreht sich um. Er hat recht, die Anlage ist wie leer gefegt. Die Geräuschkulisse hat sich von einem lebhaften Ferien-Gesumme zu vereinzelten Rufen oder einem unerwarteten Lachen verändert. Der Strand ist verlassen, und obwohl sich noch ein paar Gäste im Pool befinden, sind die Sonnenliegen um ihn herum unbelegt.

»Das Boot zum Festland fährt nur noch hin und her. Manche haben sich sogar auf eigene Kosten Wassertaxis bestellt.« Er beißt sich auf die Lippe. »In den sozialen Medien kursiert es auch schon.«

Elin senkt bestürzt den Kopf. *Das Letzte, was sie jetzt gebrauchen können.*

Ein Seufzen. »Ich denke, ich werde das Wochenende abkürzen. Hab ohnehin einen Haufen Arbeit, der erledigt werden muss. Hätte wissen müssen, dass es nicht glatt läuft. Ist bei unseren gemeinsamen Trips nie der Fall.« Will begegnet ihrem Blick, ein Moment des Verständnisses. Kurz flackert Verbundenheit zwischen ihnen auf, doch so schnell, wie es aufgetaucht ist, ist es wieder fort. Er wendet seine Augen ab. »Wenn ich ehrlich bin, geht mir das zu nahe. Ist echt mies, so was zu sagen, zumal nach dem, was passiert ist, aber …«

»Nein, ich verstehe schon. Für dich ist es etwas Persönliches.«

»Ja. Es ist, als würde man zuschauen müssen, wie etwas Wunderschönes direkt vor deiner Nase explodiert.« Seine Stimme bricht. »All das, wofür ich so hart gearbeitet habe, um die Wahrnehmung dieses Orts zu ändern … Es war alles vergebens.

Sobald die Presse davon erfährt, werden sie alles nochmals hervorholen: die Creacher-Morde, die Schule. LUMEN wird nur noch eine Randbemerkung wert sein.«

Ein schreckliches Gefühl von Ohnmacht überkommt sie; Elin spürt förmlich, wie ihr die Situation entgleitet. Sie will etwas tun, irgendwas, um es für Will in Ordnung zu bringen, aber sie kann nicht. »Hör zu, wir wissen noch nicht wirklich, was geschehen ist. Es besteht nach wie vor die Möglichkeit …«

Will sieht sie mit seltsam starrer Miene an. »Du musst das nicht machen. Ich bin kein Kind.«

»Was machen?«

»Es schönreden. Ich sehe dir doch an, dass die Sache nicht gut ist.« Er zwingt sich zu einem Lächeln. »Ich glaube, ich habe endlich deine Schlechte-Nachrichten-Stimme gehört. So lange sind wir schon zusammen, aber erst jetzt kenne ich sie.«

Während Will spricht, registriert Elin etwas, das ihr noch nie zuvor an ihm aufgefallen war – etwas Passiv-Aggressives, in seiner Körpersprache, seinem Tonfall … beinahe *grollend*. Und obwohl sie es sich womöglich nur einbildet, muss sie sich doch fragen, ob er ihr die Schuld für das Geschehene gibt, als hätte sie es zu verantworten oder sei zumindest darin verwickelt.

»Ich versuche nur, positiv zu bleiben.«

Er nickt knapp. »Und für dich ist es okay, zu bleiben?«

»Wie meinst du das?«

»Na ja, nun, da die Situation eskaliert ist …«

»Ja …« Elin mustert seine Miene, unschlüssig, worauf er hinauswill.

»Aber heute Morgen im Bett hast du doch noch gesagt, du hättest Zweifel, ob du es schaffen könntest. Dass du stolpern könntest, wenn die Dinge zu sehr durcheinandergeraten.«

»Bedenken, ja, die habe ich«, erwidert sie, »aber das heißt nicht, dass ich hier nicht weitermachen will.«

»Aber was, wenn es irgendwann nicht mehr geht? Würdest du Anna gegenüber ehrlich sein?«

»Ja.«

Er blickt ihr in die Augen. »Hast du ihr von der Sache auf Twitter erzählt?«

Elin zögert; sie weiß, was diese Frage ist: ein Test. »Habe ich. Sie meinte, sie würde sich die Sache anschauen, falls es sich wiederholt.« Sie greift nach seiner Hand. »Im Ernst, du musst dir keine Sorgen machen.«

Ein tiefes Seufzen. »Aber du bist hier allein. Das gefällt mir nicht.«

»Ich bin nicht allein. Ich habe Steed.« Kaum hat sie es gesagt, ist ihr klar, dass es das Falsche war. Aber sie hat keine Ahnung, was sie tun soll. Von Anfang an fühlt sich dieses Gespräch wie ein Minenfeld an.

»Steed«, wiederholt Will und schüttelt ihre Hand ab. »Na dann ist ja gut. Und ihr seid dicke genug, um ihm sagen zu können, falls es dir zu viel wird?«

Die nächste Mine.

Elin kramt nach den Worten. »Na ja, ich denke schon. Wir haben uns ein bisschen besser kennengelernt, seit wir hier sind.«

Wieder falsch. Wills Gesicht verschließt sich. Sie weiß selbst nicht, wie sie an diesen Punkt gelangt sind – dieses seltsame Gefühl, als würden sie zu verschiedenen Takten tanzen.

Sie entdeckt einen weißen Fleck Sonnencreme an seinem Ohr und will ihn wegreiben, doch er weicht vor ihr zurück. In diesem Moment wird ihr mit Schrecken bewusst, warum er sich so verhält.

Es liegt an ihr, oder? Sie hat ihn mit ihrem launenhaften Verhalten zu dieser Reaktion animiert.

In den vergangenen Wochen war sie schnell eingeschnappt

und distanziert gewesen, doch seit sie hier auf der Insel ist, ist sie irgendwie anders. Viel dynamischer.

Er hat zuvor nur die schlechten Seiten von ihr abbekommen. Wie soll er ihr jetziges Verhalten richtig interpretieren können?

Elin wird von einem Gefühl der Traurigkeit überfallen, wegen der Kluft, die sich plötzlich in ihrer Beziehung aufgetan hat.

»Also dann, ich muss los«, sagt sie. Dadurch schiebt sie die Dinge hinaus, kehrt sie unter den Teppich – ein bekanntes Muster.

»Ruf mich später an.«

»Mach ich.« Sie beugt sich vor und gibt ihm einen Kuss. Dieses Mal weicht er nicht zurück, aber vielleicht ist seine Reaktion viel schlimmer: Sie spürt eine Verschlossenheit. Das Gefühl, als würde er es bloß mechanisch über sich ergehen lassen.

49

Maya, bist du wach?« Hanas Körper wirft einen Schatten über Mayas ausgestreckte Gestalt auf der Sonnenliege. Sie steckt in Jeansshorts und einem Bikinioberteil, das beinahe den gleichen Farbton hat wie ihre gebräunte Haut; die breite Krempe ihres Panamahuts ist tief über die Augen gezogen.

Keine Antwort.

»Maya?«, wiederholt sie, diesmal lauter, wobei sich eine Spur von Furcht hineinschleicht. Nach allem, was passiert ist … Hana beugt sich vor, schüttelt sie am Arm. »Maya, wach auf!«

Endlich rührt sie sich. Als sie sich aufsetzt, umfasst sie die Kante der Liege, wobei ihre Adern am Arm hervortreten.

»Entschuldige«, nuschelt sie. »Hab gar nicht gemerkt, dass ich eingenickt bin.«

Hana hockt sich seitlich auf die Liege, doch es ist unbequem, der Rahmen gräbt sich in ihre Oberschenkel. Daher legt sie die Beine hoch, um sich richtig anzulehnen. »Warum hast du mir nicht die Wahrheit gesagt?«, beginnt sie sanft. »Wegen der Sache mit dem Job?«

Maya setzt sich aufrechter hin, reibt sich die Augen. Ein Streifen Sonnencreme wird in ihrer Bauchfalte sichtbar, eine Spur von Weiß auf dem sonstigen Braun. »Es war mir peinlich. Die ganze Sache war so … demütigend. Jo meinte es nur gut, aber du weißt ja, wie sie ist. Ich ging davon aus, sie hätte es mit Seth abgesprochen, doch dann musste ich feststellen, dass sie es nicht mal erwähnt hatte.« Sie reibt über einen der Ringe an ihren Fingern.« Seth machte einen Rückzieher – natürlich unter zig Entschuldigungen – und speiste mich mit dem ganzen ›Ich halt ein Auge offen, geb deinen Lebenslauf an einen Kumpel weiter‹-Gelaber ab. Aber damit hatte es sich.«

»Du hattest keinen Vertrag unterschrieben?«

»Der sollte so schnell wie möglich unter Dach und Fach sein. Alles, was ich hatte, war Jos Wort.« Maya schüttelt den Kopf. »Ich war komplett fertig, schließlich musste ich die Miete bezahlen, und weil ich geglaubt hatte, die Sache wäre bombensicher, hatte ich viel Zeit vergeudet, in der ich mich nach einer anderen Stelle hätte umsehen können.«

»Hat Seth auch gesagt, warum er nicht begeistert davon war, dass du dort arbeitest?«

»Anscheinend wollte er nicht, dass die Leute ihm Vetternwirtschaft unterstellen, meinte, dass das reguläre Bewerbungsprozedere eingehalten werden müsste. Blabla … Was ja alles stimmt, aber das hätte ich doch getan. Ich war absolut qualifiziert für den Job. Aber er hatte nur Sorge, was die Leute sagen, wenn er den Job an jemanden aus dem privaten Umfeld vergibt.«

»Und die Troll-Sache?«

Maya verzieht zerknirscht das Gesicht. »Ich habe online ein paar Gerüchte gestreut – aber diese andere Sache, die Jo vorhin meinte, mit den E-Mails … das war ich nicht.« Sie zögert. »Hör mal, Han, es war falsch, den Mist in den sozialen Medien rauszuhauen, das weiß ich, aber ich war stinksauer, weil alles so verdammt unfair war. In der Woche ging ich noch mit Mum und Dad Sofia besuchen. Mum war so aufgewühlt … Da sah ich rot. Es war einfach die Art, wie Seth das machte – ein Fingerschnipser, ohne einen Gedanken daran, was das für mich, mein Leben bedeuten könnte.« Sie schüttelt den Kopf. »Da habe ich den ganzen Kram über ihn recherchiert, die Wohltätigkeitsarbeit, für die er sich angeblich engagiert. Der Vorzeigejunge für all diese tollen Projekte … Aber im wahren Leben, wenn es nicht um PR geht, weit gefehlt.«

»Aber selbst bei einer mündlichen Übereinkunft muss es doch rechtliche Möglichkeiten geben.«

Maya wirkt gequält. »Das habe ich versucht.«

»Wie meinst du das?«

»Ich ging zu Bea. Mit ihrem Jurastudium dachte ich, dass sie mir helfen könnte.«

»Und hat sie nicht?« Hana ringt innerlich. *Wie kann es sein, dass sie nichts davon erfahren hat?*

»Nein. Wollte sich nicht einmischen. Außerdem war sie angeblich total im Stress. Es sei ›nicht ihr Fachgebiet‹, so drückte sie es aus. Gab mir bloß den Namen von einem abartig teuren Anwalt.« Maya zuckt mit den Achseln. »Den Job noch zu bekommen, darum ging es mir gar nicht mehr; ich wollte bloß ein Zeichen setzen. Alles, was ich mir von ihr wünschte, war, dass sie einen halbwegs offiziellen Wisch aufsetzt, damit er es sich noch mal überlegt. Aber offenbar … konnte sie es nicht. Zu eingespannt. Oder vielleicht hatte sie schlicht keine Lust.«

Als ihr dämmert, wie wenig sie über ihre eigene Familie weiß, überkommt Hana ein merkwürdiges Gefühl der Unsicherheit. *Was sonst ist ihr in ihrer Trauer entgangen?*

»Entschuldige, ich komme mir ziemlich mies vor, so von Bea zu reden.« Maya nimmt den Panamahut ab und schüttelt ihre Locken aus. »Du weißt ja: Man soll nie schlecht über Verstorbene reden.« Es wird still zwischen ihnen, bevor Maya erneut das Wort ergreift. »Eigentlich ein dämlicher Spruch, oder? Nur weil jemand tot ist, wird er nicht zum Heiligen.«

Als Hana den Mund öffnet, um etwas zu erwidern, registriert sie Mayas Ausdruck und schließt ihn wieder. Einen Moment lang sieht sie gar nicht mehr aus wie ihre Cousine. Da ist etwas Leeres, etwas Undurchdringliches in ihrem Gesicht.

»Ich gehe rein und hole mir ein Wasser«, sagt Hana schließlich.

Maya nickt und sinkt wieder gegen die Lehne.

Als Hana über den Pfad auf die Villa zugeht, schwirrt etwas an ihr vorbei – zwei Schmetterlinge, die in einem Zickzackkurs auf den Pool zuschießen.

Auf den ersten Blick sieht es aus, als befänden sie sich in einem wilden Liebestaumel, doch als Hana noch einmal hinsieht, erkennt sie, dass der eine über den anderen herfällt. Ihn zu unterwerfen versucht.

50

Elin schultert ihren Rucksack höher.

Fünfzehn Minuten abseits des Hauptwegs, und es fühlt sich an, als ob sie ins Nirgendwo gingen; ein wildes Gewirr aus Bäumen und Büschen, der Himmel schimmert nur stückchenweise durch.

Der sich schlängelnde Pfad wird schmaler, das Gestrüpp wuchert zu allen Seiten, darunter dornige Brombeerranken. Der Wald wird dichter, ein jeder Baum ringt um Raum. Gewaltige Kiefern- und Eichenriesen, in denen es surrt und wuselt vor Insekten und anderem Getier.

»Hier unten sieht alles viel dunkler aus, oder?«, bemerkt Steed, der manchmal vor ihr geht, manchmal neben ihr, abhängig vom Pfad. Verschwitzt zupft er an seinem Hemd, fächelt sich mit dem Saum Luft zu.

»Ja. Es ist, als ob wir uns auf einer anderen Insel befinden.« So weit im Inneren scheint sie reicher an Leben, die Stämme sind von wucherndem Efeu bedeckt, die Felsen mit Flechten und Moos überzogen. Kaum ein Quadratzentimeter, der frei von Pflanzen oder einer dicken Schicht Laub wäre. Vögel huschen zwischen den Ästen umher, doch Elin kann sie nicht sehen – lediglich das Rascheln und Flattern ist zu hören, während sie von Baum zu Baum schwirren.

Steed greift in seinen Rucksack und zieht einen Proteinriegel hervor.

»Hörst du eigentlich je auf zu essen?« Elin grinst. Er mampft ständig etwas; auf seinem Schreibtisch im Büro lagert ein riesiger Vorrat an Essbarem.

»Nur wenn ich schlafe.« Er hält ihr sein Handgelenk vor die Nase. »Und überhaupt, schau, mein Hunger ist total gerechtfertigt, es ist beinahe Mittagsessenszeit.« Damit reißt er die Packung auf und schiebt sich den Riegel in den Mund. Es liegt kein Vergnügen in der Nahrungsaufnahme; hier handelt es sich um die Energiezufuhr eines Sportlers. Mit einer Geste bietet er an, noch einen für sie herauszuholen.

Sie verneint mit einem Kopfschütteln. »Danke, aber ich warte, bis wir zurück sind. Ich wollte mir selbst was mitnehmen, aber dann habe ich mich bei dem Kameratypen aufgehalten.«

»Und, Glück gehabt?«

»Irgendeine Störung im System. Die Aufnahmen sollten sich alle vierundzwanzig Stunden löschen, doch alles ist eine Stunde voreingestellt. Es wird ein paar Tage dauern, bis jemand kommt und das wieder hinkriegt.«

Steed nickt. »Ich habe nachgedacht«, sagt er mit vollem Mund. »Über Delaney, die Inszenierung des Sturzes ... Um das zu tun, muss er gewusst haben, dass Bea auf der Insel war, zudem in der Nähe des Pavillons, sonst wäre der Plan nicht aufgegangen.«

»Tom sagte ja, dass sie in seiner Gegenwart einen Anruf bekommen hätte. Gut möglich, dass sie in Kontakt standen. Wir müssen einen Verbindungsnachweis für alle Legers beantragen ...«

»Schon erledigt.« Steed zögert. »Ich frage mich, was dabei rauskommen wird. Die Dynamik zwischen ihnen ... Es war seltsam, als ich mich mit ihnen unterhielt, nachdem du fort warst. Da scheint es nicht viel Zuneigung zu geben.«

»Du meinst, es wurden keine heißen Tränen vergossen?«

»Nein, das ist es nicht. Tatsächlich waren alle ziemlich erschüttert, als ich ihnen sagte, dass Seth tot sei. Es liefen Tränen, das ganze Programm. Es war mehr ihre Reaktion darauf, als sie erfuhren, dass die Insel Seths Vater gehört. Maya und Caleb quittierten das ziemlich abschätzig.«

»Weil sie keinen Schimmer davon hatten?« Elin stapft weiter und muss über um sich greifende Brombeerranken steigen.

»Auch, aber ich hatte vor allem den Eindruck, dass sie nicht sonderlich angetan von dem Ort sind. Murmelten was von mehr Schein als Sein. Meinten, es wäre nur logisch, dass Seth es nicht an die große Glocke gehängt hat, dass der Laden seinem Vater gehörte, zumal er dem ganzen Online-Hype nicht unbedingt gerecht wird. All dem Wohltätigkeits- und Öko-Kram.«

»Schon komisch, so was in Anbetracht der Nachricht zu sagen, die du ihnen überbracht hast.«

»Genau das war mein Gedanke.« Steed schiebt einen Zweig aus dem Weg und hält ihn fest, bevor er Elin ins Gesicht schlagen kann.

»Haben sie irgendeinen Konflikt zwischen Bea und Seth erwähnt?«

»Nein.«

»Eine unschön geendete Affäre vielleicht?«

»Schon möglich.« Er schiebt sich den letzten Happen seines Proteinriegels in den Mund. »Es will mir einfach nicht in den Kopf, dass er so etwas im Resort seines Vaters abziehen sollte.«

»Aber Jo meinte, dass er versucht habe, aus Ronan Delaneys Schatten zu treten. Ich schätze, ein Vaterkomplex steht definitiv zur Debatte.«

Steed stoppt und sieht sie ernst an. »Falls dem so ist, verstehe ich das auf gewisse Weise. Eltern … können einem zusetzen wie niemand sonst. Mein Vater hat auch nicht gerade Auszeichnungen als Dad des Jahres abgestaubt.«

»Geht mir genauso.« Elin wirbelt Laub mit ihren Schuhspitzen auf.

»Schon scheiße, oder?«, sagt er abrupt und wischt sich mit dem Handrücken über den Mund. »Wenn gerade die Menschen, die dir eigentlich den Rücken stärken sollen, es nicht tun.«

Sie nickt. »Ja, ist es.«

Steed kreuzt ihren Blick, und Elin lächelt. Es ist irgendwie tröstlich, dass jemand anderes eine Tatsache nachvollziehen kann, die sonst tabu ist: Nicht alle Eltern meinen es gut.

Sie gehen weiter. Ein paar Minuten später wird das Blätterdach dünner, größere Brocken des blauen Himmels sind nun sichtbar. »Ich denke, wir nähern uns einer Lichtung oder so.« Elins Blick folgt dem Pfad, der nach rechts abgeht.

Entschlossen schreitet sie voran, um zu sehen, wohin er führt, aber nur wenige Meter darauf bleibt ihr das Herz stehen, als ihr rechter Fuß ins Leere tritt.

51

Auf den Schreck, der ihr Inneres durchfährt, folgt ein plötzlicher Druck um ihre Taille: Steeds Arm, der ihren Sturz aufzuhalten versucht.

Durch den Ruck fällt sie der Länge nach auf den Boden. Sie stößt einen Schrei aus, als ihre Wirbelsäule aufprallt.

Steinchen, die durch ihre Füße losgetreten wurden, prasseln den Abgrund hinab.

»Scheiße«, keucht Elin, ihr Herz hämmert.

Steed stößt ein leises Pfeifen aus, als er ihr auf die Füße hilft. »Jesus, das war knapp.«

Sie recken die Köpfe und spähen die abschüssige Felswand hinunter, die sich vor ihnen aufgetan hat – eine graue Schutthalde, die in einem gewaltigen, ausgehöhlten Kessel mündet.

Sie befinden sich direkt am Rand des Steinbruchs und hatten es nicht bemerkt.

Was eine klare Grenze zwischen Wald und dem Gebiet um den Steinbruch sein sollte, ist überwuchert, Teil des Waldes selbst. Sämtliche natürlichen Markierungen, die darauf hätten hinweisen können, dass einst in der Nähe Stein abgebaut wurde, hatte Wildwuchs überdeckt.

Elin lässt den Blick über den steilen, von Gestein und Schutt übersäten Abhang unter ihr schweifen.

Nichts, was ihren Sturz hätte abfangen können.

Sie hätte jetzt da unten liegen können. Ein etwas größerer Schritt, eine weniger schnelle Reaktion …

»Dein Glück, dass ich da war.« Steed ist um einen heiteren Tonfall bemüht, doch ihr entgeht nicht das Aufflackern von Furcht in seinen Augen.

Sie nickt, die Augen erneut auf den Abgrund gerichtet. »Ziemlich gefährlich, dass es keine Warnzeichen gibt. Der Steinbruch ist zwar ein gutes Stück vom Retreat entfernt, aber die Gäste könnten sich trotzdem so weit vorwagen. Warum hat man keine Schilder angebracht?«

Steed geht nach rechts. »Hier!«, ruft er Sekunden später und winkt sie zu sich. »Hier ist ein Schild.«

Als sie auf ihn zugeht, sieht auch Elin es, es liegt kopfüber im Gestrüpp. Ein offizielles Schild, mehrere Meter breit, aus starrem Plastik gefertigt. Große rote Buchstaben: ACHTUNG! STEINBRUCH. Daneben die symbolhafte Abbildung eines Abhangs.

»Sieht aus, als hätte jemand Sabotage betrieben«, bemerkt Steed, während er auf das untere Ende des herausgerissenen Holzpfostens deutet, an dem das Schild befestigt ist.

Elin registriert die frische Erde am Holz. »Und das erst kürzlich«, bemerkt sie beunruhigt. Ihre Theorie, dass das Puder, das an Bea und Seth gefunden wurde, von hier kommt, ist nicht auszuschließen. Ein weiterer Grund, sich den Steinbruch genauer anzuschauen.

»Und wie kommen wir da runter?« Steed blickt sich um.

Mühsam bahnen sie sich ihren Weg durch das Gestrüpp am Rand des Steinbruchs und halten Ausschau nach einer Route. Sie haben gerade ein Viertel der Strecke zurückgelegt, als Steed ruft: »Hier geht es nach unten.«

Auch sie erkennt den abschüssigen Pfad. Er mag einst aus behauenen Stufen bestanden haben, doch er hat vor der Natur kapituliert.

Als sie unten sind, steuert Elin die Mitte des Steinbruchs an.

Es kommt ihr vor, als sei der Ort gerade erst verlassen worden – ein überstürzter Aufbruch, überall riesige und kleinere Gesteinsbrocken, Reste des Abbaus.

»Probier du es dort.« Elin zeigt nach links. »Ich schätze mal, das hier ist ein klassischer Fall von wir wissen nicht, was wir suchen, bis wir es finden.«

Sie lassen sich Zeit, während sie herumgehen, um nach etwas Ausschau zu halten, das darauf hindeuten könnte, was Seth oder sonst wer hier hätte treiben können.

»Hast du was?«, fragt Elin nach einer Weile. »So wie es bei mir ausschaut, scheint unser Ausflug vergeblich zu sein.«

»Ebenso«, erwidert Steed, bleibt dann aber abrupt stehen. »Obwohl … sieh dir das an. Hier«, sagt er, als sie zu ihm kommt, und deutet auf eine Lücke in dem dunklen Grün, das die hintere Wand des Steinbruchs komplett bedeckt. Der Vorhang aus tief hängendem Efeu wurde offenbar durchbrochen – man sieht ganze Triebe, die herausgerissen wurden.

Steed schiebt ein paar der noch hängenden Efeuzweige beiseite und schreckt zusammen.

Eine Öffnung.

»Das habe ich nun nicht erwartet …«

Elin ist sprachlos – der Efeu verbirgt eine Höhle in der Felswand, etwa einen Meter über dem Grund des Steinbruchs.

Sie ist dunkel, unmöglich zu erkennen, was sich darin befindet. Steed zieht seine Taschenlampe heraus und schaltet sie ein.

Die Öffnung reicht tief, der Lichtstrahl wird umgehend von der Finsternis verschluckt.

»Eine Höhle?«, murmelt Steed.

»Sieht so aus.«

Steed macht sich daran, in die Höhle zu klettern, wobei er nach wie vor die Taschenlampe festhält. Obgleich die Öffnung enger wird und weiter tiefer hinein, biegt sie plötzlich nach rechts ab. »Definitiv eine Höhle. Sieht aus, als würde sie irgendwohin führen.« Er dreht sich um. »Willst du auch reinkommen?«

Elin zögert. Ihr ist beklommen zumute – was, wenn jemand dadrin wartet? Lauert?

Sich blindlings in sie zu begeben, ist riskant, doch gleichzeitig hört sie diese Stimme in ihrem Kopf, eine Stimme, die in ihr nachhallt, seit sie die Insel betreten hat.

Das hier ist es, was du liebst. Warum du diesen Job machst. Genau für das hier – das Gefühl, dich an deine Grenzen zu bringen.

Sie hatte einmal versucht, Will zu erklären, wie es sich anfühlt ... einen Moment wie diesen. Aber Worte können es nicht annähernd erfassen. Es ist berauschend, als würde man nur noch aus seinen Sinnen bestehen und dem Blut, das durch die Adern pulsiert. *Außerhalb von dir selbst.* Vielleicht ist das der Reiz: der Enge im eigenen Kopf zu entfliehen.

Schließlich nickt sie. »Du gehst voran.«

Sobald sie in der Höhle ist, holt sie ihre eigene Taschenlampe hervor, und sie setzen sich in Bewegung. Doch nach ein paar Metern muss Elin heftig husten. Die Luft ist getränkt von etwas Kreidigem, als würde sie reinen Staub einatmen. Sie kann ihn schmecken, ihn spüren, wie er sich auf ihre Lippen, ihre Zunge legt.

Auf einmal verspürt sie ein Engegefühl, als würde sie ersticken. Ihre Lungenflügel ziehen sich schraubstockartig zusammen, als würde sie nach jedem Atemstoß kollabieren. Es ist ein paar Monate her, dass sie ihr präventives Asthmaspray gebraucht hat, aber jetzt ist sein Einsatz berechtigt.

Schnell holt sie ihren Inhalator aus dem Rucksack und drückt fest nach unten. Ein, zwei, drei Stöße.

»Alles okay?«, fragt Steed. »Ziemlich staubig hier ...«

»Alles gut. Nur mein Asthma. Normalerweise komme ich

klar, aber hier ist es extrem.« Als das Spray wirkt, entspannen sich ihre Schultern.

Sobald sich ihre Atmung beruhigt hat, berührt sie leicht die Wand. Ihre Finger sind mit einer feinen Puderschicht bedeckt.

Steed mustert sie. »Meinst du, das könnte das Puder an den Leichen erklären?«

»Schon möglich. Jedenfalls ist das hier ein perfekter Ort, um sein Zeug zu lagern. Kann mir kaum vorstellen, dass hier viel Verkehr ist.«

Sie erreichen die Biegung. Als sie dem letzten Abschnitt folgen, schimmern im Lichtstrahl ihrer Taschenlampen unzählige Staubpartikel.

Die Höhle weitet sich wieder.

Elin schnappt nach Luft.

Augen starren aus der Dunkelheit hervor.

Augen, die sich in ihre bohren.

52

Verschwommene Gesichter blicken sie an – fünf Fotografien, grob an die Wand geklebt.

Elin spürt aufkommende Panik. Sie hebt die Taschenlampe, bevor sie zögernd den Strahl über die Bilder wandern lässt.

Es ist offensichtlich, dass sie schon eine ganze Weile hier hängen. Jedes von einer dicken Schicht Steinmehl bedeckt, das Klebeband an den Rändern gelöst.

»Was zur …?«, beginnt Steed, doch Elin reagiert nicht darauf, den Blick wie gebannt auf die Fotos geheftet.

Nachdem sie sich ein Paar Handschuhe übergezogen hat, macht sie sich daran, behutsam die Puderschicht vom linken Bild zu wischen.

Die Züge treten hervor, doch sie sind verpixelt, körnig, als sei das Foto aus großer Entfernung aufgenommen und dann herangezoomt worden. Elin macht unbeirrt weiter, bis das Gesicht enthüllt ist – ein Pferdeschwanz, ein breites Lächeln, das die schiefen Vorderzähne entblößt.

Ihr Magen krampft sich zusammen. Das Foto eines Mädchens, kaum mehr als dreizehn, vierzehn Jahre alt.

Elin nimmt sich mit wachsender Beklemmung die nächste Aufnahme vor. Sie weiß bereits, worum es sich bei diesen Fotografien handelt. Die Gesichter haben sich in ihr Gedächtnis eingebrannt, in das aller Menschen aus der Gegend.

Sie hat sie unzählige Male gesehen, in Zeitungen, im Fernsehen, auf Blogs.

»Das sind die Jugendlichen, die Creacher 2003 ermordet hat«, flüstert sie.

Eine makabre Ausstellung an der Höhlenwand.

Es sind jedoch nicht die Fotos, die von der Presse verwendet wurden. Es sind heimlich aufgenommene Schnappschüsse; einer der Teenager blickt etwas mürrisch drein, offenbar ohne zu ahnen, dass er fotografiert wird.

Eine weitere herangezoomte Aufnahme zeigt einen der Jungen von der Schulter aufwärts, im Hintergrund ein Gebäude, das Elin augenblicklich erkennt.

Rock House. Die Schule.

»Die Fotos müssen gemacht worden sein, als die Kinder sich auf der Insel aufhielten. Das da hinter ihnen ist die ehemalige Schule.«

Steed mustert sie schweigend, grübelnd, so wie Elin.

Was hat das zu bedeuten? Warum hängen diese Bilder hier?

Gesicht für Gesicht entfernt Elin vorsichtig den Staub von den Fotografien, aber bei der letzten Aufnahme hat sie nicht einmal die Hälfte weggewischt, als sie innehält.

Ihre Finger ziehen sich zusammen.

»Was ist?«

»Ich weiß nicht.« Sie stockt. »Dieses Mädchen … Ich erkenne sie nicht als eines der Creacher-Opfer. Ich dachte, es wären nur vier.« Sie erinnert sich an die Zeitungen, die die Porträts abgedruckt hatten: die beiden Mädchen oben, die Jungs darunter. Es waren vier, da ist sie sich sicher. »Vielleicht irre ich mich auch … es ist lange her.«

Elin will ein Foto von ihrer Entdeckung machen, als das Licht der Taschenlampe an etwas anderem hängen bleibt, direkt unterhalb einem der Bilder.

Ein Stein.

Als sie näher tritt, löst sich ein weiterer aus dem Dunkel.

Sie geht von Bild zu Bild.

Ein Stein unter jedem Foto.

Elin macht einen Schritt vor, dann wieder zurück, unsicher, ob sie sich die Präzision, mit der die Steine arrangiert wurden, nur eingebildet hat. Doch als sie es sich noch einmal anschaut, ist es offenbar: Ihre Anordnung ist nicht zufällig.

»Das ist merkwürdig«, meldet sich Steed mit belegter Stimme.

»Stimmt.« Sie geht in die Hocke, richtet den Lichtstrahl auf den Stein unter dem ersten Foto. »Ich …« Aber sie verstummt, die Worte ersterben noch in ihrem Mund.

Der Stein hat eine bestimmte Form, wurde ganz offenbar bearbeitet, um Mulden und Wölbungen herzustellen.

Sie hält die Taschenlampe weiter darauf gerichtet, da sie es nicht laut aussprechen will, bevor sie sich nicht sicher ist.

Bildet sie sich das nur ein? Sieht sie etwas, das gar nicht da ist?

Sie bewegt das Licht sorgsam über die Oberfläche des Steins.

Nein, keine Einbildung.

Es lässt sich nicht daran rütteln: Der Stein wurde bearbeitet, um den Reaper's Rock darzustellen. Grob behauen, um ihm den Umriss, den leichten Schwung der Sense zu verleihen.

Elin weicht unwillkürlich zurück.

Diese Steine stehen in Verbindung zu dem Felsen. Zu allem, was er darstellt. *Der Sensenmann.*

Der in Stein gemeißelte Tod, hier in dieser Höhle.

Sie versucht, ein Foto zu machen, doch das Smartphone entgleitet ihr in der schwitzigen Hand.

Es schlittert über den Boden. Als sie danach Ausschau hält, erleuchtet ihre Taschenlampe schwach den sie umgebenden Raum. Noch mehr Höhlenwände, die sich tiefer in die Finsternis erstrecken.

»Schau mal«, sie bückt sich, um ihr Handy aufzuheben. »Es geht noch weiter hinein …«

Vorsichtig bewegen sie sich vorwärts, wobei sie das Licht langsam umherschweifen lassen. Nach ein paar Metern machen sie wieder etwas an den Wänden aus.

Noch mehr Fotografien.

Es liegt nicht ganz so viel Staub auf ihnen wie auf den ersten fünf; die Gesichtszüge sind deutlich, ohne etwas wegwischen zu müssen.

Bea. Seth.

53

Als Hana wieder auf die Terrasse hinausgeht, findet sie Caleb auf einer der Bänke am Pool. Ein unregelmäßiger Sonnenbrand überzieht seine Haut, nur die Seiten seiner Beine sind rot, als hätten sie Schläge abbekommen.

Sie drückt ihm ein Glas Wasser in die Hand. »Dachte, du könntest was zu trinken gebrauchen.« Sie wirft einen Blick auf das Handy in seinem Schoß. »Was tust du da?«

»Morbider Unsinn. Schaue mir Fotos von Bea an.« Seine Stimme bricht.

Hana nickt. Sie hat gestern Abend dasselbe getan. Als würde das Betrachten der Bilder ihrer Schwester sie zurückbringen, sie wieder real machen.

»Wie hältst du dich?«

Caleb zuckt mit den Achseln, nimmt einen Schluck von dem Wasser. Seine Finger, die das Glas umfassen, zittern, als er es an seinen Mund führt. »Es ist die reinste Marter, oder? Jemandes Vorstellung eines kranken Scherzes. All diese Schönheit …« Er deutet um sich, und Hana kann es sehen: das türkisfarbene, im Sonnenschein glitzernde Wasser, die Zweige der Kiefern über ihnen, die sich sanft in der Brise wiegen. *Es ist wahr.* Es ist, als würde diese Schönheit sie verspotten.

»Anscheinend aber nicht mehr lange. Ein Sturm ist angesagt.« Sie deutet zum Himmel. »Wolken ziehen auf.« Dunkle Quellwolken zeigen sich vereinzelt in der Ferne. Hana ist froh. Es ist das, was dieser Sommer, diese Insel, sie alle benötigen: Erlösung.

Er folgt ihrem Blick, bevor er zur Villa schaut. »Wo sind Jo und Maya?«

»Auf ihren Zimmern. Glaube nicht, dass ihnen nach Geselligkeit zumute ist.« Hana setzt sich an den Tisch am Pool, kippt den Sonnenschirm so, dass sie vollkommen im Schatten sitzt.

Caleb legt sein Handy weg, um sich neben sie zu setzen. Er verhakt die Füße um die Tischbeine, scheint jedoch unschlüssig, was er mit seinen Armen anstellen soll. Er verschränkt sie und löst sie wieder. »Und du? Wie fühlst du dich?«

»Wahrscheinlich genauso wie du. Das Ganze bringt mich zu dem Moment mit Liam zurück, als die Welt einfach … stehen zu bleiben schien. Dann die Orientierungslosigkeit. Du fängst an, alles *vor* diesem Moment als einen anderen Ort zu denken. Die Welt danach … es ist, als hätte sich ihre Achse verschoben.«

Caleb schweigt eine Weile, bevor er seinen Blick hebt. »Bea wollte für dich da sein, weißt du, nach dem, was mit Liam passiert ist. Sie wusste, dass sie dich im Stich gelassen hatte.« Seine Stimme ist belegt. »Ich glaube, sie hatte vor, mit dir darüber zu sprechen, kam aber nicht mehr dazu.«

Hana blinzelt. »Ich war überrascht. Es schien, als wäre sie vom Radar verschwunden. Aber es war ja nicht nur sie. Die meisten Leute waren auf einmal weg. Ich habe mich nie einsamer gefühlt.« Es fällt ihr schwer zu schlucken, als hätte sich ihre Kehle zugezogen. »Das ließ mich alles und jeden infrage stellen. Wenn sie nach so etwas nicht für mich da sein konnten, wann dann?«

Caleb neigt den Kopf. »Ich verstehe das, und ich versuche nicht, sie zu entschuldigen. Aber ich vermute, dass Bea Probleme hatte, dich in diesem Zustand zu sehen, mit diesen vielen Emotionen.«

»Und sagte sie je, weshalb es ihr Schwierigkeiten bereitete?«

»Nicht explizit, aber ich weiß, dass sie traumatisiert war, von dem Brand damals, von dem, was mit Sofia passierte. Ich glaube, als Liam starb, triggerte das etwas bei ihr. Ich bin mir ziemlich sicher, dass das der Grund war, warum sie es sich nicht erlauben konnte, nah bei dir zu sein.«

Ein Schwarm Mücken schwirrt hinter ihm in der Luft, zu unruhig, um ein Ziel zu haben. Caleb wedelt ihn ungehalten weg.

»Wir waren alle traumatisiert«, bestätigt Hana. »Aber als Kind versteht man das nicht richtig. Die Leute nehmen an, man kommt darüber hinweg. Aber dann passiert etwas als Erwachsener, und das Ganze kehrt zurück, mindestens so gewaltig wie zuvor. Selbst Maya sehe ich an, dass es ihr heute noch zu schaffen macht. Jo nicht anders, all die hektische Betriebsamkeit …«

»Und wie hält sie sich nach dem, was mit Seth geschehen ist?«

»Nicht gut, aber ich schätze, das ist nicht anders zu erwarten.«

Caleb will etwas von sich geben, schweigt aber schließlich. *Er versucht, den Mut aufzubringen, etwas zu sagen.* Endlich sieht er ihr in die Augen. »Wissen wir denn mittlerweile mehr darüber, was sich ereignet hat?«

»Nicht wirklich, die Ermittler haben kaum Details preisgegeben.«

Eine weitere betretene Pause. »Es ist nur so, Jo und Seth … sie haben sich gestern Abend gestritten. Mein Zimmer liegt neben ihrem. Es hörte sich ziemlich heftig an.«

»Konntest du hören, worum es ging?«

Er zupft an seinen Haaren, offenbar widerstrebt es ihm, mehr zu enthüllen.

»Du kannst es mir schon sagen«, schiebt sie hinterher. »Ich hege nicht die Illusion, ich hätte die perfekte Familie.«

»Ich hörte Seth, wie er meinte, dass Jo die Villa verlassen hätte.«

»In der Nacht, als Bea ankam?«

»Ja.« Er schluckt schwer. »Es klang wie: ›Du musst ihnen sagen, dass du es warst, die die Villa verlassen hat. Wenn sie es auf anderem Weg erfahren …‹«

Hana sieht ihn sprachlos an.

Es war Jo, die die Villa in der Nacht von Beas Tod verlassen hat.

Lange hing diese Frage in der Luft, dabei war sie es gewesen.

»Bist du sicher?«

»Absolut.«

Für Caleb und sie ist das eine gemeinsame Erkenntnis: Sie haben das Gehörte gleichermaßen interpretiert.

54

Eine Weile sagt keiner von ihnen etwas.

Elins Atem geht flach, ihr Herz pocht. Wie ferngesteuert hält sie ihre Taschenlampe nach unten, doch sie weiß bereits, was sie dort finden wird.

Zwei weitere Steine, sie liegen unmittelbar unter Beas und Seths Fotos.

»Was zur Hölle ist das?«, fragt Steed stockend.

»Na ja, entweder dokumentiert jemand aus Spaß die auf dieser Insel getöteten Menschen, quasi als makabre Strichliste, oder die beiden Fälle ... sind verknüpft. Für mich deutet dies auf eine Fortführung von dem hin, was mit den Morden an diesen Teenagern begann ...« Ihre Stimme bricht, als sie die Steine unter den Bildern erneut betrachtet.

»Du denkst, dass Bea Legers und Delaneys Tod mit den Creacher-Morden zu tun haben könnten?«

Elin nickt, während sie den Lichtstrahl zwischen den beiden Fotoreihen hin und her wandern lässt. Eine Generation auseinander, doch gemeinsam an der Wand. »Und wenn dem so ist, bin ich das Ganze völlig falsch angegangen. Was auch immer das Motiv ist, es hat nichts mit Drogen zu tun.«

Hier geht es um Tiefgründigeres, überlegt sie, um etwas, das in Beziehung zu dem Felsen steht, der so unheilvoll über der Insel aufragt. Hat der Mörder an den angeblichen Fluch angeknüpft, an die Vergangenheit der Insel, ihre Gestalt benutzt, um ein krankes Motiv zu konstruieren?

Steed richtet seine Taschenlampe auf die Fotos von Bea und Seth. »Die sehen recht neu aus.«

Elin mustert sie genauer, und ihr wird klar, dass sie im Retreat aufgenommen wurden. Die Lodge ist im Hintergrund sichtbar, weiterhin die verschwommenen Umrisse der sie umgebenden Bäume. Wie bei den Creacher-Opfern wussten Bea und Seth nicht, dass sie fotografiert wurden.

»Aber ich verstehe nicht, wie das möglich sein soll«, fährt Steed fort. »Creacher ist im Gefängnis, oder nicht?«

»Ja. Lebenslänglich weggesperrt, aber ...« Im Geiste geht sie es noch mal durch – ihre Erinnerungen an den Fall, die Gerüchte, denen sie bislang keine Bedeutung beigemessen hatte.

»Was denkst du?«, hakt Steed nach.

»Ich kenne die Details von damals nicht, aber ich erinnere mich noch an die Schlagzeilen, an das Gerede: ›Haben sie den Richtigen erwischt?‹ Seither habe ich noch einiges mehr gehört. Creacher beharrte immer auf seiner Unschuld, und es gab Zweifel an seiner Verurteilung.« Zweifel, die sie jetzt ungleich ernster nimmt.

»Wenn sie mit Creacher falschlagen«, sagt Steed, »und wenn der Tod von Leger und Delaney mit den Morden an den Teenagern in Verbindung steht, warum jetzt, nach all den Jahren?«

»Ich weiß, das ist eine ziemlich große Lücke.« Elin schaut sich mit wachsender Sorge um, als ihr bewusst wird, wie sehr sie sich verkalkuliert haben.

Steed tritt näher an das Foto von Seth heran, mustert es eingehend. »Und warum Seth Delaney und Bea Leger? Meinst du, es besteht die Möglichkeit, dass sie die Jugendlichen von damals kannten? Oder gab es andere Parallelen zwischen ihnen?«

»Vielleicht, aber es bestehen keine Ähnlichkeiten im Verhalten des Täters oder der Täterin. Die Jugendlichen wurden niedergestochen, hatten Messerwunden.«

»Was ist mit einem Trittbrettfahrer?«, schlägt Steed vor. »Jemand, der sich auf die Creacher-Morde eingeschossen hat? Oder wie du vorhin festgestellt hast, jemand, der die grausamen Vorkommnisse auf der Insel fetischisiert?«

»Schon möglich.« Ihr Bauchgefühl sagt ihr aber etwas anderes, dies hier ist nicht das Werk eines Nachahmers. »Aber offenbar wurde diese Höhle schon seit geraumer Zeit genutzt. Diese Fotos von den Creacher-Opfern hängen hier seit Jahren, und die Steine ... es ist ziemlich vielsagend, *wie* sie aufgestellt wurden.«

Steed runzelt die Stirn. »Unter den Fotos, meinst du?«

»Ja, und dann die Tatsache, dass es einen für jedes Foto gibt. Sie ähneln dem Felsen, aber es ist, als wären sie« – sie sucht nach den richtigen Worten –, »als seien sie als eine Art Kerbholz verwendet worden. Oder als eine Trophäe, um jede Tötung zu feiern. Würde man sich die Umstände machen, wenn es einem nicht wirklich wichtig wäre?«

»Und überall dieses Steinmehl.« Steed deutet um sich. »Allein, dass es so viel davon gibt. Ich frage mich, ob dieser Raum nicht als Werkstatt benutzt wurde.«

»Um die Steine zu behauen?«

»Ja. Da steckt doch eine Absicht dahinter. Jemand mit einer Mission.«

Elin dreht sich um, um sich weiter umzusehen, als ihr Fuß an etwas hängen bleibt, einer Art Stoff. Sie richtet die Taschenlampe auf den Boden.

Der Schein der Lampe erleuchtet dunklen, schweren Stoff. Als sie den Strahl bewegt, erkennt sie deutlich eine Kapuze.

Eine Art Umhang.

Dieser Umhang, den sie da betrachtet, ist mit dem Sensenmann verknüpft. So wie er gewöhnlich dargestellt wird: mit einem schwarzen Mantel, der auch sein Gesicht verhüllt. Mit diesem Aussehen ist er Sinnbild für den Tod und die Dunkelheit, die er bringt.

Könnte das Teil der krankhaften Wahnvorstellungen des Mörders oder der Mörderin sein?

Bei einem Serientäter wäre das zumindest nicht ungewöhnlich – er schlüpft in die Rolle einer mächtigen, gottgleichen Figur, überzeugt davon, das Recht zu haben, über Leben und Tod zu bestimmen.

Die Galle steigt ihr hoch, als ihr das Grauen dieses Ortes in seinem ganzen Ausmaß bewusst wird, die Erkenntnis, dass jemand in diesem Umhang für all diese Tode verantwortlich ist und erst kürzlich hier war. Nicht nur, um die jüngsten Fotos an die Wand zu kleben, sondern um makabre Objekte aus Stein zu meißeln und sie unter ihnen zu platzieren. Sie muss an das weiße Pulver denken, das sie bei Seth und auch an Beas Leiche gefunden hatten.

Je länger sie den Stoff anschaut, desto mehr scheint es ihr, der Umhang würde sich bewegen. Es überkommt sie eiskalt.

Einen Moment lang glaubt sie jedes Wort, was die Leute sich im Flüsterton über diese Insel erzählen.

Die Gerüchte. Den Fluch.

Sie kann es fühlen, es in der Luft schmecken – das Böse im Herzen dieser Insel. Was Michael Zimmerman sagte, war richtig. *Etwas ist durch und durch verdorben hier.*

Was auch immer es ist, es will sie nicht hier haben. Es wird auch vor nichts zurückschrecken, bis sie fort sind.

Überwältigt von einer mächtigen Furcht, spürt sie ihr Herz in der Kehle schlagen.

Raus. Raus. Sie muss hier raus.

55

Elin läuft den Weg zurück, den sie gekommen sind, stolpert bei ihrem überstürzten Aufbruch nach draußen. In ihrem Kopf herrscht ein großes Chaos: der Umhang, die Steine, die Fotos. Sie nimmt nichts wahr außer dem schmalen Spalt Sonnenlicht, der die Höhlenwände mit Silberstreifen überzieht.

Elin prescht durch die Öffnung, springt auf den Grund des Steinbruchs hinab. Die Sonne nach dem Dämmerlicht in der Höhle ist geradezu brutal, doch Elin bleibt nicht stehen, fieberhaft rennt sie auf den Pfad zu.

Hinter ihr hört sie Schritte; Steed ruft ihren Namen, doch Elin nimmt es kaum wahr. Sie klettert aufwärts, wobei sich Steinbrocken unter ihren Fingern lösen.

Vor Anstrengung spürt sie bereits ein tiefes Brennen in der Lunge, doch sie hastet weiter.

Endlich erreicht sie den Rand des Steinbruchs, das Grün, das sie bei ihrem Kommen niedergetrampelt haben. Sie mobilisiert ihre letzten Reserven und rennt erneut los, doch innerhalb kürzester Zeit ist ihr gesamter Körper nur noch ein einziger Schmerz, ihr Top schweißgetränkt.

Sie bleibt stehen, geht in die Hocke, legt den Kopf in ihre Hände, wobei die Worte ihres Vaters in ihrem Kopf nachhallen.

Du bist ein Feigling, Elin. Ein Feigling.

»Hey …« Steed hat sie eingeholt, er hält noch immer die Taschenlampe in der Hand. »Was ist los? Brauchst du deinen Inhalator?«

Elin schüttelt den Kopf. »Ich konnte nicht mehr da in der Höhle bleiben, ich …« Sie verstummt, als das Brennen an ihren Händen und Unterarmen zur ihr durchdringt. Dünne Kratzer ziehen sich kreuz und quer über ihre Haut.

»Du musst dich nicht erklären. Das da drin war furchterregend.« Steeds Stimme schwankt hörbar. »Noch eine Minute länger, und ich wäre auch losgerannt.«

Als sie den Blick hebt, sieht sie es in seinem Gesicht: Angst.

Er hat es ebenfalls gespürt. Die Präsenz von etwas Bösem in der Höhle.

»Aber wenn man mit so etwas konfrontiert wird, interpretiert man unweigerlich eine Menge Dinge hinein.«

Elin nickt, spielt mit, denn das ist einfacher. Einfacher für sie beide. Es ist ihnen eingetrichtert worden. Rationalität. Logik. Fakten.

Steed holt eine Dose Cola aus seinem Rucksack und reicht sie ihr. »Ich weiß nicht, wie es dir geht, aber ich bin ziemlich ausgepowert.« Er wirft einen Blick auf seine Uhr. »Schon kurz nach zwei.«

»Danke«, murmelt sie, und als sie seinem Blick begegnet, muss sie lächeln. »Du hattest recht mit dieser Pfadfindersache …«

»Hab ja auch alle meine Abzeichen.« Steed macht sich rasch daran, eine weitere Dose hervorzukramen.

Als Elin den Dosenring zurückzieht, kehrt sie zurück in die Normalität und kann spüren, wie ein Teil des Schreckens langsam abflaut. Sie hat die Dose noch nicht ganz geöffnet, als die Cola hervorzischt und sich in einem Schwall über den Deckel ergießt. Sie hält die Dose ein Stück weg und schlürft am Rand, um alles aufzufangen.

Steed lacht. »Hätte dich vorwarnen sollen. Musste ganz schön rennen, um dich einzuholen.«

Sie kann immer noch die Galle in ihrem Mund schmecken, die sie nun mit der Cola wegspült. Die Wirkung des Zuckers setzt sofort ein, beruhigt sie.

Noch ein paar große Schlucke, und sie spürt, wie ihre Atmung sich wieder normalisiert.

»Besser?«

Sie nickt. »Bevor wir die Zentrale anrufen, möchte ich deine Sicht auf die Dinge hören. Dadrin war alles etwas diffus.«

»Sollen wir dabei gehen?«

Elin bejaht, doch sie stellt rasch fest, dass es anstrengend ist, gleichzeitig sich zu bewegen und zu reden. Trotz des beim Aufstieg freigetrampelten Pfads fühlt es sich an, als müssten sie sich erneut durchs Unterholz kämpfen. Durch den Zucker spürt sie die ersten Anzeichen von Hunger, während sie über einen umgestürzten Baumstamm klettert.

»Was waren die Beweise, die gegen Creacher sprachen?«, fragt Steed, bevor er einen großen Schluck aus seiner Dose nimmt.

»Aus dem Stegreif kann ich das nicht sagen, aber ein Kollege, der an dem Fall gearbeitet hat, meinte, dass es anfangs sehr schwierig war. Sie hatten so gut wie nichts in der Hand.«

»Wer war der zuständige Ermittler?«

»Johnson. Mittlerweile ist er im Ruhestand. Weit vor deiner Zeit.« Johnson, der zielstrebige Detective Sergeant mit den kupferroten Haaren, hatte eine Ernsthaftigkeit an sich, die den Leuten gehörig auf die Nerven gegangen war; aber er war auch gewissenhaft, tüchtig, ein detailversessener Ermittler, der sämtliche Arbeiten übernommen hatte, die andere Kollegen, Elin eingeschlossen, nur zu gern vermieden. Elin erinnert sich noch gut an seinen Frust, als sie eines Tages nach Feierabend im Pub mit ihm über die Creacher-Morde gesprochen hatte. Der Fall hatte ihm sichtlich zugesetzt. »Er meinte, dass der Druck enorm war, alle wollten einen Täter.«

»Das ist bei solchen Fällen immer so.«

Einen Moment lang schweigen beide; keiner von ihnen muss aussprechen, was das bedeutet. *Jugendliche, bei einem Schulausflug abgeschlachtet.* Die psychische Belastung, den Schuldigen zu finden, muss immens gewesen sein. Das sind die Situationen, in denen Fehler passieren. Abkürzungen genommen werden. Elin schluckt schwer, da ihr die Vorstellung zu schaffen macht, dass dadurch dem wahren Täter womöglich die Freiheit geschenkt wurde, erneut zu töten.

Steed nimmt einen weiteren Schluck. »Ich glaube, das wäre mein größter Albtraum, die falsche Person wegzusperren. Das würde mich ewig verfolgen …«

»Mich auch. Ich werde Johnson anrufen, sobald wir in der Lodge sind, mal sehen, ob er uns was Aufschlussreiches sagen kann.« Es ist nicht unbedingt die Vorgehensweise, die sie einschlagen sollte, um an Informationen zu gelangen. Aber Johnson hatte nicht nur seine Bedenken zum Fall Creacher geäußert, sondern sie pflegten auch ein kollegiales Verhältnis, weshalb er sie wahrscheinlich auch nicht abwimmeln würde. Falls es echte Zweifel an Creachers Verurteilung gab, wird er es wissen.

Als sie weiter vorwärtsstapfen, raschelt es in den Bäumen. Nur ein Vogel, der zwischen den Ästen hindurchschwirrt, doch Elin gerät ins Straucheln, ihr Knöchel knickt um.

Steeds fängt sie auf. »Hey … pass auf …«

»Ich bin einfach sehr müde.« Elin spürt, wie das Adrenalin abebbt, der kurze Kick weicht einer schrecklichen Mattigkeit, das Hungergefühl wird drängender, beharrlicher.

»Das Timing gibt mir nach wie vor zu denken«, bemerkt Steed, als sie weitergehen. »Wenn es sich bei der Person, die Bea und Seth ermordet hat, um dieselbe handelt, die diese Teenager auf dem Gewissen hat, muss es einen Auslöser gegeben haben, nach all den Jahren noch mal zur Tat zu schreiten. Es ist ja nicht unbedingt normal für einen Serienkiller, sich zwei Jahrzehnte freizunehmen.«

»Vielleicht jemand, der eingesperrt war und gerade entlassen wurde. Wir werden sämtliche Anwesende hier durchleuchten müssen, um herauszufinden, ob jemand von ihnen zur Zeit der Creacher-Morde auf der Insel war. Und sämtliche Namen, die mit dem Fall zusammenhängen – Kinder, Lehrer, Betreuer. Ganz gleich, in welcher Verbindung.«

»Ich klemme mich dahinter. Fällt dir jemand auf Anhieb ein?«

Elins Gedanken sind sofort bei Michael Zimmerman, aber was hat sie als Anhaltspunkt? Die Tatsache, dass er sie ein paarmal seltsam angeschaut hat? »Nein, aber im Hinblick auf das, was wir in dem verlassenen Schuppen gefunden haben, können wir nicht ausschließen, dass jemand nicht im Retreat logierte und sich illegal Zugang zu der Anlage verschafft hat.« Sie zögert. »Sicher ist jedoch, dass derjenige, den wir suchen, eine Faszination für den Felsen hegt, den angeblichen Fluch. Ich bin keine Expertin im Erstellen von Täterprofilen, aber höchstwahrscheinlich leidet er unter einer wahnhaften Störung, vielleicht einer Psychose. In einer psychotischen Episode kann so jemand Halluzinationen erleben, Stimmen hören, die ihn anweisen, etwas zu tun.«

»Vom Sensenmann?«

»Ist nicht auszuschließen, vor allem, nachdem wir diesen Kapuzenumhang gefunden haben. Es wäre zumindest ein plausibles Motiv – jemand tötet, weil er denkt, dass es ihm aufgetragen wurde.«

Steed schiebt die leere Dose in ein Seitenfach seines Rucksacks. »Verstehe. Aber jemand, der unter Wahnvorstellungen leidet, wäre doch kaum in der Lage, eine Tat in dem Maße zu planen, wie wir es bei Bea und Seth gesehen haben?«

»Du hast recht.« Sie überlegt. »Das Vorgehen wäre normalerweise chaotischer. Das würde eher zu den Teenager-Morden passen, wo es sich den Berichten nach um ein Gemetzel handelte. Aber nicht zu Bea und Seth.«

»Was, wenn es sich doch um einen Nachahmer handelt, jemand, der von Creacher inspiriert wurde? Könnte immerhin die Abweichungen erklären.« Er zuckt mit den Achseln. »Oder es handelt sich um mehr als eine Person.«

Elin ist sich unschlüssig. Die Funde in der Höhle deuten auf eine gewisse Kontinuität hin. Jemand, der das fortführt, was mit den Creacher-Morden begann. »Kann sein, aber ich frage mich, ob es vielleicht gar nicht so wichtig ist, *wie* sie ermordet wurden, sondern *dass* derjenige es getan, dokumentiert und zelebriert hat.«

»Wie auch immer«, sagt Steed, »wir wissen jedenfalls, dass der Täter die Tötung von Bea und Seth mit Bedacht geplant hat, um uns in eine andere Richtung zu locken.«

»Um sich Zeit zu verschaffen, erneut zuzuschlagen.«

Einen Moment lang sagt keiner von beiden etwas – die Erkenntnis dessen, was das zu bedeuten hat, lastet zu schwer.

Der Mörder ist noch nicht fertig.

56

Hana kann sich kaum beherrschen, während sie im Flur vor den Schlafzimmern auf und ab geht, getrieben von einer Energie, von der sie nicht weiß, wohin damit.

Calebs Worte über den Streit zwischen Seth und Jo wirbeln durch ihren Kopf: *Du musst ihnen sagen, dass du es warst, die die Villa verlassen hat.*

Jo hat die Ermittler angelogen, sie alle angelogen.

Die Gedankenspirale dreht sich weiter ... Bilder tauchen auf, die keinen Sinn ergeben. Sie weiß, dass Bea gestürzt ist – die Polizistin hat das schließlich bestätigt –, doch sie kann die Fragen, die sich in ihrem Inneren auftürmen, nicht ignorieren.

Hat Jo in der Nacht die Villa verlassen, um sich mit Bea zu treffen? Haben sie gestritten? Was, wenn ...?

Hana weiß, es wird nicht aufhören, bis sie Jo zur Rede stellt. Antworten bekommt.

Sie muss es jetzt tun, bevor sie sich wieder davon abbringt.

Sie klopft an die Tür. Dabei schiebt sie sie ein Stück weit auf und enthüllt einen schmalen Streifen des Zimmers: Parkettboden, eine umgedrehte Birkenstock-Sandale ... Die Tür stand bereits offen.

»Jo?«

Keine Antwort.

»Jo? Bist du da?« Als Hana um die Tür späht, stellt sie fest, dass das Zimmer leer ist. Nur Klamottenstapel sind auf dem

Bett verstreut – Jumpsuits, Shorts –, so als habe Jo schon mit Packen angefangen.

Sie will sich gerade wieder zurückziehen, als ihr Jos Handy ins Auge fällt, das neben dem Bett eingesteckt ist.

Ein Gedanke schießt ihr durch den Kopf: *Sie könnte doch nachsehen, oder?*

Es ist etwas, das sie sonst niemals in Betracht ziehen würde, aber diese letzten Tage haben etwas mit ihr gemacht. Es ist, als hätte der Ausflug hierher etwas Neues von ihr zutage gefördert.

Sie schlüpft durch die Tür, durchquert das Zimmer und bleibt neben dem Bett stehen.

Seth. Er ist überall. Seine Kleidung hängt im Schrank, die Veja-Sneakers liegen unter dem Bett, das Portemonnaie auf dem Nachttisch. Trotz des anfänglichen Wagemuts schlägt ihr das Herz nun bis zum Hals.

Selbsttadel: *Dies ist ihr privater Bereich. Was du machst, ist falsch, vor allem nach dem, was passiert ist.*

Doch Hana stählt sich innerlich. Keine Schuldgefühle mehr. Genau das hat sie in der Vergangenheit bei allem zurückgehalten – die Angst, etwas anderes als lieb und nett zu sein, immer in Sorge, was die Leute von ihr denken könnten.

Mit einem raschen Blick zur Tür greift sie nach dem Handy und zieht es vom Kabel. Gesichtserkennung ist ausgeschlossen, aber auch nicht nötig – Hana hat Jo schon oft beim Eintippen der PIN gesehen: die ersten vier Ziffern ihrer alten Festnetznummer plus ihr Geburtsmonat.

Sobald sie das Telefon entsperrt hat, tippt sie auf das Whats-App-Symbol – WhatsApp ist Jos präferierte Nachrichtenplattform. Wenn sich etwas finden lässt, dann hier.

Als sie Jos Nachrichten an Seth durchscrollt, findet sie nur banale Nachrichten:

Seth: Wo bist du?
Jo: Bin joggen.
Seth: Wir gehen frühstücken.
Jo: Ich mach nicht lang …

Keinerlei Erwähnung von Beas Ankunft am Abend zuvor.

Hana kehrt zu der Liste mit den Chats zurück. Ihre Augen huschen über die Namen, bleiben jedoch nur an einem hängen: *Bea*. Sie überfliegt den Austausch, sieht aber sofort, dass es sich nicht um Nachrichten handelt wie jene zwischen Jo und Seth.

Bissige, aggressive Anspielungen – der online fortgeführte Wortwechsel eines vorangegangenen Streits:

Bea: Du musst es Hana sagen.
Jo: Das geht dich nichts an.
Bea: Wenn du es ihr nicht sagst, dann werde ich es tun. Es wird sie fertigmachen, aber wenn sie es von jemand anderem erfährt, wird es noch schlimmer sein.

Hektisch scrollt Hana weiter. Jetzt ist klar, dass Jo sie vorhin angelogen hat. Worum auch immer sie und Bea sich gestritten haben, es hat zu dem Brief geführt, den sie auf dem Landungssteg gefunden hat. Offenbar hat die handschriftliche Notiz nichts damit zu tun, dass Jo sie nach Liams Tod nicht unterstützt hat.

Jo verheimlicht noch etwas.

Eine furchtbare Leere tut sich in Hanas Innerem auf. Denn das ist es, was Lügen mit einem anstellen, denkt sie benommen – einen von innen her aushöhlen. Ein solides Band zwischen zwei Menschen wird zerstört, und alles, was einem bleibt, ist die Hülse.

Hana wirft das Handy auf den Nachttisch, sieht zu, wie es über die Oberfläche schlittert und zu Boden kracht.

Sie will es aufzuheben, doch als sie das tut, bleibt ihr Blick an etwas hängen, das aus der Lücke zwischen Jos Matratze und dem Bettrahmen herausragt.

Entsetzt schlägt sie sich die Hand vor den Mund.

57

Ich kann Johnson nicht erreichen«, berichtet Elin. »Immer geht sofort die Mailbox ran.«

»Er wird schon zurückrufen«, murmelt Steed. »In der Zwischenzeit habe ich eine Liste aller Personen bekommen, die sich noch auf der Insel aufhalten. Die Dame an der Rezeption steht dir in gnadenloser Effizienz in nichts nach.« Er schenkt ihr ein Grinsen, das aber erlischt, als sie es nicht erwidert. »Diese Miene gefällt mir ganz und gar nicht. Was ist los?«

Elin bleibt ein Stück vor dem Empfangstresen stehen. »Bevor ich Johnson anrief, habe ich mit der Einsatzleitung telefoniert. Wie es aussieht, sind wir noch eine Weile auf uns allein gestellt. Das komplette MCIT ist bei einem aktuellen Mordfall in Barnstaple eingespannt, zudem gibt es mehrere Großeinsätze in Exeter.«

Er hebt eine Augenbraue. »Gleich mehrere?«

»Ja … eine tödliche Massenkarambolage und ein Feuer in einem Einkaufs- und Wohnkomplex. Die Leute sitzen im Gebäude fest. So wie es klingt, sind sämtliche uniformierten und freiwilligen Einsatzkräfte dort angerückt. Die lokale Polizei ebenfalls. Sie werden sich also in jedem Fall verspäten.«

Steed fährt sich mit der Hand durchs Haar. Er wirkt nervös, was ungewöhnlich ist für ihn. »Und was sollen wir jetzt tun?«

»Das Retreat schließen. Alle zusammentrommeln. Außerdem muss ich Farrah finden, denn auch bei ihr lande ich auf der Mailbox.« Sie schaut auf ihr Handy. »Ich versuche es noch mal.« Aber sie stockt, als sie eine Nachricht auf dem Display liest.

Sie braucht einen Moment, um zu verstehen, worum es sich handelt.

Eine Nachricht von Will.

Es gab einen weiteren Tweet. Hab dir den Screenshot geschickt.

Elin wappnet sich innerlich, bevor sie das Foto anklickt. Aller Mut weicht von ihr.

Unglaube. Angst. Ekel. Emotionen, die auf sie einprasseln.

Wieder ist Elin zu sehen, aber im Gegensatz zum letzten Foto stammt dieses nicht von einer öffentlichen Webseite. Es zeigt sie am Strand, im Neoprenanzug, zusammen mit ihrer Freundin Astrid.

Sie lachen beide in die Kamera, doch der glückliche Tag wurde verschandelt. Auf übelste Art.

Nein. Nein.

Wieder hat man sich über ihre Augen hergemacht – Kratzer in einem wilden Zickzack.

»Was ist es?«, erkundigt Steed sich besorgt.

»Ein Tweet.«

Er runzelt die Stirn. »Über das, was hier gerade abläuft?«

Kopfschüttelnd berichtet sie von dem anderen Tweet, zeigt auch das erste Foto. »Das hier ist irgendwie schlimmer. Es wurde von einer Freundin aufgenommen. Jemand muss ihre Social-Media-Profile durchstöbert haben.« Diese Tatsache ist fast genauso schrecklich wie das, was mit dem Bild selbst angestellt wurde. Es ist, als hätte jemand ihr die Erinnerung an jenen Tag weggenommen und wäre brutal darauf herumgetrampelt. Eine Schändung.

»Verdammte Trolle.« Steed schnaubt. »Es ist kein Trost, aber eine Kollegin von mir hat vor ein paar Jahren etwas ganz Ähnliches erlebt. Nicht mit Fotos, aber irgendwer schickte ihr schräges Zeug nach Hause. Sie erstattete Anzeige, was der Sache einen Riegel vorschob.« Er zögert. »Ist wahrscheinlich nichts Persönliches.«

Elin schließt das Foto. »Du hast recht. Falls es noch mal passiert, werde ich das auch tun, aber für den Augenblick heißt es abwarten. Wir müssen erst Farrah finden und alles für die Schließung des Resorts in die Wege leiten.« Sie versucht Zuversicht zu vermitteln, die sie nicht spürt. Und während sie zur Rezeption geht, bleiben ihre Gedanken bei dem Foto – durch eine einzige grausame Kritzelei wurde ein glücklicher Tag ausradiert.

Die Mitarbeiterin am Empfang blickt auf und begrüßt sie mit einem professionellen Lächeln. Während Steed es erwidert, betrachtet Elin den kunstvollen Webteppich an der Wand hinter ihr.

Dieses Mal lösen sich die in den Stoff eingewebten kleinen Motive vom Reaper's Rock nicht auf wie am Tag ihrer Ankunft – heute kann sie allein diese sehen. Es sind nicht nur winzige Abbilder des Felsens, sondern auch der Steine in der Höhle.

»Ist alles in Ordnung?« Die Empfangsdame hat die Stirn besorgt in Falten gelegt.

»Ja.« Es kostet Elin Mühe, ihre Augen von dem Wandteppich loszureißen. »Ich wollte fragen, ob Sie wissen, wo Farrah ist?«

Die Frau deutet zum anderen Ende der Lobby. »Sie sitzt gleich da drüben.«

Elin folgt ihrem Fingerzeig und erblickt Farrah mit einem Mann auf dem Sofa ganz hinten in der Ecke. Die beiden haben die Köpfe geneigt und unterhalten sich eindringlich. »Danke«, murmelt sie.

Als sie den Raum durchqueren, liegt das Sandwich, das Elin kurz vorher in aller Eile gegessen hat, schwer im Magen.

Als sie bei Farrah stehen bleibt, berührt sie sanft ihren Arm. »Entschuldige die Störung, aber wir …«

Doch bevor sie enden kann, unterbricht Farrah sie mit einem schmalen Lächeln, wobei ihre Augen sie warnen. »Dürfte ich euch beiden Mr Ronan Delaney vorstellen.«

58

Elin gibt sich Mühe, sich nichts anmerken zu lassen. *Seths Vater.*

Er grüßt mit einem knappen Nicken, und während sie vor ihm steht, dämmert Elin, warum sie ihn nicht sofort erkannt hat: Es besteht ein großer Kontrast zu dem Foto, das sie online von ihm gefunden hat.

Es ist nicht die Kleidung – das weiße Hemd und die Leinenhose sehen teuer aus –, aber er wirkt derangiert. Das silbergraue Haar ist zerzaust, das Gesicht von Kummerfalten durchzogen. *Das stellt die Trauer mit Menschen an.* Saugt alles Leben aus ihnen, sowohl mental als auch körperlich.

Schließlich streckt Delaney eine Hand aus, das Armband einer Luxusuhr glänzt unter dem Deckenlicht auf.

Sie erwidert die Geste. »Detective Sergeant Elin Warner. Mein Beileid.«

Steed stellt sich ebenfalls vor, doch Delaney streift ihn nur flüchtig, bevor er sich wieder ihr zuwendet. »Mrs Warner, Sie sind diejenige, die Seth gefunden hat?«

»Ja, das ist richtig«, erwidert Elin.

»Ich habe Farrah nur eben gefragt, ob er …« Delaney schluckt schwer. »Ob Sie ihn schon fortgebracht haben. Ich war geschäftlich in Devon. Ich möchte ihn sehen.« Sichtlich ist er um Fassung bemüht.

Elin wechselt einen Blick mit Steed. Das ist immer das Problem in solchen Situationen; trauernde Verwandte, die vor der

Obduktion einen verstorbenen Angehörigen zu Gesicht bekommen wollen und dabei Spuren verwischen können. »Es wird besser sein, wenn Sie warten«, sagt sie behutsam. »Bis wir im Leichenhaus sind.«

»Aber ich will ihn jetzt sehen, mit meinen eigenen Augen.«

»Es ist wirklich besser, wenn Sie warten.« Steeds Tonfall ist entschiedener als ihrer.

Elin kann spüren, wie Delaney prüft, abschätzt, ob er weiter drängen kann. Schließlich nickt er. »Ich kann es nur einfach nicht verstehen.« Er wirkt verwirrt. »Warum sollte jemand Seth etwas antun? Alle mochten ihn.«

»Das haben wir gehört«, sagt Steed nun taktvoller, »aber seine Freundin, Jo, hat erwähnt, dass er in letzter Zeit Drohmails erhalten hat. Ziemlich hässliche Sachen.«

»Das ist nicht anders zu erwarten, immerhin ist er mein Sohn. Durch seine bloße Existenz stößt er Leute vor den Kopf. Ich werde ständig belästigt, man fordert von mir Geld, und Verschwörungstheoretiker meinen, dass sie etwas gegen einen in der Hand hätten. Das ist nichts Ungewöhnliches.«

Steed schaut von seinem Notizbuch auf. »Uns ist zudem bekannt, dass Ihr Sohn vorbestraft war. Könnte er immer noch in irgendwelche Geschäfte …«

Delaney fällt ihm ins Wort. »Das hat alles aufgehört. Seth hatte sich gebessert, viel Wohltätigkeitsarbeit geleistet. Das Gefängnis … hat seine Einstellung grundlegend geändert, ihm klargemacht, wie kurz das Leben ist. Er war entschlossen, es nicht damit zu verschwenden, Unsinn zu machen, vor allem nicht mit Drogen. Also, wann können wir mit Antworten rechnen, was meinem Sohn zugestoßen ist?«

»Noch ist es zu früh, um Aussagen zu machen«, erwidert Elin. »Aktuell gibt es einen Großeinsatz auf dem Festland, der unsere Ermittlungsarbeit verzögert.« Sie muss das Zittern in ihrer

Stimme unterdrücken. Das Letzte, was sie gebrauchen können, ist, dass er etwas bemerkt. »Wir melden uns, sobald wir mehr Informationen haben.«

Delaney wendet sich wieder Farrah zu. »Ich werde in der Zwischenzeit von hier arbeiten. Kann ich einen der Besprechungsräume benutzen?«

»Natürlich. An der Rezeption wird man Ihnen sagen, welche zur Verfügung stehen.«

»Vielen Dank.« Er erhebt sich, um sich zu verabschieden.

Als er außer Hörweite ist, sagt Farrah: »Sorry, ich hatte keine Ahnung, dass er kommt.«

»Bleibt er länger?«

»Ja.« Sie wirkt besorgt. »Er meinte zwar, er sei wegen Seth gekommen, aber ich habe das Gefühl, dass er die Dinge im Blick behalten will. Wie ihr euch unschwer vorstellen könnt, wurden in den sozialen Medien bereits Infos geleakt.«

»Das könnte das, was ich dir sagen muss, etwas komplizierter gestalten.« Elin beschließt, die Lage nicht zu beschönigen. »Ich denke, Beas und Seths Tod könnte mit einem anderen Fall verknüpft sein. Ich möchte dich zwar nicht beunruhigen, doch ich glaube, dass die Person, die das getan hat, noch etwas anderes plant.«

Farrah saugt scharf die Luft ein.

Elin verspannt sich bei dem Geräusch – eine Reaktion auf Farrahs Angst, die ihre eigene vergrößert. »Bitte, das muss unter uns bleiben. Falls das Personal oder einer der verbliebenen Gäste davon erfährt …«

»Es tut mir leid, ich habe nur nicht erwartet …« Farrah sammelt sich. »Was soll ich tun?«

»Die Gäste, die noch da sind, sollen sich möglichst schnell hier im Haupthaus einfinden, damit sie evakuiert werden können. Wie viele sind noch im Resort?«

»Nicht viele. Mehr Personal als Gäste.« Farrah denkt nach. »Beim letzten Mal, dass ich gezählt habe, waren es fünfzehn. Ich kann ein paar Angestellte einspannen, die die Unterkünfte aufsuchen, falls wir die Leute telefonisch nicht erreichen.«

»Gut. Gibt es einen Raum, in dem alle Platz haben?«

»Am besten eignet sich der Veranstaltungsraum hinter dem Restaurant. Der dürfte groß genug sein. Aber was soll ich ihnen sagen? Es werden Fragen kommen.«

Aus dem Augenwinkel beobachtet Elin Ronan Delaney am anderen Ende der Lobby. »Du musst ihnen lediglich mitteilen, dass es einen Vorfall gab und dass es zu ihrer eigenen Sicherheit erforderlich ist, unseren Anweisungen zu folgen. Sobald alle versammelt sind, werde ich etwaigen Unmut abwehren. In der Zwischenzeit solltest du mit deinen wichtigsten Mitarbeitern reden, setze sie über unseren Plan in Kenntnis.«

»Das klingt schlüssig.« Farrah bemüht sich um einen positiven Tonfall, der jedoch Lügen gestraft wird durch ihre Finger, die sich um ihr Funkgerät klammern; die Knöchel treten weiß hervor.

Elin legt eine Hand auf ihren Arm. »Hör zu, es wird alles gut.«

»Ich bin nur … Es ist nicht nur das. Ich wollte mich mit dir über etwas anderes unterhalten.« Farrah schaut zu Steed. »Unter vier Augen …«

»Natürlich, ich …« Elin bricht ab, als ihr Handy läutet. *DS Johnson.* »Entschuldige, da muss ich ran. Können wir danach reden?«

Farrah nickt, versucht sich an einem Lächeln, doch Elin entgeht nicht das Zittern ihrer Lippen.

59

Beas Handy.
Hana hält es in ihren Händen.

Das Display ist zerbrochen, Risse ziehen sich wie Blitze über das Glas. Die Rückseite ist fast komplett nicht vorhanden.

Völliges Unverständnis: *Wie kommt Jo zu Beas Handy?*

Doch noch während ihr Blick über das gesplitterte Glas wandert, weicht ihre Verwirrung der Erkenntnis, als ihr wieder einfällt, warum sie sich überhaupt in Jos Zimmer geschlichen hat: Calebs Behauptung, dass Jo die Villa in der Nacht verlassen hatte.

Hana dreht und wendet die Sache in ihrem Kopf. Doch ganz gleich, wie sie die verschiedenen Aspekte auseinandernimmt und sie neu zusammenstellt, das Bild, das dabei entsteht, ist kein schönes.

»Ich glaube, du musst mit ihr darüber reden, Han. Und zwar so schnell wie möglich.« Maya schiebt ein Top in ihre Tasche und sieht sie hilflos an. »Was soll ich sonst dazu sagen? Irgendeine Antwort muss sie dir geben.«

Hana nickt. Sie wusste bereits, dass das Mayas Antwort sein würde; in ihr Zimmer zu kommen, war bloß ein Ablenkungsmanöver. Um den Moment hinauszuzögern, aus Angst vor dem, was Jo sagen wird.

»Ich packe, weil ich bereit sein will, wenn sie uns mitteilen, dass wir gehen können. Keine Sekunde länger als nötig werde ich hierbleiben.« Maya hebt das gerahmte Foto von ihrem Nacht-tisch hoch. Sie will es gerade in ihre Tasche schieben, als Hana über ihre Schulter späht.

»Ein schönes Foto.« Es ist eine Strandaufnahme. Mayas Eltern, die sich liebevoll über Sofia und Maya in Badeanzügen beugen. Vor dem Feuer aufgenommen, denn es zeigt Sofia, wie sie vor dem Schlaganfall war – mit ihrer Zahnlücke breit in die Kamera grinsend.

»Albern, ich weiß.« Mayas Stimme bricht. »Ich nehme es überall mit hin.«

»Gar nicht albern«, erwidert Hana sanft. »Wie geht es deinen Eltern?«

»Ganz gut, aber sie haben Sofia schon seit Wochen nicht mehr besucht. Sie haben sich verändert, Han. Uns allen war bewusst, wie unwahrscheinlich ein Wunder sein würde, aber Mum hat sich immer daran festgehalten, dass sie sich irgendwann erho-len wird. Die Macht der Hoffnung. Selbst wenn dein Hirn dir sagt, dass es nicht besser werden wird, kann dein Herz sich da-rüber hinwegsetzen. Dazu braucht es nur einen Bericht über einen Betroffenen, dem das Wunder passiert ist, eine Theorie im Netz, ein obskurer Forschungsansatz …«

»Aber manchmal geschieht das doch, oder? Dass es Leuten nach zig Jahren besser geht?«

»Nicht bei einem derartigen Hirnschaden. Die Ärzte sagen das schon seit Langem – wir wollten es nur nicht akzeptieren.« Maya zögert. »Aber in den letzten Monaten hat Mum es wohl verstanden und das letzte bisschen Hoffnung verloren. Es ist, als sei ein Teil von ihr damit verschwunden. Sie ist seitdem ein völlig anderer Mensch.«

Hana merkt, wie sie die Tränen zurückhalten muss. »Tut mir leid. Das wusste ich nicht.«

»Es ist, wie es ist.« Maya greift sich einen Stapel Bücher vom

Tisch. Als sie sich umdreht, rutschen sie ihr aus der Hand und krachen zu Boden. »War ja klar.« Hana will ihr beim Aufsammeln helfen. »Ist schon okay«, sagt Maya rasch, und Hana sieht, dass es keine Romane sind, die ihr heruntergefallen sind.

Es sind Skizzenbücher, darunter das, mit dem sie Maya gestern gesehen hat. Es ist aufgeklappt auf dem Boden gelandet. Hana hebt es auf und betrachtet neugierig die Zeichnung auf der rechten Seite: einander zugewandte Profile zweier Menschen.

Was ihr zuerst auffällt, ist die Intimität – nicht nur, wie nahe die Gesichter sind, sondern es ist der Ausdruck, die ineinander verschränkten Blicke.

Der Moment vor einem Kuss.

»Du bist wirklich talentiert«, sagt Hana. »Ich wünschte …« Sie stockt, als ihr etwas auf dem Boden auffällt.

Ein Foto, das aus dem Skizzenbuch gerutscht ist.

Maya streckt die Hand aus, um es sich zu schnappen, doch sie ist nicht schnell genug.

Hana hat es bereits hochgehoben.

Als sie das Bild sieht, hat sie das Gefühl, als würde ihr jemand einen Faustschlag versetzen.

Sie starrt es an, fragt sich, ob sie halluziniert … irgendein schräger Streich, den ihre Einbildung ihr spielt.

Aber das ist es nicht.

Die Zeichnung ist eine beinahe perfekte Kopie des Fotos.

Ihre Schwester. Mit Liam.

60

Eine ungewöhnliche Mattheit hat Elin ergriffen, als sie mit dem Handy am Ohr auf die Terrasse tritt. Die Wolken, die sie vorhin erblickt hat, vermehren sich rasant – ein stählerner Balken, der am Horizont lauert, das Blau unterwandert.

Johnson spricht, doch seine Worte gehen unter.

»Sie müssen lauter sprechen«, ruft sie. »Ich kann nichts verstehen.« Das Röhren eines Motorrads ist im Hintergrund zu hören.

»Entschuldigung, ich bin auf einem Parkplatz am Strand. Ich habe gerade gefragt, ob alles in Ordnung ist.« Ein Zögern in seiner Stimme. Plaudern am Telefon gehört nicht unbedingt zu ihrem üblichen Verhalten.

»Alles gut.« Sie wechseln ein paar Höflichkeiten, bevor sie Luft holt. »Hören Sie, es ist eine seltsame Geschichte, daher mein Anruf aus dem Blauen heraus. Ich wollte Sie nach Ihrer Meinung zum Fall Creacher fragen. Ich bin gerade draußen auf Cary Island – ein anderer Fall –, und ich glaube, ich habe da eine mögliche Verbindung zu den damaligen Morden.« Elin bewegt sich näher ans Geländer, um sicher zu sein, dass sie außerhalb der Hörweite der Angestellten ist, die auf der Terrasse einen der Tische abräumen.

Eine Pause. »Geben Sie mir eine Sekunde, mich aus dem Neoprenanzug zu schälen und ins Auto zu hocken.« Ächzen und Schnaufen. Das Schlagen einer Tür. »Also gut, ich stelle Sie auf Lautsprecher. Können Sie mich hören?«

»Ja.« Elin kommt direkt zur Sache. »Das mit Creacher, ich

weiß, es ist lange her. Aber ich erinnere mich noch, dass Sie einmal erwähnten, es hätte anfänglich Zweifel gegeben, ob er zu so einer Tat fähig wäre.«

»Ich werde ehrlich zu Ihnen sein: Ich hatte Zweifel. Habe ich übrigens immer noch … Was mich betrifft, waren die Beweise gelinde gesagt dürftig.«

»Inwiefern dürftig?«

»Es gab eine DNA-Spur auf dem T-Shirt eines der Opfer, die mit Creacher übereinstimmte. Aber meiner Meinung nach war das lediglich ein Indiz und hätte auf sonst irgendeine Weise übertragen werden können. Es rückte ihn nicht zwingend in den Täterfokus. Einer der Experten von der Forensik merkte etwas Interessantes an, nämlich das *Fehlen* von DNA an den Opfern. Er meinte, selbst wenn sie keinen Widerstand leisteten, hätte er mehr erwartet als nur einen einzigen Fleck auf einem T-Shirt.«

»Was hatten Sie außerdem?«

»Augenzeugenberichte. Der Skipper sagte aus, er hätte Creacher dabei gesehen, wie er die Jugendlichen beobachtete. Es gab auch Fotos.«

»Fotos?« Sofort muss sie an die denken, die sie in der Höhle entdeckt haben.

»Ja. Auf den Abzügen, die wir fanden, waren Teenager zu sehen, aber auch Landschaftsaufnahmen. Creacher behauptete, er sei ein passionierter Fotograf.« Johnson lässt ein schweres Seufzen hören. »Der Kerl war merkwürdig, so viel ist sicher, jemand, vor dem man schleunigst abhauen würde, wenn man ihm in einer dunklen Gasse begegnet. Aber ich hatte den Eindruck, dass man voreilige Schlüsse zog, bloß weil er ein Eigenbrötler war.«

»Ein leichtes Ziel?«

»Sozusagen. Creacher hatte Probleme, Augenkontakt zu halten, mit normaler sozialer Interaktion, außerdem war er etwas langsam im Kopf. Doch das machte ihn noch längst nicht zum Serienkiller. Zuweilen entwickelt man ein Gefühl, ob jemand dafür geeignet sein könnte, und bei ihm stellte sich das bei mir nicht ein. Ein Einzelgänger, ja, aber ein bestialischer Mörder? Ich konnte es einfach nicht nachvollziehen. Ich schlug immer wieder vor, das Netz auszuweiten … insbesondere in Anbetracht der Verbindung zu dem Mädchen.«

»Mädchen?«

»Ja. Kaum dass wir uns hinter den Fall klemmten, fand ich eine interessante Verknüpfung. Es ging dabei um ein anderes Mädchen, das ein paar Monate vor den Creacher-Morden vermisst gemeldet worden war.«

Ein anderes Mädchen. Elin denkt an das fünfte Foto an der Höhlenwand. *Könnte sie das gewesen sein?*

»Sie hieß Lois Wade. Alles sehr ominös. Ihre Schulklasse nahm an einem der Outward-Bound-Kurse auf der Insel teil, und sie war eine der wenigen, die nicht mitkamen. In der Woche, als die Klassenkameraden fort waren, wurde Lois vermisst gemeldet. In derselben Nacht berichtete ein Junge aus ihrer Klasse, sie auf der Insel gesehen zu haben.«

»Aber Sie sagten doch, sie sei nicht mitgefahren.«

»Das ist es ja. Eine Gruppe der Kids hatte sich, nachdem die Lehrer schlafen gegangen waren, heimlich zum Felsen geschlichen. Sie betranken sich, schliefen dort ein. Als der Junge aufwachte, war er der Einzige, der noch da war. Angeblich blickte er runter und sah jemanden auf dem Gras unterhalb des Felsens liegen. Er war überzeugt, dass es Lois Wade war, doch bis er unten war, war sie fort. Spurlos. Nicht einmal ein Abdruck im Gras.«

»Seltsam.«

»Ja und nein. Nur der Junge hatte sie gesehen. Die meisten Leute gingen davon aus, dass der Alkohol aus ihm sprach, vielleicht sogar Halluzinogene. Dennoch blieb er beharrlich, gab sogar zu, dass er und die anderen sie eingeladen hatten, sich in jener Nacht heimlich auf die Insel zu begeben – aber mit seiner Aussage blieb er allein. Alle anderen Kids gaben zum Besten: Lois war nicht da gewesen.«

Elin lässt seine Worte sacken, während sie aufs Meer schaut. Der Wind hat aufgefrischt, das Türkis des Wassers wird von ungewohnten Farben durchzogen, Schattierungen von Schwarzblau und Zinngrau. »Aber es muss doch ein Leichtes gewesen sein, zu überprüfen, *ob* sie auf die Insel gefahren ist. Sie muss schließlich ein Boot genommen haben.«

»Es gab damals keine Überwachungskameras, daher war es unmöglich, das festzustellen. Freunde und Bekannte stritten ab, etwas für sie arrangiert zu haben. Wir sprachen mit mehreren Bootsfirmen im Hafen, um herauszufinden, ob sie das Mädchen befördert hatten, aber nichts. Ein paar Tage später gaben die Eltern zu, dass Lois schon häufiger abgehauen war, so auch in dieser Woche. Angeblich wurde sie gesehen, wie sie in ein Auto stieg, und alle beschäftigten sich mit diesem Ermittlungsstrang.«

»Und die Aussage des Jungen, sie auf der Insel gesehen zu habe?«

»Kam nichts bei rum. Die Kollegen suchten den Wald ab, unterhielten sich mit den Angestellten, den anderen Jugendlichen, dem Skipper, doch ohne Glück.«

»Aber als es zu den Creacher-Morden kam, zogen Sie einen Zusammenhang.« Die langen Zweige der Kiefern über Elin wiegen sich, ihre Schatten tanzen über den Pfad vor der Terrasse.

»Ich fragte mich, ob das Mädchen womöglich Creachers erstes Opfer war, aber die Hypothese war hinfällig, noch bevor sie richtig Form angenommen hatte. Creacher war zu der Zeit von Lois' Verschwinden nicht auf der Insel gewesen. Und inzwischen wurde die Sichtung von Lois auf dem Festland durch mehrere Aussagen untermauert.«

»Wurde sie je gefunden?«

»Nein.«

»Aber das würde bedeuten, dass der Junge die Wahrheit gesagt haben könnte.«

Johnson seufzt. »Keine Ahnung. Ich weiß bloß, dass Lois' Hang zum Weglaufen … Damals verlegte man sich eben auf diesen Ansatz, und keiner war scharf darauf, den Fall neu aufzurollen. Sie wissen ja, wie es ist, wenn der Wind nur aus einer Richtung weht.«

Elin kann zwischen den Zeilen lesen: Das Verschwinden von Lois Wade sowie ihre angebliche Sichtung auf der Insel waren ein offensichtlicher Hemmschuh auf dem Weg zu Creachers Überführung. Die Polizei hatte beschlossen, dass er als Täter infrage kam, und Johnsons Einwand wäre da nur lästig gewesen. Wäre bewiesen, dass die Fälle miteinander zu tun hatten, würde das, da Creacher nicht auf der Insel war, als Lois Wade verschwand, bedeuten, dass jemand anderes die Jugendlichen auf dem Gewissen hatte. Galt Lois Wade lediglich als »vermisst«, ließ sich Creachers Schuld viel leichter verkaufen.

Elin versteht auch, warum. Wie sie vorhin schon zu Steed sagte, muss bei einem Fall wie diesem ein enormer Druck durch Presse und Öffentlichkeit geherrscht haben, schnell Antworten zu liefern. Aber indem man die Sache so forcierte, ließen die Ermittler womöglich den wahren Killer entkommen. Falls dem so war, ist das von immenser Bedeutung für das, was hier passiert. Ihre Theorie, dass, wer auch immer die Jugendlichen umbrachte, auch Bea Leger und Seth Delaney getötet hat, wirkt mit einem Mal um einiges wahrscheinlicher.

»Was geschah danach?«

»Ich blieb stur, aber vergeblich. Die Sache ließ mich einfach nicht los, aber wann immer ich versuchte, die Probleme anzusprechen – vor allem die Aussage des Jungen –, stieß ich auf

taube Ohren. Kurz darauf wurde ich von dem Fall abgezogen.«
Eine Pause. »Jemand mit mehr Erfahrung übernahm.«

Mehr Erfahrung. Sie beide wissen, warum er abgezogen wurde:
Sein »alternativer« Ermittlungsansatz hätte den Weg zur Verurteilung verzögert.

»Ich wandte mich an den leitenden Vorgesetzten, bat ihn,
sich die Sache noch mal anzuschauen – zumal in Anbetracht
der Tatsache, dass Lois Wade immer noch nicht aufgetaucht
war. Aber da war der Stein schon im Rollen. Bei einem Fall wie
diesem geht es am Ende darum, wer die beste Geschichte zu erzählen hat, die Verteidigung oder die Anklage, und zu diesem
Zeitpunkt war die Story der Staatsanwaltschaft über Creacher
schlüssig. Er passte ins Schema, und als sich dann das Mädchen
meldete, um auszusagen, war die Sache praktisch geritzt.«

»Ein Mädchen?«

Johnson räuspert sich. »Ja. Eine der Jugendlichen vom Out-
ward-Bound-Kurs. Augenzeugin. Sie behauptete, sie habe Creacher in der Nacht der Morde gesehen.«

»Wo?«

»Bei den Zelten. Sie sagte, sie sei aufgewacht und habe Tumult
gehört. Als sie den Kopf aus dem Zelt streckte, beobachtete sie,
wie er aus dem Lager rannte.«

»Sie konnte ihn im Dunkeln identifizieren?«

»Anscheinend. Meinte, sie habe ihre Taschenlampe ange-
macht.«

»So schnell?«

»Offenbar.« Es folgt eine schwere Stille.

»Doch Sie hatten Ihre Zweifel.«

Erneutes Seufzen. »Ja. Auch wenn ich es nur ungern sage. Sie
war praktisch noch ein Kind und sichtlich traumatisiert, aber
etwas an ihrer Aussage war seltsam. *Zu perfekt*, kommentierte
eine Kollegin damals, und ich wusste genau, was sie damit zum

Ausdruck bringen wollte. Die Art, wie sie sprach, das gesamte Auftreten ... Es ging mir gegen den Strich. Dazu kam die Tatsache, dass sie mehrere Tage brauchte, bis sie sich meldete ...«

»Mehrere Tage?«

»So ist es. Sie erzählte, sie hätte zu viel Angst gehabt, früher etwas zu sagen. Weil sie glaubte, dass er sie sich dann auch holen würde.«

»Erinnern Sie sich noch an den Namen des Mädchens?«

»Absolut, der Fall ist mir kristallklar im Gedächtnis geblieben. Wahrscheinlich hätte ich das nicht tun dürfen, und das muss zwischen uns bleiben, aber ich habe meine alten Notizbücher behalten. Der Name des Mädchens war Farrah.« Johnson zögert. »Farrah Riley.«

61

Hör zu.« Maya reißt den Blick vom Foto los, um Hana in die Augen zu sehen. »Ich wollte, dass Jo es dir selbst sagt. Soweit ich weiß, hatte sie das auch vor.« Sie legt das Skizzenbuch aufs Bett.

Hana kann nicht aufhören, das Bild von den beiden anzustarren. *Jo und Liam. Jo und Liam.*

Sie hat ihre Namen noch nie zuvor zusammengebracht. Es ist befremdlich.

»Mir was genau sagen?« Hoffnung keimt in ihr auf. Womöglich hat sie das hier fehlinterpretiert. Ein Projekt vielleicht – Maya hat die beiden gebeten, für sie Modell zu stehen.

Doch Hana weiß, dass das, was auch immer Maya als Nächstes sagen wird, ihre ursprüngliche Annahme bestätigen wird. Sie erkennt es daran, wie sich Mayas Gesicht verzieht, wie sie bereits eine Hand ausstreckt, um Hana aufzufangen. »Jo und Liam – sie hatten was laufen, Hana.«

Ein Vakuum tut sich in ihrem Inneren auf.

Sie hatte richtig vermutet. *Hatten was laufen. Hatten was laufen.* Es gibt nur eine Art, das zu interpretieren. »Eine Affäre?«

»Ja. Aber ich wusste bis vor ein paar Wochen nicht davon.«

»Wie hast du es herausgefunden?« Hana weiß auch nicht, wie sie es schafft, die Worte zu finden und auszusprechen, aber sie muss die Wahrheit erfahren. Sie muss alles hören.

»Bea hatte ein Foto auf Jos Handy gesehen. Die beiden zusammen. Sie leitete es auf ihr eigenes Handy weiter und hatte vor, mit dir darüber zu reden. Aber dann hatte Liam den Unfall, und das Letzte, was sie da wollte, war, dich noch mehr aufzuregen. Vor zwei Wochen dann erzählte Bea mir davon, meinte, sie könne es nicht länger für sich behalten. Sie schickte mir das Foto, wollte meine Meinung. Ich glaube, sie hoffte, dass sie es missverstanden hatte, wollte, dass ich es anders interpretierte, aber ich konnte nicht. Es war offensichtlich … Jo hatte ein Selfie von Liam und sich gemacht, man konnte ihren Arm sehen …« Sie stockt. »Ich riet Bea, Jo zur Rede zu stellen. Ein paar Tage später tat sie das. Meinte, Jo habe versprochen, es dir zu sagen.«

»Aber das tat sie nicht«, endet Hana. Die Worte hallen immer noch in ihrem Kopf nach. *Jo und Liam. Jo und Liam.* Sie wendet sich ab, weg von Maya zu dem plötzlich einsetzenden Regen am Fenster, der dünne Schlieren auf dem Glas hinterlässt.

»Weißt du, wie lange das ging?«

Mayas Augen sind tränennass. »Eine Weile, glaube ich. So wie Bea das sagte, ging es ein paar Monate vor seinem Tod los.«

Hanas Gedanken überschlagen sich, während sie versucht, das Ganze zusammenzubringen. Das kann nicht wahr sein. *Liam hat sie nicht angelogen, hat er nie. Wann hätten die beiden ausgehen, sich treffen sollen?*

Aber während sie nachdenkt, erkennt Hana, wie alles zusammenpassen könnte: die zunehmende Entfremdung zwischen ihr und Jo, die Anrufe, die unregelmäßiger wurden und vollständig verebbten. Liams Abneigung gegenüber Jo, nie offen ausgesprochen, aber immer augenfällig, wie er die Gespräche mit ihr bei Familientreffen knapphielt, um später spöttische Bemerkungen über sie zu machen.

Dann ihre Arbeit, die sie emotional in Beschlag genommen hatte, nicht nur, weil sie die Betreuung gerade ausgebildeter

Lehrkräfte übernommen hatte, sondern auch zwei Kinder aus ihrer Klasse hatten viel von ihrer Zeit beansprucht. Hatte sie, ohne es zu wollen, Liam von sich gestoßen?

Hat es da angefangen?

Hana kann nachvollziehen, wie ihm Jo erschienen sein muss, unternehmungslustig, witzig, unbeschwert. Während sie selbst über Elterntreffen grübelte oder wie sie die neuen Lehrer am besten bei ihrer Unterrichtsgestaltung beraten sollte.

Vielleicht fühlte Liam sich geschmeichelt, da er es nicht gewohnt war, dass eine Frau wie Jo ihm Avancen machte. Er muss ihre impulsive Art bewundert haben, ihre Fähigkeit, selbst den banalsten Dingen einen Funken Aufregung zu entlocken.

»Und als Jo es mir nicht erzählte, stellte Bea sie zur Rede?« Darum muss es im Streit gegangen sein, den Caleb mitangehört hatte. Die Affäre.

»Ja. Bea meinte, Jo hätte zwar vorgehabt, mit dir zu reden, aber in letzter Minute kniff sie. Bea riet ihr, dir zu schreiben, wenn sie es dir schon nicht ins Gesicht sagen konnte.«

Darum also ging es in dem Brief.

Die feige Art, einem anderen etwas zu beichten. Hana kann es sich vorstellen: Jo, die den Brief beginnt, dann aber nicht mal den Mut aufbringt, alles zu Papier zu bringen.

»Und als sie das nicht hinbekam, organisierte sie stattdessen den Urlaub hier.«

»Das weiß ich nicht«, sagt Maya. »Vielleicht dachte sie ja, wenn ihr etwas Zeit miteinander verbringt, würde es irgendwie leichter sein …«

»Was leichter? Es mir beizubringen, während ich gut gelaunt an meinem Sundowner schlürfe?« Bis zu einem gewissen Grad ahnt sie, dass es tatsächlich so sein könnte. Die vernünftige, die verlässliche Hana würde den Schlag hinnehmen, und Maya und Bea würden, da vor Ort, ihn abfedern.

»Ich habe keine Ahnung, wie Jos Plan aussah.« Mayas Wangen sind tief gerötet.

»Ich muss mit ihr reden. Jetzt.« Der Schock von vor Sekunden schwillt zu einer Woge von Energie an. »Die Sache mit ihr klären.«

»Han, warte. Nicht, solange du so aufgewühlt bist.« Maya streckt die Hand aus.

»Ich muss, Maya. Sie muss mir die Wahrheit sagen.«

62

Elin starrt auf das sich weiter verdunkelnde Wasser, während sie versucht, Johnsons Worte in ihrem Kopf zu ordnen. *Farrah befand sich zur Zeit der Creacher-Morde auf der Insel. Farrah hat Creacher mit ihrer Aussage belastet.*

Wie kann das überhaupt möglich sein? Ihre Gedanken kehren unwillkürlich zum gestrigen Abendessen zurück, dazu, wie abwehrend Farrah reagierte, als es um die düstere Vergangenheit der Insel ging.

Das war also der Grund.

Sie zermartert sich den Kopf, ob Will je erwähnt hat, dass Farrah schon früher auf der Insel war, aber sie ist sich sicher, dass sie sich, hätte er es getan, daran erinnern würde.

Nichts von alldem ergibt Sinn – vor allem, dass Farrah beschlossen hat, ausgerechnet hier zu arbeiten. Warum sollte man sich angesichts des Geschehenen dem aussetzen?

»Elin? Alles okay?« Johnsons Stimme aus dem Handy schreckt sie aus ihren Überlegungen.

»Ja, entschuldigen Sie.« Sie blickt zum beinahe leeren Restaurant hinüber, wo die Angestellten weitere Tische abräumen.

»Ich denke gerade bloß über das nach, was Sie über das Mädchen gesagt haben. Farrah.« Sie stolpert beinahe über ihren Namen. »Dass Sie Zweifel bezüglich ihrer Aussage hatten.«

Eine lange Pause. »Hatte ich. Aber Elin, all das sind lediglich meine persönlichen Überlegungen, nicht mehr, nicht weniger, und das meine ich ernst. Ich hatte mich damit weit aus dem

Fenster gelehnt. Alle anderen waren zu jener Zeit auf Creacher eingeschossen.«

»Und niemand schloss sich Ihrer Meinung an? Abgesehen von Creacher.«

»Nein. Dennoch blieb ich bei dem Ansatz: Wenn Creacher nicht der Schuldige war und Lois sich tatsächlich in jener Nacht auf der Insel aufhielt, wie der Junge sagte, hätte der Täter zu beiden Gelegenheiten auf Cary Island sein müssen. Das engte die Auswahl zwar etwas ein, aber ich hatte trotzdem kein Glück. Die Angestellten, die die Outward-Bound-Kurse betreuten, hatten wasserfeste Alibis.«

Alibis, die sie sich genauer anschauen müssen wird, denn Johnson hat recht: Der Pool potenzieller Verdächtiger ist nicht gerade groß – Camp-Leiter, Lehrer, andere Schüler. Oder jemand ganz anderes? Die Insel ist definitiv groß genug, um sich auf ihr zu verstecken.

»Sie haben keine Spuren gefunden von einer Person, die auf der Insel wild campte? Wir haben unten am Strand einen Schuppen gefunden, es sah darin aus, als hätte jemand darin logiert.«

»Nein. Wir haben alles gründlich durchforstet. Was natürlich nicht ausschloss, dass irgendwer sich ein Boot genommen hatte. Aber wir hatten Probleme, eine plausible Alternative zu Creacher zu finden. Niemand sonst schien ein Motiv zu haben. Die Kids waren beliebt, wurden gemocht. Ich habe die Hintergründe sorgfältig überprüft. Bin alle Ansätze durchgegangen. Familienangehörige, Freund oder Freundin, irgendein Groll. Potenzielle Verbindungen zu Jugendgangs, Drogen, psychische Probleme … alles, was so eine brutale Tat hätte provozieren können. Aber da war einfach nichts.«

»Ich weiß, es ist eine große Bitte, aber könnten Sie mir rüberschicken, was Sie noch zu diesem Fall haben? Auch ein Foto von Lois, damit ich es mit dem in der Höhle abgleichen kann. Sie erwähnten zudem Notizbücher, und was ist mit Zeugenaussagen, irgendwas anderes, was Ihnen damals bedeutsam erschien? Ich werde die Akten auch auf offiziellem Weg beantragen, aber Ihre Perspektive auf die Dinge wäre mir sehr hilfreich.«

»Ich werde meine Unterlagen erst herauskramen müssen, aber behandeln Sie alles bitte vertraulich, ja? Es wird nicht gerade gern gesehen, sich persönliche Notizen zu machen.«

»Ich verstehe.« Elin hält inne. »Eine Sache noch, der Fels auf der Insel – Reaper's Rock –, hat einer der Jugendlichen ihn bei der Befragung erwähnt? Oder den angeblichen Fluch?«

Langes Schweigen, bevor Johnson spricht. »Nicht explizit, aber wir bekamen den Eindruck … Die Kinder wirkten verschreckt … Das ließ mir keine Ruhe. Als wir mit den Befragungen begannen, schlug ich vor, das im ehemaligen Schulgebäude zu tun, aber sie wollten nicht mal in die Nähe des Gebäudes. Jemand hatte ihnen eine Heidenangst eingejagt.« Ein Zögern. »Um ehrlich zu sein, nachdem ich ein paar Tage dort war, konnte ich es ihnen nicht verübeln. Dieser Ort, halb niedergebrannt und direkt unter dem Felsen gelegen, das war keiner, an dem man sich aufhalten wollte.«

»Ich habe auch nicht gerade schöne Dinge darüber gehört. Haben die Jugendlichen, mit denen Sie sprachen, denn je verraten, wer ihnen Angst gemacht hat?«

»Nein, aber ich hatte immer das Gefühl, dass wir nie die ganze Geschichte zu hören bekamen, was sicher dem Tempo bei diesem Fall geschuldet war. Ich hätte sehr gerne noch mal mit ihnen gesprochen, nachdem die Sache sich gelegt hatte, aber da war alles schon zum Abschluss gebracht.«

Elin gefällt die Vorstellung nicht, dass jemand versucht haben sollte, die Kinder einzuschüchtern, zumal mit der alten Schule. Was hatte es mit diesem Ort auf sich?

Als das Gespräch sich dem Ende nähert, verabschieden sie

sich, und Elins Gedanken schweifen erneut zu Farrah. Nervosität macht sich in ihr breit. Farrah war während der Creacher-Morde auf der Insel – und sie ist heute hier. Sie muss mit ihr sprechen.

Auf dem Weg zur Lodge kommt ihr Michael Zimmerman entgegen. Er trägt eine Art Abdeckplane, deren eine Ecke über den Boden schleift.

Flüchtig kreuzt er ihren Blick, bevor sie sich abwendet.

63

Farrah ... Scheiße ...« Steed fährt sich mit der Hand über den Kopf. »Schätze mal, sie hat es nie erwähnt?«

»Genauso wenig wie Will.« Das ist es, was sie immer noch kränkt – dass er ihr etwas von dieser Tragweite vorenthalten konnte. Er war nicht wie ein offenes Buch, wie sie immer gedacht hatte, er war alles andere als das.

»Also? Was hältst du davon?«

»Johnson hegte Zweifel, ob Farrah damals alles erzählt hatte. Da ihre Aussage im Strafprozess gegen Creacher entscheidend war, stellt das die Anklage gegen ihn auf recht wacklige Beine.«

»Zumal du jetzt weißt, dass er nicht auf der Insel war, als das andere Mädchen verschwand.«

Sie nickt, während sie sich im Empfangsbereich umschaut. Farrah ist nicht zu sehen. »Irgendwelche Fortschritte beim Überprüfen der Aussagen?«

»Ich habe eine Liste der aktuell anwesenden Gäste und Angestellten an die Kollegen geschickt. Könnte jedoch eine Weile dauern, bis wir Antworten bekommen. Der Vorfall auf dem Festland scheint zu eskalieren. Sie ziehen überall Leute ab.«

»Okay, lass uns Farrah suchen, dann überlegen wir uns einen Plan ...« Elin wird von aufgebrachten Stimmen unterbrochen.

»Ich denke, Sie müssen uns sagen, was zur Hölle hier vor sich geht.« Eine zierliche Frau im Bademantel steht mit einer Freundin am Empfangstresen. Ihre Haarspitzen sind nass, und kleine Wassertropfen sprenkeln den Boden. Offenbar wurde ihr Badeausflug durch den Aufruf gestört. »Es gab keinerlei Erklärung. Lediglich irgendein Gefasel, dass wir packen und herkommen sollen.« Sie wendet sich an ihre Freundin. »Wir hätten mit den anderen abreisen sollen. Uns nicht in Sicherheit wiegen sollen.« Ein Klappern ertönt, als ihr Schlüsselanhänger über den Betonboden schlittert.

Elin verdrückt sich, überlässt der Empfangsdame die Situation.

»Das ist nur der Anfang«, murmelt Steed.

Sie nickt. Ihr ist bewusst, dass, sobald alle beisammen sind, sie die Leute briefen, sich mit den unvermeidlichen Fragen auseinandersetzen muss.

Sie wendet sich an die andere Rezeptionistin. »Entschuldigen Sie die Störung, aber haben Sie Farrah gesehen?«

»Ja, sie war vor ein paar Minuten hier, hat mit Jared gesprochen, einem der Aufseher.«

Elin blickt zu den zwei Frauen im Bademantel, die abziehen und für den Moment beschwichtigt zu sein scheinen.

Die Kollegin, die eben noch mit ihnen zu tun gehabt hatte, beugt sich zu Elin vor. »Ich glaube, sie ist in ihr Büro gegangen, oder zumindest in die Richtung. Meinte, etwas Wichtiges sei dazwischengekommen.«

»Würden Sie uns zeigen, wo das ist?«

»Selbstverständlich.« Die Frau führt sie zur rückwärtigen Seite des Raums. Nach etwa fünfzig Metern bleibt sie stehen. »Hier ist ihr Eckbüro.«

»Vielen Dank.« Elin erblickt Farrahs Name an der Tür. Die Tür steht etwas offen, aber im Inneren bewegt sich nichts, kein Laut dringt nach außen.

Steed späht durch den Spalt. »Scheint niemand da zu sein.«

Elin klopft an die Tür. »Farrah?«

Keine Antwort, sie versucht es erneut. Nichts.

Elin betritt den Raum, Steed ist wenige Schritte hinter ihr. Sofort registriert sie den zarten Duft von Farrahs Parfum, doch das Büro ist verlassen.

Der Schreibtisch in der Mitte ist so gut wie leer bis auf ein paar Bilderrahmen, einen Laptop sowie einen ordentlich abgelegten Papierstapel.

Elin will gerade kehrtmachen, als sie einen Luftzug bemerkt. Die gläsernen Terrassentüren sind nicht ganz zugeschoben. »Vielleicht ist sie draußen.«

Aber sie haben sich keinen Meter bewegt, als Elins Blick auf Farrahs Funkgerät fällt.

Es ist zerschmettert; schwarze Plastiksplitter übersähen den Boden hinter Farrahs Schreibtisch.

Elin begegnet Steeds Blick, während Panik in ihrer Brust aufsteigt.

Nicht Farrah. Nein.

64

Der tief hängende Ast einer Kiefer scharrt ans Fenster. Hana erschrickt. Es war so lange so still, dass jegliche Geräusche merkwürdig erscheinen. Fehl am Platz.

Doch das Wetter bietet nur eine kurze Ablenkung. *Wo könnte Jo hingegangen sein?* Ihr Zimmer war leer; draußen war sie nicht ... Hat sie das Gespräch zwischen ihr und Maya mit angehört? Sich irgendwohin verdrückt, um den Konsequenzen zu entgehen?

Alles, woran sie gerade denken kann, sind die Lügen, die Jo erzählt hat. Lügen, die Bea für Hana aufdecken wollte. Hana verspürt ein schlechtes Gewissen wegen Bea: Sie hätte sie nicht so schnell verurteilen dürfen. Auch wenn Bea nach Liams Tod nicht für sie da gewesen war, hatte sie auf andere Weise auf sie aufgepasst.

Sie streckt sich auf dem Bett aus und scrollt auf ihrem Handy nach dem letzten Foto, das sie von Bea hat, berührt mit den Fingerspitzen das Gesicht ihrer Schwester. Erinnerungen an Bea fluten ihr Inneres, Erinnerungen, die sie bis zu diesem Moment nicht zugelassen hatte: Beas Bücherberge, die sich überall im Haus stapelten; die Art, wie sie sich räusperte, bevor sie zu einer Konfrontation ansetzte; Beas Hippie-Phase – das einzige Mal, dass sie länger rebellierte; das Tattoo am Knöchel, welches sie sich bei einem Camping-Ausflug nach Bude stechen ließ – ein Akt von Widerstand, der etwas geschmälert wurde dadurch, dass Bea, während der Tätowierer sich ans Werk machte, Klassenarbeiten korrigierte.

Tränen brennen in Hanas Augen. Sie dreht sich auf dem Bett um, um nach ihren Taschentüchern zu greifen, doch bevor sie eines herausziehen kann, klopft es laut an der Eingangstür. Sie wartet, ob jemand aufmacht, doch kurz darauf klopft es erneut. Dieses Mal lauter.

Hana erhebt sich schwerfällig und tritt in den Flur. Als sie die Tür öffnet, steht vor ihr ein Angestellter des Retreats mit einem iPad in der Hand. Ein Funkgerät hängt an seiner Gürtelschlaufe.

Der Mann begrüßt sie mit einem ernsten Ausdruck, der zu der düsteren Szenerie der Umgebung passt. Ohne das Gleißen der Sonne wirkt alles trübe.

»Miss …« Der Mann blickt auf sein iPad, da ihm offenbar ihr Name entfallen ist. »Miss Leger?«

»Das ist richtig.«

»Ich fürchte, ich muss Sie und Ihre Reisegefährten bitten, Ihre Sachen zu packen und Ihre Unterkunft so rasch wie möglich zu verlassen. Es gab einen …« Er schluckt, wobei sein Adamsapfel sich sichtbar hebt und senkt. »Einen Vorfall. Es ist erforderlich, dass alle Gäste sich in der Lodge versammeln.«

Hana sieht ihn verunsichert an. »Was ist passiert?«

»Ich fürchte, ich kann Ihnen keine weiteren Informationen geben.«

Sie will schon zum Protest ansetzen, aber als sie sieht, wie der Mann nervös von einem Fuß auf den anderen tritt und sich über die Stirn wischt, wird ihr bewusst, dass er genauso beunruhigt ist wie sie. Er befolgt Anweisungen; sinnlos, ihn deswegen auszuquetschen. Sie nickt. »Wir packen und kommen dann hoch zur Lodge.«

»Vielen Dank«, erwidert er, sichtlich erleichtert, dass sie es ihm nicht schwer gemacht hat.

Als sie die Tür schließt, hört sie Schritte. Caleb erscheint, hinter ihm Jo mit glasigen Augen. Allein ihr Anblick lässt Hana beinahe die Fassung verlieren.

»Ich habe nur den Schluss mitbekommen. Klang gar nicht gut.« Caleb nestelt an seiner Schirmmütze. Er hat sie verkehrt herum aufgesetzt; ein Haarbüschel lugt über dem Verschluss an der Stirn hervor.

Hana erklärt, was der Mann ihr aufgetragen hat.

»Das wird ja immer schlimmer. Ich will nur noch fort. Ich habe noch nicht mal meiner Mum das von Bea erzählt. Ich kann nicht.« Seine Stimme bricht. »Ich kann keinen Tag länger auf dieser verfluchten Insel bleiben. Es ist die reinste Qual.«

Jos Blick huscht von ihm zu Hana. »Dann mache ich mal weiter mit Packen. Ich habe noch meine Yoga-Sachen am Pool liegen.«

Hana greift nach ihrem Arm. »Warte kurz, ich komme mit. Wir müssen reden.«

Jo kräuselt ihre Stirn. »Worüber denn?«

»Über uns, Jo«, sagt Hana. »Über dich und mich.«

65

Langsam dreht sie sich um sich selbst herum. Steed, der es ihr nachmacht, murmelt: »Keine anderen Spuren von Unordnung.«

Elin geht in die Hocke, betrachtet das Funkgerät. Die Verkleidung auf der Rückseite ist völlig kaputt, Plastiksplitter liegen in einem großen Kreis um das Gerät.

»Es braucht schon beträchtliche Kraft, um das zu schaffen«, bemerkt sie. »Diese Geräte sind so konstruiert, dass sie einiges aushalten können. Lässt man sie einfach fallen, werden sie nicht derart zerstört. Das gefällt mir nicht. Zumal in Anbetracht dessen, was Johnson über Farrahs Aussage erzählt hat. Falls unserem Mörder bekannt ist, dass sie wusste, dass Creacher nicht verantwortlich war …«

Steed nickt. »Das Timing würde absolut passen.«

»Ich hätte vorhin nicht Johnsons Anruf entgegennehmen sollen, als sie mit mir reden wollte.«

»Du konntest es nicht wissen.«

»Aber was, wenn es um den Fall hier ging? – Ich rufe sie an!« Elin wählt Farrahs Nummer. Sie landet auf der Mailbox. »Ihr Handy ist aus. Lass uns draußen nachsehen.«

Sie richtet sich auf und folgt Steed durch die Terrassentür. Der Außenbereich des Büros ist groß, er erstreckt sich nicht nur auf die Terrasse direkt davor, sondern auch ein Stück an der Seitenwand entlang. Von überall kann man das Meer mit den dicht bewaldeten vorgelagerten Inseln sehen. Die wachsende Wolkenbank am Himmel wirf bereits einen fleckigen Schatten über die Hauptinsel. Der Effekt ist befremdlich, isoliert sie irgendwie vom Rest der Szenerie, verleiht ihr etwas, das noch abgeschiedener wirkt.

Steed tritt von der Terrasse auf den Rasen, wo das Land steil zur Klippe abfällt. »Sieht aus, als gäbe es hier einen Zugang zu den Felsen nach unten.«

Auch Elin hat den Handlauf an der Klippenkante bemerkt, wahrscheinlich der Anfang der Stufen. »Gibt es irgendwo Überwachungskameras?«

Steed späht am Gebäude hoch. »Sieht nicht so aus.«

»Schätze mal, jemand hätte dadurch problemlos unbemerkt verschwinden können.«

»Da kannst du recht haben. Ziemlich verlassen hier. Wenn man den richtigen Zeitpunkt abpasst …«

»Lass uns reingehen und uns umhören.«

Sie haben das Büro halb durchquert, als Elins Blick auf den Papiereimer aus Draht neben Farrahs Schreibtisch fällt. Aus diesem Winkel bemerkt sie etwas, das beim Eintreten nicht zu sehen war. Zwischen zusammengeknüllten Zetteln und Verpackungen entdeckt sie einen seltsamen Streifen.

Ein Foto.

»Was gefunden?«, fragt Steed.

Elin geht in die Hocke, um besser zu sehen. »Ich dachte, es sei ein Foto, aber es ist zu verpixelt.«

Er blickt über ihre Schulter. »Eine Fotokopie, so wie es ausschaut. Vielleicht aus einer Zeitung.«

»Könnte sein.« Elin zieht sich ein Paar Handschuhe über und angelt den Streifen vorsichtig heraus. Er ist nur ein paar Zentimeter breit und wurde offenbar grob abgerissen. Für ein Zeitungsbild ist das Papier viel zu dick. »Definitiv eine Fotokopie.«

Als sie es näher betrachtet, kann sie nicht nur ein Gesicht ausmachen, sondern mehrere, eins hinter dem anderen, wie zu einem Gruppenfoto aufgereiht.

Elin dreht es um, doch die Rückseite ist leer. Sie legt den Streifen auf Farrahs Tisch und beginnt, die anderen Teile aus dem Eimer zu angeln.

Sie legt sie neben dem ersten auf den Tisch und bringt sie dann in die richtige Reihenfolge. Ihre Hand verharrt über dem vierten Streifen, als das Bild sich langsam fügt: die Gesichter, alle tragen die gleichen T-Shirts, das alte Gebäude, das im Hintergrund aufragt.

»Sieht aus wie ein Foto von einem der Outward-Bound-Kurse auf der Insel.« Steed tippt auf das Gebäude. »Das ist doch die Schule, oder nicht, dahinten?«

»Ja.« Nacheinander macht sie die Gesichter der mutmaßlichen Creacher-Opfer aus – dieselben wie an der Höhlenwand. Elin schluckt. Es ist erschütternd … das fröhliche Lächeln dieser ahnungslosen Kinder.

Als sie die Gesichter weiter mustert, entdeckt sie auch Farrah – in der mittleren Reihe, die Mütze leicht schief aufgesetzt, sie schaut direkt in die Kamera.

Ein stichfester Beweis, dass sie sich während der Creacher-Morde auf der Insel aufgehalten hat.

»Warum sollte sie das hier bei sich gehabt haben?«, murmelt Steed. »Und dann so zerrissen …«

»Muss mit dem zu tun haben, was auf dieser Insel passiert ist. Zerrissen, weil sie wahrscheinlich nicht damit in Verbindung gebracht werden will, dass sie damals auch auf der Insel war. Aber wenn dem so war, warum dann überhaupt eine Kopie aufbewahren?« Sie stockt. »Vielleicht hat es mit der Tatsache zu tun, dass es das Foto von dem …«

Steeds Augen funkeln. »Ich kapiere langsam, worauf du hinauswillst …«

»Es kann aber auch sein, dass sie eine Beziehung hergestellt hat zwischen den aktuellen Vorfällen und den Creacher-Morden. Wollte sich die Gesichter aus dem Zeltlager noch mal vor Augen führen.«

Steed kneift die Augen zusammen. »Sie hat jemanden erkannt?«

»Gut möglich.« Als sie wieder auf das Foto sieht, wandert ihr Blick von einem Gesicht zum nächsten. Ein vages Gefühl von Vertrautheit regt sich in ihr. Offenbar versucht ihr Unbewusstes ihr Augenmerk auf etwas zu richten.

Doch als sie die Streifen einsammelt und in eine Beweistüte schiebt, kann sie immer noch nicht festmachen, was das sein soll.

»Ich schau mir den Eimer mal genauer an. Eventuell hat sie noch etwas entsorgt«, sagt Steed und kniet sich neben sie.

Elin sieht zu, während er behutsam den Inhalt auf den Boden leert. Leere Snackverpackungen, Wasserflaschen, Schriftstücke.

»Sieht nicht aus, als ob da noch …« Steed verstummt. »Moment.« Er hält einen kleinen Zettel hoch. Das Papier ist liniert und allem Anschein nach aus einem Notizbuch gerissen worden. »Hier steht was geschrieben. Ziemlich krakelig … *Rock House*.« Er runzelt die Stirn. »Ja, doch, *Rock House*, und dann ein *S*.«

»*Rock House School*«, ergänzt Elin.

»Ist das Farrahs Handschrift?«

»Ja, ich erkenne sie.«

»Meinst du, sie hat nachgeforscht?«

»Kann sein.« Elin zieht die Brauen zusammen. »Diese Schule … ständig taucht sie wieder auf. Ich frage mich, ob sie eine Bedeutung für den Fall hat.«

Steed hebt eine Augenbraue. »Du meinst, das Ganze könnte weiter zurückgehen als zu den Creacher-Morden?«

»Nicht auszuschließen.« Elin überlegt. »Könnte nur ein Zufall sein, aber dass der Zettel im Eimer gemeinsam mit dem Foto lag …«

»Wenn ich mir das ansehe, muss ich an das denken, was die Rezeptionistin sagte. Ich frage mich, ob diese ›drängende Angelegenheit‹ nicht bloß ein Trick war, um Farrah in ihr Büro zu locken.«

»Möglich, aber was könnte sie hierhergeführt haben?« Elin erhebt sich und untersucht Farrahs Schreibtisch. Kein Zeichen von etwas, das als dringend eingeordnet werden könnte. Alles hat mit ihrer üblichen Arbeit zu tun: Ausbildungsunterlagen, Hygieneprotokolle, Lagerbestände. Sie klickt, ohne große Hoffnung, Farrahs Laptop an – sicher ist er mit einem Passwort geschützt.

Doch Elin hält den Atem an, als der Bildschirmschoner aufflackert.

Zwei Sätze in weißer Schrift vor einem schwarzen Hintergrund.

ICH WEISS, WAS DU GETAN HAST. ICH WEISS, DASS DU GELOGEN HAST.

66

Eine Drohung. Eine andere Interpretation gibt es nicht. Schwer legt sich etwas auf Elins Brust.

»Sieht aus, als würde noch jemand glauben, dass sie bei ihrer Aussage gelogen hat«, murmelt Steed.

»Ja.« Elin schafft es nicht, die Augen von den Buchstaben zu lösen. »Das Timing … das kann kein Zufall sein. Wenn jemand sie jetzt bedroht und sich dabei auf ihre Aussage beruft, ist das ein weiterer Beweis dafür, dass die aktuellen Todesfälle auf der Insel mit den Creacher-Morden in Verbindung stehen.«

Steed sieht sie von der Seite an. »Am Ende fliegt jede Lüge auf, so heißt es doch.«

Sie nickt in dem Bewusstsein, dass es nur einen Grund für Farrah gibt, eine Lüge dieses Ausmaßes zu erzählen: Sie hatte etwas derart Wichtiges zu verbergen, dass sie gewillt war, Creacher in dem Prozess untergehen zu lassen.

Ein falscher Schuldspruch wird für diese Ermittlung gewaltige Konsequenzen haben.

Und nur ein bestimmter Mensch weiß womöglich, weswegen Farrah gelogen hat.

»Und du bist sicher, dass sie nicht irgendwo auf dem Gelände ist?« Wills Stimme ist gedämpft, und obgleich er bei einem normalen Telefonat womöglich in der Lage wäre, zu kaschieren, wie er sich fühlt, verraten ihn auf FaceTime das Blinzeln seiner Augen und die Anspannung in seinem Kiefer.

»Absolut sicher. Wir haben alle Angestellten in der Lodge gesprochen, und die haben sich per Funk bei den Kollegen draußen erkundigt. Niemand hat sie gesehen. Bei ihrem Handy geht immer nur die Mailbox ran. Ich habe Leute, die das Resort absuchen, und Steed ist mit einer Gruppe los, um die Umgebung zu durchkämmen.«

»Vielleicht braucht sie nur eine Pause nach allem, was los war.«

Elin zögert; sie will ihm Trost schenken, kann es aber nicht. Nachdem sie die Höhle gesehen hat, hat sie zu große Angst um Farrah. Um Will. »Es tut mir leid, aber ich glaube das nicht.« Sie holt Luft. »Will, der Grund, warum ich so besorgt bin, ist, dass die Situation hier eskaliert ist. Die zwei Toten dieses Wochenende … wir sind ziemlich sicher, dass es keine Unfälle waren. Dass sie womöglich mit den Creacher-Morden in Verbindung stehen.«

Eine Pause. An seiner Miene ist abzulesen, dass er das Vernommene erst mal verarbeiten muss. »Und du denkst, Farrahs Verschwinden hängt damit zusammen?«

»Genau kann ich das nicht sagen.« Elin räuspert sich. Es ist schwierig, Worte für das zu finden, was sie vorhat: eine jahrzehntealte Lüge ans Licht zu bringen, sie aufzudecken. »Will, als Steed und ich in ihrem Büro waren, fanden wir eine zerrissene Fotografie im Mülleimer, ein Bild von Farrahs Aufenthalt auf der Insel als Jugendliche. Während eines dieser Outward-Bound-Kurse.«

Sein Gesicht erstarrt. »Du weißt es also.«

Sie nickt. »Es war nicht nur das Foto. Ich habe mit einem ehemaligen Kollegen gesprochen, der am Fall Creacher arbeitete. Er erzählte mir, dass Farrahs Aussage wesentlicher Kern der damaligen Anklage war.«

Will blickt zu Boden. Ein langes Schweigen, bevor er die Augen wieder hebt. »Ich werde ehrlich sein … Das Ganze ist etwas, von dem ich hoffte, dass es nie wieder zum Vorschein kommen würde. Farrah war damals von der Sache traumatisiert. Ist es immer noch. Es ist eines der wenigen Themen, über die wir nie wirklich reden.« Die Vorstellung will nicht zu seiner Familie passen, die stets so ein Theater um ihre Offenheit macht. *Wir verheimlichen nichts. Wir reden.* Er sieht sie an. »Wenn du wüsstest, was sie durchgemacht hat ...«

»Das tut mir leid«, sagt sie leise.

»Ist nicht deine Schuld. Man hätte niemals Kinder mit diesem Irren auf eine Insel lassen dürfen. Er wurde angezeigt, weißt du das? Jahre vor den Verbrechen. Der Perverse hat Fotos von den Jugendlichen im Zeltlager gemacht.«

Elin hasst es, den Schmerz in seiner Stimme zu hören. Er hat das alles selbst noch nicht verwunden.

»Das verstehe ich, aber ihr könnt euch nicht die Schuld geben. Den anderen Familien wird es ähnlich ergangen sein.«

Er sucht ihren Blick. »Ich weiß, was du gleich fragen wirst. Warum ich mich für LUMEN starkgemacht habe, warum Farrah dort arbeiten wollte.«

»Du musst nichts erklären. Die Leute gehen auf unterschiedlichste Weise mit Traumata um.«

»Ich will dir aber sagen, warum wir neulich Abend so angefressen waren. Als unser Büro den Auftrag für LUMEN bekam, konnte ich mir anfangs nicht mal vorstellen, dafür tätig zu werden. Aber letztendlich beschloss ich, mich für das Projekt zu melden, das Negative in etwas Positives zu verwandeln. Ich hätte nie gedacht, dass Farrah dort arbeiten wollte, aber als sie es vorschlug, dachte ich: *Das ist meine Schwester.* Rennt nicht vor einer Konfrontation weg, sondern geradewegs darauf zu. Mutig eben.«

Er hat recht, aber Elin weiß, dass es da eine feine Grenze gibt zwischen mutig und dumm. Wenn es zu einem Trigger wird ... Sie zögert. »Wir haben jedoch noch etwas gefunden, einen merkwürdigen Bildschirmschoner auf ihrem Laptop. Klang ziemlich bedrohlich. Etwa in dem Wortlaut: *Ich weiß, was du getan hast. Ich weiß, dass du gelogen hast.*«

Wills Gesicht verdüstert sich.

»Ich frage mich, ob diese Botschaft und Farrahs Verschwinden mit ihrer Aussage von damals zu tun haben. Die Tatsache, dass ich ein Foto von ihr auf der Insel finde, in Kombination mit ...«

»Ich verstehe nicht«, sagt Will tonlos.

»Vielleicht steht dieser Vorwurf irgendwie in Verbindung mit ihrer Aussage.«

»Ah, jetzt verstehe ich.« Er stößt ein leises Schnauben aus. »Na los, komm und sag es. Du willst mir damit zu verstehen geben, dass Farrah bei ihrer Aussage gelogen hat.«

»Nein«, erwidert Elin rasch und spürt, wie sie das hier falsch angeht. »Ich frage mich nur, ob es in jener Nacht etwas gab, weswegen sie womöglich selbst Zweifel hegte.«

»Elin, lass es. Ich kann zwischen den Zeilen lesen. Du hast diese Botschaft gefunden, und du hast getan, was du immer tust: Du nimmst sofort das Schlimmste an.«

Ja, sie neigt zu harschen Urteilen, aber hier ist das nicht der Fall. »Mir geht es nicht darum, über Farrah ein Urteil zu fällen. Mir geht es darum, sie zu finden. Und falls sie tatsächlich gelogen hat, ist das wichtig, denn ihre Aussage war die Basis für Creachers Verurteilung. Fußt diese aber auf einer Lüge, könnte das bedeuten, dass er nicht verantwortlich war. Dann wäre der Mörder immer noch da draußen.«

Will schließt kurz die Augen. Als er sie wieder öffnet, liegt Resignation in ihnen. »Du hast recht. Farrah hat bei ihrer Aussage gelogen, aber nicht aus irgendeinem hässlichen Grund. Sondern wegen mir.«

»Wegen dir?« Ihre Hand krampft sich um ihr Handy, wobei ihre Fingerspitzen kurz Wills Gesicht verbergen.

»Ja. Farrah hat gelogen, um mich zu beschützen.«

284

67

lso, worüber genau willst du mit mir reden?«

A »Wie ich sagte, über dich und mich.« Hana erhebt ihre
Stimme, um gegen den aufbrausenden Wind zu reden. Er zerrt
an den Kieferwipfeln, die den Pool überschatten, und lässt sie
hin und her wiegen. »Und Liam.«

»Liam?«, wiederholt Jo. Sie geht um das Becken, rollt ihre
Yogamatte zusammen und schiebt sie unter den Arm.

»Ja, Liam. Ich weiß, was gewesen ist.« Hana ist ruhig geblieben, kontrolliert. Sie wird sich von Jos Charme und lockeren
Sprüchen nicht beeinflussen lassen. »Ich weiß, dass du gelogen
hast. Die ganze Zeit.«

»Du weißt *alles*?« Jo gerät ins Stocken. »Woher?«

»Du musst nicht wissen, woher. Du musst einfach nur wissen, dass ich weiß, was du getan hast.« Hana erkennt ihre eigene
Stimme nicht mehr, die Abgebrühtheit in jedem Wort.

Eine Windböe knallt das halb offene Fenster hinter ihnen
zu. In Jos Augen ist blanke Angst zu sehen, ihr Mund verzerrt.

»Han, bitte, du musst wissen, dass ich ihn nicht liegen lassen wollte. Ich habe Panik bekommen. Es war klar, dass er tot
war. Ich hätte ihn nicht liegen lassen, wenn ich mir nicht sicher
gewesen wäre. Ich hätte einen Notarzt gerufen, wäre geblieben. Aber er war für immer fort. Ich gehe es ständig in meinem
Kopf durch … wünschte, ich wäre nicht weggeradelt, um einen
anderen Sprung auszuprobieren, wünschte, ich hätte ihn überre-
det, mit mir zu kommen. Aber er blieb stur, meinte, er wolle den

Stunt noch mal probieren. Ich war außer Sicht, aber ich hörte es. Dieser Knall ...« Jo schließt die Augen. »Ich bin direkt zurück, und ich schwöre, ich habe nachgesehen, ob er atmet, aber er war tot. Ich wollte es dir sagen, aber ich konnte nicht. Wie auch?« Sie hat die Arme um sich geschlungen und wiegt sich auf ihren Fersen vor und zurück.

Hana starrt ihre Schwester an. »Du hast was?« Sie hat keine Ahnung, woher sie kommt – diese Selbstbeherrschung, die sie aufbringt. »Du warst da, als Liam gestorben ist? Im Bike-Park?«

»Aber das meintest du doch, oder nicht?« Jo erblasst. Schweißperlen treten auf ihre Stirn. »Dass du alles weißt. Dass ich bei ihm war, als der Unfall passierte.«

Eine furchtbare, erdrückende Stille.

»Nein«, sagt Hana schließlich. »Ich habe das mit der Affäre herausgekriegt oder was auch immer es war. Darum ging es. Nicht um das, dass du bei ihm warst, als er starb, und dass du ihn dann sich selbst überlassen hast.«

Sie bekommt es nicht in ihren Kopf. Sie hat Liams letzte Sekunden so oft vor ihrem inneren Auge abgespielt, akribisch den Unfallbericht studiert – es ist, als wäre sie selbst dort gewesen, als es passierte. Diese neue Erzählung will nicht funktionieren, das Bild, an das sie sich geklammert hat, verschwimmt auf einmal.

»Han, ich hatte Panik, das war alles. Ich schwöre, ich wollte es dir so viele Male sagen, aber gleich nach seinem Tod konnte ich es unmöglich tun, und seither hat es nicht geklappt. Die Worte wollten nicht kommen, wenn ich dir gegenüberstand oder ich versuchte, dir einen Brief zu schreiben.« Jo sieht ihr in die Augen. »Ich wollte es dir nie so sagen, das muss du wissen. Es war das Letzte, was ich wollte. Aber Beas Unfall, und dann Seth ...« Tränen treten ihr in die Augen. »Da war nie der richtige Moment.«

»Bea wusste es, nicht wahr?« Hana sieht, wie ein winziges Insekt an der Unterseite der Yogamatte krabbelt.

»Ja. Sie hat ein Foto von uns beiden auf meinem Handy gesehen. Vor ein paar Wochen stellte sie mich zur Rede. Sie sagte, ich müsse es dir erzählen. Ich versprach, dass ich das tun würde, hier. In jener Nacht, als Bea auf die Insel kam, rief sie mich an, fragte, ob ich es getan hätte.«

»Und da gingst du los, um sie zu treffen, stimmt's? Du warst es, die in der Nacht die Villa verlassen hat.«

»Du wusstest, dass ich es war?« Jos Griff um die Yogamatte wird fester.

»Caleb hat dich und Seth streiten gehört.«

Als das Insekt ihre Hand erreicht, schnipst Jo es weg. »Sie wollte mich am Strand treffen. Keine Ahnung, warum sie da war und mit mir reden wollte. Sie war in einer seltsamen Stimmung, sagte immer wieder, sie müsse etwas richtigstellen, die Wahrheit erzählen.« Jo runzelt die Stirn. »Aber wir hatten es geklärt. Ich versicherte Bea, dass ich es dir am nächsten Tag erzählen würde.«

»Und du hast dich am Strand von ihr verabschiedet?«

»Ja. Sie sagte, sie wolle noch ihre Sachen holen und dann zur Villa kommen. Sie wollte euch überraschen.«

»Aber was ist hiermit?« Hana holt Beas kaputtes Handy aus ihrer Tasche. »Das habe ich in deinem Zimmer gefunden.« Ihre Stimme bricht. »Du hast ihr Handy genommen, Jo. Etwas, was wir der Polizei hätten geben müssen. Du hast es zerstört, die SIM-Karte rausgenommen. Warum?«

Jo sieht sie bestürzt an. »Ich habe es nicht getan. Es war so, als ich es fand. Das war an dem Morgen, als man Bea entdeckte. Ich sah es unter einem der Pflanztöpfe beim Yoga-Pavillon. Die SIM-Karte war nicht mehr vorhanden, als ich es an mich nahm.«

Hana kommt ein Gedanke. »Danach hast du also Ausschau gehalten, als ich dich beim Pavillon sah, nachdem ich mit der

Polizistin gesprochen hatte. Du wusstest, was die Leute denken würden, wenn sie erst dahinterkamen, dass du Bea in jener Nacht getroffen hast. Wie es nach außen aussehen würde.«

Jo zuckt zusammen. »Das stimmt, und ich fühle mich deswegen beschissen. Aber ich wusste nicht, was ich sonst tun sollte. Ich habe die SIM-Karte nicht gefunden, ehrlich. Entweder liegt sie immer noch irgendwo dort, oder sie wurde von demjenigen mitgenommen, der es zerschmettert hat. Ich habe dumm reagiert, aus einem Impuls heraus, aber ich hätte Bea nie was getan, Han. Das weißt du …«

»Aber du hast Liam tot liegen lassen …«

Jo antwortet nicht, tritt nur einen Schritt auf sie zu, doch Hana weicht auf den Rasen aus.

»Du hast ihn dort liegen lassen, Jo«, spuckt Hana erneut aus. »Du hast ihn dort allein gelassen.«

Sie denkt an all die Gelegenheiten, als Jo es ihr hätte gestehen können. Auf dem Weg ins Krankenhaus, der Fahrt nach Hause, bei der Beerdigung. Die Wochen, die dann folgten.

Jo hat ihr alle diese Augenblicke gestohlen, und Hana wird ihrer nie wieder ohne Hass gedenken können.

Aber das Schlimmste, was Jo ihr geraubt hat, ist das Einzige, was ihr überhaupt geblieben ist, das Kostbarste von allem.

Ihre Erinnerung an Liam.

»Und du denkst, du kannst damit davonkommen? Damit, dass du mir alles gestohlen hast? Denn genau das ist es, was du immer tust. Alles stehlen.«

»Ich weiß nicht, was du meinst …«

Seit jeher ist es ein Muster von ihr: Jo stiehlt von anderen Menschen, hat es seit jeher getan. Jo klaute Hana ihre Hobbys, ihre Freunde. Und eine Weile lang fühlte Jo sich danach besser, einfach nur, weil sie jemanden ausgestochen hatte.

»Dann werde ich es dir sagen …« Hana listet alles brutal auf, sämtliche Dinge, an die sich nur eine Schwester erinnert. Dass sie damals mit dem Eislaufen anfing, weil Hana es tat, und wie sie übte und übte, bis sie besser war. Wie sie über Bea redete, wenn die bei etwas gut abschnitt, und wie hinterlistig sie versuchte, daraus etwas Negatives werden zu lassen.

Die Worte kommen und kommen. Hanas Schädel wummert, als sie zu reden aufhört.

Jo schweigt, doch die hängenden Schultern und der gesenkte Kopf sagen alles. *Ins Schwarze getroffen.* Endlich hat etwas die Barriere durchdrungen.

»Es tut mir leid«, sagt sie schließlich, die Stimme tränenerstickt. »Es tut mir so schrecklich leid.«

Tatsächlich ist es das Schlimmste, was sie sagen kann – Hana will eine heftige Erwiderung, etwas, an dem sie sich abreagieren kann. Sie will Jos Entschuldigung nicht, denn sie erfordern Mitleid, und das ist das Letzte, was sie braucht. Mitleid gibt ihr das Gefühl, klein und dumm zu sein.

Was als Nächstes geschieht, überrascht Hana, denn sie ist noch nie handgreiflich geworden. Sie war immer diejenige, die vor einem Konflikt wegrannte, statt sich ihm zu stellen. Bea und Jo trugen Dinge handfest aus, rangen auf dem Sofa miteinander, Hana jedoch nie.

Nun packt sie grob das Handgelenk ihrer Schwester. »Aber ich glaube nicht, dass es dir leidtut.«

Jo weicht zurück. »Hör auf, du tust mir weh.« Ihre Wimperntusche ist verschmiert, verläuft in schwarzen Schlieren unter ihren Augen.

»Nein«, erwidert Hana. »Ich will, dass du es so sagst, wie du es wirklich empfindest.«

»Bitte, Han«, fleht Jo, während sie versucht, ihre Hand loszumachen. »Du machst mir Angst.«

Aber es ist, als könne Hana sie nicht hören. Wie sie Jos Gesicht betrachtet, die Furcht in ihren Augen, erfüllt Hana ein schwindelerregendes Gefühl von Macht.

»Han …«

Doch Hana schweigt.

Sie schließt ihren Griff um Jos Handgelenk fester, so fest, dass sie die Knochen ihrer Schwester spüren kann.

68

Dich.«

Mehr kriegt Elin nicht heraus. Es kommt ihr vor, als würde ihr der Teppich unter den Füßen weggezogen werden.

»Ja, sie hat damit nur mich beschützt, Elin. Weil sie die große Schwester ist.« Seine Stimme bricht.

Elin versucht, sich zu sammeln. *Nicht urteilen, Elin. Du bist nicht in der Position zu urteilen.* »Was ist damals passiert?«, fragt sie. »Als sie hier draußen auf der Insel war?«

»Als *wir* hier draußen waren. Ich war in der Woche ebenfalls auf der Insel. Farrahs Jahrgang und meiner waren so klein, dass wir zusammengelegt wurden.«

Sie runzelt die Stirn. »Aber das Foto, das ich gefunden habe … du warst nicht darauf zu sehen.«

»Das war nur das von Farrahs Klasse, nicht von meiner.« Will hält inne. »In der Mordnacht war ich mit Thea, einem der Mädchen, unterwegs, als sie angegriffen wurde. Wir gingen in den Wald; Thea entfernte sich ein Stück, sie musste pinkeln. Jemand schlug sie wie aus dem Nichts nieder.« Seine Stimme bebt. »Immer wieder. Und ich …« Der Anflug einer Grimasse. »Ich rannte weg. Ließ sie dort allein zurück.«

Elin will ihn beruhigen, doch es gelingt ihr nicht; sie ist zu erschüttert von dem, was er da sagt. »Du hattest Angst«, sagt sie schließlich. »Wolltest helfen, dachtest aber, er würde auch dich anfallen.«

»Nein«, sagt Will tonlos. »Ich habe nicht mal daran gedacht, ihr zu helfen. Es war mir überhaupt nicht in den Sinn gekommen. Ich rannte einfach los. Das, was du neulich sagtest, darüber, ein Feigling zu sein – du warst nicht feige an jenem Tag mit Sam. Du bist in Schockstarre verfallen, ja, aber du bist nicht weggerannt. Ich habe mich gerettet, anstatt Thea zu helfen. Ich denke heute noch daran, was geschehen wäre, wenn ich versucht hätte, sie zu beschützen …« Er schüttelt den Kopf; der Schmerz ist seinen Augen anzusehen.

»Ich habe das Gleiche getan«, sagt sie. »Bin ständig durchgegangen, wie es hätte anders ausgehen können. Doch wie erging es dir weiter?«

»Nachdem es passiert war, versteckte ich mich eine Weile. Als ich mich wieder rauswagte, war da niemand mehr, nur dieser Stein im Sand. Er war merkwürdig geformt, wie eine Nachbildung dieses Felsens.«

Elins Puls rast plötzlich. *Geformt wie die Steine in der Höhle.*

»Ich hob den Stein auf, und in dem Moment fiel mich jemand von hinten an. Ich konnte ihn nicht richtig sehen, aber ich erhaschte einen Blick auf einen dunklen Umhang, die Kapuze tief ins Gesicht gezogen.«

Ein Umhang – so wie der, den sie in der Höhle gefunden haben. Was Will ihr gerade erzählt, beweist zweifelsfrei die Verbindung zwischen den beiden Fällen.

»Irgendwie schaffte ich es an ihm vorbei, rannte durch den Wald. Und da fand ich sie auf der Lichtung, sie lag immer noch dort.« Will schlägt sich die Hand vor den Mund. »Da war so viel Blut, Elin, und sie war so still. Unnatürlich still. Ich blieb eine Weile bei ihr, ein Teil von mir hoffte, dass sie aufwachen würde, sagen würde, dass es nur ein Scherz sei, aber irgendwann begriff ich es.« Ein Schluchzen entfährt ihm. »Schließlich schaffte ich es ins Lager zurück, um es den Lehrern zu erzählen. Dabei sah ich das zerfetzte Zelt von Josh und David, und selbst von draußen konnte ich erkennen, dass sie tot waren. Der Stein, den ich gefunden hatte ... er lag neben ihnen, er war voller Blut. Ich dachte, ich dachte ...«

»Dass es derselbe war, den du bei Thea gefunden hattest?«

Er nickt. »Ich überlegte, ob ich ihn fallen gelassen hatte ... Als ich ihn vor dem Zelt sah, ging ich vom Schlimmsten aus, es wären ja meine Fingerabdrücke darauf zu finden. Ich verfiel in Panik und schnappte ihn mir.«

»Und dann erzähltest du es Farrah?«

»Ja. Sie sagte, dass ich niemandem davon berichten dürfe, meine DNA sei ja überall auf dem Stein. Farrah versteckte ihn im Wald.«

Elin nickt. Eine Sache an dieser Geschichte jedoch gibt ihr zu denken – dass der Mörder den Stein zum Zelt gebracht hatte, an den Ort des Verbrechens. Bislang gibt es jedoch keinerlei Hinweis darauf, dass der Täter Ähnliches bei Bea Leger und Seth Delaney getan hätte.

Ist das von Bedeutung, eine Abweichung, oder hat das etwas anderes zu sagen?

»Und wann beschloss Farrah, gegen Creacher auszusagen?«

»Nach seiner Verhaftung. Farrah meinte, wir könnten nicht sicher sein, dass die Polizei keine anderen Spuren finden würde, die zu mir führten. Also hatte sie die Idee, zu behaupten, dass sie Creacher bei den Zelten hatte herumlungern sehen.«

»Das war Farrahs Vorschlag?«

»Ja, aber sie sagte das nur, weil wir tatsächlich glaubten, dass Creacher der Mörder *war*. Die Lüge war dazu gedacht, das zu unterfüttern, was die Polizei bereits vermutete. Wir dachten damals nicht an die Konsequenzen.« Will schüttelt den Kopf. »Ich hätte etwas sagen sollen, als du die Ermittlung übernahmst, aber ich wollte gar nicht erst in Betracht ziehen, dass es da eine Verbindung geben könnte.«

»Mach dir keine Vorwürfe. Ich verstehe, dass das schwer für dich war, und da Creacher im Gefängnis sitzt …« Doch als sie die Worte sagt, verspürt sie einen leisen Zweifel. *Hier ging es darum, ihn und Farrah zu schützen.*

»Ich mache mir aber Vorwürfe. Wenn Farrahs Lüge mit ihrem Verschwinden zu tun hat … Ich hätte mich der Sache stellen, es der Polizei sagen sollen. Du hattest recht, als du meintest, man könne die Vergangenheit nicht zupflastern, doch genau das habe ich mein ganzes Leben getan. Das Retreat, mein Name …«

»Dein Name?«

»Ja. Ich änderte ihn nach den Geschehnissen im Zeltlager. Meine Eltern erledigten das. Ständig träumte ich davon, wie Thea meinen Namen rief. Ich hieß Oliver, aber sie nannte mich immer Ollie.« Tränen treten ihm in die Augen, und er wischt sie weg.

Ollie. Elin überkommt ein Gefühl, dass ihr Leben nur noch auf einem schwankenden Fundament steht.

»Wenn aber Creacher gar nicht der Mörder war, glaubst du dann, der Täter oder« – er schluckt sichtlich – »wer auch immer es war, könnte … Farrah haben?«

»Tut mir leid, aber ja, das ist möglich.«

»Aber wenn Creacher Thea und die anderen aus meiner Klasse gar nicht umgebracht hat, warum sollte der Mörder Farrah gerade jetzt nachsetzen? Was sie getan hat, kam ihm doch entgegen, sie lenkte den Verdacht auf Creacher.«

»Ich habe keine Ahnung, was das Motiv sein könnte. Angesichts des Fotos im Mülleimer kann ich mir vorstellen, dass sie vielleicht nachgeforscht oder jemanden wiedererkannt hat. Wenn dem so ist, hat sich derjenige wahrscheinlich ebenfalls an sie erinnert. Das hier könnte eine Art Warnung an sie sein.«

»Glaubst du, man wird sie finden?« Es liegt Verzweiflung in

seiner Stimme. »Ich muss es Mum und Dad erzählen, und ich möchte ihnen was Positives sagen können.«

»Ich werde alles tun, was ich kann. Aber da wir bislang nur zu zweit sind, und die Örtlichkeit ist auch nicht gerade einfach …« Sie hält inne. »Will, die Person, die Thea umgebracht hat, kannst du dich noch an sie entsinnen, an irgendetwas?«

»Ich wünschte, dem wäre so.« Seine Stimme klingt gedämpft. »Ich weiß nur, dass sie stark war und dass sie auch mich getötet hätte, wenn es ihr gelungen wäre, mich zu überwältigen. Ich konnte ihre Brutalität spüren. Dieser Eindruck ist mir geblieben, selbst nach all den Jahren. Diese … rohe Gewalt.«

»Es tut mir so leid«, sagt sie leise. »Und ich hasse es, dich das noch mal durchleben lassen zu müssen, aber eine letzte Frage: Hat zu der Zeit irgendwer was von der alten Schule erwähnt? Der Detective von damals meinte, dass die Jugendlichen bei der Befragung zum Creacher-Fall regelrecht Angst hatten, das ehemalige Schulgebäude zu betreten; außerdem haben wir bei Farrahs Sachen Hinweise darauf gefunden.«

Will macht eine lange Pause, bevor er antwortet. »Alle redeten darüber, kaum, dass wir einen Fuß auf die Insel gesetzt hatten. Gerüchte. Irgendwer erzählte, er würde jemanden kennen, der auf der Schule gewesen war, und dass die Lehrer dort vom Reaper's Rock besessen gewesen seien. Dass sie die Schüler zur Strafe in diesen Raum sperrten …«

»Was für einen Raum?«

»Sie verrieten keine weiteren Details. Du weißt ja, wie es in dem Alter ist. Wahrscheinlich alles nur Geschwätz.«

Sie schweigt. *Geschwätz.*

Will könnte recht haben, aber nach allem, was sie über diesen Ort erfahren hat, ist sie sich da nicht so sicher.

69

Was ist los? Ich habe Geschrei gehört«, fragt Caleb, als Hana in ihr Zimmer zurückkehrt. Er bleibt in der Tür stehen, den Rucksack bereits geschultert. Dieser sitzt zu eng; die Riemen ziehen sein T-Shirt hoch und entblößen einen blassen Bauch.

»Jo«, erwidert Hana und wuchtet ihren Koffer zur Tür.

Seine Miene wird weicher. »Kummer wegen Seth?«

»Nein.« Hana blickt zu Boden; es fällt ihr schwer, sich zu artikulieren. »Es ist ein bisschen heftig. Ich habe herausgefunden, dass sie eine Affäre mit Liam hatte, und außerdem« – ihre Stimme schwankt – »hat sie mir gestanden, dass sie bei ihm war, als er … als er starb.« Sie stockt, kann nichts dagegen tun, dass sie in Gedanken immer wieder die beiden zusammen sieht.

Caleb weicht unwillkürlich zurück. »Sie war *bei ihm*?«

»Ja, sie waren gemeinsam im Bike-Park. Jo hörte den Unfall, ging dann zu ihm und ließ ihn dort liegen. Erzählte niemandem was.« Sie muss sich auf die Lippe beißen, um nicht loszuheulen. »Die Affäre geheim zu halten, war ihr offenbar wichtiger.«

»Oh Gott.« Er schüttelt den Kopf. Hana kann sich ausmalen, was er denkt: Nichts von alldem kommt überraschend. Es ist offensichtlich, dass Caleb nicht viel von ihrer Familie hält, insbesondere von Jo. »Es tut mir leid«, sagt er. »Ich habe Liam nie kennengelernt und kann mir nicht ansatzweise vorstellen, wie du dich fühlst.«

Obgleich sie es nicht vorgehabt hatte, will ein Teil von ihr, dass

Caleb wenigstens ein bisschen die Gefühle versteht, die in ihr wüten. Um diese erdrückende Last zu teilen. »Es war nicht das Einzige, was sie gebeichtet hat. Ich habe Beas Handy in ihrem Zimmer gefunden. Sie gab zu, es an sich genommen zu haben.«

»Beas Handy?«

»Was davon übrig ist. Es ist völlig kaputt. Jo sagt, sie habe es so gefunden, es beim Yoga-Pavillon entdeckt.«

»Und ihr erster Gedanke war nicht, es der Polizistin zu geben?«

»Sie meinte, da seien Sachen drauf, von denen sie nicht wollte, dass es rauskam. Über Liam.«

»Aber indem sie es für sich behielt …«

»Ich weiß.«

»Und du nimmst es ihr ab?«, fragt Caleb. »Dass sie es dort gefunden hat?«

Hana zuckt mit den Achseln.

»Wo ist Jo jetzt?«

»Packt ihren letzten Kram zusammen.«

»Und Maya?«

»Ist in ihrem Zimmer. Ich hole sie ab, damit wir gemeinsam zur Lodge hochgehen. Ich glaube, sie ist völlig fertig.«

»Sind wir das nicht alle? Als ich diese Insel googelte, nachdem Jo die Eckdaten geschickt hatte, da lachte ich noch über all die Verschwörungstheorien, aber jetzt …«

»Ich weiß.« Irgendwann wäre es ohnehin passiert, denkt Hana, das Zerwürfnis im Angesicht all der Lügen, ganz gleich, ob sie auf die Insel gekommen wären oder nicht. Dennoch kommt sie nicht umhin, sich beraubt zu fühlen, so als würde die Insel mehr und mehr von ihnen nehmen, als würde sie nicht damit aufhören, bis sie nichts mehr zu geben hatten.

»Der Sturm hat ganz schön zugenommen.« Caleb blickt zum Fenster raus. »Wird kein netter Spaziergang da hoch.«

Er hat recht, denkt sie. Mit einem Mal erscheint alles so düster und melancholisch; die Wolken werden dichter und tilgen das Blau des Himmels. Der stärker werdende Wind hat die Terrasse bereits in ein Chaos verwandelt – winzige Zweige und Blüten übersäen sie.

Plötzlich ist ein lautes Knacken zu hören, eine wütende Bewegung.

Caleb zuckt zusammen.

Wie erstarrt schauen sie zu, als ein großer Ast von der Kiefer auf den Boden kracht.

Eine Amputation – weiß das Innenleben des Holzes, dort, wo es entblößt, wo es brutal vom Stamm gerissen wurde.

Keiner von beiden sagt ein Wort.

Sie starren nur den Ast an, bevor eine heftige Böe ihn in die Luft hebt, um ihn gleich wieder zu Boden zu schleudern.

Ein hässlicher, wirrer Tanz.

70

Elin berichtet Steed, was Will ihr erzählt hat, wobei sie das Personal und die Verbliebenen betrachtet, die allmählich die Lobby fluten.

Angestellte führen die Gäste in den Flur hinter dem Empfangstresen. Im Raum erhebt sich ein lautes Stimmengewirr. Koffer werden hektisch gerollt, Sandalen klatschen auf dem Boden.

»Und Will konnte bei dem Angreifer nichts ausmachen, wodurch man ihn identifizieren könnte?«, fragt Steed.

»Nein.«

Steed kräuselt die Stirn. »Tja, ich habe ebenfalls schlechte Nachrichten. Ich habe einen Gefallen eingefordert und jemanden dazu gebracht, sämtliche Namen der Gäste und Angestellten durch die Datenbank zu jagen ... leider ohne Glück. Bis auf Farrah ist nichts dabei rumgekommen, und so weit sind wir ja selbst schon.«

»Hätte mir denken können, dass es nicht so einfach wird.«

»Es könnte sich vielleicht lohnen, wenn wir uns wieder den Basics zuwenden. Mit allen sprechen, die übrig sind, um zu sehen, ob ihnen in den letzten Tagen etwas aufgefallen ist. Jemand könnte doch etwas wahrgenommen haben, ohne zu ahnen, dass es von Bedeutung war.«

»Gute Idee. Das Gleiche gilt für Farrah. Jemand könnte ...« Aber sie kommt nicht dazu, ihren Satz zu beenden.

»Immer noch keine Spur von Farrah?« Es ist Jared, der Aufseher.

»Fürchte nein. Wir haben die unmittelbare Umgebung durchkämmt … nichts.«

»Sollen wir die Suche ausweiten? Einige vom Personal können wir entbehren. Die meisten verbliebenen Gäste sind bereits hier, und der Rest ist auf dem Weg.«

Jared wirft einen sorgenvollen Blick auf die zunehmenden Wolkenmassen, den beginnenden Regen. »Der Sturm wird immer heftiger. Falls sie allein da draußen ist …«

Elin ist sich bewusst, in welcher Situation sie stecken: Folgen sie seinem Vorschlag, riskieren sie die Sicherheit der Angestellten; tun sie nichts, schmälert das die Chancen, Farrah zu finden. Sollten sie den Radius ihrer Suche ausdehnen, wären der Steinbruch und die Höhle in Angriff zu nehmen, aber sie darf bei diesem Wetter niemanden so weit rausschicken.

»Nein, ich denke nicht …« Ihre Worte gehen unter, Jareds Funkgerät rauscht zu laut. Ein Redeschwall.

»Hallo?« Er hält das Funkgerät an sein Ohr. »Können Sie das wiederholen?«

Wer auch immer da redet, muss draußen sein, denn die Stimme wird vom Heulen des Winds überlagert.

»Ich muss einen ruhigeren Ort aufsuchen.« Jared begibt sich in den kleinen Nebenraum hinter der Rezeption.

Elin tritt von einem Fuß auf den anderen, wartet darauf, dass er wiederkehrt, was auch kurze Zeit später passiert.

»Einer der Angestellten hat eine Tasche auf den Felsen gefunden. Meinte, sie sähe aus wie die von Farrah.«

»Ich schau mir das an.« Elin dreht sich zu Steed. »Du sprichst inzwischen mit dem Personal.«

Als Elin nach draußen geht, ist es, als würde sie eine andere Welt betreten.

Die Szenerie, die vor wenigen Minuten noch melancholisch

war, hat sich in etwas Wildes, Wüstes verwandelt; die Wolken jagen nun über den Himmel, das Meer ist mit Schaumspitzen gespickt.

»Ist der Mitarbeiter noch unten?«, ruft sie gegen den Wind an.

»Ja.« Jared rennt zu den Stufen, die hinunter zum Strand führen.

Elin folgt ihm. Als sie gerade die Uferküste erreichen, fegt eine Böe eine Schicht Sand auf und schleudert sie ihr ins Gesicht. Sie reibt sich die Augen, während Jared sie an der Wassersporthütte vorbeiführt. Sie wurde abgesperrt, wenn auch in aller Hast – einer der Kajakständer wurde draußen vergessen. Der Wind rüttelt die Kajaks in ihren Halterungen hin und her.

»Da ist er.« Jared deutet mit dem Zeigefinger.

Als Elin die Augen hebt, sieht sie einen Mann am Rand der Felsen stehen, die Hand in die Luft gestreckt. Es ist Michael Zimmerman. Er trägt eine dünne Regenjacke, der Reißverschluss ist geöffnet; sein runder Bauch spannt unter dem Poloshirt. Wieder glaubt sie, ihn zu kennen.

Warum kann sie ihn bloß nicht einordnen? Aber wahrscheinlich verwechselt sie da etwas.

Sie brauchen ein paar Minuten, bis sie ihn erreicht haben, und als sie endlich neben ihm stehen, sind sowohl Elin als auch Jared außer Atem.

»Ich habe nichts angefasst.« Michael deutet auf die Tasche. »Sobald ich sie sah, habe ich es gemeldet. Aber ich verstehe es nicht. Wir haben hier gleich zu Beginn gesucht. Da war nichts.«

Elin betrachtet die Umhängetasche, die halb auf den Felsen, halb auf dem Strand liegt. Sie ist offen, ihr Inneres auf dem Sand verteilt: eine Haarbürste, ein Brillenetui, eine benutzte Tube Sonnencreme … Aber es ist nicht der Inhalt, der sie stutzen lässt, sondern die Tasche selbst. Das helle Braun, der breite Riemen … sie gehört Farrah, kein Zweifel.

Aber warum liegt sie an dieser Stelle? Schon möglich, dass der Entführer sie fallen gelassen hat, aber warum an *diesem* Ort? Von hier aus ist bloß Wasser zu sehen. Eine unruhige Fläche aus Grau und Blau, die mit jeder Minute wütender wird.

Sie überlegt. Es gibt keinen anderen Weg, der von hier wegführt, als übers Meer. Könnte die Tasche bewusst hier platziert worden sein? Als eine Art Falle oder Ablenkung?

Oder ist Farrah, eingeschüchtert von der Drohung, abgehauen? Es ist nicht ausgeschlossen, dass sie versucht hat, fortzukommen.

Es gibt eine weitere Option – und ihr wird eng ums Herz, als sie darüber nachdenkt. Wenn Farrah aus eigenem Antrieb gegangen ist, dann eventuell aus einem sehr unschönen Grund? Sie kann den Bildschirmschoner selbst eingestellt haben, um Elin auf eine falsche Fährte zu führen.

Elin kann die Theorie, dass Farrah irgendwie an den Vorkommnissen beteiligt sein könnte, zum jetzigen Zeitpunkt nicht verwerfen. Farrah hat die Polizei belogen, und bisher haben sie lediglich Wills Aussage über die Beweggründe. Vielleicht ist etwas geschehen, von dem er nichts weiß, etwas, das Farrah unbedingt geheim halten wollte. Könnte es etwas mit der alten Schule zu tun haben?

Sie spielt die verschiedenen Szenarien durch, während sie ihr Handy aus der Tasche kramt. Sie geht in die Hocke und macht ein Foto von der Tasche, so wie sie sie vorgefunden hat, bevor sie ein Paar Einweghandschuhe überzieht und den restlichen Inhalt durchsucht, darunter einen Terminkalender. Sie will den Reißverschluss der Tasche gerade zuziehen, als sie ein Stück Papier aus dem Adressbüchlein hervorlugen sieht.

Ein abgerissener Rand. Die Notiz in Farrahs Büro hatte dasselbe Papier.

Als sie den Zettel vorsichtig auseinanderfaltet, bleibt sie an der Handschrift am oberen Rand hängen.

Farrahs Schrift. Es ist das letzte Worte von der Notiz, die sie im Mülleimer gefunden haben.

Nun ist sie vollständig: *School.*

Sie hatte recht, Farrah hatte den Namen der Schule notiert. *Rock House School.*

Aber es ist nicht das Einzige auf dem Zettel.

Ihr Blick wandert tiefer. Ein Name darunter.

Michael Zimmerman.

71

Elin hat ihnen den Rücken zugewandt, währen das Blatt Papier in ihrer Hand in der Brise flattert.

Rock House School. Michael Zimmerman.

Ein Teil von ihr wusste, dass die Schule mit dem Fall und auch den Creacher-Morden verknüpft ist. Farrah war offenbar zu demselben Schluss gekommen. Aber in welcher Verbindung steht das Ganze zu Michael Zimmerman? Sie verspürt Furcht, als ihr einfällt, dass der Mann sie die letzten Tage beobachtet hat.

Langsam dreht sie sich zu ihm um. »Dieses Stück Papier habe ich in Farrahs Tasche gefunden. Eine Notiz über die alte Schule … Ihr Name steht darunter. Wissen Sie, was das zu bedeuten hat?«

Michael betrachtet den Zettel und nickt dann. »Soweit ich mitbekommen habe, hat sie irgendwelche Nachforschungen angestellt.« *Farrah hat auf eigene Faust recherchiert.* Nach einem Seitenblick zu Jared senkt Michael die Stimme. »Aber hören Sie, was Farrah sagte … ich glaube nicht, dass das für die Öffentlichkeit bestimmt war.«

Elin tritt ein paar Schritte beiseite, bis sie außer Hörweite von Jared sind. »Falls es darum geht, dass sie zur Zeit der Creacher-Morde auf der Insel war, weiß ich das bereits.«

Michaels Schultern entspannen sich. »Sie hat sich bei mir erkundigt, was ich über die Schule weiß. Meinte, jemand habe ihr und allen anderen aus dem Kurs mit diesem Ort eine Heidenangst eingejagt, als sie damals auf die Insel kamen. Sie hatte aber nie richtig verstanden, worum es dabei ging. Den Fluch um den Felsen, das hätte sie nachvollziehen können, aber nicht die Verbindung zur Schule. Sie meinte, das habe immer an ihr genagt.«

»Hat sie auch gesagt, wer ihr das über den Fluch erzählt hat?« Er schüttelt den Kopf.

Elin schaut erneut auf das Stück Papier. Wenn Farrah versucht hat, an Informationen über die Schule zu gelangen, muss das doch bedeuten, dass die Rock House School eine Rolle spielt. »Und warum kam sie damit zu Ihnen?«

»Farrah hörte mich mit diesem Gast reden, jenem Mann, von dem ich Ihnen schon erzählt habe, dem Künstler, der früher auf der Schule war. Sie dachte, ich könnte etwas wissen.«

»Und ich nehme an, das tun Sie auch?«

»Als wir neulich sprachen, habe ich Ihnen nicht die ganze Geschichte erzählt. Der Künstler, er wurde ziemlich emotional, als er sein Werk vor Ort sah.« Er zupft an seiner Mütze. »Wir redeten, und er rückte ein bisschen damit heraus, dass an der Schule ziemlich merkwürdige Strafen üblich waren, so wie ich das verstanden habe.«

»Inwiefern?«

»Er sagte, es hätte dort einen verborgenen Raum gegeben, in den sie die Kinder brachten. Ich drängte nicht weiter, aber er wirkte mitgenommen. Mir war sofort klar, dass es ziemlich schlimm gewesen sein musste, wenn ihn das all die Jahre später noch aufwühlte.«

Elins Herz beginnt schneller zu schlagen. *Ein Raum. Will hatte ihn erwähnt. Könnte dies der Ort sein, an den Farrah gebracht wurde?* »Hat er weiterhin etwas gesagt?«

Ein kurzes Zögern. »Nicht explizit, das nicht, aber die Person, von der ich Ihnen erzählt habe, der Kerl, den ich bei Nacht am Felsen herumstreunen sah – das war der Künstler. Als ich kapierte, dass er es war, fragte ich mich, nach allem, was er mir erzählt hatte, ob vielleicht etwas nicht in Ordnung war. Ich folgte ihm. Ich war gerade dabei, ihn einzuholen, als er hastig weiterzog, am Felsen vorbei.«

»Daran *vorbei*? Da ist doch nur Wald, oder?«

»Ja, das dachte ich auch. Also heftete ich mich an seine Fersen. Er ging ein Stück in den Wald hinein, zu einer alten Bunkeranlage. Ich überlegte, ob es der Raum war, den er erwähnt hatte, ob er vielleicht dort hinwollte, um damit abzuschließen.«

»Haben Sie das auch Farrah erzählt?«

»Ja, aber als ich ihr die Stelle zeigte, mussten wir feststellen, dass da nichts war, kein Raum. Bei der Errichtung des Retreats hatten die Bauarbeiter den Zugang eingemauert, eine halbe Tonne Beton die Stufen runtergekippt.«

»Es gibt somit keine Möglichkeit mehr, sich Zutritt zu dem Bunker zu verschaffen? Keinen anderen Eingang?«

»Nein. Alles wurde komplett einbetoniert. Ich kann es Ihnen zeigen, wenn Sie mögen.«

Einen Versuch ist es wert, auch wenn es gleich in mehrfacher Hinsicht nach einer Sackgasse klingt. »Danke für Ihre Ehrlichkeit.«

»Ich hätte Ihnen das womöglich schon früher erzählen sollen.«

Elin blickt aufs Meer. »Wir müssen zurück. Der Sturm nimmt zu.« Wie aufs Stichwort bläst eine Windböe einen Schwall Sand in ihr Gesicht. Sie schüttelt sich. »Lassen Sie uns gehen.«

Erleichterung spiegelt sich in den Mienen von Jared und Michael. Sie wollen hier ebenfalls nicht länger bleiben.

Auf dem Weg über den Strand wird der Wind noch heftiger. Elin sieht, wie die Bäume auf der Klippe über ihnen unheilvoll schwanken.

»Lassen Sie uns schneller gehen«, sagt sie. »Ich glaube ...« Sie bleibt abrupt stehen.

Etwas Weißes liegt im Sand, direkt unter dem Klippenüber-
hang.

Elin rennt los. Sie erkennt einen Kopf, einen Oberkörper,
Beine.

Hellblondes Haar.

72

Elin sprintet weiter; feine Regennadeln treffen ihr Gesicht. Kurz vor dem Felsüberhang bleibt sie stehen, schnappt nach Luft. Direkt vor ihr ist der Sand von Blut getränkt, kleine rote Tümpel, die schäumen.

Ihre Augen erblicken die Mulden im Sand dahinter, Echos von Fußabdrücken.

Benommen mustert sie den Tatort. *Farrah wurde hier angefallen, dann unter die Klippe geschleift.*

Sie zieht den Kopf ein, als sie sich unter den Felsvorsprung wagt.

Das Erste, was ihr entgegenschlägt, ist der Geruch; salzig-feuchter Moder gemischt mit dem Metallischen von Blut.

Der Ort will sie warnen, ihr sagen: *Etwas Furchtbares ist hier geschehen.*

Übelkeit überkommt sie, doch Elin zwingt sich, Farrah anzuschauen: das blonde Haar, die blutigen Falten der weißen Bluse.

Verzweifelt hält sie Ausschau nach einem Lebenszeichen, dass Farrah noch am Leben sein könnte.

Behutsam geht sie um den Körper herum, bis sie das Gesicht sehen kann.

Es ist nicht Farrah.

73

Es ist Jo Leger.

Ihre Augen sind geschlossen, doch sie sieht alles andere als friedlich aus. Eine Prellung hat die Haut über ihrem rechten Auge aufgerissen. Der Schädel ist deformiert, das wirre Haar von Blut und Sand verklebt.

Das weiße Top, das Elin irrtümlich für Farrahs Bluse gehalten hat, ist auch vorne gesprenkelt von Blutstropfen.

Nun, da sie weiß, dass es sich um Jo handelt, ist es offensichtlich – die drahtige Muskulatur, der dunkle Teint.

Elin zieht sich ein neues Paar Einweghandschuhe über, um am Hals Jos Puls zu fühlen. Es ist keiner zu spüren, lediglich eine schwache Restwärme ist zu spüren.

Ihr wird schwer ums Herz. *Jo ist tot, aber sie liegt noch nicht lange hier.*

Michael muss in der Nähe gewesen sein, als sie starb; und auch sie und Jared waren nah, als sie ihm entgegenliefen. Der Einsatz wurde unweigerlich erhöht: Ein Mörder, der seine Angst vor einer Entdeckung – oder den Konsequenzen einer solchen – abgelegt hat, ist zu allem fähig.

Elin betrachtet eingehend die Wunde am Schädel. Die Todesursache scheint stumpfe Gewalteinwirkung zu sein. Aber womit?

Ihre Augen inspizieren die Felsenwände, dann den Boden unmittelbar davor. Keine Spur einer potenziellen Tatwaffe.

Aber das Opfer Jo hat etwas Wesentliches aufgedeckt. Drei

Tote aus einer Gruppe: Bea. Seth. Jo. Was vorher noch Zufall sein konnte, scheint nunmehr ein Muster zu sein.

Warum diese Gruppe?

Seit sie das Arrangement aus Fotos und Steinen in der Höhle gesehen hatten, tendierten sie zu der Theorie, dass die Auswahl der Opfer den Umständen geschuldet, nach pragmatischen Gesichtspunkten erfolgt war; doch nun scheint dahinter ein gezielteres Vorgehen zu stecken.

Mag das Motiv des Killers nach wie vor mit dem Fluch zusammenhängen, trotzdem könnte er auch einen spezifischen Grund haben, dass er diese Gruppe ins Visier genommen hat.

»Farrah?«

Elin zuckt zusammen, doch es ist nur Jared, der vor dem Felsüberhang steht. Hinter ihm Michael.

»Nein«, sagt sie. »Es ist ein Gast.«

Jared tritt sichtlich erschüttert zurück. »Ist sie …?«

»Ja. Aber noch nicht sehr lange.« Nachdem sie ein paar Fotos gemacht hat, tritt Elin hervor. Jared fragt sie etwas, doch seine Worte gehen im Lärm des Sturms unter.

Es ist, als habe die Insel, die so lange schweigsam war, endlich ihre Stimme gefunden, um sich Gehör zu verschaffen. Es klingt wie ein Brüllen.

»Sollen wir gehen?« Jared reißt sie aus ihren Gedanken.

Elin nickt. Sie muss noch mal wegen der angeforderten Verstärkung telefonieren und sich danach mit der Gruppe unterhalten – oder den Menschen, die noch von ihr übrig sind.

Hana. Maya. Caleb.

Es ist an der Zeit, den Druck zu erhöhen.

74

Tut mir leid, Elin, ich habe keine Register mehr, die ich ziehen könnte. Ich hab's versucht. Feuerwehr und Rettungsdienste sind leider noch mit der Evakuierung beschäftigt, aber es ist bald geschafft. Maximal ein paar Stunden, hoffe ich.«

»Aber Farrah ist immer noch verschwunden.« Elin hört die Verzweiflung in ihrer Stimme. Die Lage hat sich geändert. Anna wird das sicher verstehen. »Wir benötigen mehr Ressourcen für die Suche.« Ihr Blick schweift zum Panoramafenster. Der Regen strömt in Flüssen über die gläserne Wand und vermengt sich mit den Silhouetten der Angestellten, die herumwuseln und ein provisorisches Abendessen aus Sandwiches und Obst verteilen.

»Das verstehe ich, aber ich kann nichts versprechen, außer, dass ihr ausharren müsst. Wir sind bei euch, sobald wir können.«

»In Ordnung. Ich halte dich auf dem Laufenden.« Es kostet Elin alle Willenskraft, optimistisch zu klingen. Es sind Momente wie diese – und während einer Ermittlung gibt es immer Momente wie diese, in denen die Dinge nicht laufen, wie man will, in denen es gilt, Mut zu zeigen. Sie muss von der Kraft zehren, die sie vorhin noch gespürt hatte.

»Ich schätze, das war eine Abfuhr?«, sagt Steed bedrückt, nachdem sie aufgelegt hat.

»Ja. Sie sind weiterhin komplett überlastet. Scheint, dass es heute eine lange Schicht für uns wird.«

»Wenigstens haben wir einen Plan.« Doch die Sorgen, die sein Gesicht furchen, strafen seine Zuversicht Lügen.

Er hat auch Angst. Will es nur nicht zeigen.

»Zuerst müssen wir mit denen sprechen, die von der Leger-Gruppe übrig sind. Uns Antworten holen.«

»Zwei aus derselben Gruppe, da könnte man ja noch gerade von einem Zufall ausgehen, aber drei …«

»Jepp. Ich denke, es gibt einen Grund, warum der Mörder sie ins Visier genommen hat. Muss es geben.«

Steed schaut zu dem Angestellten, der die Sandwich-Ausgabe koordiniert. »Aber beißt sich das nicht mit dem Reaper-Motiv?«

»Kann sein. Ist knifflig. Falls jemand vorhat, die ganze Gruppe auszulöschen, lässt das auf etwas sehr Persönliches schließen. Andererseits haben die Morde damals an den Teenagern und Jos Ermordung am Strand etwas Wahnhaftes an sich, wirken eher wie impulsgetriebene Taten.«

Steed reibt sich über die Stirn. »Die Unterschiede könnten auch das Ergebnis einer unregelmäßigen Medikamentenein-nahme sein. Der Mörder ist in manchen Augenblicken geistig klarer als in anderen.«

»Es könnten auch zwei Personen zusammenarbeiten.« Elin nagt an ihrer Lippe. »Ich werde einfach nicht schlau daraus. Alles, was wir in der Höhle gefunden haben, einschließlich der Zweifel an Creachers Verurteilung, deutet auf ein und den-selben Täter hin; aber die Abweichungen bereiten mir Kopf-schmerzen. Warum wurden die Steine bei den Leichen der Teenager abgelegt, aber bei den neueren Morden gibt es keine Spur davon.«

»Vielleicht war die Auswahl dieser Jugendlichen tatsächlich absichtsvoller, als wir ahnen.«

»Stimmt, aber worin besteht dann die Verbindung zwischen ihnen und den Legers?«

»Es könnte auch bloßer Zufall sein, dass sie aus derselben Gruppe sind. Es gibt nicht mehr viele Leute auf der Insel. Der

Mörder könnte zugeschlagen haben, wenn er einer Person habhaft werden konnte.«

»Vielleicht. Ich habe bloß das Gefühl, dass uns etwas entgeht, insbesondere was die Schule betrifft.«

»Aber wie passt das zu den Legers?« Steed runzelt die Augenbrauen. »Sie waren noch gar nicht geboren, als die Schule ihre Pforten öffnete.«

»Ich weiß. Trotzdem könnte es sich lohnen, zu überprüfen, ob jemand von ihnen eine Verbindung zu der Schule hat.«

»Nun, dann können wir sie jetzt fragen.« Steed deutet mit dem Kinn Richtung Eingang. »Sie sind gerade eingetroffen.«

75

Ich übernehme das«, sagt Elin. Doch der Anblick von Hana, Caleb und Maya überwältigt sie aufs Neue, sie sieht Jo Legers blutbesudelte Leiche vor sich im Sand.

»Nimm dir ein paar Sekunden«, sagt Steed, der sie beobachtet.

»Es ist einfach nur ... gerade erst zu mir durchgedrungen. Ein doppelter Schock sozusagen. Ich war so überzeugt, dass es Farrah sei, und dann jemand anderen zu finden ...«

»Verständlich. Soll ich die drei befragen?«

Elin lächelt dankbar. »Ja, bitte.«

Hana bleibt ein paar Meter entfernt stehen, als sie Elin und Steed wahrnimmt. Ihr Haar ist nass, die Beine schlammverspritzt. Caleb und Maya sind hinter ihr, sie sehen betreten und ähnlich mitgenommen aus wie Hana. Mayas dunkle Locken, von ihrem üblichen Kopftuch befreit, kleben feucht an ihren Schultern. Caleb zieht einen AirPod heraus, als sie ihn begrüßen, doch er wirkt neben sich, während er am Saum seines blauen T-Shirts herumfummelt. Benommen.

»Entschuldigen Sie, dass wir Sie ein wenig überfallen, aber wir müssten uns in Ruhe mit Ihnen unterhalten.« Steed führt die drei in eine Ecke. »Was ich jetzt gleich sage, wird ein Schock für Sie sein, aber ich muss Sie bitten, keine Aufmerksamkeit zu erregen.«

»Etwas ist passiert, nicht wahr?«, fragt Hana umgehend.

Steed kommt direkt zur Sache. »Ich muss Ihnen mitteilen, dass Jo tot ist. Wir haben sie gerade eben gefunden.«

Ein scharfes Luftholen. Eine plötzliche Verschiebung in der Atmosphäre; aufgeladen mit Emotionen. Alle Augenpaare richten sich erst auf Steed, dann auf Elin, als würden sie darauf warten, dass es ein schlechter Scherz sei. Doch eine solche Erlösung kommt nicht.

»Das … das ist nicht möglich«, stammelt Maya. »Sie war vorhin noch bei uns. In der Villa.« Sie dreht sich zu Hana. »Du hast doch gesagt, dass sie packen wollte, oder?«

Hanas Gesicht ist aschfahl. »Ja. Das dachte ich.« Eine Spur von Hysterie schleicht sich in ihre Stimme. »Wir haben bei ihr geklopft, als wir los sind, aber es kam keine Antwort. Wir gingen davon aus, dass sie schon losgegangen ist.« Sie stöhnt. »Wer tut denn so etwas? Warum wir?«

Caleb legt einen Arm um ihre Schulter. »Was habe ich gesagt? Dieser Ort, er ist nicht …«

»Aber wie?«, unterbricht ihn Maya. »Was ist passiert?«

»Wir haben sie am Strand gefunden. Wie es aussieht, wurde sie dort von jemandem niedergeschlagen.«

Hana beginnt zu weinen. Der Ausbruch setzt Elin zu. Obwohl Caleb und Maya neben ihr stehen, wirkt sie allein.

Mit einem Räuspern blickt Steed von einem zum anderen. »Es tut mir leid, aber ich muss Sie das jetzt fragen. Waren Sie die letzten Stunden alle beieinander?«

»Ja, wir waren in der Villa, haben unsere Sachen zusammengesucht, um herzukommen.« Aus Mayas Augen laufen nun auch Tränen die Wangen hinunter. »Ich meine, wir waren nicht jede Minute beieinander … Wir waren in unseren Zimmern, aber niemand ist rausgegangen, oder?«

»Ich würde hier allein nirgendwo hingehen.« Caleb stößt ein bitteres Lachen aus, gefolgt von einem Schluchzen. Peinlich berührt wendet er sich ab, als ein anderer Gast in seine Richtung schaut.

»Ich ebenfalls nicht.« Hana schüttelt den Kopf, während weiter Tränen über ihr Gesicht strömen. »Ich kann es nicht glauben. Jetzt auch Jo …«

Steed macht eine Pause, bevor er weiterspricht. »Ich will Sie nicht bedrängen, aber es wäre hilfreich, wenn Sie uns sagen könnten, wann genau Sie Jo das letzte Mal gesehen haben, damit wir uns ein klareres Bild davon machen können, wo sie sich aufhielt.«

»Für mich ist das wahrscheinlich am leichtesten zu beantworten.« Caleb dreht die AirPod-Hülle in seiner Hand. »Ich habe sie heute eigentlich gar nicht gesehen, jedenfalls seit dem Frühstück nicht mehr. Ich habe auch die Villa nicht verlassen, außer, um mir vor ein paar Stunden was zu essen zu holen.«

Maya versucht, sich zu sammeln. »Das letzte Mal habe ich sie nach dem Frühstück gesehen.«

»Und Sie?«, fragt Steed Hana.

Hana atmet schwer ein. »Ich denke, ich habe sie wahrscheinlich als Letzte gesehen, am Pool. Wir … wir haben gestritten. Ich habe ihren Arm gepackt …«

76

Maya neben ihr erstarrt; keiner von ihnen wagt, sich zu rühren oder zu sprechen.

Zähes Schweigen.

»Ich nahm dann ihr Handgelenk und drückte zu«, sagt Hana schließlich. »Jo weinte, aber ich konnte irgendwie nicht aufhören. Ich hielt sie weiter fest, drückte und drückte. Ich hatte diese Wut in mir, wie ich sie noch nie gespürt habe. Ich konnte nur noch daran denken, dass ich ihr wehtun wollte, ihr mehr wehtun als sie mir.«

Elin ruft sich die schwelende Spannung in Erinnerung, die auch Steed bei der Gruppe wahrgenommen hatte.

»Einen Moment lang …« Hana stockt. »Gott, für einen Moment …« Sie wischt sich mit dem Handrücken übers Gesicht. »Aber ich konnte nicht … Ich wollte, aber ich ließ sie los.«

Elin atmet aus. »Und was passierte danach mit Jo?«

»Sie ging ins Haus.« Hana hebt ihren Blick. »Ich nahm an, dass sie ihr Zimmer aufsuchte.«

Eine unbehagliche Stille breitet sich aus. Maya und Caleb schauen Hana an, als hätten sie Mühe, ihre Worte zu verarbeiten.

»Worum ging es bei dem Streit?«

»Mein Lebensgefährte. Er ist letztes Jahr verunglückt. Ich habe erst vorhin erfahren, dass … dass er und Jo eine Affäre hatten. Und dass sie bei ihm war, als er starb. Sie hat es vor mir verheimlicht. Die ganze Zeit über.« Hana hat Mühe, die Worte hervorzubringen. »Sie hat außerdem zugegeben, dass sie Beas Handy hatte.«

Elin wechselt einen Blick mit Steed. *Das verschollene Handy.*
»Hat sie auch gesagt, warum sie es hatte?«

»Sie behauptete, sie habe es beim Yoga-Pavillon entdeckt, an dem Morgen, als man Bea fand. Es war zerschmettert, die SIM-Karte fehlte. Jo hatte Angst, dass Sie dadurch herausfinden würden, dass sie sich in der Nacht mit Bea getroffen hatte.«

»Dass wir sie verdächtigen würden.«

»So wie ich auch«, sagt Hana. »Ich habe sie mehr oder weniger beschuldigt.«

»Wissen Sie, was Jo mit der SIM-Karte getan hat?«, fragt Steed.

»Sie behauptete, sie habe sie nicht gefunden. Die Karte sei wohl verloren gegangen.«

Elins Magen krampft sich zusammen. *Oder der Mörder hat sie.*

Hana schließt kurz die Augen. »Ich dachte, Jo würde lügen, wissen Sie. Dass sie tatsächlich was zu tun haben könnte mit …«

»Ich weiß, das hier ist schwer«, mischt sich Elin ein. »Aber wir haben noch ein paar Fragen: Fällt Ihnen irgendein Grund ein, warum jemand Jo ins Visier nehmen sollte? Ihnen ist niemand verdächtig vorgekommen?«

Alle schütteln die Köpfe.

»Und hat irgendwer von Ihnen eine Verbindung zu dieser Insel abseits Ihres Urlaubs? Oder wissen Sie etwas über die Schule, die hier früher stand?«

Hana und Caleb verneinen abermals, doch Maya nickt. »Ein Freund meines Vaters arbeitete an der Schule, aber nicht sehr lange. Meinte, es sei ein schrecklicher Ort.« Sie zögert. »Mehr weiß ich nicht, tut mir leid. Er hat keine Einzelheiten erzählt, und ich weiß auch nicht mehr, wie er heißt.«

Elin schaut enttäuscht zu Steed. Sie hat zwar keinen Durchbruch erwartet, aber dennoch … Außerdem müsste man vielleicht doch den Freund ausfindig machen …

»Vielen Dank. Und noch mal, unser tiefstes Beileid. Falls

Ihnen was einfällt, das uns …« Sie bricht ab, als sie ihr Handy vibrieren spürt. Detective Johnson. *Habe die Akten gemailt, um die Sie mich gebeten haben.* »Tut mir leid, ich muss mich jetzt um etwas anderes kümmern.«

Als die drei sich entfernen, bemerkt Steed: »Also? Was hältst du von dem Ganzen?«

»Schwer zu sagen. Das Interessanteste ist momentan die SIM-Karte. Kannst du die Handydaten von Bea Leger beantragen?«

»Klar.«

»Während du das erledigst, werde ich mir Johnsons Akten zum Creacher-Fall ansehen, er hat sie mir gemailt.« Sie nimmt sich zwei Stühle, und Steed hilft ihr, sie zum Fenster an der Rückseite des Veranstaltungsraums zu tragen, um außer Hörweite der Gäste zu sein. Der dichte Wald ist gerade noch sichtbar, und im Dämmerlicht wirkt er besonders undurchdringlich.

Elin zieht ihr Notizbuch hervor und öffnet den ersten Anhang. Sie hat gerade erst angefangen zu lesen, als ein gedämpfter Schrei ertönt.

Caleb. Er sitzt auf dem Boden, den Kopf in die Hände gelegt.

»Ich gehe schon«, murmelt Elin zu Steed und steht auf.

Als sie die Gruppe erreicht, hat Maya einen Arm um Calebs Schulter gelegt.

»Kann ich etwas tun?«, erkundigt sich Elin.

Hana verneint. »Ich glaube, er ist schlicht am Ende. Sein Vater ist vor nicht allzu langer Zeit gestorben, anscheinend unter sehr schlimmen Umständen. Ich glaube nicht, dass er es wirklich verarbeitet hat. Dann Bea, und jetzt auch noch Jo … Das ist zu viel.«

Elin betrachtet die verbliebenen Gäste und Angestellten. Die meisten haben ihr Essen beendet und tippen hektisch auf ihren Handys, dazwischen Gesprächsfetzen.

Ein Dampfkessel. Genauso fühlt sich das hier an. Ein Dampfkessel, der jeden Moment in die Luft gehen kann.

77

Johnson hat sämtliche Dokumente umständlich abfotografiert. Hochaufgelöst sind sie aber zu groß für eine Mail, weshalb Elins Posteingang kaum noch Speicherkapazitäten hat.

»Die Handydaten sind unterwegs. Kann ich dir helfen?«, fragt Steed.

»Gern. Ich leite dir ein paar Mails weiter.« Elin öffnet weitere Anhänge: Aussagen von der Nacht von Lois Wades Verschwinden. Die Berichte sind einstimmig: *Lois Wade war nicht auf der Insel und sollte es nie sein. Niemand hat sie gesehen.*

Sie überfliegt auch die Protokolle, die während der Creacher-Ermittlungen aufgenommen wurden, mit den Betreuern und Lehrern. Jedes Mal die gleiche Story: wie sie von Schreien aufgewacht seien und was sie vorfanden, als sie ihre Zelte verließen. Creacher wird kurz erwähnt: Sie hatten ihn seltsam gefunden und mitbekommen, wie er die Jugendlichen beobachtete.

»Irgendwas Nützliches?«

»Nein. Immer das Gleiche … Und bei dir?«

»Nicht anders.« Steed seufzt. »Ich kann einfach nicht begreifen, dass niemand wach war, als der Mörder zuschlug. Bei so einem Schulkurs könnte man doch meinen, dass die Kids nicht gerade an Schlaf dachten.«

»Vielleicht hat der Mörder gewartet, bis er sicher sein konnte, dass wirklich alle schliefen«, sagt sie, als sie die Aussage eines der Teenager öffnet. Die Schilderung weicht kaum von der der

Erwachsenen ab, doch hier sind Gefühle zu spüren; nichts von der gefassten Förmlichkeit der Lehrer und Betreuer.

»Werden irgendwelche Streitereien erwähnt?«

»Bislang nicht. Das hier ist Farrahs ...«, murmelt Elin und verzieht gequält das Gesicht bei jenen Passagen, von denen sie weiß, dass sie gelogen sind.

»Harte Kost?«

Sie nickt und schließt Farrahs Aussage, auch die von Will, um sich die letzte anzuschauen, die des Skippers. Er beginnt mit der Schilderung, wie er die Gruppe vom Festland auf die Insel brachte, es folgen seine Beobachtungen zu Creacher. Auch er fand dessen Verhalten merkwürdig, hatte nicht nur bemerkt, wie er diese Gruppe von Jugendlichen im Visier hat, sondern auch andere. *Wollte davor nichts sagen, Sie wissen schon.*

Elin will das Dokument gerade schließen, als ihr Blick auf den Namen des Bootsführers fällt.

Porter Jackson.

Etwas regt sich in ihrem Unterbewusstsein. Nach einigen Sekunden fällt es ihr ein: Ein gewisser Porter Jackson wurde in dem Artikel über das Bauprojekt auf der Insel erwähnt – der Widersacher, der sich gegen Ronan Delaneys Pläne stellte.

Elin tippt seinen Namen mit den Worten *Reaper's Rock* in die Google-Suchleiste. Die ersten Seiten sind Variationen der Story, die sie gelesen hat: EINHEIMISCHE PROTESTIEREN GEGEN BEBAUUNG BERÜCHTIGTER INSEL. Nicht weiter verwunderlich: Die Presse liebt es, über lokale Streitigkeiten zu berichten – der kleine Mann, der die Pläne der Großen durchkreuzt.

Elin klickt den ersten Artikel an, sie lag richtig: Porter Jackson war der Rädelsführer. Das kann kein Zufall sein, aber hat es auch etwas zu bedeuten? Wenn man auf der Insel gearbeitet hat, als diese sich noch in ihrem natürlichen Zustand befand, lag es durchaus nahe, sich bei einem Bauprojekt dieses Ausmaßes querzustellen.

Schließlich entdeckt sie ein Reddit-Thread und Porter Jacksons Namen direkt unter einer Überschrift, die sie sofort fesselt: *Erinnert sich irgendwer daran, zwischen 1963–1976 auf Cary Island zur Schule gegangen zu sein?*

Der Thread kann sich doch nur auf die Rock House School beziehen? Schnell scrollt sie sich durch die Kommentare.

Hi, mein Name ist Alain Dunne. Ich war von 1963–1967 an der Rock House. Im Nachhinein ist klar, dass die Schule für die landesweiten Behörden als Müllkippe für »schwer erziehbare« Kinder mit Verhaltensstörungen (wie man uns gerne nannte) diente.

Ein anderer schreibt:

Mir gefällt ja der Name »Böse Buben«-Internat, aber ich schätze, die politisch korrekte Bezeichnung wäre Einrichtung für »pädagogisch herausfordernde« Knaben.

Elin liest weiter.

Ein Freund meines Vaters war in den Sechzigern und Siebzigern Rektor an der Rock House. Ich war damals noch ein Kind, aber ich hatte eine Scheißangst vor ihm, weiß der Himmel, was diese Jungs durchgemacht haben.

Erinnert sich noch irgendwer an Porter Jackson? Er war in meiner Klasse. Der Einzige, mit dem ich nicht in Kontakt geblieben bin.

Elins Herz schlägt bis zum Hals.

Da steht es, schwarz auf weiß: Porter Jackson, Skipper zur Zeit der Creacher-Morde und Rädelsführer gegen das Bauvorhaben auf der Insel, war an der Schule gewesen.

Seine Verbindung zur Insel reicht weiter zurück als nur bis zu den Morden.

»Was gefunden?« Steed blickt von seinem Handy auf.

»Ja. Den Skipper, Porter Jackson.« Nachdem sie Steed aufgeklärt hat, überfliegt sie den Rest des Threads.

Erinnert sich noch jemand an diesen seltsamen Raum, in den sie uns brachten? Da waren diese komischen Dinger auf dem Boden ... Steine, die aussahen wie der Fels.

Elin liest den Post noch einmal. Dieser Raum ... das muss derselbe sein, den Michael Zimmerman erwähnt hat.

Ein Raum mit Steinen auf dem Boden. Wie in der Höhle im Steinbruch.

Das kann kein Zufall sein. Sie dreht das Handy zu Steed. »Lies das mal.«

Er stößt ein leises Pfeifen aus. »Heilige Scheiße.«

Elin geht gedanklich noch mal alles durch. Die Gerüchte um die Rock House School ergeben nun Sinn – die leeren Gesichter der Jungen auf den Klassenfotos, Zimmermans Worte über das Abarbeiten des Künstlers an seiner Schulzeit.

Bestürzt liest sie weiter.

Erinnerst du dich noch, wo er war?

Nein, sie haben uns doch die Augen verbunden, oder nicht? Aber es war nicht weit von der Schule. Ich weiß noch, dass es ein paar Stufen runterging.

Aber es hat funktioniert. Uns die ganze Nacht über allein da unten zu lassen … Eine schreckliche Strafe, aber ich weiß, dass ich nie wieder aufgemuckt habe.

Ich habe heute noch Albträume davon. Ich habe angefangen, es in meinen Kunstwerken zu verarbeiten … Es ist die einzige Art und Weise, wie ich einen Umgang damit finden kann.

Lass uns das privat weiter besprechen. Ich glaube nicht, dass ein öffentliches Forum der richtige Ort ist.

In den noch folgenden Kommentaren wird der Raum nicht mehr erwähnt.

»Ich weiß nicht, was manche Leute zu so was antreibt.« Steed verzieht das Gesicht. »Hilflose Kinder …«

»Und dazu von Menschen, die sie beschützen sollten …« Elin scrollt zu einem bestimmten Abschnitt zurück, in dem sich zwei ausgetauscht hatten, und sie bleibt an einem Satz hängen. *Ich habe angefangen, es in meinen Kunstwerken zu verarbeiten …* »Dieser Teil mit der Kunst, ich muss an das Werk in der Lobby denken, an das darin verwobene Felsenmuster. Was, wenn das nicht bloß ein Design ist, sondern eine Darstellung der im Raum beschriebenen Steine?«

»Womöglich, um damit abzuschließen, wie der Typ hier sagt.«

»Aber was, wenn das dem Mörder nie gelungen ist? Das könnte ein Motiv sein. Was, wenn unser Serienkiller seine Erfahrungen in diesem Raum durch die Morde reinszeniert? Es muss ja traumatisch gewesen sein. Wenn man dann noch unter Wahnvorstellungen leidet …«

»Aber falls dem so ist, muss es sich bei dem Mörder um jemanden handeln, der an der Schule war und das durchlebt hat. Oder zumindest davon weiß.«

»Du hast recht.« Elins Gedanken kehren zurück zu dem Mann, dessen Name ihre Aufmerksamkeit überhaupt erst auf diesen Thread gebracht hat. »Die einzige Person, auf die all das zutreffen könnte, ist Porter Jackson. Die Frage ist nur, ob er auch auf der Insel war, als Lois Wade verschwand. Ich werde Johnson schreiben.«

Johnson antwortet beinahe umgehend. Elin dreht sich zu Steed. »Jackson *war* der Bootsführer, als Lois verschwand. Johnson maß dem keine Bedeutung zu: Anscheinend setzte Jackson die Kinder auf der Insel ab und verschwand wieder; die Zeugen bestätigten das.«

»Aber nur weil er verschwand, heißt das nicht, dass er nicht wiedergekommen ist.«

»So ist es.« Es ist eine Theorie, aber eine sehr wackelige. Obgleich Jackson während der Creacher-Morde auf oder in der Nähe der Insel war, gibt es keinerlei Beweis dafür, dass er es jetzt ist.

»Mal sehen, ob wir etwas über seinen aktuellen Aufenthaltsort erfahren können.« Elin gibt seinen Namen in die Suchmaschine ein, mit unzähligen Ergebnissen. »Schlechte Idee. Wir brauchen Stunden, um all das zu durchforsten. Die Zentrale soll uns helfen. In der Zwischenzeit werde ich mich mit Michael Zimmerman unterhalten und mir dieses Gebäude anschauen, das er erwähnt hat. Er meinte, dass es zugemauert wurde, aber nachdem ich das hier gelesen habe, frage ich mich, ob es nicht noch einen anderen Zugang gibt.«

»Du denkst an einen Ort, an dem der Mörder Farrah festhält?«

»Das ist zumindest eine Möglichkeit. Behalt du die Dinge hier im Auge, ich gehe Michael suchen.«

Als sie den Raum durchquert, fühlt sie es. Stück für Stück fügen sich die Teile.

78

Das ist das Gebäude. Zumindest der Eingang.« Michael zerrt an einem Büschel Zweige, die verdecken, was vom Zugang noch übrig ist.

Ein Hauch von Moder schlägt Elin entgegen, als sie die Taschenlampe hochhält. Ein Donnergrummeln ertönt, gefolgt von einer Windböe, die die Äste über ihr wild hin und her peitscht. Als der Wind abebbt, betrachtet Elin die bis oben hin mit Kies und Zement ausgefüllte Öffnung.

Nichts ist daran zu rütteln – der Zugang zu dem Raum ist vollständig zugemauert.

»Ist gerade schwer zu erkennen, aber da ist der Umriss einer Tür.« Michael deutet auf eine Stelle links von der Zementfüllung. Über ihm leuchtet ein Blitz auf, eine gezackte Linie aus gleißendem Licht.

Als sich alles wieder beruhigt hat, inspiziert Elin das Bauwerk, das wie ein Bunker aussieht. Je länger sie hinschaut, desto schwerer fällt es ihr, sich nicht auszumalen, was da unten passiert sein könnte.

»Und Sie sind sicher, dass es keinen anderen Zugang gibt?«

Michael blinzelt den Regen aus den Augen. »Falls nicht jemand einen Tunnel gegraben hat, halte ich es für unwahrscheinlich. Und unten wäre der Raum sicher ohnehin wieder mit Zement gefüllt.«

Er hat recht. Es ist offensichtlich, dass der Ort völlig blockiert ist.

»Tut mir leid, dass es Sie nicht weiterbringt«, sagt Michael, wobei seine letzten Worte beinahe in einem Regenschauer untergehen. »So wie ich's verstanden habe, sollte der Ort für immer Geschichte sein, und das hat man wohl geschafft.« Er schaut sich um. »Kann's denen nicht verdenken. Keine nette Stimmung hier, oder?«

»Würde ich auch sagen«, erwidert Elin. Doch ihr Unbehagen wird von einer Erkenntnis verdrängt, als sie begreift, was Michael gerade gesagt hat – eine neue Information, die eine Spur von dem abweicht, was er ihr am Strand erzählt hat. »Was Sie gerade sagten, dass es für immer Geschichte sein sollte … Hat das damals jemand explizit so geäußert? Es war also nicht nur eine Sicherheitsmaßnahme, den Bunker zuzumauern?«

Michael zieht seine Regenjacke enger. »Anscheinend hat der Besitzer darauf bestanden. Deswegen kam ich ja auf die Idee, dass der Raum, den der Künstler erwähnt hatte, sich hier unter befand. Der neue Eigentümer wollte, dass er komplett ausgefüllt wurde, nicht nur der Zugang. So wie ich das mitgekriegt habe, war er auch an der Schule.«

Elin sieht ihn fröstelnd an.

Ronan Delaney.

79

Jackson?« Ronan Delaney klappt seinen Laptop zu.

Elin nickt. »Gehe ich richtig in der Annahme, dass Sie zusammen zur Schule gingen, hier auf der Insel?«

Ronans Augen schweifen argwöhnisch zwischen ihrem Gesicht und Steeds hin und her. »Ja. Wir waren Klassenkameraden. Und Fußballfans, wenn auch für rivalisierende Teams.«

Steed zeigt ein halbes Lächeln. »Und er war auch der Rädelsführer gegen den Bau des Retreats?«

»Ja, das war er.« Ronan kräuselt die Lippen. »Stellte sich quer, machte nichts als Probleme. Trat Kampagnen und Protestaktionen los. Aber wenn ich ehrlich bin, gehört das zum Job. Man bringt Leute gegen sich auf. Vor allem die Einheimischen. Niemand mag Veränderungen. Und dass wir zusammen auf der Schule waren, half auch nicht gerade.« Er hält inne. »Ich dachte schon seit jeher, dass es eine … persönliche Sache war. Wegen dem, was davor passiert war.«

Elin stutzt. Dieser Mann hat etwas an sich, das sie nicht ganz greifen kann. Obwohl er offensichtlich trauert, ist seine Körpersprache eher professionell: große, kühne Gesten; der Mund, der sich ständig zu einem Lächeln verzieht. Ein Mann, der es gewohnt ist, Geschäftspartnern die Hand zu reichen, Investoren für sich einzunehmen. Sie weiß, dass es wahrscheinlich ein Automatismus ist, nichtsdestotrotz irritiert es sie.

»Und was war das?«

»Ich riet Jackson sowie ein paar anderen Schulfreunden zu einem

Investment. Am Ende lief das schief, aber das gehört zum Risiko. Du gewinnst, du verlierst. Jackson nahm sich das zu Herzen, aber wenn man so veranlagt ist, sollte man keine Wetten eingehen.«

Offenbar gab es böses Blut zwischen ihnen, überlegt Elin, aber wie passt das ins Gesamtgeschehen?

»Noch mal zu der alten Schule – wir haben von einem Raum erfahren, der zu Strafzwecken genutzt wurde. Wissen Sie Näheres?«

Mehrere Sekunden verstreichen. »Ja«, sagt Ronan schließlich. »Aber das ist nichts, worüber ich gern spreche.«

»Können Sie es uns dennoch sagen?«, fragt Steed.

Ronan nickt, und als sich ihre Blicke kreuzen, erkennt Elin in seinen Augen blanke Angst.

»Als ich auf die Schule kam, war da vom ersten Moment an etwas ... falsch. Bei Kindern erwartet man, dass sie herumspringen und toben, doch sie waren innerlich zerbrochen, zitterten regelrecht, wenn ein Erwachsener den Raum betrat. Ein paar Tage später fand ich auch heraus, warum.« Kurzes Schweigen. »In den frühen Morgenstunden wurde ich von einer Gestalt in diesem merkwürdigen ...«, er verzieht das Gesicht, »... Kapuzenumhang geweckt. Anders kann ich es nicht beschreiben.«

Elin horcht auf. *Ein Umhang.* Langsam wird das Bild klarer.

»Man verband uns die Augen, führte uns in einen Raum außerhalb der Schule.« Ronan schüttelt den Kopf, wie um die Erinnerung loszuwerden. »Alles, woran ich mich erinnere, ist, wie die Binde abgenommen wurde. Es war dunkel, doch nach einer Weile gewöhnten sich die Augen daran. Da lagen diese ... diese Steine auf dem Boden. Geformt wie der Felsen.« Seine Stimme gerät ins Wanken.

Steine ... geformt wie der Felsen.

»Ist in dem Raum etwas geschehen?«, fragt Elin behutsam.

Ronan nickt, und zum ersten Mal überhaupt scheint sein Körper in sich zusammenzufallen.

80

S ie hielten uns stundenlang dort fest.« Ronan starrt auf seine
Hände. »Wir wussten von dem Fluch, daher waren die
Steine … sie waren furchterregend. Nach einer Weile fängt dein
Kopf an, dir Streiche zu spielen. Ich hatte immer dieses schreck-
liche Gefühl, dass sie uns anschauten.« Er schüttelt erneut den
Kopf. »Das sagten die Lehrer nämlich: *Der Sensenmann beob-
achtet euch.* Sollten wir irgendwas Falsches tun, würde er uns
finden.«

»Das muss furchtbar gewesen sein«, murmelt Elin, die Mühe
hat, sich vorzustellen, warum jemand Kindern eine solche Angst
einjagen sollte.

»Das war es. Psychoterror, der nur ausgeübt wurde, um Macht
über uns zu haben. Als Erwachsener kann ich sagen, ja, es war
hemmungsloser Machtmissbrauch. Aber damals als wehrloses
Kind …«

»Das tut mir leid.« Sie schluckt. Damit hatte sie nicht unbedingt gerechnet. »Gab es ein Muster, wann das geschah?«

»Nicht wirklich.«

»Haben Sie je herausgefunden, wer sich als Sensenmann ver-
kleidete?«, will Steed wissen. »Welcher Lehrer?«

»Nein.«

»Niemand hat sich je dazu geäußert, es angesprochen?«

»Wir hatten zu viel Angst. Ein Junge meinte einmal, dass er
es seinen Eltern erzählen wolle, doch am nächsten Tag stürzte
er während eines Ausflugs zum Steinbruch. Er starb. Danach

wagte niemand mehr, es zu erwähnen. Wir glaubten wirklich« – er macht Anführungszeichen in der Luft –, »der ›Sensenmann‹ würde dahinterstecken.«

Jemand wollte sie zum Schweigen bringen, denkt Elin, und das auf perfide Art und Weise – indem man ihnen einimpfte, der Sensenmann höchstpersönlich würde sie holen, würden sie aus der Reihe tanzen. »Manipulation«, sagt sie.

»Ja«, bestätigt Ronan. »Der übelsten Art.«

»Und Porter Jackson hat, wie ich annehme, die gleiche Erfahrung gemacht?«

»Davon gehe ich aus. Niemand von uns wurde davon ausgenommen.«

Steed blickt von seinem Notizbuch auf. »War Ihnen bekannt, dass Porter Jackson zur Zeit der Creacher-Morde als Skipper auf der Insel arbeitete?«

»Ich glaube, ich habe darüber gelesen.«

»Hat es Sie überrascht? Nach dieser grauenvollen Schulzeit arbeitete er hier?«

»Merkwürdigerweise nicht. Ich verspürte denselben Drang, auf die Insel zurückzukehren, eine Art Deckel über das zu schieben, was auf ihr vor sich gegangen war.« Ronan zuckt mit den Achseln.

So wie auch Will und Farrah. Und der Künstler mit seinem Wandteppich, stellt Elin fest. »Und nach den Problemen in der Planungsphase hatten Sie keinen Kontakt mehr mit Jackson?«

»Nein, aber das ist nicht weiter verwunderlich. Ein Schulfreund erzählte mir vor Monaten, Jackson sei gestorben. Er erwähnte auch die Beerdigung im vorletzten November in dessen Heimatort Ashburton.«

Elins Blick begegnet dem von Steed, und sie sieht ihre eigene Bestürzung in seinen Augen gespiegelt. Sie zieht ihr Handy hervor, gibt seinen Namen und den Heimatort ein. Sofort erscheint eine Gedenkseite von vor zwei Jahren mit einem Foto. Sie dreht das Display zu Ronan. »Ist er das?«

»Ja.«

Elin überfliegt den dazugehörigen Text mit den Daten von Jacksons Bestattung. Es gibt auch eine kurze Biografie, in der seine Schulzeit auf der Insel erwähnt wird, seine Arbeit als Skipper.

Er ist es. Kein Zweifel. Porter Jackson ist nicht mehr am Leben.
Der Tod von Bea, von Seth und Jo – Jackson kann unmöglich dafür verantwortlich sein.

»Schätze, das ist nicht, was Sie beide hören wollten?«, fragt Ronan.

»Nicht unbedingt. Wissen Sie, ob er Familie hatte?«

»Das weiß ich nicht. Tut mir leid.«

»Hat sich sonst jemand, der an der Schule war, in letzter Zeit bei Ihnen gemeldet?« Elin hört die Verzweiflung in ihrer Stimme. Sie war so überzeugt. Jackson hatte nicht nur ein Motiv, er war während der Creacher-Morde auch auf der Insel gewesen.

»Nein. Aber warum sollte jemand das, was wir durchgemacht haben, anderen antun wollen?«

»Manchmal gibt es eine Art Kreislauf. Jemand, der einen Missbrauch erlebt hat, missbraucht später selber. Das ist nicht immer der Fall, aber es kann passieren. Ich …« Sie stockt, als ihr Handy klingelt. Will. »Entschuldigung, ich muss da ran.«

»Falls Sie noch was brauchen, ich bin bei der Gruppe.« Ronan sammelt seine Sache zusammen. »Mir wurde das nahegelegt.«

»Ich hab ihn verpasst«, sagt Elin, als sie den Raum verlassen.

»Wer war es denn?«, fragt Steed.

»Will. Ich sollte ihn besser zurückrufen.«

»In der Zeit würde ich gern den alten Schuppen am Strand aufsuchen, wenn du hier zurechtkommst …«

Elin runzelt die Stirn. »Der Schuppen? Wir haben uns doch darauf geeinigt, dass niemand die Lodge verlässt. Und Seth ...«

»Ich mache so schnell ich kann. Etwas, was ich dort gesehen habe, lässt mir keine Ruhe. Als Delaney über Fußball sprach, fiel es mir ein. Die Tasse, die ich dort im Regal gesehen habe, verwies auf ein Turnier. Es hatte erst *letztes* Jahr stattgefunden.«

»Jemand hat sie also in jüngster Zeit genutzt.«

»Ja, und zwar, nachdem das Retreat erbaut wurde.«

81

Keine Begrüßung von Will, nur ein: »Was Neues?«
Elin schluckt; es widerstrebt ihr, die Hoffnung in seiner
Stimme zu ersticken. »Keine Spur, tut mir leid. Das Einzige, was
wir gefunden haben, ist ihre Tasche unten am Strand.«

»Das heißt doch, dass sie dort war, oder? Ihr müsst das Gebiet absuchen.«

»Das haben wir, aber es ist momentan zu gefährlich, nicht
ohne Unterstützung.«

»Was ist mit den Drohungen, da muss es doch einen Hinweis geben?«

»Ja, aber sie hat mir keine Details gegeben.« Elin spürt die
verräterische Hitze in sich aufsteigen. Sie begreift ihren Fehler, nicht nur in dem, was ihr gerade herausgerutscht ist – dass
Farrah sich ihr wegen vorangegangener Drohungen anvertraut
hatte –, sondern auch in dem, was sie getan hat. Der Grund,
warum Farrah ihr keine Einzelheiten genannt hat, ist, dass Elin
es abgetan, nicht mit den Geschehnissen auf der Insel in Verbindung gebracht hatte. Farrah hatte sich an sie gewandt, doch
Elin hatte sie abblitzen lassen.

»*Sie hat dir keine Details gegeben?* So wie du das sagst, klingt
es, als habe Farrah dir bereits von den Drohungen erzählt. Wie
war das möglich, sie war verschwunden, als du sie auf ihrem
Computer gefunden hast?«

Die Hitze steigt ihr nun ins Gesicht. »Will, ich wusste nicht …
weiß immer noch nicht, ob das, was sie mir davor erzählt hatte,

334

damit zu tun hat. Mir sagte sie, es sei wahrscheinlich ihr Ex, der versuchen würde, ihr Angst einzujagen.«

Gewichtiges Schweigen. »Farrah hat dir also *vor* ihrem Verschwinden erzählt, dass sie bedroht wurde. Hast du dir die Zeit genommen, dem nachzugehen?«

»Nein, aber ...« Elin weiß, sie hat Farrah im Stich gelassen, hat nicht ernst genommen, was sie ihr erzählt hat.

»Du warst zu beschäftigt, die Heldin zu spielen, stimmt's?«

»Wie meinst du das?«, erwidert sie, verunsichert ob der Aggression in seiner Stimme.

»Was du mir sagst, ist, dass du keine Zeit für sie hattest, aber bei dieser ... dieser Sache, bist du voll dabei, dabei dürftest du das gar nicht sein. Du hast selbst gesagt, dass du noch nicht bereit bist für diese Art von Fall. Aber du hast dich trotzdem darauf eingelassen. Du hattest Zweifel – Zweifel, die gerechtfertigt waren, weil dir wesentliche Dinge entgangen sind –, und jetzt ist Farrah verschwunden. Hättest du dir ihre Sorgen genauer angehört, hätten wir sie beschützen können ... aber nein.«

»Hör mal, wir wissen noch nicht einmal, ob Farrah verschwunden ist.«

»Was meinst du damit?«

»Nun, es besteht die Möglichkeit, dass sie davongelaufen ist, oder ...«

»Oder was?«

»Na ja, ich habe mich gefragt ...« Warum hat sie es erwähnt? *Falsche Zeit. Falscher Ton.* »Ob du alles weißt, was in jener Nacht auf der Insel geschehen ist, ob Farrah dir gegenüber vollkommen ehrlich war. Vielleicht ist noch etwas anderes passiert und ...«

Will fällt ihr ins Wort. »Trotz allem, was ich dir darüber erzählt habe, warum Farrah gelogen hat – um mich zu beschützen –, zweifelst du an ihr? Was glaubst du denn, ist wirklich

335

geschehen, Elin? Dass sie gelogen hat, um sich zu beschützen? Dass sie irgendwie in diese Sache verstrickt ist?«

Elin weiß, sie sollte es umgehend abstreiten, denn das glaubt sie nicht, jedenfalls nicht wirklich. Sie hat es bloß gesagt, weil es auf einmal da war, in ihrem Kopf, außerdem wollte sie, dass er aufhörte, all diese Worte über sie zu sagen.

»Nein, das glaube ich nicht«, sagt sie rasch, doch selbst in ihren Ohren klingt ihre Antwort lahm. »Aber ich muss alles in Betracht ziehen.«

»Das verstehe ich, Elin«, sagt er. »Dass du es in Betracht ziehen musst. Aber du musst es nicht auch für wahr halten.«

»Tue ich nicht.«

»Unsinn, ich höre es dir doch an. Du zweifelst an ihr, und indem du das tust, zweifelst du zwangsläufig auch an mir. Was sagt das über uns?« Seine Stimme zittert. »Ach ja, ich habe vergessen, wir – unsere Beziehung – kommen ohnehin an zweiter Stelle, nicht wahr? Gleich hinter der Arbeit.«

»Das stimmt nicht.« Sie dreht sich um und blickt durch das Fenster. Ihr Spiegelbild blickt ihr entgegen.

»Doch, es stimmt, und das eigentlich Kranke daran ist, dass du es nicht einmal merkst. Du hast Farrah abserviert, doch statt dafür die Verantwortung zu übernehmen, wälzt du jetzt die Schuld auf sie ab. Was du aber nicht verstehst: Wenn es um die eigene Familie geht, serviert man niemanden ab. Vielleicht ist das für dich ja okay, weil deine Familie so kaputt ist, dass du nicht weißt, wie es ist, sich um jemanden zu sorgen.«

»Will, ich …«

»Nein, Elin, du kapierst es nicht. Was Farrah nach Theas Tod für mich getan hat, die Polizei anzulügen, war falsch, absolut, aber das ist eben Liebe. Was du hier getan hast, ist das genaue Gegenteil. Dir ging es nur um dein Ego.«

»Ich habe einen Fehler gemacht, mehr nicht.«

»Ja, aber einen Fehler, der hätte vermieden werden können. Die ganze Zeit über hattest du Angst, ein Feigling zu sein, weil du etwas vielleicht *nicht* tun könntest, aber manchmal ist das das Mutigste überhaupt. Seine Grenzen zu akzeptieren.« In seiner Stimme liegt eine ungewohnte Kühle, eine, die er sich aufhebt, wenn jemand ihn ernsthaft aufgebracht hat. »Farrah ist meine Schwester, Elin. Meine Schwester. Falls du irgendwelche Zweifel hattest, irgendwas, scheißegal was, hättest du es mir sagen sollen.«

Elin presst das Handy an ihr Ohr. »Es tut mir leid. Ich wusste nicht, dass das, was sie mir sagen wollte, so wichtig war. Dieser Fall …«

»Das fasst es doch zusammen. Du dachtest nicht, es wäre so wichtig wie dieser Fall. Und unsere Beziehung wird niemals so wichtig sein wie dein Job. Denn da fühlst du dich lebendig, Elin. Ich habe es schon in der Schweiz gesehen, dachte, es läge daran, dass es sich bei dem Fall um was Persönliches handelt, aber das ist es nicht.«

Seine Worte treffen sie wie ein Schwall eiskalten Wassers.

Elin hört ihm seinen Kummer an, der vor allem an dem liegt, was mit Farrah passiert ist. Trotzdem trifft es sie bis ins Mark. Sie will widersprechen, es von sich weisen, aber sie kann nicht.

Ein Teil von ihr wusste von dem Moment an, als sie die Insel betrat, dass sie einen Fehler beging. Aber sie blieb, weil sie es wollte, weil sie es musste, weil es sie dazu drängte. Vielleicht lag es daran, dass ihr Bruder so jung gestorben war. Sie hat es sich nie bewusst eingestanden, aber seit dieser Erfahrung wollte sie kein fades, nichtssagendes Leben führen. Sie wollte ein aufregendes Leben, pulsierend, voller Emotion, denn Sam würde ein solches nie mehr haben können.

»Nochmals, es tut mir leid, dass es mir nicht gelungen ist, sie zu finden.« Mehr hat sie nicht. Obwohl es sich anfühlt, als würde ihr Herz brechen, wollen die Worte, die ihr auf der Zunge liegen, um das auszudrücken, um das hier womöglich in Ordnung zu bringen – die aufrichtigen Entschuldigungen und Ich-liebe-dich-Beteuerungen – einfach nicht kommen. Dieser Teil von ihr ist gestört. Steckt fest.

»Das weiß ich, aber da wird immer etwas sein. Ein anderer Fall, die nächste Verlockung. Nichts, was ich sage oder tue, wird damit mithalten könnten.«

Elin ist wie betäubt. Als hätte Will die schützende Schicht, die sie sich zugelegt hatte, weggerissen. Der Mensch, dem sie am meisten vertraut, ist derjenige, der den Schleier gelüftet hat.

»Ich habe nicht aufgegeben, sie zu finden.«

»Das weiß ich, aber alles, was passiert ist, hat mich zum Nachdenken gebracht. Wenn du heimkommst, sollten wir reden, Elin. Beschließen, wie es weitergehen soll.«

82

Ihre Beine fühlen sich zittrig an, als Elin zum Veranstaltungsraum zurückkehrt. Nach Wills Worten fühlt sie sich leer, ausgehöhlt.

Er will reden – wie unheilvoll das klingt. Sie wird den Eindruck nicht los, dass Will sie zum ersten Mal wirklich gesehen hat und dass ihm der Anblick, der sich ihm da bot, nicht gefallen hat. Was, wenn es nach dem hier kein Zurück mehr für sie gibt? Wie soll sie damit umgehen, wenn er ihr nicht mehr vertraut wie zuvor?

Doch als sie die Tür erreicht, schiebt sie die Gedanken mit Nachdruck beiseite.

Reiß dich zusammen. Du hast einen Job zu erledigen.

Der Angestellte, der vor dem Eingang steht, zieht die Tür auf. Dahinter ein Chaos. Überall Taschen, Koffer und Klamotten auf dem Boden. Frustrierte Bemerkungen dringen zu ihr durch: *Warum kriegen wir keine Informationen? Ich will jetzt die Insel verlassen.* Das Personal schleppt Matratzen herbei, aber die meisten Gäste haben sich bereits auf Strandtüchern niedergelassen oder sitzen angespannt auf Stühlen.

Die Nacht bricht herein, und die Neonröhren an der Decke werden eingeschaltet. Die harsche Beleuchtung vergibt nichts, lässt dunkle Augenringe und knallrote Sonnenbrände hervortreten.

»Wie lief es?«, erkundigt sich Steed, als sie bei ihm ist.

»Nicht besonders. Und bei dir?«

»Seth ist … Es wurde nichts angerührt. Aber ich lag richtig: Wir waren nicht die Ersten in dem Schuppen seit den damaligen Outward-Bound-Kursen. Ich habe Zeitungen vom letzten Jahr gefunden, und das hier steckte zwischen ihnen. Noch aus der Zeit vor LUMEN. Kopien eines Plans.« Er zieht ein gefaltetes Stück Papier aus seiner Tasche und reicht es ihr. Er weist auf einen gezeichneten Kasten oben rechts hin. Elin beugt sich vor. Mit Bleistift steht da ein Vorschlag, den Ort unter Schutz zu stellen, eine offizielle Ausweisung als Naturschutzgebiet.

»Die Idee eines Naturreservats wurde in einem der Artikel über Porter Jacksons Einspruch gegen den Bau des Retreats erwähnt …«

Steed betrachtet den Plan genauer. »Da ist auch ein Name, Christopher irgendwas, den Rest kann ich nicht erkennen.«

Sie mustert die verblassten Buchstaben. In ihrem Kopf regt sich etwas, doch sie kann es nicht fassen. »Sonst noch was?«

»Eine Studie über die Folgen von Bauvorhaben wie LUMEN auf das gesamte Ökosystem, auf Flora und Fauna. Daten über Energienutzung etc.«

»Vielleicht haben sie eine Enthüllungsstory geplant.«

»Sieht ganz so aus.« Er zuckt mit den Achseln. »Tut mir leid, dass es nicht wirklich weiterhilft. Ich habe gehofft, mehr zu finden.«

»Es war einen Versuch wert.« Elin nimmt einen tiefen Atemzug. »Ich denke, ich muss die Leute hier beruhigen. Hast du von einer Verstärkung gehört?«

»Nein, aber ich habe mit den Kollegen gesprochen. Es gibt gute und schlechte Neuigkeiten. Ich fange mal mit den guten an, wobei ich nicht sicher bin, ob sie diese Bezeichnung verdienen. Die Handydaten von Bea Leger sind da. Sie bestätigen, was der Wassersporttyp erzählt hat. Am Abend ihrer Ankunft auf der Insel hat sie mehrere Telefonate geführt, darunter eines mit ihrer Schwester Jo. Eine Nummer war unbekannt. Als ich sie anrief, gab es keinen Anschluss. Die Daten zu der Nummer habe ich bereits beantragt.«

»Ein Prepaid-Handy?«

»Wahrscheinlich. Und die Schwester hatte recht, die SIM-Karte wurde tatsächlich aus dem Handy entfernt. Seit dem Auffinden von Bea Legers Leiche wurde sie mehrmals genutzt.«

»Gut möglich, dass es der Mörder war. Ein Versuch, Informationen zu löschen.«

»Sieht ganz danach aus. Aber herauszufinden, in wessen Handy die Karte gesteckt wurde, könnte sich als sprichwörtliche Nadel im Heuhaufen entpuppen.«

»Und die schlechte Nachricht?«

»Ich habe auf dem Rückweg vom Strand mit Anna telefoniert. Du musst gerade am Handy gewesen sein, denn sie hatte versucht, dich zu erreichen.« Er zögert, offenbar ist es ihm unangenehm, was er zu sagen hat. »Es gab einen weiteren Tweet, Elin.«

Sie braucht einen Moment, bis sie das Gesagte erfasst. »Noch einen?«

»Ja.« Er wirkt betreten. »Anna hat angerufen, weil es diesmal ein Foto von dir ist ...«

»Aber ein Foto war doch schon bei den anderen Tweets.«

»Nein, das hier ist anders.« Er kramt sein Handy hervor. »Anna hat einen Screenshot gemacht.«

Steed reicht ihr sein Smartphone. Elin starrt den Tweet an.

Sofort versteht sie, warum er so gezögert hat, ihr davon zu erzählen.

Wie zuvor sind ihre Augen aus dem Bild gekratzt, doch dieses Mal ist der Hintergrund zu erkennen.

Das Foto wurde am Tag ihrer Ankunft auf der Insel aufgenommen, als sie neben dem Yoga-Pavillon stand.

Wer auch immer diese Tweets absetzt, ist hier auf der Insel.

83

Augenblicke der letzten Tage kommen ihr in den Sinn: sie allein an der Rückseite der Lodge, die Gestalt mit der Taschenlampe, der Stein, der sich von der Klippe löste …

Befand sie sich in realer Gefahr?

Steed nimmt sein Handy wieder an sich. »Ich schätze, jemand versucht bloß, dich einzuschüchtern.«

»Ja. Aber warum nimmt derjenige nicht auch dich ins Visier?«

»Ich weiß nicht.«

Elin überlegt: Was, wenn es nicht der Mörder ist, der das postet? Könnte es sich um denselben Troll handeln wie den während des Hayler-Falls? Hayler selbst? Auszuschließen ist es nicht. Er wurde nie geschnappt. Oder Michael Zimmerman? Kam der ihr nicht bekannt vor?

»Womöglich hat es nichts zu bedeuten«, fügt Steed hinzu. »Könnte jemand sein, der mitgekriegt hat, dass du Polizistin bist, und dir Angst einjagen will. Als Frau bist du solchen Dingen eher ausgesetzt als ein Mann. Wir wissen beide, mit was sich weibliche Beamte herumschlagen müssen. Die meisten dieser Leute sind schlicht Feiglinge, die sich hinter solchen Aktionen verstecken. Das heißt aber nicht, dass dem auch Taten folgen.«

Steed hat recht, aber beruhigend ist das trotzdem nicht. Sie hatte mit Stalking-Opfern zu tun, und die wahre Angst liegt in der Androhung von Gewalt, dem Wissen, dass jemand einen beobachtet. Wartet. In der Unvorhersehbarkeit dessen, was er als Nächstes tun könnte.

»Hör zu, das ist bloß etwas, das wir im Hinterkopf behalten sollten. Irgendwer, sei es nun der Mörder oder nicht, versucht dich zu irritieren, die Ermittlungen zu stören. Das darfst du nicht zulassen. Nicht jetzt, wo du so weit gekommen bist.« Steed neigt den Kopf in Richtung der Leute hinter ihnen. »Alle hier, sie verlassen sich auf dich. Und sie müssen erfahren, was los ist.«

»Dann werde ich mich mal darum kümmern.«

Nachdem sie sich einen Moment gesammelt hat, erhebt Elin ihre Stimme.

»Entschuldigen Sie, ich habe Ihnen ein paar Worte zu sagen.«

Keinerlei Reaktion. Niemand schaut in ihre Richtung.

Laut klatscht sie in die Hände. »Verzeihen Sie, könnte ich bitte Ihre Aufmerksamkeit haben. Ich möchte Ihnen etwas sagen …«

»Wird auch Zeit!«, ruft jemand.

»Ich verstehe, dass die Situation Ihnen Sorge bereitet und Sie wahrscheinlich mehr Fragen haben, als ich Antworten geben kann. Aktuell kann ich Ihnen lediglich sagen, dass wir uns um einen Vorfall auf der Insel kümmern und es, zu Ihrer eigenen Sicherheit, am besten ist, wenn Sie so lange zusammenbleiben.« Erneutes unzufriedenes Gemurmel. »Die Polizei auf dem Festland ist über unsere Situation unterrichtet. Die Kollegen werden kommen, sobald es ihnen möglich ist.«

Eine andere Stimme. »Und was genau ist hier los?«

»Ich fürchte, ich kann Ihnen nichts sagen, bis weitere Informationen vorliegen.« Der Schweiß brennt ihr im Nacken.

Noch mehr Gemurre, sie kann Feindseligkeit in den Gesichtern ausmachen. Sie kennt den Grund. Normalerweise sind die Leute erleichtert, wenn jemand da ist, um sich einer Situation anzunehmen, aber nicht, wenn es keine Erklärungen gibt. Dann geht die Fantasie mit ihnen durch.

Während sie mit ihrer Ansprache fortfährt, hält sie sich an das, was sie sich zuvor im Kopf zurechtgelegt hat, darunter Anweisungen, wie vorzugehen ist, wenn jemand auf die Toilette muss, und was in einem Notfall zu tun ist. Mittendrin tritt ein Mann mit missmutiger Miene vor. Er rammt die Hände in die Hosentaschen, die Daumen in einer feindseligen Geste auf Elin gerichtet.

»Können Sie uns nicht mehr sagen? Vage Andeutungen von einem Vorfall tun es nämlich nicht wirklich. Meine Frau hat Angst, und alles, was wir gesagt bekommen, ist leeres Geschwätz. Jemand hat einen Angestellten sagen hören, dass eine Leiche am Strand gefunden wurde.«

Elin fühlt sich bloßgestellt. »Ich kann zu diesem Zeitpunkt nichts Weiteres sagen. Aktuell kümmern wir uns um Ihre Sicherheit.«

Der Mann schaut sie an, als würde er sie herausfordern wollen. Draußen heult es in dieser Sekunde laut auf. Der Wind ist außer Kontrolle, als würde er am Gebäude rütteln. Keiner wagt zu sprechen, jeder lauscht dem Toben des Windes.

Elin ist klar, dass ihr lediglich eine Atempause vergönnt wurde. Alle sind müde. Morgen früh werden sämtliche Gäste Antworten einfordern. Sie muss gewappnet sein.

Sie wendet sich an Steed: »Ich werde noch mal meine Notizen durchgehen und die Zeugenaussagen, die Johnson mir geschickt hat.«

»Das werde ich auch tun.«

Elin sucht sich einen Platz am anderen Ende des Raums und beginnt zu lesen. Sie hat nun ein schlüssiges Motiv, doch wenn Jackson tot ist, wer steckt dann hinter den Morden?

Es muss jemand sein, der mit der Schule, den Creacher-Morden und der Gegenwart gleichermaßen verbunden ist. Die Möglichkeiten scheinen so spärlich wie überwältigend, und während sie die Dokumente durchforstet, geht ihr immer wieder das Gespräch mit Will durch den Kopf.

Manchmal ist etwas nicht zu tun das Mutigste überhaupt. Seine Grenzen zu akzeptieren.

Tränen brennen in ihren Augen. Was, wenn er recht hat? Was, wenn das hier sie bei Weitem überfordert? Zweifel zehren an ihr, und ihre Gedanken beginnen zu kreisen. Was, wenn Farrah im Verlauf der Nacht etwas zustößt? Während sie Dienst hat? Und was ist mit dem Tweet?

Noch während sie diese Gedanken wälzt, lehnt sie sich auf dem Stuhl zurück und schließt kurz die Augen, um einen Moment abzuschalten.

84

Tag 4

Elin weiß nicht, wie lange sie geschlafen hat, als sie eine Stimme fast noch unbewusst vernimmt.

Als sie die Augen aufschlägt, erschrickt sie. Ronan Delaney steht über ihr, ein Smartphone in der Hand.

»Tut mir leid, Sie zu wecken.«

»Schon gut.« Sie begibt sich in eine aufrechtere Sitzhaltung. »Ich hätte nicht einschlafen dürfen.«

Der Raum ist schwach beleuchtet, die Leute schlafen auf Stühlen und dem Boden. Ein paar sind noch wach, das verräterische Leuchten von Handys lässt ihre Gesichter unheimlich aufscheinen. Mit einem Blick zu Steed stellt sie fest, dass auch er tief und fest auf seinem Stuhl schläft, sein Kopf hängt seitlich. Elin streckt einen Fuß aus, um ihn anzustupsen, doch er reagiert darauf nur mit einem leisen Schnarchen.

»Verständlich, das hätte ich auch tun sollen, aber seitdem wir geredet haben, kann ich nicht mehr mein Gehirn ausschalten. Ich habe über Jackson nachgedacht, über Ihre Frage, ob er Familie hatte. Erst jetzt ist es mir eingefallen. Am Tag der Protestkundgebung war Jackson tatsächlich in Begleitung. Er stellte mir den Mann flüchtig vor – sein Sohn, vermute ich –, und meinte, sie würden zusammenarbeiten. Es waren so viele Leute da, das hatte ich vergessen.«

»Können Sie sich an sein Aussehen erinnern?«

»Nicht besonders. Er trug eine Mütze, hatte einen Bart und ganz ähnliche Augen wie Jackson … so eng zusammenstehend.« Er legt die Stirn in Falten. »Obwohl, doch, da war was. Er hat leicht gestottert, so wie Jackson. So bin ich wahrscheinlich auch zu dem Schluss gekommen, dass sie verwandt sind. Ich weiß, dass das erblich sein kann. Mein Onkel hat gestottert, und mein Cousin ebenso.«

Gestottert. Elin fällt etwas ein, etwas, das ihr bei ihrem ersten Gespräch aufgefallen ist; die sehr bedachte Art, wie er sprach. Eine beinahe unmerkliche Pause zu Beginn jedes Satzes, so als müsse er die Worte in seinem Kopf erst in Reih und Glied bringen. Die nächste Assoziation: das blaue T-Shirt, das sie an der Gestalt gesehen hat, die im Wald hinter der Lodge herumstreifte. Dieselbe Farbe wie das T-Shirt, das er auch jetzt trägt.

Das Alter passt.

»Geben Sie mir einen Moment.« Elin greift in ihre Tasche und zieht den Plastikbeutel hervor, der Farrahs zerrissenes Foto enthält. Umständlich legt sie die Papierstreifen auf ihrem Schoß aus und mustert sie.

Gesichter tauchen aus dem Durcheinander auf. Mädchen. Jungen. Lehrer. Betreuer.

Erneut inspiziert sie diese, bis sie an einem bestimmten hängen bleibt.

Caleb.

Da, in der hintersten Reihe, einer der Betreuer.

Einen Moment lang erkennt sie Caleb nicht; es scheint ein völlig anderer Mensch zu sein, das weiche Kinn von heute durch einen Bart verdeckt, das lange strähnige Haar, das sein Gesicht in die Länge streckt. Die in die Stirn gezogene Mütze verdeckt noch mehr von ihm.

Die Ähnlichkeit ist offensichtlich. Die Augen, der Zug um den Mund. Das ist es, was ihr Unterbewusstes ihr signalisieren wollte, als sie das Foto in Farrahs Papiereimer gefunden und die zerrissenen Stücke aneinandergefügt hatte.

Ihr Herz schlägt schneller, als sie die einst losen Stränge zusammenführt: das Stottern, Steeds Beobachtung von Calebs abfälliger Haltung gegenüber Seth und dem Retreat, Hanas Bemerkung über Calebs unlängst verstorbenen Vater.

Dieser Vater war Porter Jackson.

»Er ist es«, murmelt Elin. Abermals wirft sich der Wind heulend gegen das Gebäude.

Caleb war zur Zeit der Creacher-Morde auf der Insel.

85

Elin hat Mühe, ihre Stimme zu kontrollieren, als sie Ronan auf das Foto in ihrem Schoß aufmerksam macht. »War das der Mann, den Sie mit Jackson gesehen haben?«

Er beugt sich vor, um es zu betrachten. »Schwer zu sagen, es ist so lange her. Eine Ähnlichkeit ist da, falls das weiterhilft. Erkennen Sie ihn etwa?« Sie nickt. »Und Sie glauben wirklich, falls es Jacksons Sohn ist, dass er damit zu tun hat?«

»Ich bin mir nicht sicher.« Bis eben war sie überzeugt, dass der Mörder eine direkte Verbindung zur Schule und dem, was dort vor sich gegangen war, haben müsste; aber Caleb war damals noch nicht einmal auf der Welt gewesen. Sein Vater hatte als ehemaliger Schüler ein plausibles Motiv, aber nicht Caleb. *Was entgeht ihnen hier?* »Ich gebe Ihnen Bescheid, sobald wir mehr wissen. Falls Ihnen noch was einfällt …«

»Natürlich.« Ronan Delaney kehrt zu seinem Platz zurück.

Elin versucht, Steed zu wecken, sie braucht fast eine Minute, um ihn wach zu rütteln.

»Wie viel Uhr ist es?« Er reibt sich die Augen. »Ich hatte nicht vor zu schlafen …«

»Kurz nach fünf.« Sie schildert, was Ronan ihr erzählt hat. Anfangs muss er noch gähnen, und Elin ist sich nicht sicher, wie viel Steed verstanden hat, bis er sich abrupt aufsetzt und zu der Leger-Gruppe blickt. »Was meinst du? Sollen wir ihn uns vorknöpfen, bevor er begreift, was hier los ist?«

»Gute Idee.« Sie schnappen sich ihre Taschen und bahnen

sich einen Weg zwischen den schlafenden Körpern auf dem Boden.

Elin lässt den Strahl ihrer Taschenlampe über die Gruppe schweifen. Das Licht erhellt zuerst Hana, die sich zusammengerollt hat. Maya schläft neben ihr.

»Kein Caleb«, murmelt Elin, während sie sanft an Hanas Arm rüttelt.

Als sie Elin erblickt, reißt sie die Augen auf.

»Entschuldigen Sie die Störung«, flüstert sie. »Wissen Sie, wo Caleb ist?«

Hana schüttelt den Kopf. »Vorhin war er noch hier …« Sie verstummt, als sie die Dringlichkeit ihrer Frage registriert. »Stimmt etwas nicht?«

»Ich muss mit ihm sprechen.«

»Ich wecke Maya.« Sie setzt sich auf und drückt Mayas Hand, während sie ihr leise etwas ins Ohr flüstert.

Mayas lockiges Haar ist völlig zerzaust. »Er war hier und ist vor mir eingeschlafen«, berichtet sie. »Ich habe es an seinem Atem gehört.«

»Er hat also niemandem Bescheid gegeben, als er den Raum verließ …« Elin dreht sich verwirrt um. Falls Caleb fort ist, wie hat er das angestellt? Der Angestellte an der Tür hatte Anweisung, niemanden rein- oder rauszulassen, und zur Toilette durfte man nur in Begleitung gehen. Der Mann sollte sofort Alarm schlagen, kehrte jemand nicht zurück. Wie war es Caleb dann möglich, zu entkommen?

»Nein …« Maya stockt mit bestürzter Miene. »Obwohl … Vor einiger Zeit habe ich Schritte gehört. Ich war nicht richtig wach, deswegen weiß ich nicht, ob er es war.«

Elin nickt stumm. *Das gefällt ihr nicht.* »Ist Ihnen in den letzten Tagen etwas Merkwürdiges an seinem Verhalten aufgefallen? Etwas, das nicht zu ihm gepasst hat?«

»Nicht wirklich«, sagt Hana. »Aber er war ziemlich aufgewühlt, wie Sie ja selbst mitbekommen haben. Doch ansonsten …«

»Ging mir genauso«, bestätigt Maya.

»Und er hat nichts über irgendein Zerwürfnis zwischen Ihnen
gesagt?«

Hana überlegt. »Na ja, Zerwürfnis nicht unbedingt, aber
Caleb war ziemlich deutlich, was seine Abneigung gegenüber
Seth betraf. Und Jo. Ich nahm an, das sei eine rein persönliche
Sache, dass sie ihm schlicht gegen den Strich gingen.«

»Gehört der Caleb?« Steed deutet auf einen großen Rucksack
zu Hanas Füßen.

»Ja. Er hat auch einen Koffer«, sagt Hana und deutet auf
ihn.

Steed wühlt sich zuerst durch den Rucksack, bevor er den
Koffer öffnet. Maya und Hana sehen schweigend zu, während
er den Inhalt durchsucht.

»Hier ist nichts«, sagt Steed und zieht den Reißverschluss wieder zu. »Hat er kein weiteres Gepäck?«

»Nein. Obwohl …« Maya dreht sich zu Hana. »Bevor wir die
Villa verließen, um hierherzukommen, habt ihr beide mich doch
abgeholt, oder? Han, du wolltest noch eine letzte Runde drehen,
nachsehen, ob wir draußen womöglich was vergessen haben.
Und als du weg warst, ging ich noch mal aufs Klo. Bei meiner
Rückkehr fummelte er am Reißverschluss deines Koffers herum.
Er meinte, er wäre nicht ganz zu gewesen. In dem Moment hatte
ich mir nichts dabei gedacht, aber jetzt …«

Elin hebt eine Augenbraue. *Wäre er wirklich so dreist?* »Haben
Sie noch eine separate Reisetasche bei sich?«

»Ja, den Rucksack da«, sagt Hana.

Elin überlegt: Caleb könnte davon ausgegangen sein, dass sie
ihre Koffer nicht noch mal öffnen würden, bis sie wieder auf

dem Festland wären – insbesondere, wenn sie Rucksäcke mit dem Nötigsten dabeihatten.

Steed zieht Hanas Koffer zu sich herüber. »Ist es okay, wenn ich ihn aufmache?«

Hana nickt.

Steed öffnet den Reißverschluss und klappt den Deckel auf. Kurz scheint es, als läge Maya mit ihrer Theorie falsch. Elin sieht lediglich zusammengeknüllte Klamotten, die ohne jegliche Ordnung hineingestopft wurden.

»Da, dieser Kulturbeutel, hinter den Badesachen«, sagt Maya und zeigt mit dem Finger darauf. »Der gehört nicht dir, Han, oder?«

Hana verneint, während Steed ihn sich schon angelt.

»Sieht recht harmlos aus«, bemerkt er.

»Vielleicht hatte er keinen Platz mehr in seinem Koffer«, schlägt Maya vor, als hätte auch sie Mühe, etwas Unheilvolles in einem so banalen Gegenstand zu sehen.

»Aber dann hätte er mich doch fragen können, ob er es bei mir verstauen kann, oder?« Hana runzelt die Stirn. »Wozu verstecken?«

Steed öffnet den Kulturbeutel und kramt den Inhalt hervor: Zahnbürste, Zahnpasta, Haargel.

»Nur Hygieneartikel«, bemerkt Hana, verstummt jedoch, als Steed etwas anderes herauszieht.

Als er es hochhält, öffnet sie den Mund, doch es kommen keine Worte heraus.

86

Ein Reisepass.« Elin hält ihre Taschenlampe hoch, das matte Licht erhellt die Worte. *Christopher Jackson.* »Ein anderer Name, ein anderes Gesicht ...« Sie mustert das Foto. Ein buschiger Bart, dunkler als das Haupthaar, streckt das Gesicht in die Länge und lässt die Haut fahl erscheinen. Das Bild hat eine verblüffende Ähnlichkeit mit der Aufnahme, die sie aus Farrahs Papiereimer gefischt hat.

Ihr Blick wandert zurück zu dem Namen. *Christopher Jackson.* »Stand der Name Christopher nicht auch auf dem Plan, den du in dem Schuppen unten am Strand gefunden hast?«

Steed bestätigt mit einem Nicken.

»Wenn Caleb Christopher ist, besteht die Möglichkeit, dass es sich um Calebs und Porter Jacksons Plan für die Insel handelte.« In Gedanken kehrt sie zu dem Artikel über das Bauprojekt zurück, über das vereitelte Vorhaben, die Insel zum Naturschutzgebiet erklären zu lassen. Auch dort wurde ein Christopher erwähnt, da ist sie sich sicher.

»Hast du nicht gesagt, dass Caleb sich ziemlich abschätzig über das Retreat geäußert hat?«

»Stimmt«, erwidert Steed. »Mir kam es etwas überzogen vor angesichts dessen, was passiert war.«

Hana sieht zu ihr. »Mir gegenüber hat er Ähnliches erwähnt ...«

»Denkst du, Ronan Delaney wusste von diesem Plan, als er den Bau des Retreats vorschlug?«, fragt Steed langsam.

»Ich weiß nicht. Aber wenn das hier Calebs und Porter Jacksons Herzensprojekt war und dieses nie eine Chance bekam, bestärkt das die Theorie, dass Jackson ein persönliches Interesse daran hatte, Delaneys Pläne für Cary Island zu durchkreuzen.«

»Ja, ich …« Steed hält inne. »Moment mal, da ist noch was.« Er kramt in dem Kulturbeutel.

Elin späht über seine Schulter, sieht eine Packung Schmerzmittel und dahinter ein Smartphone.

Als Steed es herauszieht, wechseln sie einen Blick. *Die fehlende SIM-Karte.*

Steed drückt auf den seitlichen Knopf. Kein geschütztes Passwort – auf dem Display leuchtet direkt der Startbildschirm auf. Eine Ansammlung von Icons.

»Das ist ja Beas Homescreen«, meldet sich Hana, wobei ihr alle Farbe aus dem Gesicht weicht.

Steed klickt das Umschlag-Icon ganz unten an. »Muss ihr Arbeitsaccount sein.«

Elin betrachtet die endlose Reihe ungelesener E-Mails, weitere werden geladen.

Steed gibt Calebs Namen im Suchfeld ein, dann arbeitet er sich methodisch durch die Icons – WhatsApp, iMessages. »Sieht aus, als hätte er seinen Job gründlich erledigt. Ich kann hier keinen Austausch zwischen ihm und Bea entdecken.«

Stirnrunzelnd zeigt Hana auf ein Icon links. »Schauen Sie hier nach – ihr Yahoo-Account. Den haben wir uns als Teenies eingerichtet. Ich wusste nicht, dass sie ihn noch hat.«

Steed tippt auf das Symbol. Nachrichten fluten den Eingang.

Als die neuesten E-Mails geladen sind, ist es nicht Calebs Name, der oben in der Liste erscheint – es ist Beas.

87

Das hier scheinen Mails zu sein, die sie an sich selbst geschickt hat, Kopien von Nachrichten an Caleb«, bemerkt Steed. »Wie es aussieht, versandte sie diese an dem Vormittag, als die Gruppe auf der Insel eintraf.« Er tippt auf das Display. »Offenbar hatte auch sie den Reisepass gefunden. Sie hat ein Foto davon gemacht, ihn gefragt: *Was ist das?* Sie fragt ihn hier auch nach E-Mails, die sie gefunden hat und die von einem anderen Account verfasst wurden. Drohnachrichten, so wie es klingt. Anscheinend hat er nicht darauf geantwortet.«

»Haben wir das Datum?«

Er scrollt nach unten. »Vor achtzehn Monaten schrieb sie diesbezüglich die erste Mail.«

Achtzehn Monate. Der Zeitpunkt kann kein Zufall sein. »Ungefähr um den Dreh, als das Retreat hier gebaut wurde und Porter Jacksons Beerdigung war.«

Maya dreht sich zu Hana. »Caleb hat dir doch erzählt, dass sein Vater gestorben ist, nicht wahr?«

Hana nickt. »Anscheinend unter ziemlich tragischen Umständen. Er erzählte, dass jemand seinen Vater nicht lange vor dessen Tod um all sein Geld betrogen hatte. Meinte, er sei gerade dabei gewesen, sein Leben auf die Reihe zu bekommen, als es passierte.«

Elin muss an das denken, was Ronan Delaney ihr über Jacksons schiefgelaufenes Investment erzählt hat, zu dem er ihm geraten hatte.

Die vielen Einzelteile fügen sich allmählich in ihrem Kopf, um so etwas wie eine schlüssige Geschichte zu bilden – eine, die Caleb ein Motiv für die Tötung von Seth Delaney geben würde. Und fast sieht es so aus, als hätte Beas zufällige Entdeckung seiner wahren Identität ihm den Grund geliefert, auch sie zu beseitigen.

Langsam dämmert ihr, dass es bei diesem Fall keineswegs um den Fluch und den Felsen geht. Calebs Beweggründe liegen ganz woanders.

»Ich schätze, wir haben hier den perfekten Trigger«, sagt sie, während sie Steed von Hana und Maya wegzieht. »Was, wenn die Naturschutzsache, die Caleb und sein Vater für die Insel geplant hatten, nie eine Perspektive hatte, weil Delaney Porter Jackson um dessen Geld brachte – Geld, das bei der Antragsstellung geholfen hätte? Und dann lässt Delaney ungehindert dieses Luxus-Resort errichten.«

»Ein ziemlicher Schlag ins Gesicht.«

»Genau. Die Jacksons versuchen, gegen das Bauprojekt anzugehen, scheitern jedoch, und kurz darauf stirbt Porter Jackson.« Sie sieht Steed an. »Für Caleb möglicherweise ein ziemlich überzeugendes Motiv.«

»Mord aus Rache.«

Sie nickt. »Schlüssiger jedenfalls als der Fluch um Reaper's Rock.«

»Aber was ist mit dem, was wir in der Höhle gefunden haben?«, überlegt Steed. »Wie passt das mit den Creacher-Opfern zusammen?«

»Sehr gut sogar. Die Höhle, da bin ich mir sicher, war Porter Jacksons Werk, und für ihn steht das Motiv des Fluchs in Gestalt des Sensenmanns immer noch. Die Abweichungen zwischen den Mordserien sind der Tatsache geschuldet, dass sie von zwei verschiedenen Personen verübt wurden. Ich denke, dass Porter

356

Jackson besessen war von dem Felsen und die Jugendlichen im Jahr 2003 tötete; während Caleb diese Verknüpfung lediglich nutzte, um uns auf die falsche Fährte zu locken.«

»Das klingt logisch, aber was mir nicht in den Kopf will, ist, warum diese Naturschutzgeschichte den Jacksons überhaupt so wichtig war.«

»Vergiss nicht, was Caleb Hana über seinen Vater erzählt hat: dass er gerade erst dabei war, sein Leben in den Griff zu kriegen, als er starb. Dann die Drohmails, die Seth Delaney erhielt. Die Botschaft war bei beiden ähnlich – Ronan Delaney hatte Menschen davon abgehalten, in ihrem Leben voranzukommen. Falls Caleb der Verfasser dieser Mails war, bezieht sich das vielleicht darauf. Vielleicht war das Naturschutzprojekt auch eine Art, um sicherzustellen, dass sein Vater nicht dazu verleitet wurde, erneut zu töten. Wäre die Insel ein Naturreservat geworden, hätte sich nie wieder jemand darauf niedergelassen – daher auch keine Verlockung.«

»Der Fluch wäre gebrochen.«

»Exakt. Ich …« Elin verstummt, als sie Schritte hört. Es ist Tom, der Wassersport-Ausbilder, der sich hastig zwischen den Schlafenden hindurchschlängelt.

»Ich muss Ihnen was sagen«, flüstert er, als er vor Elin und Steed steht. »Gerade habe ich draußen einen Mann gesehen, der über die Brücke zu der Privatinsel rannte.«

»Wann genau?«, fragt Elin.

»Vor etwa zehn Minuten … Ich bin kurz zuvor aufgewacht, hörte Gepolter. Dachte zuerst, das sei der Sturm, als mir einfiel, dass ich vergessen hatte, den letzten Ständer mit den Kajaks wegzuräumen. Also lief ich runter zum Strand, um mich darum zu kümmern.«

»Ich nehme an, Sie haben nicht den Haupteingang genommen?«

Betreten schüttelt Tom den Kopf und deutet zu einem Raumteiler. »Dahinter befindet sich eine Tür.« Er hält inne. »Ich war erst ein paar Minuten draußen, als ich ihn gesehen habe.«

»Niemand vom Personal?«

»Keine Ahnung«, erwidert Tom. »Es war recht dunkel … die Brücke ist nicht beleuchtet.«

Elins Magen zieht sich zusammen.

Die kleine Insel.

Sie wendet sich zu Steed. »Ihr habt doch dort gesucht, oder?«

»Ja, sogar ziemlich gründlich.«

»Besteht dennoch die Chance, dass etwas übersehen wurde?«

»Schon möglich. Der Baumwuchs ist an manchen Stellen recht dicht.«

»Ich will mir noch mal alles genau anschauen.«

»Allein?«

»Ich muss, wir können nicht riskieren, die Lodge unbewacht zu lassen.«

»Jetzt gleich?«

Sie nickt. »Falls das unser Mörder ist, womöglich Caleb, wird er einen guten Grund haben, warum er da draußen ist.«

»Farrah.«

88

Maya legt sich wieder hin, die dunklen Locken über dem hellen Stoff ihrer Jacke ausgebreitet. »Han, versuch noch etwas zu schlafen. Du kannst momentan nichts tun. Du musst dich ausruhen.«

Hana sieht sie ungläubig an. *Wie kann Maya überhaupt an so etwas wie Ruhe denken?*

Eine Woge von Übelkeit erfasst sie, als sie an die Gruppe denkt, die vor wenigen Tagen unten am Strand angelegt hat und nun massiv zusammengeschrumpft ist. Es ist ihr unerträglich. »Ich verstehe es einfach nicht. Caleb ... er hat Bea doch geliebt. Wie er über sie redete ... das kann er nicht vorgetäuscht haben.« Hana versucht, sich an ihre Gespräche zu erinnern, an seine spürbare Trauer.

»Die Menschen lügen, Han, das weißt du.« Mayas Stimme klingt düster.

»Ich weiß, aber wann hatte er dazu die Gelegenheit gehabt? Wir waren die ganze Zeit zusammen.«

»Nicht die ganze Zeit. Nach dem, was geschehen war, zog sich jeder von uns in seine persönliche Blase zurück. Wir gingen davon aus, dass er auf seinem Zimmer war, aber er hätte sich jederzeit hinausschleichen können. Er ist mehrmals allein zum Restaurant hochgegangen, hat behauptet, er wolle sich was zum Trinken oder Essen holen, aber weiß Gott, was er getrieben hat. Ich könnte dir jedenfalls nicht sagen, wo jeder von uns sich die Tage aufgehalten hat, nicht wirklich.«

»Aber wie konnte er so etwas tun? Etwas so Böses? Selbst wenn man jemanden inbrünstig hasst, gibt das einem doch nicht das Recht …« Hana bricht ab, als Tränen über ihre Wangen rinnen.

»Ich weiß es nicht. Wie kann man wissen, was in einem Menschen vorgeht? Außerdem ist es nicht deine Aufgabe, Antworten darauf zu finden, Han. Wir haben genug durchgemacht. Jo …« Maya versucht, Hanas Blick einzufangen. »Wir haben noch nicht einmal darüber gesprochen, was passiert ist, oder? Mit Jo, meine ich.«

Hana nickt, und auf einmal spürt sie, wie alles sie einholt. All der Zorn, den sie Jo gegenüber verspürte, dazu Gefühle von Schuld, Reue und Liebe. Eine seltsame Mischung, die sie unmöglich verstehen, geschweige denn sich mit ihr auseinandersetzen kann.

»Ich kann ihr nicht vergeben, was sie mit Liam getan hat. Aber ich habe sie geliebt, Maya«, sagt sie. »Und Bea auch. Ich habe die beiden so geliebt, und jetzt sind sie fort.«

»Ich weiß.« Maya nimmt ihre Hand, und genau in diesem Moment brechen die wahren Gefühle hervor, all die zu einem großen Knäuel verknoteten Gefühle, die sich plötzlich entwirren und lösen.

»Ich bin allein, Maya«, sagt Hana. »Ich bin ganz allein. Meine Schwestern sind tot.« Ihre Brust hebt und senkt sich schwer, als die Erkenntnis sie überwältigt.

Maya streckt die Arme nach ihr aus, zieht sie zu sich heran.

Hana kann sich noch erinnern, wie sie das als Kinder taten. Das letzte Mal in der Nacht des Feuers. Maya hatte immer schlimme Albträume, und Hana kuschelte sich an ihren Rücken, bis sie wieder eingeschlafen war.

»Du bist nicht allein«, wispert Maya. »Das verspreche ich dir. Du hast mich. Und dieses Mal, Han, werde ich dich nicht verlassen. Ich bin für dich da, solange du mich brauchst.«

89

Draußen findet Elin sich im Auge des Sturms wieder. Obwohl der Morgen dämmert, hat sich der Himmel kaum erhellt. Der Regen geht in Strömen nieder, trifft sie von der Seite, peitscht ihr ins Gesicht. Und vom Boden steigt ein schwerer, erdiger Geruch auf.

Der Sturm hat verheerende Schäden angerichtet: Stühle wurden auf der Terrasse herumgeschleudert, abgebrochene Äste bedecken den Pfad. Die Bäume um sie herum ächzen unheilvoll.

Unten am Strand wird nur noch mehr Verwüstung sichtbar: eine entwurzelte Kiefer, die durch den Sand geschleift wurde gleich einer Medusa. Das Gestell, von dem Tom sprach, ist umgekippt, die Kajaks und Boards vom Wind an einer Seite angehoben, bevor sie auf der anderen gnadenlos zu Boden geschleudert wurden.

Elin überkommt das Gefühl, dass das Retreat das nicht überleben wird, der Sturm, der Felsen selbst, sie werden sich nicht beschwichtigen lassen, bis der Ort von sämtlichen menschlichen Spuren befreit ist.

Langsam bahnt sie sich ihren Weg über die Felsen, die zur Holzbrücke führen, die Steine sind nass und glitschig. Sie braucht mehrere Minuten, bis sie die Hängebrücke erreicht. Die dünnen Latten wirken ebenfalls nicht vertrauenerweckend, und Elin beobachtet angespannt, wie das Gebilde hin und her schwankt.

Die Hände umklammern fest die Seile des Geländers, während sie sich behutsam vorwärtsschiebt. Tropfen wie Nadelstiche prasseln auf ihr Gesicht und lassen die Insel vor ihr verschwimmen. Doch sie hält den Blick geradeaus gerichtet, fest entschlossen, nicht durch die Spalten der Holzlatten nach unten zu schauen. Das Wasser ist nicht mehr seicht, nicht das wunderschöne Minzgrün von neulich, sondern dunkel und wütend, mit weiß schäumender Gischt, die durch die Luft geschleudert wird.

Es ist eine große Erleichterung, als sie endlich wieder festen Boden betritt. Sie eilt den Pfad hoch, unter den Bäumen hindurch, deren dichtes Blätterdach sie zwar vor dem Regen verschont, jedoch nicht vor dem Wind, der wild an den Ästen über ihr rüttelt.

In der Finsternis taucht schließlich die Villa auf. Es sieht aus, als würde das Gebäude zu fragil für den Sturm sein. Nachdem sie die Eingangstür erreicht hat, späht sie durch die regengesprenkelte Glasscheibe. Der Raum scheint leer, geradezu unberührt nach der Szenerie, die sich ihr letztes Mal geboten hatte, als sie mit Farrah auf die Insel kam, um das Haus zu durchsuchen.

Sie kramt ihren Zentralschlüssel heraus und hält ihn an die Tür. Klickend geht sie auf. Mit angehaltenem Atem betritt Elin den Raum, aber niemand ist da.

»Farrah?«, ruft sie.

Keine Antwort.

Sie sieht im Bad nach. *Leer.*

Elins Herz klopf laut; die Abgeschiedenheit, die sie zuvor mit Farrah hier verspürt hatte, empfindet sie als noch intensiver. Als sie in den Wohnbereich zurückkehrt, sucht sie weiter, lauscht, versucht das Rauschen des Sturms auszuschalten.

Etwas beunruhigt sie.

Obwohl das Zimmer verlassen ist, hat sie das eindeutige Gefühl, beobachtet zu werden. Unweigerlich muss sie an das verschandelte Foto aus den Tweets denken.

Kann es sein, dass jemand sie beobachtet?

Unbehaglich geht sie zur Tür, danach um das Gebäude herum zur Holzterrasse. Wellen krachen über sie, Wasser umspült Tisch- und Stuhlbeine. Kein Mensch würde sich hier draußen aufhalten, überlegt sie, außer er hegt einen Todeswunsch. Eine heftige Woge – und schon reißt sie einen ins Meer.

Sie wagt sich in das Unterholz rechts der Terrasse, doch neben Bäumen und Gestrüpp bemerkt sie nichts weiter als Schlammpfützen und feuchte, glitschige Laubhaufen.

Elin geht weiter. Die Bäume stehen nun dichter; sie muss sich nahezu zwischen den Stämmen hindurchschieben. Die Dunkelheit spielt ihr Streiche. Während sie sich ihren Weg bahnt, meint sie, einen Schatten zu sehen, der mit dem Dickicht verschmilzt, doch sie schiebt es auf den Sturm, den Anschein, dass unermüdlich etwas in Bewegung ist.

Auf einmal fällt der Boden schräg nach unten ab; Ströme aus Regenwasser fließen in rasender Geschwindigkeit ins Meer. Widerstand kommt nur von abgebrochenen Ästen und Steinbrocken, die Nebenflüsse entstehen lassen.

Sie schwitzt heftig, atmet schwer, braucht alle Konzentration, um sich auf dem rutschigen Untergrund zu halten.

Fast hat sie das Ufer erreicht.

Durch die Bäume kann sie schon die See sehen – vom Sturm aufgepeitschte Wogen, die Richtung Felsen branden, um sich mit Wucht wieder zurückzuziehen, als wollten sie ein Stück der Insel mit sich reißen.

Sie will schon kehrtmachen, als sie am Rande ihres Sichtfelds etwas bemerkt.

Ein Bein, das hinter einem Baumstamm hervorlugt.

Elin schlägt das Herz bis zum Hals, als sie sich weiter vorkämpft.

Nein.

Kaum, dass sie den Baum umrundet hat, sieht Elin, dass es Farrah ist, sie liegt auf dem Rücken in der schlammigen Erde; eine Augenbinde um ihren Kopf geknotet.

Keinerlei Bewegung.

Panik macht sich in ihrer Brust breit, als sie den Blutfleck wahrnimmt, der Farrahs Haar verdunkelt. Eine große Kopfwunde, und noch mehr Blut an der Schläfe.

Caleb hat sie niedergeschlagen, genauso wie er Jo Leger niedergeschlagen hat.

Doch aller Abscheu, den sie für ihn empfindet, wird von dem Abscheu sich selbst gegenüber verdrängt.

Sie hat Farrah auf dem Gewissen. Sie hat sie im Stich gelassen.

Farrah wollte sich ihr anvertrauen. Sie hat sie von sich gestoßen, die falsche Entscheidung getroffen, während sie kopflos über die Insel hetzte.

Hatte sie ernsthaft geglaubt, dass das hier ein anderes Ende nehmen würde?

Ihre Hand zittert, als sie Farrahs Hals berührt.

Ein kleiner Hoffnungsfunke, der sofort wieder verlischt.

Ein Schluchzer entfährt ihr. Die Trauer ist bereits da; eine Trauer nicht nur um Farrah, sondern auch um Will.

»Es tut mir leid«, murmelt sie. »Es tut mir so leid.«

Elin will gerade ihre Hand zurückziehen, als sie etwas wahrnimmt, so schwach, dass sie zuerst denkt, dass es ihr eigener Herzschlag ist.

Sie drückt die Finger etwas fester an Farrahs Hals.

Ein Puls?

90

Elin tastet nochmals.

Da. Tatsächlich. Ein Pulsschlag. Gott sei Dank. Erleichterung rauscht durch sie hindurch.

»Farrah?«, sagt sie rasch. »Kannst du mich hören?«

Sie ist bewusstlos. Atmet, gibt aber keine Reaktion von sich.

Elin kniet sich auf den Boden und dreht sie vorsichtig in die stabile Seitenlage. Nachdem sie die Augenbinde abgenommen hat, kippt sie sanft ihren Kopf nach hinten, hebt ihr Kinn an, um sicherzustellen, dass nichts ihre Atemwege blockiert.

Elin hört plötzlich ein schwaches Stöhnen. Farrahs Lider öffnen sich mit einem leichten Flackern, bevor sie sich erneut schließen.

Quälende Sekunden verstreichen, bevor Farrah ihre Augen richtig öffnet.

»Ich bin's, Elin. Du bist in Sicherheit.«

Farrah versucht, sich aufzusetzen. Angesichts möglicher Verletzungen von Hals und Wirbelsäule sollte sie sich keinesfalls bewegen, bevor sie untersucht wurde. »Halte besser still«, drängt Elin. »Du hast eine schlimme Kopfverletzung.«

Doch Farrah hat sich bereits hochgezogen. »Mir ist kalt.« Sie zittert heftig und schlingt die Arme um ihren Oberkörper. »Ich kann nicht hierbleiben.«

Elin zögert. Farrah hat recht. Sie ist völlig durchnässt, und der Sturm macht keine Anstalten abzuflauen. Wenn sie länger an diesem Ort verweilen, riskiert sie eine Unterkühlung. »In

Ordnung, aber lass mich vorher paar Dinge checken. Kannst du Finger und Zehen bewegen?«

Doch nur kurz darauf hat sich Farrah bereits aufgerappelt. Elin hilft ihr und weist sie an, sich an sie zu lehnen. Während sie sich in Richtung Villa aufmachen, kann sie den Blick nicht von Farrahs Gesicht abwenden, dem Schmerz, der sich in ihre Züge gräbt, während sie sich den Weg über den rutschigen Boden bahnen. Jede Baumwurzel, jede Pfütze ein Hindernis.

Endlich erreichen sie die Villa. Elin schaltet die Klimaanlage aus und führt Farrah ins Schlafzimmer. Unter der gleißenden Deckenbeleuchtung erscheint ihr Gesicht ihr vollkommen fremd – lilafarbene Blutergüsse und aufgeplatzte Haut. Milchiger Teint.

Als Farrah sich aufs Bett legt, zieht Elin ihr die Decke bis zum Hals hoch. Sie zittert immer noch, ihre Zähne klappern, während sie sich ausstreckt, und sie zuckt zusammen, als ihr Kopf aufs Kissen sinkt.

Elin nimmt ein Glas vom Nachttisch, gießt Wasser ein, reicht es ihr. Farrah zieht sich ein Stück hoch und nippt langsam.

»Was ist passiert?«, fragt Elin, bevor sie sich korrigiert. »Keine Sorge, ich verstehe, wenn dir jetzt nicht nach Reden zumute ist.«

»Nein, schon gut.« Nachdem sie das Glas abgestellt hat, lehnt sie sich wieder zurück, wobei sie schmerzhaft das Gesicht verzieht. »Es war Caleb. Er …« Sie hat Mühe, die Worte herauszubekommen. »Er hat mich mit irgendwas niedergeschlagen … mich da draußen meinem Schicksal überlassen.« Sie schließt kurz die Augen.

Elin schluckt den Kloß in ihrem Hals runter. »Wann war das?«

»Vor ein paar Stunden, glaube ich.« Als Farrah sie anschaut, registriert sie neue Details: Schmutz und Schrammen an Wangen und Stirn. Eine blutige Platzwunde unter ihrem Auge. »Ich habe mich seit gestern hier versteckt gehalten.«

»Caleb kam in dein Büro, nicht wahr?«

Farrah nickt. Ein Flackern in ihren Augen, als würde sie das Ganze noch einmal durchleben. »Ich erhielt eine Nachricht von der Rezeption, jemand von der Polizei erwarte mich im Büro. Ich nahm an, das seist du, aber als ich reinkam …« Sie schluckt.

»Schon gut, nimm dir Zeit.«

Farrah sammelt sich, beginnt von Neuem. »Als ich reinkam, war er es, der auf mich wartete. Erst versuchte ich, die Situation zu entschärfen, nahm meine Tasche, sagte, ich müsse los, doch der Ausdruck in seinem Gesicht …« Sie gibt einen leisen, erstickten Laut von sich. »Ich wusste, er würde mich auf keinen Fall gehen lassen. Ich rannte durch die Terrassentür nach draußen, schaffte es, etwas Abstand zwischen uns zu bringen, erreichte die Stufen, die zu den Felsen vor der kleinen Insel führen. Es gibt einen unterirdischen Wartungsraum direkt hinter der Villa, das war der einzige Ort, der mir einfiel. Ich dachte, er würde ihn vielleicht nicht kennen.« Sie zögert. »Und ich hatte recht. Ich hängte ihn zwischen den Bäumen ab.«

»Du hattest kein Handy bei dir, um jemanden anzurufen?«

»Es war in meiner Tasche. Ich ließ sie beim Rennen fallen.« Farrahs Blick schweift ab, während sie den Stoff der Bettdecke zusammendrückt.

»Wir haben deine Tasche gefunden, als wir dich suchten. Aber es war kein Handy in ihr.« Elin stockt. Ein lauter Knall.

Farrahs Kopf schießt erschrocken hoch, ihre Augen zucken zur Tür.

Elins Puls beschleunigt sich. Es besteht durchaus die Möglichkeit, dass Caleb sich immer noch da draußen herumtreibt. Er könnte sie in diesem Moment beobachten …

Sie springt auf, doch schon ertönt erneut ein Knall. In ihren Augenwinkeln nimmt sie plötzlich eine Bewegung wahr.

91

Elin wirbelt herum, doch ihr Blick bleibt lediglich an einem Ast hängen, der vor dem Fenster hängt. Er wiegt sich schlaff und in einem seltsamen Winkel im Wind, so als sei er abgeknickt.

»Nur ein Ast.« Elin setzt sich wieder auf die Bettkante, doch sie bleibt in Alarmbereitschaft, während sie den Blick durch den Raum schweifen lässt.

»Du wolltest eben noch was sagen«, sagt sie, »wegen deines Handys.«

Farrah nickt. »Ich schätze, Caleb hat es an sich genommen.« Sie zuckt abermals zusammen, als sie ihre Position verlagert. »Heute Morgen habe ich versucht, auf die Hauptinsel zurückzukehren, um euch zu warnen, aber er muss mich dabei gesehen haben ... Vielleicht ahnte er auch, dass ich die ganze Zeit da war, und wartete den richtigen Moment ab. Ich versuchte erneut, ihm zu entkommen, aber dieses Mal holte er mich ein. Ich glaube, er dachte, er hätte die Sache erledigt. Dass ich ...« Sie verstummt und blinzelt die Tränen weg.

»Und weißt du auch, warum er hinter dir her war?«

»Ja. Ich nehme an, dass du inzwischen weißt, dass ich während der Creacher-Morde auf der Insel war.«

Elin nickt. »Ich habe bereits mit Will gesprochen. Er hat mir alles erklärt.«

Erleichterung zeigt sich auf Farrahs Gesicht, bevor ihre Miene sich verdüstert. »Caleb, beziehungsweise Chris, als den wir ihn

368

damals kannten, war einer der Betreuer im Zeltlager. Vor ein paar Monaten kam er mit einem Freund auf die Insel. Ich meinte sofort, ihn zu erkennen, dachte aber, dass ich es mir nur einbildete, dass es bloß jemand war, der ihm ähnlich sah. Ich war gedanklich nicht ganz da, wegen der Sache mit meinem Ex. Ich dachte nicht mehr daran, bis er vor einigen Wochen wiederauftauchte. Als ich seine Stimme hörte, habe ich es mich erneut gefragt, aber dann dachte ich, dass es die Schuldgefühle sind, die sich in mir melden, dass ich bloß paranoid bin.« Farrah seufzt schwer. »Doch dann bemerkte ich, wie er mich anschaute. Er kam mehrere Male zur Bar, unter dem Vorwand, ein Bier zu bestellen, doch ich merkte ihm an, dass er mich beobachtete. Nicht nur beiläufig, verstehst du?«

»Er hat dich ebenfalls erkannt.«

»Ja, ich denke schon. Da kramte ich die alten Zeitungsausschnitte vom Schulausflug heraus. Ich war mir nicht absolut sicher, aber doch ziemlich.« Farrah reibt sich die Schläfen mit den Fingerspitzen. »Das wäre ja keine große Sache gewesen, aber dann, als Bea verunglückte und Seth tot aufgefunden wurde, mit dem Wissen, dass Caleb mit dieser Gruppe unterwegs war … Ich erinnere mich noch, wie er damals als Betreuer ständig von der alten Schule faselte, dem Sensenmann und Reaper's Rock, wie er versuchte, uns Angst einzujagen. Er wirkte schon immer etwas merkwürdig, weißt du?«

»Und da kamst du auf den Gedanken, dass Caleb was damit zu tun haben könnte?«

Sie nickt. »Ich schätze, er muss vermutet haben, dass ich einen Verdacht hegte; vielleicht war ihm klar, dass, wenn er mich erkannt hatte, es andersherum genauso war. Ich begann mich zu fragen, ob diese Nachrichten, die ich erhalten hatte, von ihm stammten, ob er versuchte, mich von der Insel zu vergraulen.«

»Er konnte ja nicht ahnen, dass du dachtest, dass sie von deinem Ex seien.«

»Ja, und ich nehme an, dass er, als ich nicht ging, wie er gehofft hatte, wusste, dass er was anderes unternehmen musste.« Sie beißt sich auf die Lippe. »Ich hätte auf der Hut sein müssen.«

Wie Elin sie so anschaut, plagen sie Scham und Schuldgefühle. »Mach dir keine Vorwürfe. Ich habe dir nicht zugehört, als du sagtest, du müsstest mit mir reden. Ich hab dich abgewimmelt.« Sie schluckt. »Es tut mir leid, ich hätte das ernster nehmen müssen.«

»Nein«, erwidert Farrah entschieden. »Keine Entschuldigungen. Dass du mich hier gefunden hast, macht alles wieder wett. Wenn ich länger da draußen gelegen hätte …« Sie greift nach Elins Hand, drückt sie fest. Ihre Augen suchen Elins, und als ihre Blicke sich begegnen, ist da ein Einverständnis zwischen ihnen, ganz so wie am ersten Tag auf der Insel.

Eine Verbindung, die sie niemals für möglich gehalten hätte.

Mit einem Kloß im Hals schaut Elin zu Boden. Sie weiß, indem sie Farrah fand, wurde ihr Vergebung zuteil, nicht nur in Wills Augen, vielmehr vor sich selbst. Als sie Farrah dort reglos liegen sah, auf dem durchweichten Boden, hatte sie das Gefühl, am Rand eines Abgrunds zu stehen, der nicht nur Will, sondern auch sie selbst unwiederbringlich verändert hätte. Tiefe Scham und Reue hätten sie für immer verfolgt.

Farrah beobachtet sie nachdenklich. »Gibst du Will Bescheid, dass es mir gut geht?«

»Natürlich. Er war völlig außer sich.« Elin zieht ihr Handy aus der Tasche, als ihr einfällt, dass sie Steed wegen Caleb warnen muss, dass sie mit ihrem Verdacht richtiglagen. »Aber erst einmal musst du unbedingt medizinisch versorgt werden.«

Doch als sie die raue See betrachtet, schwant ihr nichts Gutes. Selbst wenn mittlerweile ein Team zur Verfügung stünde, würde man bei diesem Wetter ein Boot losschicken? Weiter draußen sind die Wellen gewaltig, meterhohe Mauern aus Wasser. Und angesichts der Sturmböen scheint ein Hubschrauber sogar noch unwahrscheinlicher.

Als sie telefonieren will, hält Elin inne. »Kein Netz«, sagt sie, um eine ruhige Stimme bemüht.

»Das ist hier nicht besonders.« Farrah deutet zum Nachttisch. »Versuch es mit dem Festnetz.«

Elin steht auf, greift nach dem Hörer. Nichts als Stille empfängt sie. »Die Leitung ist tot. Entweder hat sie der Sturm oder Caleb gekappt.« Sie beißt sich auf die Lippe. »Ich will dich hier nicht so zurücklassen, aber ich werde auf die Hauptinsel zurückkehren müssen, um Hilfe vom Festland zu holen. Bis dahin werde ich einen Helfer zu dir schicken.«

Farrah entgeht das Zögern in ihrer Stimme nicht. »Ist schon gut. Wirklich. Geh du nur.«

Es widerstrebt ihr immer noch, sie allein zu lassen. Solange sie nicht weiß, wo Caleb steckt, bleibt es ein Risiko. Aber keine Hilfe zu holen, ist ebenfalls keine Option.

»Geh schon.« Farrah drückt ihre Hand. »Im Ernst, ich komme klar.«

»Okay, aber du musst die Tür von innen verriegeln.«

Farrah nickt. Nachdem Elin noch einmal geschaut hat, ob alles in Ordnung ist, verlässt sie die Villa.

Überall nur Wasser.

Pfützen, die sich in den schlammigen Mulden gebildet haben, oder größere Ströme, die sich über das Laub wälzen.

Sie springt hin und her, bis sie den Pfad zur Brücke findet. Sie verfällt in einen Laufschritt, als sie unter den Bäumen abtaucht.

Auf den letzten Metern fährt ihr eine Windböe durchs Haar und peitscht es ihr übers Gesicht. Einen Moment lang sieht sie nichts.

Sie will das Haar zurückstreichen, doch zu spät ...

Ein brennend scharfer Schmerz.

Alles verschwimmt ... eine flüssige Schwärze schwappt wie eine Welle über sie hinweg. Einen Moment lang klingt es, als würde es in ihrem Kopf regnen, ein sanftes Plätschern.

Ihre Sicht verengt sich zu einem Tunnel, ein tiefes Schwarz, das von außen einsickert.

Dann vollkommene Finsternis.

92

Als Elin zu sich kommt, ist sie völlig durchnässt; sie friert erbärmlich.

Einen Moment lang denkt sie, sie liegt im Wasser, dahintreibend, während Wellen anbranden. Doch als sie das Ruckeln an ihren Knöcheln spürt, wird ihr klar, dass sie sich zwar tatsächlich bewegt, aber an Land.

Sie blinzelt einmal, zweimal, kann aber nichts sehen; ihre Augen wurden verbunden.

Panisch versucht sie, die Arme zu bewegen, die Binde wegzureißen, doch ihre Hände sind hinter dem Rücken gefesselt.

Finger umfassen ihre Arme.

Caleb. Er hat sie gepackt und zerrt sie rückwärts mit sich.

Das Einzige, was sie hören kann, ist das wilde Rauschen der See. Mit jedem Schritt wird es lauter, beängstigender.

Sie schmeckt Galle in ihrem Mund. Er schleift sie zum Meer.

Zwar besteht die Chance, dass er sie lediglich hineinwirft; doch womöglich sorgt er dafür, dass sie vorher nicht mehr bei Sinnen ist. Unter diesen Umständen ist alles vorbei.

Die Angst packt sie, erschwert ihr das Schlucken.

Wie lange war sie bewusstlos? War er schon bei Farrah? Was hat er ihr angetan?

Denk nach, Elin, denk nach.

Einen Moment lang bekommt sie keinen Gedanken zu fassen, dann aber setzt stockend ihr Gehirn ein.

Ein Entschluss: Sie muss auf Zeit spielen. So tun, als sei sie noch bewusstlos, abwarten, bis er stehen bleibt, danach erst ihren Zug wagen.

Ein Wasserspritzer trifft ihr Gesicht. Sie sind nur ein, zwei Schritte vom Meer entfernt; jetzt muss sie handeln.

Sie reißt Kopf und Oberkörper nach vorne, ungelenk, doch es funktioniert.

Aus dem Gleichgewicht gebracht, schwankt Caleb, wobei sein Griff unter ihren Armen kurz nachlässt.

Unsanft fällt Elin auf den Boden, hektisch krabbelt sie auf den Knien von ihm weg.

Ein paar Meter weiter versucht sie aufzustehen, doch Caleb hat sich wieder gesammelt, schnappt nach ihrem Bein und zerrt es nach hinten weg.

Elin versucht, sich erneut loszureißen, doch er ist schneller. Kräftiger.

Der Griff um ihren Knöchel wird fester, seine Finger bohren sich unerbittlich in sie hinein.

Keine Zeit nachzudenken … Elin robbt vorwärts, wobei sich durch die Bewegung nicht nur Calebs Griff löst, sondern auch der Druck der Fesseln um ihre Handgelenke nachlässt. Sie reibt mit den Handgelenken über den Boden, auf und ab, um sie weiter zu lockern.

Ein-, zwei-, dreimal …

Es funktioniert. Elins Hände sind frei. Doch sie hat ihre Rückenlage nicht einkalkuliert.

Sie versucht, sich seitlich fortzubewegen, wie ein Krebs, aber ihr ist im Grunde klar, dass es vergebens ist. Caleb springt auf sie, presst sie zu Boden.

Elin schlägt nach ihm, doch ihre Hände erwischen nur Luft. Sie will die Augenbinde fortreißen, will sehen, wo er ist. Aber bevor sie den Stoff zu fassen bekommt, trifft ein Faustschlag ihre Brust, ein weiterer ihr Gesicht.

Schlag um Schlag, begleitet von einem Knurren. Sie kann seinen Atem schmecken, schal und säuerlich.

Der nächste Hieb hat wieder ihr Gesicht zum Ziel. Ein unfassbarer Schmerz.

Elin kann nicht mehr denken.

Nur noch spüren. Jede wunde Stelle ihres Körpers. Kann das Eisen vom Blut in ihrer Kehle schmecken.

Die Schläge betäuben sie und machen sie benommen. Immer wieder scheint sie in die Bewusstlosigkeit ein- und wieder aufzutauchen.

Caleb packt sie erneut unter den Armen, hievt sie hoch, als wäre sie ein Paket, dessen es sich zu entledigen gilt. Sie fragt sich, ob er das Gleiche mit Seth angestellt hat. Ihm eins übergezogen und ihn dann eiskalt in die Felsspalte gekeilt hat.

Das Meer klingt wieder näher.

Ihre Jacke und Oberteil müssen am Rücken aufgerissen sein, sie spürt den nassen Untergrund auf ihrer nackten Haut. Von ihm ist nur ein Ächzen zu hören.

Doch seine Kraftreserven schwinden.

Ein Teil von ihr will aufgeben, damit alles endlich leicht wird.

Elin schließt die Augen, wappnet sich für die rauen Wogen des Wassers.

93

Sie kommen nicht.
Stattdessen hört sie die Stimme ihres Vaters.
Du bist ein Feigling, Elin. Ein Feigling.

Die Worte entflammen den letzten Lebensfunken in ihr zu einem Feuer. Sie wirft sich nach hinten, und ihr Hinterkopf trifft mit einem Knacken auf etwas.

Sein Kiefer? Ein Wangenknochen? Doch was auch immer sie erwischt hat, lässt ihn unvorbereitet straucheln.

Sie nutzt den Moment, um mit dem Fuß nachzutreten. Das reicht, um ihn vollends zum Stolpern zu bringen.

Elin schafft es, ihre Augenbinde wegzureißen und sich umzudrehen.

Doch der plötzliche Lichteinfall ist zu viel; sie ist geblendet, kann lediglich Calebs vagen Umriss sehen.

Er scheint zu zögern, tritt auf sie zu, dann wieder weg. Elin erwartet schon, dass er sich abermals auf sie stürzt, doch stattdessen weicht er zurück. Schritt für Schritt.

Elin schließt kurz die Augen und öffnet sie erneut, verharrt eine Weile, bis sich ihre Sicht beruhigt, der Schwindel aufgehört hat.

Sie kann kaum glauben, dass er fort ist. Caleb war nahe dran, sie zu töten, auszulöschen; sie konnte den Zorn in ihm spüren, in jedem einzelnen Muskel.

Als sie sich in die Sitzposition aufrichtet, fragt sie sich, warum er sie hier zurückgelassen hat. Dieser Angriff, er schien so …

persönlich. Eine Sache, die man nicht unbeendet lassen würde. Hat sie ihn heftiger verletzt als angenommen? Hatte er Angst, es nicht zu Ende bringen zu können?

Doch umgehend werden ihre Fragen von einer Erkenntnis verdrängt: Wenn er sie hiergelassen hat, besteht die Möglichkeit, dass er auf jemand anderen aus ist, auf Farrah. Und Ronan Delaney. Oder Steed, der allein auf sich gestellt ist.

Unter gewaltigen Mühen versucht Elin auf die Füße zu kommen; die Schläge haben ihr schwer zugesetzt. Entschlossenheit macht sich jedoch in ihr breit, als sie daran denkt, was vor ihr liegt.

Entweder gibt sie jetzt auf, oder sie setzt ihm nach.

Sie braucht nur einen Moment, um sich zu entscheiden. Die Angst in ihr weicht und wird durch etwas anderes ersetzt. Äußerster Zorn. Ungezügelte Wut. Caleb hat ihr gerade das Gefühl vermittelt, schwach zu sein. Ein Feigling.

So will sie sich nie wieder fühlen.

Sie kehrt augenblicklich zur Villa zurück und späht durch die Glasscheibe. Sie atmet auf, als sie Farrah mit geschlossenen Augen auf dem Bett liegen sieht. Er hat sie sich nicht noch einmal vorgenommen.

Leise klopft sie gegen die Scheibe. Farrahs Augen öffnen sich, weiten sich erschrocken, bevor sie registriert, dass es Elin ist.

Sie erhebt sich aus dem Bett und zieht die Tür auf. »Ist alles in Ordnung?«, fragt sie besorgt. »Dein Gesicht …«

Elin berührt leicht ihre Wange. Zuckt zusammen. »Caleb.«

Farrahs Blick huscht panisch an Elin vorbei, doch da rührt sich nichts, einzig der Sturm und der Regen, der gegen das Glas prasselt.

»Er ist nicht hier.« Elin folgt ihr nach drinnen. »Ich denke, er ist inzwischen auf dem Festland. Du hast ihn nicht gesehen?«

»Nein, aber ich bin auch immer wieder weggedämmert.«

Elin wird bewusst, dass Caleb sich Farrah nicht noch einmal vorgenommen hat, weil es ihm gleich ist, ob sie lebt oder nicht. Der Abstecher auf die kleine Insel war als Ablenkungsmanöver für Elin gedacht, Teil seiner Mission, um sie von der Hauptinsel wegzulocken. Um ihm genug Zeit zu verschaffen, sich sein eigentliches Ziel vorzuknöpfen.

Ronan Delaney.

Farrah legt sich zurück ins Bett, lässt sich in die Kissen sinken. »Ich bin so müde.«

»Ich weiß. Lass mich dich noch einmal anschauen, dann gehe ich Hilfe holen. Versuch, dich auszuruhen.«

»Okay.« Farrah öffnet den Mund, als wolle sie etwas sagen, doch sie ist zu schwach.

Ein paar Minuten später ist Elin wieder auf dem Weg zur Brücke, dieses Mal langsamer, denn jeder Schritt schmerzt von Calebs Schlägen. Noch nie hat sie sich so erschöpft gefühlt, sie fühlt sich wie betäubt, was es ihr schwer macht, einen Fuß vor den anderen zu setzen.

Es scheint eine Ewigkeit zu dauern, bis sie es durch das Wäldchen geschafft hat. Sie ist keine zwei Meter vom Ufer entfernt, als ihr Magen sich verkrampft.

Die Brücke ist fort.

94

Statt der schwankenden Bretter klafft ein Nichts; alles, was Elin sehen kann, ist das wirbelnde Wasser.

Die Brücke hängt schlaff an ihren Befestigungen herunter.

Caleb hat die Seile auf der anderen Seite durchtrennt.

Aus der Nähe kann sie ausmachen, dass die Holzlatten von den Wellen hin und her geworfen werden.

Sie kann nicht zurück ans Festland.

Die Brücke hat die schmalste Stelle zwischen den beiden Inseln markiert. Sie schaut wieder aufs schäumende Wasser. Hindurchschwimmen ist die einzige Möglichkeit.

Normalerweise würde sie keine Sekunde zögern, es sind maximal fünfzig Meter, trotzdem beschleicht Elin ein banges Gefühl. Sie hat ihre Angst vor dem Wasser zwar hinter sich gelassen, hat die hässlichen Erinnerungen an den Hayler-Fall gemeistert, aber dennoch.

Durch den Sturm hat sich das Wasser in etwas vollkommen anderes verwandelt; es ist kaum wiederzuerkennen. Es brodelt und wogt, schlimmer noch als bei ihrer Überquerung vorhin. Die Wellen krachen gegen die Felsen, lautstark erhebt sich die Brandung.

Elin überlegt nicht, sie setzt sich einfach in Bewegung.

Nachdem sie sich ihrer Schuhe und Jacke entledigt hat, schiebt sie ihr Handy in eine Reißverschlusstasche. Zentimeter für Zentimeter lässt sie sich zum Wasser hinab, wobei sie die Steine als provisorische Sprossen verwendet.

Ein scharfer Atemzug, als das Wasser ihre Knöchel und Waden umspült; doch rasch taucht sie unter. Kein Zögern.

Sie schwimmt los, fort von der Brücke, das Salz brennt ihr in den Augen.

Augenblicklich spürt sie den Sog, der sie zurückzerrt. Sie zwingt sich, weiterzuschwimmen, doch es ist unmöglich, in einen Rhythmus zu finden, während das Wasser an ihren Klamotten zerrt, vom Stoff aufgesaugt wird. Sie hätte noch eine Lage ausziehen sollen.

Angst überfällt sie. Sie erinnert sich daran, mehr ihre Beine einzusetzen. Kräftig tritt sie gegen das Wasser an, weiter und weiter. Es funktioniert …

Endlich befindet sie sich nur noch ein paar Meter von den Felsen entfernt. Sie stützt sich mit den Händen auf den Steinen ab und will sich hochziehen, doch der große Kraftaufwand hat sie ungelenk gemacht. Sie kann die Griffe und Tritte nicht richtig einschätzen und schreit vor Schmerz auf, als ihr Knie über einen scharfen Felsvorsprung schrammt.

Nichtsdestotrotz erreicht sie endlich das obere Ufer, bahnt sich langsam den Weg über die Steine zum Strand. Wasser strömt an ihrem Körper hinab.

Am Strand liegen weit verstreut Paddle Boards. Eines wurde gegen einen anderen Gegenstand geschmettert, und ein gezackter Riss zieht sich durch das Fiberglas.

Elin schleppt sich weiter über den Strand, dann die Stufen zur Lodge hoch. Auf halbem Weg muss sie innehalten; ihr Atem geht flach, und der Schmerz in den Rippen erschwert es ihr, tiefer Luft zu holen.

Als das Adrenalin allmählich verebbt, kann sie überall Prellungen spüren, die Sicht auf ihrem linken Auge ist beeinträchtigt. Sie kann nur hoffen, dass es eine Schwellung durch die Schläge ist und kein Schaden am Auge selbst.

Sie zieht ihr Handy aus der Tasche. Es ist nass, aber es funktioniert noch. Sie wischt die Tropfen weg, prüft den Empfangsbalken.

Nichts.

Es war nicht nur die Lage der kleinen Insel. Der Sturm hat alles lahmgelegt.

Für einen kurzen Moment flaut der Wind ab, erlaubt es Elin, ihre Gedanken zu sammeln, doch gleich darauf zerreißt etwas die Ruhe.

Ein Schuss, der durch die Stille hallt.

95

Das Herz hämmert in ihrer Brust. Caleb ist bewaffnet … das ändert alles.

Elin läuft den Weg zur Lodge hoch. Der Kies ist rutschig, hat sich zu unebenen Mulden gesammelt. Jeder Schritt, jede Erschütterung bringen neue Schmerzen.

Die Plane über der Restaurantbar hat sich halb gelöst und flattert im Wind. Flaschen rütteln klirrend gegeneinander, mehrere rollen über den Tresen.

Als sie die Schiebetür erreicht, kracht eine Flasche laut zu Boden. Elin hastet weiter in die Lobby.

Argwöhnisch sieht sie sich um, da sie keine Ahnung hat, was sie vorfinden wird. Doch der Raum ist leer, die Sofas und die Rezeption unbesetzt. Alles wirkt seltsam verlassen.

Als sie sich weiter vorwagt, bemerkt sie eine Spur nasser Schuhabdrücke, die zum Flur führen.

Sie erzählen eine Geschichte, und zwar die von jemandem, der von draußen hereingerannt kam. Von jemandem mit einer Mission.

Ronan Delaney zu finden.

Elin eilt weiter Richtung Veranstaltungsraum. Sie versucht, zu Atem zu kommen, doch ihre Brust brennt; schmerzhafte Stiche. Als sie die Tür erreicht, keucht sie hörbar.

Keine Zeit, um sich zu erholen. Sie zieht ihren Zutrittspass aus der Tasche, hält ihn an den Sensor, schiebt.

Nichts passiert.

Die Schulter gegen die Tür gestemmt, drückt sie fester, doch die gibt kaum nach. Sie versucht es erneut, knallt mit voller Wucht dagegen. Bei der plötzlichen Bewegung entfährt ihr ein lauter Schrei, doch es reicht: Die Tür gibt einen Spaltbreit nach … genug, um zu sehen, was sich dahinter befindet.

Tischbeine, Stühle.

Sie haben sich mit Möbeln verbarrikadiert.

Elin späht weiter hinein. Der Raum ist nur schummrig beleuchtet, der hintere Teil nicht auszumachen. Sie kramt ihre Taschenlampe hervor, schaltet sie an, richtet sie ins Innere.

»Hier ist Detective Sergeant Elin Warner!«, ruft sie. Der Lampenstrahl fängt sich an den Stuhlbeinen, sodass es schwer ist, irgendwas hinter dem Durcheinander aus Möbeln zu erkennen. Nur die vagen Züge von Gesichtern im Dämmerlicht.

Obwohl nichts sich rührt, ist die Angst im Raum beinahe greifbar. Als würden alle kollektiv den Atem anhalten.

Was, wenn Caleb Steed als Erstes aus dem Weg geräumt hat, um freie Bahn für das zu haben, was er sich für Delaney ausgedacht hat.

Doch nur Sekunden darauf hört sie Schritte. Das Licht der Taschenlampe erfasst Steeds Gesicht durch die Barrikade.

»Bist du okay?«, fragt sie rasch.

»Uns geht's gut, aber Delaney ist fort.« Seine Stimme bricht, während er anfängt, Möbelstücke wegzuziehen, um ihr beim Reinkommen zu helfen. »Ich konnte nichts tun. Jackson ist bewaffnet, hat mehrere Warnschüsse abgegeben. Es war unmöglich, ihn zu beschwichtigen.« Er dämpft die Stimme. »Delaney ist freiwillig mit ihm gegangen. War ziemlich klar, was Jackson sonst getan hätte.«

Elin klettert über einen umgekippten Tisch in den Raum. Die verbliebenen Gäste haben sich in die hinterste Ecke gedrängt, die Augen furchtsam auf sie gerichtet.

Steed nimmt sie beiseite und mustert sie sorgenvoll. »Was ist passiert? Du bist völlig durchnässt.«

»Ich war …« Sie schluckt und beginnt den Satz neu. »Caleb, er hat mich auf der Privatinsel niedergeschlagen. Ich bin entkommen, aber er hat die Brücke gekappt. Ich musste hinüberschwimmen.«

»Himmel.« Er holt tief Luft. »Und Farrah?«

»Ich habe sie auf der kleinen Insel gefunden. Sie hat eine üble Kopfverletzung, aber sie wird es schaffen.«

»Ist sie immer noch dort?«

»Ja.« Elin schaudert, spürt die unangenehme Kälte des Wassers, das ihr aus dem Haar in den Nacken tropft. »Ich wollte sie dort nicht allein lassen, aber ich hatte keinen Empfang, um Hilfe zu rufen, und mir war klar, dass Caleb herkommen würde. Ich habe sie in der Villa zurückgelassen.«

»Wir könnten versuchen, jemanden vom Personal rüberzuschicken.«

»Daran habe ich auch gedacht, bevor ich sah, dass die Brücke weg ist. Der Seegang ist zu heftig. Es ist zu riskant, um jemanden darum zu bitten.«

Eine Sekunde der Stille. Steed wirkt aufgewühlt. »Und du bist sicher, dass bei dir alles in Ordnung ist?«

»Alles gut.« Doch als sie spricht, flammt ein Schmerz in der Rippengegend auf und raubt ihr den Atem.

»Elin …«

Sie wehrt seine Sorge ab, stattdessen fragt sie: »Hast du gesehen, in welche Richtung er los ist?«

Steed deutet zu der Tür hinter sich. »Er ist mit Delaney da durch.«

»Wie lange ist das her?«

»Fünf Minuten, vielleicht auch zehn.«

Elin überlegt. Die Tür befindet sich auf derselben Seite wie

Farrahs Büro. In diesem Bereich gibt es nicht viele Orte, wo Caleb hinkönnte. »Ich muss mich umziehen, dann gehe ich ihm nach.«

»Nein, Elin. Caleb ist bewaffnet. Wir müssen auf die Ankunft des Teams warten.«

Elin zögert, und in diesem kurzen Augenblick stiehlt sich die Angst in die Stille zwischen ihnen, als ihr erneut Calebs Brutalität bewusst wird. Ein wütender Hieb nach dem anderen, bevor er sie Richtung Wasser zerrte.

Doch am Ende stärkt es nur ihren Entschluss. »Solange das Telefonnetz außer Betrieb ist, wissen wir nicht, wann und ob ein Team überhaupt kommen kann. Für Ronan könnte das zu spät sein. Ich glaube, ich weiß jetzt, warum Caleb das hier tut. Ich kann ihn davon abbringen.«

Steed schweigt, während Elin sich Wasser aus den Haaren wringt. Dann schnappt sie sich ihre Tasche und begibt sich hinter einige Möbel, um sich umzuziehen.

Sie bückt sich, um in trockene Shorts zu steigen. Ein erneuter Schmerz, diesmal ein dumpfes Pochen, als würden die Knochen protestieren.

Zweifel nagen an ihr: Ist sie wirklich in der Lage, ihn in diesem körperlichen Zustand aufzuhalten?

Als sie wieder hinter den Möbeln hervortritt, schaut Steed sie an. »Elin, ich habe nachgedacht. Du kannst nicht allein gehen. Lass mich wenigstens …«

Doch sie steuert bereits die Tür an.

96

Als sie durch die Tür tritt, presst Adrenalin ihre Brust zusammen. Jedes Geräusch, jede Regung ist wie eine Warnung, die sie antreibt, in die Lodge zurückzukehren. Die anderen zu beschützen. Sich selbst zu beschützen.

Aber sie kann nicht. Ronan und Caleb sind irgendwo da draußen.

Sie taxiert die Umgebung, wägt ab, wohin sie gegangen sein könnten. Da wäre der abschüssige Grasstreifen, der hinab zur Klippe führt. Von dort aus gibt es keinen Zugang zum Strand, nur unten die Stufen, die sie entdeckt hat, als sie mit Steed nach Farrah suchte. Mit Sicherheit wäre das zu steil für Delaney, falls er gefesselt ist, oder?

Elin lauscht nach Geräuschen, doch vergebens – der Sturm ist die einzige Stimme, die sie vernimmt. Keine Chance, mehr als den heulenden Wind und das Getrommel des Regens zu hören.

Elin begibt sich zur Vorderseite der Lodge: Auch hier entdeckt sie kein Zeichen von Caleb oder Ronan.

Von der Restaurantterrasse aus späht sie über das Geländer auf den Pool hinunter. Kurz meint sie, jemanden zu sehen, aber es ist nur eine halb im Pool versenkte Sonnenliege.

Sie geht ein Stück nach rechts, um den Strand sehen zu können.

Chaos.

Der Sand wird über den Boden gejagt. Entwurzelte Bäume

von den Klippen haben Geröll mit sich gerissen. Sie schaut hinüber zur kleinen Insel.

Niemand da.

Elin macht kehrt und eilt zum Yoga-Pavillon. Auch hier keine Spur von ihnen.

Der einzige Ort, der auf dieser Ebene noch bleibt, ist die Rückseite der Lodge. Wenn sie da nicht sind, wird sie das Gebäude selbst absuchen müssen. Es besteht die winzige Möglichkeit, dass Caleb sich nach innen verzogen hat.

Hier draußen, ohne jeden Schutz, hat sie das unweigerliche Gefühl, dass sie beobachtet wird – dass Caleb mitbekommen hat, dass sie von der Insel fliehen konnte.

Doch sie muss den Gedanken beiseiteschieben, weitergehen. Als sie wieder die Lodge erreicht hat, biegt sie nach rechts ab. Mit dem Rücken zur Wand schiebt sie sich am Gebäude entlang. So nah am Wald ist der Weg mit Zweigen übersät, mit ganzen Ästen, die von den Bäumen gerissen wurden. Es ist, als würde die Insel sich nicht nur gegen das Retreat wenden, sondern gegen sich selbst.

Auf der Rückseite der Lodge hält sie inne, inspiziert die Terrasse, die Wiese vor ihr, die zum Wald abfällt.

Sie betrachtet die dunkle Masse von Bäumen; die einzige Farbe stammt von den hellen Wandermarkierungen an den Stämmen. Fand sie deren Anblick beim letzten Mal schon wild, wirkt es nun, als würden die Bäume gemeinsam aufbegehren.

Eine Naturgewalt.

Als Elin in die Tiefe späht, erscheint ihr das Unterfangen, Caleb und Ronan zu finden, mit einem Mal unmöglich. Ein zu großes Terrain, um es allein zu sondieren.

Soll sie Steeds Rat befolgen und auf Verstärkung warten?

Doch da hört sie etwas.

Sämtliche Muskeln angespannt, spitzt sie die Ohren.

Eine Stimme ... die von Caleb.

Gedämpfte Worte. Sie werden lauter. Eine andere Stimme, ein Schmerzensschrei.

Sie hält den Atem an.

Ronan und Caleb kommen in ihre Richtung.

97

Caleb muss sich versteckt gehalten haben, irgendwo in der Nähe. Muss abgewartet haben, bis die Luft rein war.

Elin sieht sich gehetzt um. Wenn er sie entdeckt, hier draußen im offenen Gelände, hat sie bei einem bewaffneten Gegner keine Chance.

Für die Eingangstür zur Lodge ist es zu spät – sie würde ihm direkt in die Arme laufen, außerdem braucht sie ihren Pass, um reinzukommen. Das dauert zu lange.

Der Wald.

Trotz der Schmerzen zwingt sie sich, über die Wiese zu joggen, auf das Baumdickicht zu. Sie ist nur wenige Meter vom Wald entfernt, als ihr Fuß wegrutscht. Kein Halt auf dem schlüpfrigen Grund.

Sie versucht, den Sturz abzufangen. Als ihre Handflächen auf den Boden aufprallen, ist das Stechen in ihrer Brust kaum noch auszuhalten.

Elin blickt zur Lodge.

Sie sind ganz nah, viel zu nah.

Sie legt sich ganz flach hin. Die Erde ist feucht, winzige Steine graben sich in ihre Wange.

Der Wind flaut ab, sodass sie erneut Stimmen hören kann. Caleb.

Hat er sie stürzen sehen? Kommen sie deswegen in ihre Richtung?

Falls er sie bisher nicht entdeckt hat, dann spätestens, wenn er auf ihrer Höhe angelangt ist.

Sie muss weg.

Gebückt rappelt sie sich auf und taucht im dichten Unterholz ab. Zweige schlage ihr ins Gesicht, Dornenranken verhaken sich in ihrer Kleidung.

Zwischen den Windböen ist immer wieder Calebs Stimme zu hören.

»Sehen Sie das? Da unten?«

Ob er mit Ronan spricht, kann sie nicht sagen.

Hastige Bewegungen.

Mit rasendem Herzen bleibt Elin an Ort und Stelle liegen und starrt durchs Unterholz.

Ein dumpfes Donnergrollen.

Als es verstummt, vernimmt sie Caleb erneut: »Los, weitergehen. Hier ist nichts.«

Erleichtert atmet Elin auf, dennoch lässt sie eine Weile verstreichen, bis sie sich rührt. Ihre Arme sind taub; es braucht einen Moment, bis sie sich wieder wie Gliedmaßen anfühlen.

Über die Wiese geht sie in Richtung Lodge. Keine Spur von Caleb und Ronan, aber sie schätzt, dass sie sich zum Felsen aufgemacht haben.

Elin kommt auf ihrem Weg am Fuß des Felsens vorbei. Sie will gerade die Stufen zu den Villen hinabsteigen, als sie abermals Wortfetzen aufschnappt. Kurze, wütende Laute.

Mit klopfendem Herzen lauscht sie. Ein Stöhnen. Ronan?

Sie versucht, den Laut zu verorten.

Erst als das Stöhnen stärker wird, begreift Elin, dass es von oben kommt.

Vom Felsen.

98

Elin blickt auf, kann aber nichts entdecken. Doch als sie ein paar Schritte um den Felsen geht, sieht sie es: eine gegen den Stein gelehnte Leiter.

Dann Geräusche ... ein Kratzen und Scharren. Stimmen.

Er bringt Ronan dort hoch.

Trotz der Schmerzen eilt sie so schnell sie kann zum Fuß des Felsens, wo Caleb gerade die Leiter hochklettert, Ronan vor ihm.

Elin duckt sich hinter einen kleinen Vorsprung, wartet ab, doch Caleb scheint sie nicht gesehen zu haben. Sie will nach der Leiter greifen, doch genau in diesem Moment bewegt sie sich.

Er stößt sie von der Felswand weg.

Die Leiter schwankt gefährlich, bevor Elin es schafft, sie zu packen und wieder in Position zu wuchten. Sie schaut hoch, doch entweder hat Caleb sie nicht bemerkt, oder er hat bereits weiter sein Ziel verfolgt.

Vorsichtig tritt sie auf die erste Sprosse, beginnt mit dem Aufstieg. Der Wind hat erneut aufgefrischt. Sie spürt seine Kraft, als sie sich mit zusammengebissenen Zähnen weiter nach oben kämpft.

Als sie sich auf das Plateau gezogen hat, atmet sie schwer aus und inspiziert ihre Umgebung. Das Plateau besteht aus einem flachen Vorsprung von etwa einem Meter Breite, der sich rund um den steil aufragenden Felsen schmiegt.

Von Caleb und Ronan keine Spur. Sie müssen auf der anderen Seite des Felsens sein.

Elin will dorthin. Sie zwingt sich, geradeaus zu schauen. Sich auf die Baumwipfel in der Ferne zu konzentrieren.

Schau nicht runter.

Ein Windstoß erfasst sie, schutzsuchend nähert sie sich der Felswand, die Arme ausgestreckt, um das Gleichgewicht nicht zu verlieren.

Als sie wenig später um den Felsvorsprung biegt, bleibt sie wie angewurzelt stehen.

Caleb. Mit einer Pistole in der Hand. Den Lauf auf Ronan gerichtet, der zusammengesunken am Felsen kauert. Eine klaffende Wunde zieht sich über seine Schläfe; blutige Rinnsale versickern in seinem Shirt. Gleich daneben hat eine Schwellung sein Auge nahezu verschlossen. Seine Lippen sind zusammengepresst.

Caleb blickt nicht mal in Elins Richtung. Er tut etwas Merkwürdiges, er redet auf Ronan ein – ein Schwall von Worten ohne Punkt und Komma. Eine gezielte verbale Attacke. Er genießt es, seine eigene Stimme zu hören.

Das also wollte er, überlegt Elin. Deshalb hat er Ronan nicht sofort getötet, er wollte erklären, was genau Ronan seiner Familie angetan hat. Er will, dass Ronan ihn sieht, ihn und seinen Vater.

Sie stellt sich all die Momente vor, die zu dem hier geführt haben müssen: die Lügen, die Fehltritte, einer nach dem anderen.

Elin macht einen Schritt vor. Caleb wirbelt herum, seine Augen völlig stumpf. Sie fragt sich, warum es ihr nicht früher aufgefallen ist, diese erschreckende Leere in seinem Gesicht. Ein Mensch, der jegliche Verknüpfung zur Welt verloren hat.

»Ich weiß, dass Sie ihm helfen wollen, aber ich fürchte, das wird nichts.« Caleb schüttelt fast bekümmert den Kopf. »Sie haben uns gestört, wo ich gerade in Fahrt gekommen bin.«

Schwere, dunkle Wolken hängen tief am Himmel.

»Caleb, Sie wollen nicht, dass das hier so läuft.« Elin erhebt ihre Stimme über das Rauschen des Sturms hinweg. »Es ist noch Zeit aufzuhören, damit das hier nicht weitergeht.«

»Aber ich will, dass das hier weitergeht. Darum geht es doch. Um diesen Moment.« Selbst aus dieser Nähe gehen seine letzten Worte beinahe im Wind unter.

Elin macht noch einen Schritt. »Das denken Sie vielleicht, aber es ist nicht die Antwort auf alles.«

»Halt! Kommen Sie nicht näher.« Caleb richtet die Pistole wieder auf Ronans Gesicht. Ronan zuckt zusammen, ein kaum hörbarer Laut entweicht seiner Kehle. »Er muss bestraft werden, hier, auf dem Felsen, wo alles begann.«

Halt ihn am Reden. »Aber das, was Sie hier tun – dabei geht es doch gar nicht um den Reaper's Rock, oder?«

Ein Blitzen in seinen Augen. »Doch, das tut es. Denn genau hier holt sich der Sensenmann die Seelen derjenigen, die den Tod verdienen.« Caleb schaut zu Ronan runter. »Menschen wie ihn.«

»Das glauben Sie wirklich?«

Caleb scheint überrascht von der Frage. Etwas flackert in seiner Miene auf, bevor er sich wieder fasst. »Natürlich glaube ich das. Denken Sie nur, was mit den Creacher-Kindern geschah.«

»Aber es war doch Ihr Vater, der diese Kinder tötete. Es gibt keinen Reaper, keinen Sensenmann. Sie wissen genauso gut wie ich, dass Ihr Vater an Wahnvorstellungen litt, dass er diese Jugendlichen nur wegen dem tötete, das man ihm selbst angetan hatte. Aber Ihnen geht es um etwas anderes.«

Caleb mustert sie, als versuche er abzuschätzen, was sie womöglich weiß. Ein feixendes Grinsen. »Na dann los, wo Sie doch alles wissen. Erzählen Sie mir, worum es geht.«

»Um Rache. Rache dafür, dass Ihr Vater sein Geld an Ronan verlor. Geld, das er dazu nutzen wollte, die Insel zu kaufen und ihren Status als Naturschutzreservat zu sichern. Und Rache dafür, dass Ronan seine Baupläne durchzog, was Ihren Vater frühzeitig ins Grab brachte.«

Caleb wirkt auf einmal nicht mehr so selbstsicher. »Dieses Reservat … das sollte ein Neuanfang für meinen Vater werden. Wissen Sie, was diese Schule ihm angetan hat? Sie hat ihn von innen aufgefressen, ihn in ein Monster verwandelt. Er verbrachte Stunden in dieser Höhle, schnitzte diese Steine, redete sich ein, dass er dieser verdammte Sensenmann wäre. Aber nachdem er diese Kinder umgebracht hatte, da versuchte er, sich zu ändern. Er nahm die richtigen Medikamente, fest entschlossen, dass es nie wieder passieren sollte.« Er wedelt mit der Pistole in Richtung Ronan. »Aber er hier hat alles zunichtegemacht, indem er meinem Vater das Geld stahl.«

»Es war nur ein Tipp, weiter nichts.« Ronans Stimme ist leise. Dennoch ist klar, dass er nicht die Wahrheit sagt. Elin kann sie in seinem Gesicht sehen: die Scham. »Ich habe mir nichts dabei gedacht.«

Caleb schaut ihn ungläubig an. »Selbst jetzt noch lügen Sie. Die Firma, die diesen Betrug begangen hatte, da steckten Sie dahinter. Ich hab's herausgefunden. Delaney, Sie haben meinen Vater ruiniert. Finanziell. Mental. Bis er es nicht mehr ertrug, bis er …«

Die Hand, die die Pistole umklammert, fängt an zu zittern. In Calebs Augen brennen Tränen, Elin kann seinen Kummer, seinen Schmerz und seine unsägliche Fassungslosigkeit erkennen – als würde er die Welt nicht mehr verstehen.

»Es tut mir leid«, sagt Ronan mit aschfahlem Gesicht. »Ich wollte nie, dass so etwas passiert.«

Angst durchfährt Elin bei dem flehenden Tonfall in Ronans Stimme. *Nein,* will sie ihm sagen, *versuchen Sie nicht, Mitleid zu erheischen, denn das wird seinen Hass nur noch anfachen. Denn Sie selbst haben kein Mitleid mit ihm gezeigt, nicht im Geringsten.*

Sie haben ihm alles genommen, was er hatte, und nun versuchen
Sie, noch mehr von ihm zu bekommen.

Tränen strömen jetzt hemmungslos über Calebs Gesicht. »Sie haben mich abgewimmelt, als ich Sie kontaktierte, als ich versuchte zu erklären, was dieses Naturschutzreservat für meinen Vater bedeutet. Aber Sie taten alles ab, es schien Sie nicht im Geringsten zu berühren, dass Sie sich die Ersparnisse meines Vaters unter den Nagel gerissen haben und auf seinem Lebenstraum herumgetrampelt sind.« Er holt Luft. »Was ich nie verstand, warum es Ihnen nichts ausgemacht hat.« Caleb legt sich die Hand an die Brust. »Warum Sie es hier drin nicht spüren. Seth war genauso. Ich dachte, sein Gewissen wäre ausgeprägter, aber nein. Menschen wie Sie – Sie denken, nur weil Sie Macht und Geld haben, gelten für Sie die Regeln nicht. Aber jetzt sorge ich dafür, dass es Ihnen nicht mehr egal ist, nicht wahr? Sie verdienen alles, was auf Sie zukommt.«

»Aber die anderen doch nicht«, bemerkt Elin in der Hoffnung, dass Caleb von sich erzählt, sich öffnet. Es ist der Hebel, den sie braucht. Wenn sie ihn am Reden hält, könnte sie womöglich den Bann brechen und ihm dabei helfen, zu erkennen, dass es besser wäre, Ronan freizulassen. »Bea, Seth und Jo.«

»Jo?« Caleb verengt die Augen zu Schlitzen. »Jo habe ich nicht umgebracht. Ist das Teil irgendeiner Strategie, um mich zu verwirren, indem Sie mir Dinge vorwerfen, die ich nicht getan habe?«

Elin wagt sich etwas näher. »Caleb, was Ronan getan hat, ist furchtbar. Aber indem Sie sich an ihm rächen, begehen Sie ebenfalls ein Unrecht …«

»Bleiben Sie weg. Ich mein's ernst.« Die Waffe schwenkt von Ronan zu ihr, dann wieder zurück. »Mir ist klar, dass ich etwas Falsches tue. Dessen bin ich mir bewusst, aber es ist nur richtig, dass es hier endet, auf diesem Felsen.« Ein bitteres Lachen.

»Ich kann immer noch nicht fassen, dass mein Vater all den Mist glaubte. Aber es ist eine Projektion – er hat die dunkelsten Teile seines Ichs in etwas außerhalb von ihm gelegt. Schon seltsam, es einen ›sicheren Ort‹ zu nennen, aber genau das ist es. Wenn du alles an dir, was du hasst und fürchtest, in einen Felsen legst, ist es kein Teil mehr von dir. Das ist es, was mein Vater tat. Aber ich weiß, wo sich die Dunkelheit in Wahrheit befindet. In uns. Wir tun die schlechten Dinge. Nicht irgendein Steinbrocken.«

Caleb hebt den Kopf, die Augen steinern, seine Miene so starr, dass es sie nervös macht.

Nervös umfasst er den Griff der Pistole.

Voller Panik streckt Elin einen Arm aus, tritt nach vorne, um etwas zu sagen, doch Caleb drückt bereits den Abzug.

Ein ohrenbetäubender Knall.

99

Ronans Körper zuckt. Elin zwingt sich, hinzusehen, erwartet, Caleb habe auf Kopf oder Brust gezielt, doch stattdessen sieht sie, wie Blut aus einer Wunde in seinem Oberschenkel tritt.

Er ist mit Ronan noch nicht fertig, überlegt sie. Der Schuss sollte ihn nicht umbringen, sondern ruhigstellen, sodass Caleb sich um sie kümmern kann.

Sie ermahnt sich: *Beschäftige ihn. Lass ihn dich als Menschen sehen. Nicht als Bedrohung.*

Doch als sie zu sprechen anfangen will, redet Caleb bereits drauflos. »Ich wollte das nicht tun.« Er deutet mit der Waffe auf sie. »Ich meinte es ernst, als ich sagte: Ich wollte keinem anderen wehtun. Hier sollte es lediglich um Ronan und Seth gehen. Aber ich habe noch nicht zu Ende erklärt, was genau er meiner Familie angetan hat. Und während Sie hier sind, werde ich es nicht schaffen, meine Worte richtig herauszubekommen.« Er klingt beinahe reuevoll. »Es tut mir leid, dass es so kommen muss.«

Sein Finger zuckt abermals um den Abzug. Ein weiterer lauter Knall.

Elin springt zur Seite, trotzdem reicht es nicht aus.

Augenblicklich ist da ein Druck, gefolgt von einem brennenden Schmerz, anders als jeder, den sie zuvor verspürt hat. Eine merkwürdige Hitze flutet die linke Seite ihres Körpers, als wäre etwas Feuriges in ihr und würde sie verbrennen wollen.

Sie blickt an sich hinab. *Blut.* So viel Blut.

Keuchend torkelt sie rückwärts. Plötzlich geben die Beine unter ihr nach, und sie sackt zu Boden.

Caleb tritt auf sie zu, betrachtet sie mit müder, überdrüssiger Miene. Elin begreift, dass er die Wahrheit gesagt hat: Er will das hier nicht tun, aber es ist für ihn unumgänglich geworden. Ein Job, den es zu erledigen gilt.

Erneut hebt er die Pistole.

Sie ist zu erschöpft, um Angst zu haben. Alles, was sie noch spürt, ist eine seltsame Art von Sehnsucht. Nach Stille. Nach Frieden.

Caleb tritt mit ausgestrecktem Arm weiter vor.

Doch gerade, als sie sich für den Schuss wappnet, sieht sie, wie er ausrutscht, wie sein Fuß unter ihm weggleitet.

Ein Schrei entfährt ihm, als er auf das Felsgestein kracht.

Kurz scheint er unfähig zu sein, sich zu rühren. Seine Schultern beben. *Er weint*, wird ihr bewusst.

Ihr bleibt ein winziges Zeitfenster, um etwas zu unternehmen.

Elin sammelt ihre Gedanken. Obgleich der Schmerz immer noch entsetzlich ist, brennt er nicht länger überall, sondern ballt sich in ihrem Arm.

Diese Erkenntnis rüttelt sie wach: Womöglich ist es nicht so schlimm, wie sie zuerst angenommen hat. Schwindel erfasst sie, als sie sich aufrichtet.

Die Stimme in ihrem Kopf, die sie einen Feigling schimpft, ist wieder da, doch Elin schiebt sie beiseite. Sie macht ihr keine Angst mehr, treibt sie aber auch nicht an. Sie muss sich nicht beweisen. Das hat sie bereits getan.

Während sie vorwärtstaumelt, weiß sie, dass das, was sie im Begriff ist zu tun, ihre Entscheidung ist. Die richtige Entscheidung unter diesen Umständen.

Calebs Kopf schnellt wieder zu ihr hoch; er will etwas sagen, doch seine Worte verfliegen im Wind.

Er versucht, auf die Füße zu kommen, doch er findet keinen Halt.

Elin ist bereits bei ihm. Sie rammt ihren Körper gegen seinen, gegen den Schmerz, gegen jeden Zweifel, und die Schnelligkeit ihrer Bewegung verblüfft sogar sie selbst. Der Aufprall presst ihr den Atem aus den Lungen.

Caleb entgleitet die Waffe, sie schlittert auf dem nassen Gestein, erst nach einem Meter bleibt sie liegen. Er versucht, sie sich zu schnappen, doch sie wirft sich erneut auf ihn, presst ihn zu Boden.

Er windet sich unter ihr, doch Elin lässt nicht nach, nutzt all ihre Kraft, um seine Arme auf den Rücken zu zerren.

Alles um sie herum wirkt gedämpft. Sie hört kaum den Wind und den Regen, nicht einmal ihren eigenen Atem.

Jetzt gibt es nur noch sie beide. Caleb und Elin.

Sie weiß, dass ihr nichts anderes übrig bleibt, als ihn weiter festzuhalten. Ihre Kraft ist alles, was sie hat. Wenn sie nach ihren Handschellen greift, wird er die Gelegenheit nutzen, sie zu überwältigen.

»Er war mein Vater«, stößt Caleb zwischen Schluchzern hervor. »Die einzige Familie, die ich hatte. Ohne Familie hat man nichts, oder?«

Caleb versucht erneut, sie loszuwerden. Elin weiß nicht, wie lange sie ihn noch so fixieren kann, denn der Schmerz in ihrem Arm ist unerträglich.

Sie holt tief Luft, um ihre letzten Kräfte zu mobilisieren, als sie eine Hand vor der ihren bemerkt.

»Es ist alles gut, Elin. Ich habe ihn.«

Steed. Einen Moment lang denkt sie, sie bildet es sich ein, aber tatsächlich kniet Steed neben ihr. »Elin, ich hab ihn. Du kannst jetzt loslassen.«

Elin nickt. Sie kann seine Miene nicht ganz entziffern, aber da ist etwas in seinen Augen, das sie jenseits aller Worte versteht.

Langsam schiebt sie sich von Caleb runter.

Steed hat recht – sie kann jetzt loslassen.

Während sie beobachtet, wie nun Steed Caleb fixiert, wird ihr bewusst, dass das, was Caleb sagte, wahr ist. Familie ist alles, was man hat, aber sie findet sich nicht nur in Blutsbanden. Familie zeigt sich in den unwahrscheinlichsten Momenten – den Sekundenbruchteilen eines Blicks, einer Geste, einer Hand, die neben der eigenen auftaucht, wenn du sie am meisten brauchst.

EPILOG

Ich schätze mal, es regnet schon wieder?« Elin zieht sich im Krankenhausbett hoch. Ihr Blick wandert über Annas feuchtes Haar; feine Wassertropfen hängen in den Strähnen, die sich aus ihrem Pferdeschwanz gelöst haben.

»Hat gar nicht aufgehört.« Anna lächelt. Sie sieht in dem blauen Kapuzenpulli und den Leggins fit und gesund aus, die klinische Umgebung passt gar nicht zu ihr.

Steed schiebt seinen Stuhl näher, bevor er eine Tüte mit Trauben aus seiner Tasche zieht und sie ihr reicht. »Dachte, ich bringe dir ganz klischeehaft Obst mit. Vielleicht hältst du damit bis zum Mittagessen durch.«

Elin lacht, doch als sie die Tüte entgegennimmt, spürt sie ihre Rippen. Sie zuckt zusammen.

Steed schaut sie sorgenvoll an. »Immer noch Schmerzen?«

»Ja, aber es wird besser. Doch vor allem bin ich müde. Die Infektion hat mir den Rest gegeben. Dachte, ich könnte endlich nach Hause, und dann erwischt mich so was.«

»Und die Rippen? Heilen die Brüche?«

Nickend schiebt sie sich eine Traube in den Mund. »Sind gerade dabei. Ich hasse nur diese ganze Nicht-bewegen-Sache, aber Will meint, das tut mir mal ganz gut. Zwangsentspannung quasi.«

»Wie läuft es zwischen dir und Will?«, fragt Anna, bevor sie erschrocken zu Steed schaut, da sie offenbar Zweifel hat, ob sie zu persönlich geworden ist. »'tschuldigung.«

»Alles gut. Steed ist im Bilde. Doch um ehrlich zu sein, kamen wir noch gar nicht wirklich dazu, uns intensiver auszutauschen. Er wartet wahrscheinlich, bis ich nach Hause komme.«

Anna nickt. »Und Farrah? Hat sie sich inzwischen ein wenig erholt?«

»Körperlich wohl schon. Sie hatte Glück, es waren nur oberflächliche Verletzungen. Aber mental … ich glaube, sie befindet sich noch immer in einem Schockzustand.«

»Verständlich. Es wird eine Weile brauchen, das zu verarbeiten.« Anna beugt sich vor, um eine Traube zu stibitzen. »Und was steht als Nächstes an? Hast du weiterhin vor, in Urlaub zu fahren?«

»Ja. Mit Isaac. Wir wollen eine Weile in die Pampa.« Elin wird ein wenig mulmig zumute. Sie wird ihren Bruder wiedersehen, doch ohne Will. So gibt es keine Möglichkeit, sich zu verstecken. »Der Ortswechsel wird mir guttun. Hier im Krankenhaus hatte ich Zeit nachzudenken … Ich habe beschlossen, mich selbst etwas besser verstehen zu wollen.«

»Auszeit im Kopf?«

Elin nickt. »Mir ist klar geworden, dass ich so extrem lebte, weil Sam es nicht konnte. Aber so ist es nicht, ich habe es mir nur eingeredet. Während dieses Falls war es die Stimme meines Vaters, die ich in meinem Kopf hörte – wie er mich einen Feigling nannte. Das hat mich angetrieben. Ständig habe ich versucht, ihm und anderen Leuten zu beweisen, dass ich das nicht bin.«

»Und dir selbst?«, fragt Anna.

»Ja, auch. Aber dort oben, auf dem Felsen, als ich mich Caleb entgegengestellt habe, habe ich wohl zum ersten Mal eine Entscheidung nur für mich getroffen.« Sie zögert, denkt darüber nach, wie sie es am besten formulieren soll. »Ich bin nicht feige, weil ich nichts tat. Das einzig Feige war, mir selbst nicht treu gewesen zu sein.«

»Du hast nicht das gemacht, was *du* wolltest«, murmelt Steed.

»Genau. Deshalb muss ich mich selbst besser kennenlernen, die guten wie die schlechten Seiten.« Sie zuckt mit den Achseln. »Wenn ich zurückkomme, möchte ich sicher sein, dass ich das, was ich auf dem Felsen getan habe, jedes Mal wieder tun werde. Entscheidungen treffen, die meine sind, nicht die von jemand anderem.«

Anna schweigt einen Moment, dann sagt sie: »Solange du auch zurückkommst, ist alles okay. Ihr beide – ihr seid nämlich ein Dream-Team.«

Steed tut so, als müsse er nachdenken. »Schwierige Entscheidung, aber ich nehme mal an, ich bin einverstanden, wieder mit ihr zusammenzuarbeiten.«

Elin grinst. »Aber jetzt im Ernst, danke, für alles, Steed. Ich bin noch nicht dazu gekommen, es dir zu sagen.«

»Schon okay. Einen Moment lang, da oben …« Steed verstummt.

Sie sieht ihn an. Keiner von ihnen kann es auch nur ansatzweise aussprechen. Aber das müssen sie auch nicht.

Umständlich schiebt sie die Tüten mit den Trauben zur Seite und schnappt sich die Packung mit den Donuts, die Will ihr mitgebracht hat. »Hab dir einen übrig gelassen.« Sie reicht ihm die Schachtel.

Steed zieht ihn hervor, und mit zwei Bissen ist er verputzt.

»Und? Was hat sich bei dem Fall noch ergeben?«, will Elin nun wissen.

»Die Obduktionen haben unsere Vermutungen bestätigt«, antwortet Anna. »Jackson hat alles gestanden, sämtliche Details dargelegt. Bea Leger war ein Kollateralschaden, wie wir uns schon dachten. So wie es ausschaut, war ihr Sturz ursprünglich eine alternative Option gewesen, um Delaney loszuwerden, aber dann kam ihm Bea in die Quere.«

»Und die Höhle, diese ganze Sache mit dem Sensenmann?«

»Du hattest recht. Eine bloße Finte. Er wollte uns ablenken, damit wir denken sollten, der Fall sei mit den Creacher-Morden verknüpft. So konnte er sich weiter daranmachen, Ronan Delaney aus dem Weg zu schaffen.« Steed wischt sich mit dem Handrücken über den Mund. »Er erzählte uns, dass sein Vater für die mutmaßlich von Creacher begangenen Morde verantwortlich sei. Für den an Lois Wade ebenfalls.«

»Was ist mit Jo Leger?« Elin räuspert sich.

Anna runzelt die Stirn. »Das ist es, was mir noch zu schaffen macht. Jackson besteht nach wie vor darauf, dass er es nicht getan hat. Steed meint, er würde bloß mit uns spielen.«

Steed beäugt die leere Donut-Schachtel. »So was passiert immer wieder. Ist so ein Macht-Ding. Nicht jeden Teil des Rätsels preiszugeben.«

»Und die Tweets? Hat er die gestanden?«

Anna zögert. »Nein, aber wir sind uns ziemlich sicher, dass er dahintersteckt. Die Tatsache, dass keine Posts mehr kamen, seit …«

Elin nickt unbehaglich. »Es ist nur …«

»Was?«

»Wahrscheinlich bin ich bloß paranoid, aber ich habe immer noch das Gefühl, dass jemand mich seither beobachtet.«

»Hast du denn jemanden gesehen?« Steeds Stirn furcht sich.

»Nein, es ist mehr ein *Gefühl*.« Elin errötet, unschlüssig, wie sie es ausdrücken soll. »Neulich kam jemand an der Station vorbei, und ich dachte …« Sie hebt die Schultern. »Vergesst es, wahrscheinlich machen die ganzen Medikamente mich etwas durcheinander.«

Anna und Steed wechseln einen Blick.

»Wie geht es mit Creacher weiter?« Elin wechselt das Thema.

Steed legt eine Zeitung auf den Tisch. »Steht alles hier. Nicht unbedingt leichte Bettlektüre, also schau nicht rein, falls dir nicht danach ist.« Er zögert. »Farrah und Will werden ebenfalls erwähnt.«

Sie überfliegt die Schlagzeilen und den unmittelbaren Text darunter.

Larson Creacher wurde mittlerweile aus der Strafvollzugsanstalt Exeter entlassen … Die Polizei ist überzeugt, dass genug Beweise vorliegen, die belegen, dass Porter Jackson für die Morde an den fünf Teenagern im Jahr 2003 verantwortlich war. Die Beamten bestätigen zudem, dass nach keinen weiteren Beteiligten in Verbindung mit diesen Todesfällen ermittelt wird.

Sie überfliegt den Rest des Artikels – gegen Farrah und Will Riley werden keine weiteren polizeilichen Schritte unternommen.

Endlich ein Schlussstrich. Sie lässt sich in die Kissen zurücksinken. Mit einem Mal ist sie furchtbar müde.

»Du sieht erschöpft aus«, bemerkt Anna. »Wir lassen dich lieber allein.« Sie steht auf und lehnt sich übers Bett, um Elin zu umarmen.

Auch Steed beugt sich vor und gibt ihr einen flüchtigen Kuss auf die Wange. »Falls wir uns vor deinem Urlaub nicht mehr sehen – ich will Fotos, okay? Viele Fotos.«

»Auf jeden Fall. Ich werde eine dieser nervigen Ferien-Angeberinnen sein, die jeden Tag Bilder postet.«

Steed grinst und schnappt sich beim Gehen eine letzte Traube aus der Tüte.

Während Elin ihnen durch die Glasscheibe nachschaut, greift sie sich die Zeitung, die Steed zurückgelassen hat. Sie fängt an zu blättern, um sich den Artikel über Creacher noch mal durchzulesen, als ihr Handy klingelt.

Eine Nachricht von einer unbekannten Nummer ... Der Screenshot eines Tweets.

Ihr Herz scheint stillzustehen. Sie will nicht hinsehen, kann aber nicht anders.

Dieses Mal ist ein Text dabei.

Zwei Zeilen.

Wollt ihr eine Geschichte über diese Polizistin hören?
Kleiner Tipp: Die hier sagt nicht immer die Wahrheit ...

Elin saugt die Luft ein, doch blankes Entsetzen macht sich erst breit, als sie das Bild darunter anschaut.

Ein Foto von ihr im Krankenhausbett, mit Steeds Zeitung in den Händen – vor nur wenigen Sekunden aufgenommen.

Zwei Wochen später

Es ist vierzehn Tage her, dass sie heimgekommen ist, aber erst jetzt fühlt sich Maya imstande, ihre Sachen auszupacken. Sie wuchtet ihre Tasche in die Küche und leert sie neben der Waschmaschine aus. Die zusammengeknüllten Klamotten riechen nach Strand und Meer. Sand hat sich in den Stofffalten gesammelt, auch kleine Bruchstücke von Muscheln – winzige Halbmonde, violett getönte Splitter von Miesmuscheln.

Maya liebt diesen Moment nach jeder Reise, die Ahnung von Möglichkeiten, die mit einer geleerten Tasche einhergehen, in Erwartung des nächsten Abenteuers.

Ihre Sneakers befinden sich ganz unten, es sind die, die sie an jenem Tag am Strand trug. Als sie die Schuhe kräftig über dem Spülbecken ausklopft, prasselt weiterer Sand auf den Edelstahl, und mit ihm blitzt Jos Gesicht vor ihr auf, in dem Augenblick, als Maya auf sie zutrat.

Sie hatte Jo am Strand vorgefunden, wo sie hemmungslos schluchzend aufs Wasser hinausschaute. Als Jo sich schließlich umdrehte, konnte Maya ihr ansehen, dass sie Hana erwartet hatte, bereit, ihren Streit wegen Liam fortzuführen. Jos Mund war drauf und dran, sich zu entschuldigen, sich die Zuneigung ihrer Schwester zu erschleichen.

Als sie stattdessen Maya erblickte, lächelte sie erleichtert. Jo bemerkte den Stein in Mayas Hand gar nicht – es wäre ihr gar nicht in den Sinn gekommen, dass ihre Cousine ihr wehtun könnte. Maya war immer im Hintergrund gewesen, wo sie sich dankbar wähnen sollte. Dankbar, dass Jo ihr einen Job besorgt hatte, einen Job, den sie ihr dann wieder genommen hatte. Dankbar, dass Jo, Bea und Hana sie nach dem, was Sofia zugestoßen war, in ihre traute Familie aufgenommen hatten.

Aber was Jo nicht ahnte, war, dass Maya sie sah. Sie wirklich sah. Das, was sie in ihrem Innersten war: habgierig, selbstsüchtig, ohne dass sie sich dessen bewusst war. Maya sah, dass Jo eifersüchtig auf sie war, genauso wie sie auf alles und jeden eifersüchtig war, der hatte, was sie nicht hatte. Sie war voller Neid auf Mayas hübsch eingerichtetes Kinderzimmer, auf die passenden Vorhänge, auf ihre Eltern.

Maya sah, dass Jo die Sorte Mensch war, die ein Streichholz nahm und die wunderschön bestickten Vorhänge anzündete, im Glauben, dass ihre Cousine schlief, ohne einen Gedanken an die Folgen zu verschwenden.

Jahrelang hatte Maya geglaubt, sie hätte es geträumt, wie sie aufwachte und Jo bei den Vorhängen stehen sah, wo sie die Flammen betrachtete, die am Stoff emporzüngelten. Die Augen, in denen sich der Schein des Feuers spiegelte, weit aufgerissen, das Streichholz immer noch in der Hand.

Maya wusste natürlich, dass Jo so etwas niemals tun würde. Sie liebte Maya. Sie gehörte zur *Familie*. Es war ganz und gar unmöglich, dass sie einen Brand anzetteln würde, der Sofias Leben für immer verändern würde.

Aber als sie älter wurden, erkannte sie ein sich wiederholendes Muster bei Jo – nicht nur Maya gegenüber, sondern auch gegenüber Hana. Und dann Liam.

Jo registrierte etwas Neues an Hana, das sie sich nehmen musste; und wenn sie es nicht nehmen konnte, zerstörte sie es eben.

Maya hatte Hanas Selbstbeherrschung bewundert, nachdem Jo alles gestanden hatte, wie sie ihren Griff um Jos Handgelenk gelöst hatte und davongegangen war.

Doch Maya verfügte nicht über diese Art von Selbstbeherrschung; sie hatte etwas Besseres – einen Plan. Und wegen dieses Plans würde Jo nie wieder jemandem etwas wegnehmen können.

Sie hebt ihre Tasche hoch. Überall ist noch Sand. Sie wird sie draußen an den Terrassenmöbeln ausklopfen müssen. Wenn das nicht funktioniert, wird sie den Handstaubsauger benutzen müssen.

Es braucht nun mal Zeit und Mühe, um etwas derart Hartnäckiges zu entfernen, aber sie wird es schaffen.

Wird jede noch so kleine Spur beseitigen.

DANKSAGUNG

Es war klar, dass es nicht einfach werden würde, ein Buch während einer globalen Pandemie zu schreiben, und darum möchte ich den Menschen danken, die geholfen haben, dass es trotz dieser herausfordernden Zeit veröffentlicht werden konnte.

Zuallererst ein riesiges Dankeschön an meine großartige Agentin Charlotte Seymour. Deine beständige Unterstützung und Liebenswürdigkeit schätze ich sehr, sie bedeuteten mir die vergangenen achtzehn Monate sehr viel. Was für eine Reise bis hierher, und hoffentlich haben wir noch einen langen gemeinsamen Weg vor uns!

Ein besonderes Dankeschön an meine talentierten Lektoren bei Transworld – Frankie Gray und Finn Cotton. Ich kann euch nicht genug danken für eure harte Arbeit unter solch schwierigen Umständen und dafür, so viel Zeit investiert zu haben, um an der Geschichte zu feilen. Es ist ein Privileg, von eurem Wissen profitieren zu dürfen. Ein weiteres Dankeschön an Tim Hill, meinen unermüdlichen Pressesprecher. Deine Detailverliebtheit und dein Organisationstalent mitzuerleben, ist die reinste Freude und genau das, was dafür sorgt, dass das Buch mehr Leserinnen und Leser findet.

Funkelnde Dankeschöns gebühren der rastlosen Em Burton für ihr kreatives Marketing sowie Holly Minter, Königin der digitalen Welt. Eure Kampagnen gehen wirklich über den sprichwörtlichen Tellerrand hinaus und schaffen es immer wieder, mich zu verblüffen. Außerdem möchte ich Rich Shailer für seine geniale Umschlaggestaltung danken. Ich liebe es, wie gekonnt du meine Bücher zum Leben erweckst.

Großer Dank gebührt auch Reese Witherspoon und dem wundervollen Team bei »Reese' Book Club« – dass ihr mein erstes Buch in die Auswahl für Februar 2021 aufgenommen habt, hat mein Leben auf die bestmögliche Art und Weise verändert und sich als unglaubliche Motivation beim Schreiben meines neuen Romans erwiesen. Ich werde euch immer dankbar sein.

Weiterhin danke ich den Teams von Andrew Nurnberg Associates sowie Johnson & Alcock für ihre Unterstützung, insbesondere im Ausland. Danke auch an meine internationalen Verlage, dass sie an die Geschichte geglaubt haben.

Dem wunderbaren Stuart Gibbon danke ich für seine aufschlussreiche Hilfe, stets hat er sich meinen endlosen Fragen gestellt, die ich zur Polizeiarbeit hatte. Sämtliche sachlichen Ungenauigkeiten in dieser Hinsicht gehen entweder auf mein Konto oder dienen dazu, die Geschichte passend zu machen.

Nicht zu vergessen sind meine tollen Freunde, die mich beim Schreiben immer wieder angefeuert haben. Durch die Pandemie habe ich nicht so viele von euch treffen können, wie ich es gerne getan hätte, aber eure liebe Art bedeutet mir unendlich viel. Das Gleiche gilt für alle Follower in den sozialen Medien, Leserinnen wie Buchhändler gleichermaßen, und die mich nicht nur unterstützen, sondern zeigen, was für ein positiver Ort digitale Plattformen sein können. Eure Kommentare bewirken mehr, als ihr ahnt.

Danke auch an meine örtlichen Buchhändlerinnen und Buchhändler, besonders erwähnt seien Emily und Tanya von Waterstone in Torquay – eure Auslagen mit meinen Büchern sind wirklich etwas ganz Besonderes, und eure Freundlichkeit und Begeisterung meine Lesereise hindurch waren das, was ich mir kaum zu erträumen wagte!

Ich bin mit der besten Familie gesegnet, die man sich wünschen kann (glücklicherweise kein bisschen wie die in diesem Roman). Wir waren schon vor der Pandemie eng verbunden (manche sagen: erschreckend eng!), doch dieses herausfordernde Jahr hat uns als Familie nur noch mehr zusammengeschweißt. Ich weiß nicht, was ich ohne unsere täglichen (manchmal zweitäglichen) Gespräche und eure Hilfe getan hätte.

Schließlich möchte ich meinen Töchtern und meinem Ehemann danken. Dieser Roman wurde verfasst, als wir mit Homeschooling, Familienkrankheiten und anderen Dingen umzugehen hatten. Ihr habt mich gesund gehalten und mich mit unzähligen Tassen Kaffee (entkoffeiniert) versorgt.

Danken will ich auch meinen beiden Katzen, Elsa und Anna, dafür, dass sie immer am Fußende des Betts liegen, wenn ich mich mit einem kniffligen Plot herumschlage. Ich liebe es, dass ihr offenbar am besten dösen könnt, wenn ich auf meiner Tastatur herumtippe. Ich weiß nicht, was ich ohne euch alle tun würde. Und noch einmal … FTB.

Autorin

Sarah Pearse wuchs in Devon, Großbritannien, auf und studierte englische Literatur und Creative Writing an der University of Warwick, bevor sie einen Diplomstudiengang in Rundfunk-Journalismus absolvierte. Sie lebte mehrere Jahre in der Schweiz, bevor sie nach Großbritannien zurückkehrte. Ihr Debüt, »Das Sanatorium«, eroberte sofort die internationalen Bestsellerlisten. Mit »Das Retreat« und »Die Wildnis« setzt Sarah Pearse diesen spektakulären Erfolg fort.

Mehr Informationen zu Sarah Pearse unter:
www.sarahpearse.co.uk
www.twitter.com/sarahvpearse
www.instagram.com/sarahpearseauthor

Sarah Pearse im Goldmann Verlag:

Das Sanatorium. Thriller
Das Retreat. Thriller
Die Wildnis. Thriller

(📖 alle auch als E-Book erhältlich)